BASTEI
LÜBBE

*Über das Buch:*

Joan Tidewater, eine junge, moderne Indianerin, hat erst vor kurzem zum Glauben ihrer Ahnen zurückgefunden und ihre Rolle als Schamanin und Erbin der indianischen Tradition angenommen. Zugleich ist sie als Sheriff im Reservat der Quinault auch eine engagierte Hüterin der Rechte der Indianer. Der grausame Mord an einem Indianerjungen gibt ihr zunächst Rätsel auf. Derartige Rituale sind Joan unbekannt. Als noch gefährlicher erweist sich jedoch ihre leidenschaftliche Affäre mit einem Chilenen, der ihre Kraft raubt, sie verwirrt und geistig lähmt. Um neue Energie zu schöpfen und die Verbrechen aufzuklären, muss sie all ihre Willensstärke zusammennehmen und die Schutzgeister ihrer Ahnen anrufen.

*Über die Autorin:*

Noami M. Stokes, Halbindianerin vom Stamm der Cherokee, ist Journalistin und Korrespondentin des *Time Magazines* für Indianerfragen. Sie ist Autorin mehrerer Sachbücher.
Naomi M. Stokes lebt in Hillboro, Oregon.

Von Naomi M. Stokes ist bei BASTEI LÜBBE lieferbar:
*Die Zedernsängerin* (Bd. 12740).

NAOMI M. STOKES

# Die Masken-tänzerin

ROMAN

Aus dem Englischen von
Ulrike Wasel und Klaus Timmermann

BASTEI
LÜBBE

BASTEI LÜBBE TASCHENBUCH
Band 14 654

1. Auflage: Januar 2002

Vollständige Taschenbuchausgabe

Bastei Lübbe Taschenbücher ist ein Imprint der Verlagsgruppe Lübbe

Titel der englischen Originalausgabe: The Listening Ones
Einzig berechtigte Übersetzung aus dem Englischen
von Ulrike Wasel und Klaus Timmermann

Lizenzausgabe mit Genehmigung des
Scherz Verlags, Bern, München, Wien.
Verlagsgruppe Lübbe GmbH & Co. KG, Bergisch Gladbach
Einbandgestaltung: Gerhard Noltkämper
Satz: hanseatenSatz-bremen, Bremen
Druck und Verarbeitung: Elsnerdruck, Berlin
Printed in Germany
ISBN 3-404-14654-9

Sie finden uns im Internet unter
http://www.luebbe.de

Der Preis dieses Bandes versteht sich einschließlich
der gesetzlichen Mehrwertsteuer.

Für Joe
und in Erinnerung an unseren Freund
Paul Petit vom Stamm der Quinault

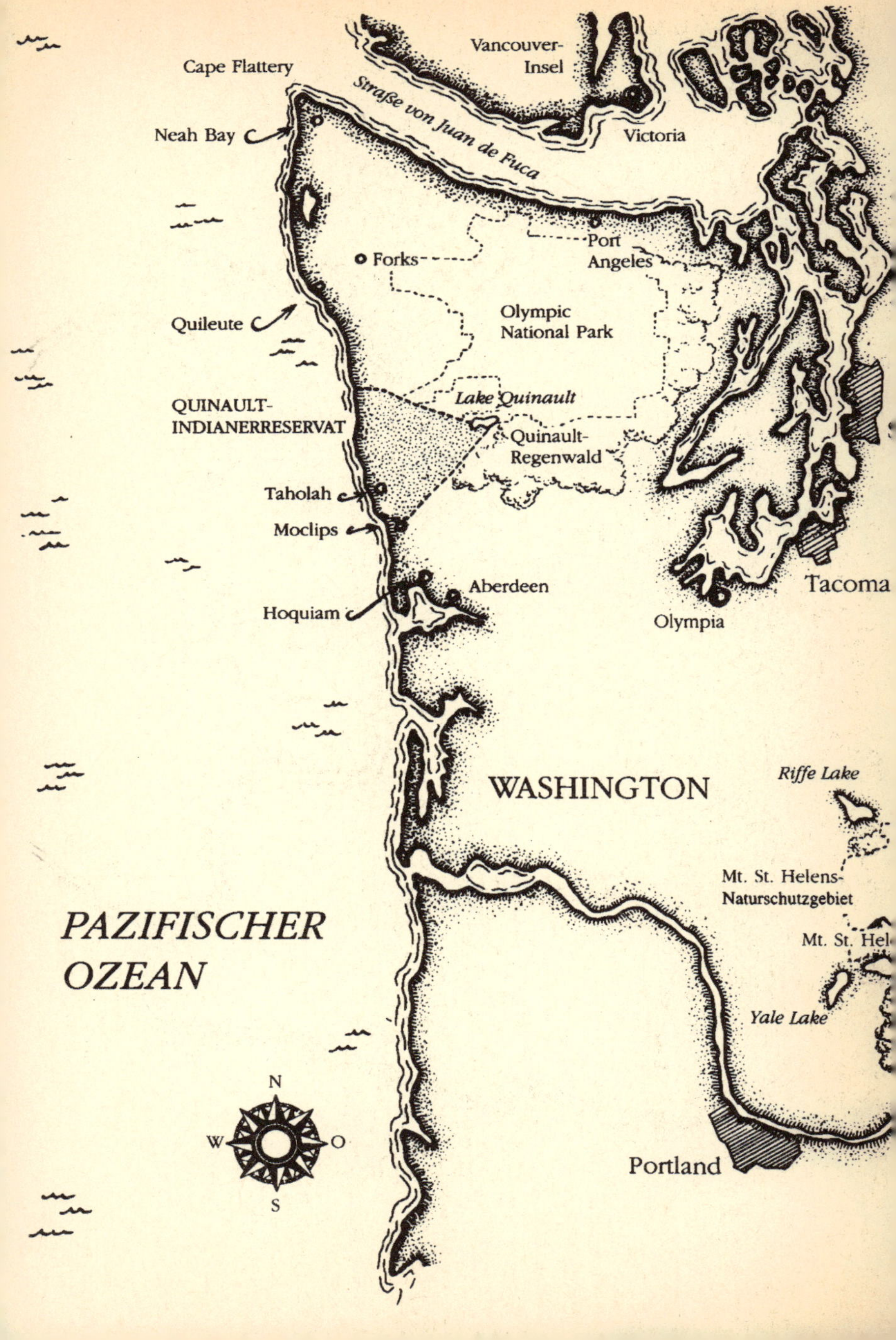

Vancouver-
Insel
Cape Flattery
Straße von Juan de Fuca
Neah Bay
Victoria
Port
Angeles
Forks
Olympic
National Park
Quileute
QUINAULT-
INDIANERRESERVAT
Lake Quinault
Quinault-
Regenwald
Taholah
Moclips
Aberdeen
Hoquiam
Tacoma
Olympia
WASHINGTON
Riffe Lake
Mt. St. Helens-
Naturschutzgebiet
Mt. St. Hel
Yale Lake
PAZIFISCHER
OZEAN
N
W
O
S
Portland

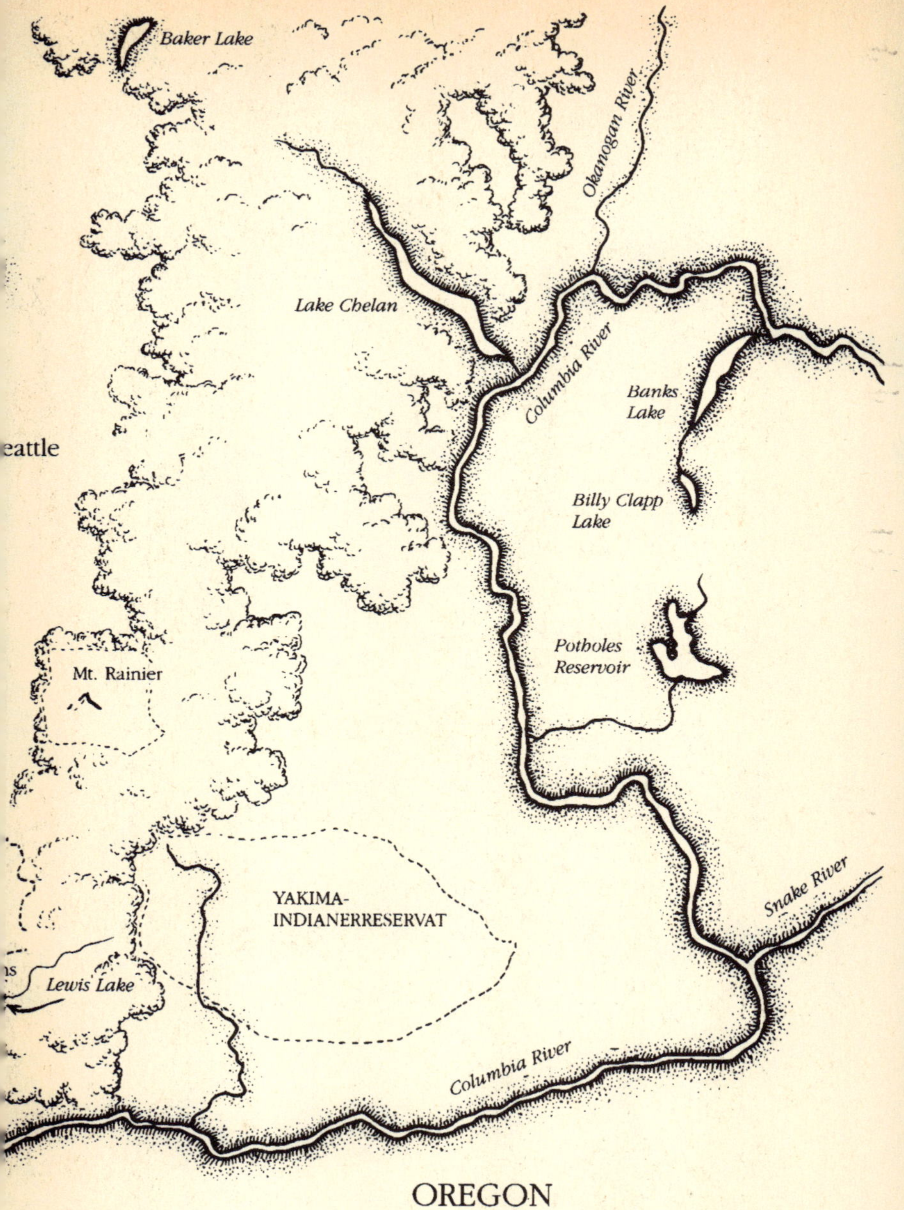
Baker Lake
Okanogan River
Lake Chelan
Columbia River
Banks Lake
eattle
Billy Clapp Lake
Potholes Reservoir
Mt. Rainier
YAKIMA-INDIANERRESERVAT
Snake River
Lewis Lake
Columbia River
OREGON

# *Teil I*

# ◇◇◇◇◇◇◇ Kapitel 1 ◇◇◇◇◇◇◇

◇ Antonio Salinas war acht Jahre alt und sehr verängstigt. An diesem fernen Ort der Bäume und des Regens war alles so anders.

Er kam aus einem kleinen Dorf auf einem weiten Hochplateau in den Anden, und dort hatte all das Fremde an seinem achten Geburtstag seinen Anfang genommen.

Er hatte immer gewusst, dass sein Großvater, den er ehrfürchtig bewunderte, und sein heiß geliebter Onkel als Geschäftsleute unten in der Stadt Santiago lebten. Und so weit er zurückdenken konnte, waren die beiden immer in ihr Dorf heimgekehrt, um seinen Geburtstag mit ihm zu feiern.

Aber an dem Tag, als er acht wurde, erklärten seine Eltern ihm behutsam, dass Großvater und Onkel diesmal nicht kommen würden. Die beiden hatten das Land verlassen, so sagte seine Mutter, und waren weit nach Norden in die Vereinigten Staaten gereist.

Als der Junge anfing zu weinen, weniger wegen seines Großvaters als wegen seines Onkels, den er so gern wiedergesehen hätte, trocknete seine Mutter ihm die Tränen und versicherte ihm, dass die beiden nicht für immer fortgegangen waren. Schon bald würden sie zurückkehren und ihm ein schönes, wenn auch verspätetes Geburtstagsgeschenk mitbringen.

Einen Monat später starben die Eltern des Jungen plötzlich und unerwartet an einem Fieber, an dem sonst niemand im Dorf erkrankte.

Sie wurden bestattet, wie es Sitte war, indem man die Leichname an einen hochgelegenen Ort brachte, wo man sie den Kondoren überließ. Anschließend teilte Pater Lavate, der den Dorfkindern Englischunterricht gab, dem Jungen mit, dass er den Großvater und den Onkel vom Tod seiner Eltern benachrichtigt hatte.

»Sei nicht traurig, Kind. Es war der Wille Gottes«, murmelte der Priester. »Er brauchte sie bei sich im Himmel.«

»Aber ich brauche sie auch!«, schluchzte der Junge und ballte die Hände zu Fäusten, während ihm Tränen über das Gesicht strömten.

Zwei Wochen später kam Pater Lavate wieder zu dem Jungen, der bei einer freundlichen Nachbarsfamilie untergekommen war. Er hatte Anweisung erhalten, den Jungen, da es keine anderen Verwandten mehr gab, zu seinem Großvater und seinem Onkel zu schicken.

Als Antonio das hörte, stieg sein Herz vor Freude in die Lüfte empor, hoch wie die Kondore. Er würde bei seinem Onkel leben! Seinem innig geliebten Onkel, der so gut aussah, der so freundlich war und dessen Augen den Jungen stets mit Liebe betrachteten.

Früh am nächsten Morgen nahm der Priester ihn mit in die Kapelle, wo er ihm eine kleine zerbrochene Münze an einem bunten, gewebten Wollband um den Hals hängte und ihn ermahnte, sie niemals abzunehmen.

»Antonio«, sagte er feierlich, »diese Münze stammt von deiner Familie, deinen Ahnen. Ganz gleich, wo du hingehst, sie wird dich stets daran erinnern, wer du bist und dass die andere Hälfte von dir für immer hier oben in den Anden bleibt.«

Dann fuhren der Priester und der Junge mit einem klapprigen Lastwagen über gewundene, holprige Straßen die Berge hinab, eine Tagesreise, die von mehreren Reifenpannen unterbrochen wurde.

Als sie am Flughafen ankamen, kaufte der Priester ein Ticket für den Jungen und übergab ihn der Obhut einer lächelnden Stewardess.

»Vergiss nicht, Antonio«, sagte Pater Lavate zum Abschied. »Die andere Hälfte deiner Münze wird immer oben im Dorf auf dich warten.«

Während des langen Fluges versuchte Antonio, nicht an seine Eltern zu denken, weil diese Gedanken zu wehtaten. Stattdessen stellte er sich das Wiedersehen mit seinem Onkel vor und malte sich aus, wie es sein würde, mit ihm zusammenzuleben. Dann dachte er an sein Geburtstagsgeschenk, das bestimmt schon auf ihn wartete.

Das Flugzeug landete bei Regen und Sturm. Er fragte die Stewardess, ob sie jetzt in den Vereinigten Staaten wären. Sie sagte ja, in der Nähe einer Stadt namens Seattle.

Sie nahm seine feuchte Hand, begleitete ihn aus dem Flugzeug und übergab ihn schließlich seinem Großvater, der bereits auf ihn wartete.

Der Kleine sah sich um. Wo war sein Onkel?

Sein Großvater bedankte sich überaus liebenswürdig bei der Stewardess, die sich runterbeugte und Antonio einen Abschiedskuss gab. Als sie ging, sah der alte Mann ihr nach.

Antonio schüttelte seinem Großvater die Hand und merkte dabei, dass die Menschen um sie herum auf irgendetwas starrten. Er schaute hinter dem Großvater hervor, und das Blut wich ihm aus dem Gesicht.

Dort stand Machi Juana, die Zauberin aus seinem Dorf, vor der er sich immer gefürchtet hatte.

Der Junge drückte das Gesicht gegen die Jacke des Großvaters, dann sah er noch einmal hin. Sie war es wirklich. Sie war sehr klein und untersetzt, mit breiten Schultern und entsetzlich langen, krummen Armen.

Was machte diese schreckliche Frau hier? Der Junge hatte sie noch vor wenigen Tagen im Dorf gesehen. Sie war sogar bei der Bestattung seiner Eltern dabei gewesen.

Machi Juana sah zu ihm herunter und stieß mürrisch zwei Worte hervor, als würde sie fluchen. *»Mari Mari«*, sagte sie, eine alte Begrüßung im Dorf, die so viel hieß wie: »Mögest du zehnfaches Glück haben.«

Der Junge schwieg. Ihm konnte sie nichts vormachen. Er hatte den Verdacht, dass diese alte Frau weder ihm noch sonst jemandem Glück wünschte.

Mit unübersehbarem Missmut trat sie näher und sagte: »Ich habe eine wichtige Verabredung mit meinen Kartoffeln abgesagt, um hierher zu fliegen und dich willkommen zu heißen. Ich hoffe, du weißt das zu schätzen.«

Sie griff nach der zerbrochenen Goldmünze um seinen Hals, und als ihr pockennarbiges Gesicht mit den groben Zügen näher kam, wich der Kleine aus Angst, dass sie ihn beißen wollte, zurück und trat dabei seinem Großvater auf den Fuß.

»Wo ist der Onkel?«, fragte er hoffnungsvoll und blickte zu seinem Großvater auf.

»Nicht hier«, erwiderte der alte Mann. »Das sieht ja wohl ein Blinder. Und geh bitte von meinem Fuß runter.«

Der Junge unterdrückte die Tränen, denn er wusste, dass sein Großvater launisch wie der Wind in ihrer Heimat war: mal heiß, mal kalt, so unbeständig, dass man stets mit dem Unerwarteten rechnen musste.

Der Großvater nahm die Hand des Jungen und führte ihn geschickt zwischen den vielen Menschen hindurch. Antonio musste laufen, um mitzukommen, und als er den Kopf wandte, sah er, dass Machi Juana eilig hinter ihnen hergewatschelt kam.

Vor dem Flughafengebäude, noch immer an der Hand seines Großvaters, liefen sie durch den strömenden Regen zu einem Parkplatz. In der anderen Hand hielt sein Großvater einen zerknitterten lila Regenschirm mit einer gebrochenen Rippe, der nur den Kopf des alten Mannes schützte.

Ihr Ziel war eine riesige schwarze Limousine. Der Junge setzte sich nach vorn neben seinen Großvater, während Machi Juana auf den Rücksitz kletterte.

Antonio, dem Autos fremd waren und der sich in diesem großen Wagen ganz klein vorkam, bestaunte die alten, aber für ihn beeindruckenden Armaturen, die zerknautschte Lederpolsterung, den dicken Teppich im Fußraum, die schmalen Blumenvasen aus Kristallglas an jedem Fenster.

Aber als er sich umdrehte und nach hinten schaute, schlug ihm das Herz bis zum Hals.

In einer Ecke neben Machi Juana saß zusammengesunken ein dunkler, dünner Mann mit funkelnden roten Augen und dem Grinsen eines Totenschädels. Maximo Coa, Machi Juanas Zaubergehilfe, war eine Furcht einflößende Gestalt. Zitternd rückte der Junge näher an seinen Großvater heran.

Sie fuhren mehrere Stunden lang, während Graupelschauer auf das Wagendach prasselten. Gelegentlich überholten sie einen Lastwagen, der mit Baumstämmen beladen war. Von ihrer feuchten Kleidung beschlugen die Scheiben, was sein Großvater mit Flüchen kommentierte. Als er ein Fenster herunterkurbelte, drang sogleich ein Regenschwall herein, der sie wieder durchnässte und erneutes Fluchen nach sich zog.

Während der Fahrt lauschte der Junge dem Regenwasser, das über den Wagen und über den Boden floss, in Bäche und Flüsse strömte und unter Brücken rauschte. Schließlich schlief er ein, eingelullt vom Brummen des Motors und dem Rhythmus des Regens.

Als Antonio von seinem Großvater geweckt wurde, hielten sie vor einem einsamen Holzhaus irgendwo tief im Wald. Obwohl es eine baufällige Hütte war, fand der Junge, dass sie im Vergleich zu den Häusern in seinem Dorf schön aussah.

»Ich habe gegen den Bären gekämpft, der sich hier eingenistet hatte!«, sagte sein Großvater stolz. »Der Bär hat verloren.«

Der Junge stieg aus dem Wagen, blickte nach rechts und links und dann nach oben, weit nach oben. Er versuchte, die Wipfel der Bäume zu sehen, die sich in den Wolken verloren.

Als seine Augen den Regen und den Wald betrachteten, füllten sie sich mit Tränen, und ihm war, als würde ihm das

Herz zerspringen, doch er verstand nicht, was ihn so anrührte. Es war eine merkwürdige Traurigkeit, für die er keine Worte hatte, auch nicht in seiner eigenen Sprache.

Wohin er auch trat, immer war da unter seinen Füßen ein weiches grünes Kissen; grünes Unterholz, tropfender Regen, wohin er auch schaute. Grüne Wolken über ihm ließen kühles Regenwasser auf sein Gesicht rieseln.

Nie zuvor hatte er solche Bäume gesehen. Riesige Bäume, riesiger, als er es sich je hätte vorstellen können, in allen möglichen Grüntönen und mit schwarzen Schatten in den Gabelungen, wo Äste aus den massigen Stämmen wuchsen.

Trotz ihrer überwältigenden Größe erschienen ihm die Bäume freundlich, und fast meinte er zu hören, wie sie ihn mit ihren flüsternden Stimmen riefen.

Instinktiv begriff er, dass diese fremde, neue Welt von den Bäumen zusammengehalten wurde, wie die Muster in den Webarbeiten seiner Mutter. Ja, ihre großen Stämme trugen bestimmt die Wolken dort oben. Und sogar den Himmel!

Sein Großvater klappte den lila Schirm zusammen, dessen gebrochene Rippe wie ein Knochen hervorstand, und sagte warnend: »Verlieb dich nicht in diese Bäume. Sie sind betörend, aber verräterisch.«

Verräterisch? Wie konnte etwas so Grünes und so Schönes verräterisch sein? Doch der Junge sagte nichts, denn er hatte gelernt, seinem Großvater niemals zu widersprechen.

»Darf ich zwischen den Bäumen herumlaufen, Großvater?«, fragte er.

»Ja, natürlich.« Dann hob der alte Mann warnend die Hand. »Aber sei vorsichtig. Das sind Bestattungsbäume. Hoch oben im Geäst liegen Tote in ihren Kanus. Und manche Tote lauern in hohlen Stämmen.« Mit diesen Worten ging der Alte in das Blockhaus.

Der Junge machte große Augen. »Tote?«

Maximo Coa lächelte dünnlippig. »Ein kluger Großvater weiß, wie man verhindert, dass ein kleiner Junge zu weit wegläuft«, flüsterte der schreckliche Mann mit seiner kratzenden Stimme.

Machi Juana hob ihre massigen Schultern. »Soweit ich weiß, ist es lange her, dass die Eingeborenen hier ihre Toten in Bäumen bestattet haben.«

Als sie das Blockhaus betraten, befahl der Großvater Machi Juana, den Boden zu fegen. Machi Juana gab den Befehl ungerührt an ihren Gehilfen weiter und setzte sich dann auf einen alten Küchenstuhl.

Der Großvater zeigte dem Jungen ein schmales Feldbett, auf dem er schlafen würde. »Das hier ist jetzt dein Zuhause, mein Enkel«, sagte er. »Deine Eltern sind tot, und damit bist du ein Waisenkind.«

Bei dem Wort »Waisenkind« wurde dem Jungen angst und bange, denn er hatte Gerüchte gehört, was Waisenkindern mitunter widerfuhr.

»Wo ist der Onkel?«, fragte er.

»Nicht hier. Er kümmert sich ums Geschäft«, erwiderte sein Großvater in einem Tonfall, der ihm deutlich zu verstehen gab: *Frag nicht weiter!*

Der Junge sah, wie Maximo Coa beim Fegen aufblickte und ihn wie eine Schlange betrachtete. Machi Juana saß teilnahmslos auf ihrem Stuhl und kaute Kokablätter.

»Aber *wir* sind hier!«, sagte sein Großvater. »Und gleich gibt's was zu essen.«

Der alte Mann nahm Essensvorräte von einem groben, ungestrichenen Regal und verrührte verschiedene Zutaten in Schüsseln. Er drehte das Feuer unter zwei Campingkochern an. Auf einem der beiden Kocher stand eine schwarze Pfanne mit Öl. Als das Öl heiß war, rollte sein Großvater Teig aus und hob dann einen dünnen Pfannkuchen mit einem Draht, der in die Mitte ein Loch riss, und senkte ihn in das siedende Öl. Auf diese Weise machte er etliche knusprige Pfannkuchen, die er auf einem gesprungenen weißen Teller stapelte.

Dem Jungen lief das Wasser im Munde zusammen.

Als Nächstes bereitete der Großvater *api* zu, ein Getränk, das aus zwei verschiedenen Flüssigkeiten bestand: dunkelrotem Brombeersaft, der auf dem anderen Kocher dampfte, und einer blassgoldenen Flüssigkeit, die aus Mais gewonnen wurde. Er füllte vier hohe Gläser zur Hälfte mit dem Getränk und goss dann den dampfenden roten Sirup darüber.

Es war köstlich und zusammen mit den zuckerbestreuten Pfannkuchen eine schöne Mahlzeit.

Während der Junge sich in seinem neuen Zuhause einlebte, fragte er häufig nach seinem Onkel, aber er erfuhr nichts. Wenn er von seinem Geburtstagsgeschenk anfing, lächelte der Großvater und sagte, sie würden damit warten, bis der Onkel da war.

Er sah niemanden außer seinem Großvater, Machi Juana und Maximo Coa. Nachts ging sein Großvater fort und ließ den Jungen allein bei den anderen beiden zurück. Wenn der Großvater dann im Morgengrauen wiederkam, machte er das Frühstück, spielte zusammen mit den anderen Karten oder döste vor sich hin, bis es wieder Zeit zum Essen war.

Eines Abends nach dem Essen nahm Machi Juana einen grünen Frosch aus einem Käfig, der mit grünem Moos ausgelegt war. Der Frosch war ungefähr so groß wie die Handfläche des Jungen, hatte einen leuchtend grünen Rücken, einen leicht gefleckten weißen Bauch und tiefschwarze Augen.

»Wofür ist der, Großvater?«, fragte der Junge und kletterte von seinem Feldbett.

»Still!«, befahl der Großvater.

Der Junge setzte sich verschüchtert wieder hin und sah zu, wie sein Großvater Machi Juana half, die Beine des Frosches an einem kleinen Holzrahmen zu befestigen, sodass er in der Luft hing wie ein grünes Trampolin.

Nachdem der Frosch befestigt war, setzte sich Machi Juana hin und fing mit großer Konzentration an, den verlängerten Mittelzeh des Frosches zu melken.

Sein Großvater sah den Zaubergehilfen der Frau an und zog die Augenbrauen hoch. Beide Männer lachten leise. Dann fasste sich Maximo Coa in den Schritt und bewegte die Hand langsam und gezielt auf und nieder.

Machi Juana achtete nicht darauf und melkte weiter den Frosch, bis ein Sekret aus dem Zeh austrat, das sie in einer braunen Glasflasche mit weiter Öffnung auffing. Danach setzte sie den unverletzten Frosch behutsam wieder zurück in den Käfig.

Der kleine Junge sah, wie Maximo Coa mit einem träumerischen Ausdruck im Gesicht etwas Langes und Hartes rieb, das in seiner Hose gewachsen war. Dann wandte ihm der Mann den Rücken zu, und der Junge hörte, wie ein Reißverschluss geöffnet wurde. Der rechte Arm des Mannes bewegte sich gleichmäßig, aber immer schneller.

Er sah zu, wie Machi Juana sich schwerfällig vor Maximo Coa niederkniete und den Arm mit der braunen Glasflasche ausstreckte.

Mit wachsender Verwunderung hörte er, dass Maximo Coa anfing zu keuchen und den rechten Arm noch schneller bewegte. Eine Zeit lang war nichts zu hören außer dem pfeifenden Atem des Mannes und dem regelmäßigen Scheuern von Stoff auf Stoff.

Plötzlich, wie unter dem Befehl einer höheren Macht, sank Maximo Coas Arm herab, der Mann taumelte zur Seite, hob den Kopf und riss die Augen weit auf. Einen Augenblick lang herrschte atemlose Stille. Dann schrie Maximo Coa auf, und ein metallisch aussehender Strahl schoss pulsierend aus seinem Körper.

Machi Juana fluchte, krabbelte zu Maximo Coa hinüber, packte dessen Glied und zielte damit in die braune Flasche, so, wie sie es mit der Froschzehe gemacht hatte.

Der Junge zitterte und vergrub das Gesicht im Kissen, zu verschreckt, um weinen zu können. Er verstand nicht, was er da gesehen hatte. Würde Maximo Coa nun sterben?

Er setzte sich auf und sah seinen Großvater an, weil er hoffte, von ihm eine Erklärung zu bekommen oder zumindest Trost im Gesicht des alten Mannes zu finden.

Doch er sah nur, dass sein Großvater keine Zeit für dumme Kinder hatte. Die Wangen des alten Mannes waren blass, und er starrte noch immer wie gebannt auf die beiden Zauberer.

Maximo Coa lag jetzt ausgestreckt auf dem Boden, so ruhig, dass er auch hätte tot sein können, und Tränen schimmerten auf seinen schlaffen Wangen.

Machi Juana erhob sich und verrührte die beiden Sekrete in

der braunen Flasche mit einem grünen Ästchen. Nachdem sie die Flasche verkorkt hatte, ging sie zum Großvater des Jungen und überreichte sie ihm. Auf dem Rückweg zu ihrem Stuhl versetzte sie Maximo Coa einen Fußtritt.

Schließlich seufzte der Großvater auf, als würde er aus einer Trance erwachen, fuhr sich mit der Hand übers Gesicht und wandte sich seinem Enkel zu: »Du willst also wissen, was es mit dem Frosch auf sich hat?«

Der Junge nickte.

»Aus dem grünen Frosch, den mir Schmuggler aus dem peruanischen Amazonas besorgt haben, gewinnt man *sapo.* Und von einem Mann, der bei seinem Erguss nicht nur Lust, sondern auch heftige Schmerzen empfindet, wodurch er sich von anderen Männern unterscheidet, kommt ein weiteres Sekret. Vermischt man diese beiden Substanzen, so zeigen sie uns, wo die Tiere sind.«

Welche Tiere?, dachte der Kleine verwundert. Wieso müssen wir wissen, wo die Tiere sind? Aber er wagte nicht zu fragen.

Am fünften Tag nach der Ankunft des Jungen war der Nachmittag dunkel, und heftige Windböen trieben Regenschauer vor sich her.

Der Großvater kam spät nach Hause, befahl dem Jungen, mit Maximo Coa im Haus zu bleiben, und ging mit Machi Juana nach draußen auf die verwitterte Veranda, wo sich die beiden leise unterhielten.

Das seltsame Verhalten des Großvaters hatte den Jungen so verunsichert, dass er keine Lust hatte, sich wie sonst die Zeit mit Spielen zu vertreiben. Also saß er ganz still da und versuchte, nicht auf den starren Blick des Gehilfen der Zauberin zu achten.

Später, als sie zu viert um den Küchentisch saßen und früh zu Abend aßen, fragte der Großvater ihn: »Ist es nicht schön hier? So viel Regen. Ein Segen Gottes.«

Der Kleine antwortete nicht, weil er nicht wusste, was er sagen sollte.

Sein Großvater sprach weiter: »Wie in unserer Heimat, findest du nicht? Um uns herum überall Berge.« Er machte eine schwungvolle Armbewegung, als wollte er die Berge draußen zu ihnen in den kleinen Raum bitten.

Der Junge blieb weiter stumm. Er hatte Angst. Sein Großvater war heute so anders, ebenso die beiden Zauberer.

»Na, nun sag was, mein Junge. Oder hast du die Sprache verloren?«

»Bei uns regnet es nicht«, sagte der Junge leise. »Und unsere Berge haben keine Bäume.«

»Das stimmt. Aber es gefällt dir doch hier, oder? Möchtest du nicht für immer hier bleiben?«

»Ich bin so allein, Großvater«, sagte der Junge, starrte auf seinen Teller und kämpfte gegen die Tränen an. »Ich will zu meinem Onkel.«

Sein Großvater blickte zu Machi Juana hinüber und lächelte. Nach einem kurzen Moment lächelte sie auch. Dann stieß Maximo Coa ein krächzendes Lachen aus.

Machi Juana stand auf und ging nach draußen. Maximo Coa folgte ihr unterwürfig, mit schlangenhaften Bewegungen.

Der Großvater stand auf und betrachtete das Kind, das sitzen geblieben war: »Was würdest du sagen, wenn wir jetzt sofort zu deinem Onkel gingen?«

Ein strahlendes, ungläubiges Lächeln erhellte das ernste Gesicht des Jungen. Gleich würde er seinen Onkel sehen! Und sein Geburtstagsgeschenk bekommen! Endlich!

»Worauf wartest du noch?«, fragte der Großvater. »Mach dich fertig. Oder willst du deinen Onkel vielleicht doch nicht sehen?«

Der Junge rannte zum Spülstein, wusch sich Gesicht und Hände und glättete sich rasch mit einer nassen Hand das Haar.

Bevor sie losgingen, holte der Großvater eine Plastiktüte mit getrockneten Kokablättern hervor, von denen er einige knisternd zwischen den Fingern zerrieb. »Die sind gut für die Reise«, sagte er und schob dem Jungen die bröseligen, duftenden Stückchen in den Mund. »Du musst sie kauen. Dann wirst du weder hungrig noch durstig noch müde.«

Ein bitterer Geschmack wie von rohem Spinat breitete sich im Mund des Jungen aus. Dann wurden Zunge und Gaumen taub. Für kurze Zeit erschien ihm alles ganz seltsam. Er blieb bewegungslos stehen und hielt sich an der Tischkante fest, damit er nicht davonschwebte.

»*Vamos! Vamos!* Komm endlich, Kind!«, sagte der Großvater.

»Wann?«, fragte der Junge und sah die Wände an, die seltsam schief wirkten.

»*Ahora! Ahora!* Jetzt!«

Im Westen ballten sich dunkle Wolken zusammen, als sie im Zwielicht der frühen Dämmerung losgingen. Sein Großvater hatte in einer Hand eine Taschenlampe, und in der anderen hielt er ein langes Messer mit breiter Klinge.

Der Junge hatte solche Messer schon früher gesehen, und trotz seiner Freude wich er für einen Augenblick zurück.

Der Großvater bemerkte das Zögern des Jungen und sagte beruhigend: »Keine Angst. Das ist bloß eine Machete. Die brauchen wir, um uns einen Weg durchs Unterholz zu schlagen.«

»Wo ist denn Machi Juana, und wo ist der andere?«, fragte der Junge argwöhnisch.

»Weg. Wer weiß? Wen kümmert's?« Der alte Mann lachte und zerzauste seinem Enkel das Haar.

Das kurze Schwindelgefühl, das der Junge nach dem Kauen der Kokablätter gehabt hatte, ging vorbei, und er fühlte sich leicht und frei wie ein Schmetterling. Eine ganze Weile konnte er gut mit seinem Großvater Schritt halten, obgleich es stetig bergauf ging und sie sich durch nasses Unterholz und über umgestürzte Bäume kämpfen mussten.

Doch plötzlich brach der Junge zusammen und konnte keinen Schritt mehr tun. Als sein Großvater ihn aufhob und weitertrug, fühlte Antonio sich sicher und geborgen.

Sehr viel später wurde der Junge wach, als sein Großvater ihn auf den Boden legte, und er sah, dass es Nacht war und der Regen aufgehört hatte. Er spürte etwas Warmes. In der Nähe brannte ein Lagerfeuer vor einem gewaltigen Granitfelsen.

Und da stand endlich sein Onkel, mit einem breiten, strahlenden Lächeln auf dem liebevollen Gesicht.

Der Junge rief: »Onkel! Onkel!«, und warf sich ihm in die ausgebreiteten Arme. Sie drückten und küssten sich. Beide weinten sie vor Glück, weil sie einander so sehr liebten.

Der Onkel setzte sich auf einen Baumstumpf, und der Junge kletterte ihm, ganz benommen vor Freude, auf den Schoß.

Sie redeten und lachten miteinander, und schließlich griff der Onkel hinter den Baumstumpf und holte ein großes, mit buntem Geschenkpapier verpacktes Geschenk hervor.

Mit aufgerissenen Augen rief der Junge: »Mein Geburtstagsgeschenk!«, nahm es und riss hastig die Verpackung auf. Als er sah, was darin war, gingen ihm vor Glück die Augen über.

»Ein Auto!«, rief er. »Ein richtiger Lastwagen!«

Sein Onkel lachte und sagte: »Das ist das Modell von einem Holzlaster, mit dem die Leute hier die gefällten Bäume aus dem Wald fahren.«

»Der ist aus Holz!«, sagte der Junge atemlos. »Und da sind richtige Baumstämme drauf!«

Geduldig zeigte sein Onkel ihm die liebevoll gearbeiteten Details: die Holzräder, die sich drehten, die Schmutzfänger an den Hinterrädern, die Messingketten, mit denen die kleinen, glatten Stämme auf dem sorgfältig an die Zugmaschine gekoppelten Anhänger befestigt waren.

»Das ist ein Sammlerstück. Damit darf man nicht wild rumspielen.«

»Oh, das mache ich bestimmt nicht, versprochen. Ich bin ganz vorsichtig. Den behalte ich mein ganzes Leben. Und ich bleibe mein ganzes Leben lang bei dir.«

Als der Junge das sagte, sah er eine plötzliche Traurigkeit über das Gesicht seines Onkels huschen, aber dann dachte er, dass es nur die tanzenden Schatten des Feuers gewesen sein konnten.

Als sein Großvater nach ihnen rief, wandten sich beide um, und zur Bestürzung des Jungen waren Machi Juana und Maximo Coa gekommen.

Es blitzte und donnerte, und Antonio sah, dass Machi Juana jetzt ein schwarzgrünes Tuch um die Schultern trug. Prächtiger Silberschmuck schimmerte auf ihrer Brust. Sie hielt eine Trommel, deren runde Oberfläche mit roter Farbe in vier Teile gegliedert war.

Die Zauberin machte ein finsteres Gesicht. »Irgendetwas beobachtet uns«, sagte sie. »Das spüre ich.«

»Was?«, fragte der Großvater.

»Ich weiß es nicht.«

»Das sind nur die Bäume. Sie sehen alles. Nun lasst uns anfangen.«

Die alte Frau setzte sich auf einen umgestürzten Stamm unter den tief hängenden Zweigen einer Tanne und fing an, rhythmisch die Trommel zu schlagen.

Zunächst war das Trommeln kaum schneller oder lauter als ein langsamer Herzschlag. Immer wieder stieß Maximo Coa laute Schreie aus, um die Zauberin in Trance zu versetzen, sie zur Ekstase zu treiben.

Allmählich beschleunigte sich der Rhythmus, und der begleitende Gesang der Zauberin wurde eindringlicher. Ihr Atem ging stoßweise, und Schweiß rann ihr über das Gesicht, während sie sich immer mehr in einen Taumel hineinsteigerte.

Schließlich waren das Trommeln und der Gesang so wild, dass Machi Juana anfing zu hyperventilieren. Ihr Gesicht wurde weiß, und die Augen quollen ihr aus den Höhlen, und als es schien, als müsste sie gleich in Ohnmacht fallen, hielt sie im letzten Augenblick abrupt inne, am ganzen Körper zitternd.

Der Wald verstummte, bis auf das Raunen der gewaltigen

Äste, die sich um sie herum bewegten. Schatten krochen aus dem Feuer, verstohlen wie Mörder.

Der Großvater des Jungen trug ein Kruzifix um den Hals, das hin und her pendelte, als er eine große Tonschale hochhielt und daraus trank. Dann reichte er sie dem Onkel, der gleichfalls trank, den Jungen noch immer auf den Knien haltend.

»Pacha Mama muss auch trinken«, sagte sein Onkel und goss den Rest aus der Schale auf die Erde.

Dann wandte sich der Großvater dem Jungen zu und sprach mit ungewohnt weicher Stimme, langsam und wohlüberlegt: »Antonio Salinas, wir alle sind fern unserer Heimat, in einem fremden Land mit fremden Menschen. Dennoch müssen die alten Bräuche erhalten bleiben. Unser Glaube und unsere Tradition werden fortbestehen wie seit Urzeiten. Es ist unsere höchste Pflicht, dafür zu sorgen.« Er tastete nach dem Kruzifix an seinem Hals.

Der Kleine lauschte mit offenem Mund. Nie zuvor hatte sein Großvater ihm so viel Aufmerksamkeit gewidmet oder so ernst mit ihm gesprochen. Er begriff, dass etwas sehr Wichtiges geschehen würde. Sogar Machi Juana und Maximo Coa waren still und warteten jenseits des Feuerscheins wie hungrige Dorfhunde.

Sollte er jetzt schon in die Welt der Erwachsenen eingeführt werden? Er war erst acht. Aber vielleicht war es hier in den Vereinigten Staaten anders.

»Mag sein, dass du in deiner kindlichen Unschuld das Gefühl hattest, dass ich dich nicht liebe, weil ich kein sehr offenherziger Mann bin«, fuhr sein Großvater fort. »Das Gegenteil ist der Fall. Als Kind meiner einzigen Tochter bist du mein einziger Enkel. Jetzt ist meine einzige Tochter tot. Mir bleibt nur noch mein Sohn, dein Onkel.« Der alte Mann seufzte. »Darum ist mein Gefühl für dich tiefer als bloße Zuneigung, tiefer als Liebe. Das Blut, das in deinen Adern rinnt, spricht zu dem Blut, das durch meine Adern rinnt. Verstehst du, was ich dir sagen will, Kind?«

»Ich glaube ja, Großvater.«

Der Onkel lächelte, legte die Arme um ihn und drückte ihn an sich.

»Ich erkläre hiermit vor Zeugen, dass du für mich das Kostbarste bist, was ich auf der Welt habe. Dein Körper und dein Blut sind mein Körper und mein Blut.«

Der Junge strahlte und setzte sich auf dem Schoß seines Onkels aufrechter hin. Er konnte kaum glauben, was er da hörte. Sein Großvater hatte gesagt, dass er ihn ehrlich, aufrichtig liebte.

In diesem Augenblick wehte ein kalter Wind unheimlich zwischen den Bäumen hindurch. Der Onkel legte seine Jacke um den Jungen, der den Spielzeuglaster noch immer fest in beiden Händen hielt.

Sein Großvater sah lange nachdenklich ins Feuer, betrachtete das Spiel des Windes mit den Flammen. »Alles, was dir widerfahren ist, mein Enkel, hatte einen Grund. Deine Eltern sind am Fieber gestorben, weil es der Wille der Götter war, dass du ohne Mutter und Vater sein solltest. Es war der Wille der Götter, dich zum Waisenkind zu machen.«

Der Junge zitterte. Wer waren diese Götter, von denen sein Großvater da sprach?

»Ich weiß nichts über die Götter, Großvater«, sagte er kleinlaut. »Wer sind sie?«

»Es sind *unsere* Götter, die seit Anbeginn aller Zeit über uns herrschen. Der Verstand der Weißen ist zu simpel, um diese Geheimnisse zu verstehen. Sie behaupten, es gäbe nur einen Gott, der nur einen einzigen Sohn hat. Töricht, findest du nicht? Wenn ich ein Gott wäre, hätte ich viele Söhne und viele Enkel.«

Der Junge fand, dass das irgendwie vernünftig klang.

»Und jetzt werde ich dir etwas über Geschenke erzählen. Ich weiß, dass dir dein Geschenk gefallen hat, weil dir die Freude im Gesicht stand, als du es bekommen hast. Es war ein wichtiges Geschenk, ein wunderbares Geschenk, nicht wahr?«

»Ja, Großvater!« Der Junge nickte heftig.

»Wir haben dir dieses Geschenk gemacht, weil wir dich lieben. Und genauso machen wir auch den Göttern Geschenke, weil wir sie lieben.« Der Großvater kam näher und stand jetzt unmittelbar vor dem Jungen. »Die Götter verlangen Geschenke von den Menschen. Und wir geben ihnen das, was uns am kostbarsten ist. Was wäre ein Geschenk, das keinen Wert hat? Kein Geschenk, sondern eine Beleidigung.«

Als sein Großvater sich herabbeugte und ihn auf die Stirn küsste, spürte der Junge erneut diesen kalten Hauch, aber jetzt schien er aus seinem eigenen Körper zu kommen.

»Du musst verstehen, welche Ehre dir widerfährt«, sagte sein Großvater. »Die Götter machen Kinder zu Waisen, damit wir sie ihnen als Geschenk darbringen können.«

Hilflos blickte der Junge auf in die Augen seines Onkels, die nun seltsam glühten. Und er erkannte die Wahrheit. Nie würde er bei seinem Onkel wohnen. Nie wieder würde er mit seinem Holzlaster spielen, nie wieder Großvaters *api* kosten oder seine gezuckerten Pfannkuchen.

»Es soll sein, wie es von Anbeginn war!«, rief sein Großvater. Es waren uralte Worte, und sein rechter Arm fuhr in einer uralten Geste wie ein Messer durch die Luft.

Mit einem entsetzlichen, beinahe flehenden Lächeln gab der Onkel dem Jungen einen Kuss. Dann hob er ihn hoch, wobei der Holzlaster zur Erde fiel, und übergab ihn dem Großvater.

Trotz der gellenden Schreie des Jungen, trotz seiner verzweifelten Versuche, sich an seinem Großvater festzuklammern, wurde er an Machi Juana weitergereicht, die ihrem Zaubergehilfen zurief, ihr zu helfen.

»Ich will immer brav sein, Großvater! Bitte! Hilf mir, Onkel! Bitte! Ich hab euch lieb!«, wimmerte der Junge.

Wieder sah Antonio das Messer, die Machete, jetzt in Machi Juanas Händen, sah die scharfe, schimmernde Klinge und hoffte, dass es nicht allzu wehtun würde.

Machi Juana und ihr Zaubergehilfe streckten ihn auf dem Boden aus.

Bei vollem Bewusstsein nahm der Junge wahr, was mit ihm geschah, sah das Messer und war jetzt seltsamerweise ohne jede Angst. Alles wirbelte durcheinander und drehte sich, und während der letzte Hauch von Bewusstsein erlosch, spürte er noch, wie er hochgehoben wurde, um ein letztes Mal von seinem Onkel geküsst zu werden.

Dann starb der Junge. Sein Tod hatte weniger als eine Minute gedauert.

Als es vorbei war, nahmen sowohl der Großvater als auch der Onkel ein kleines Stück und aßen, denn das Herz des Kindes war rein. Beide Männer ergriffen das Kruzifix, das sie um den Hals trugen, und küssten es andächtig.

Unmittelbar darauf ging der Großvater des Jungen mit Machi Juana und Maximo Coa fort. Die Zauberin und ihr Gehilfe würden am folgenden Tag nach Südamerika zurückfliegen.

Der Onkel blieb noch die ganze Nacht über im Wald, um gewisse Dinge zu erledigen. Er war zuversichtlich, dass die uralte Zeremonie, für deren Durchführung sie bezahlt und an der sie teilgenommen hatten, ihnen, wie schon in ihrer Heimat, auch in diesem fremden Land geschäftlichen Erfolg bescheren würde.

Dem geliebten Jungen war unermessliches Glück zuteil geworden, denn sie hatten ihm das ewige Leben geschenkt. Er war jetzt ein junger Heiliger, der nun für alle Zeiten in der Welt der Götter leben würde und seinen beiden Wohltätern Gutes widerfahren lassen konnte.

Als schließlich um das Feuer herum alles ruhig geworden war, kam ein Pumaweibchen mit ungewöhnlich blauen Augen anmutig aus seinem Versteck auf einer Douglastanne, schlich vorsichtig heran, schnupperte, sprang zurück und verschwand.

# ◇◇◇◇◇◇◇ Kapitel 2 ◇◇◇◇◇◇◇

◇ Den Kopf gebeugt, die Hände hinter dem Rücken verschränkt, mit den Augen den feuchten Sand nach Geschenken des Meeres absuchend, ging eine junge Frau allein über den weiten Strand bei Taholah.

Sie war groß, mindestens einsachtzig, und schlank. Ihr Name war Joan Tidewater, und sie war mehr als bloß eine attraktive Frau.

Sie war Sheriff, zuständig für den Indianerstamm der Quinault. Außerdem war sie eine Schamanin, eine Anhängerin und Lehrerin der alten Sitten und Bräuche, eine Frau, die erst vor kurzem auf schmerzliche Weise den Glauben ihrer Ahnen wiedergefunden hatte.

Gelegentlich blieb sie stehen, um die Bewohner der vielen kleinen Tümpel zu beobachten, Kammmuscheln, grüne Abalonen, Lochschnecken, Tritonshörner, Seeigel, Miesmuscheln, Seeskorpione, räuberische Seeanemonen.

Joan spürte, dass die Ebbe vorüber war und das Meer langsam wieder anstieg. Bald würden die Tümpel verschwunden sein.

Überall am Strand lagen bis zu fünfzig Zentimeter hohe Haufen von Tausenden von getrockneten oder noch halb feuchten *valella.* Diese kleinen Quallen wurden manchmal im Frühling auf der Olympic-Halbinsel an Land gespült. Joan wusste, dass das Auftauchen der *valella* einen guten Tunfischfang im Sommer verhieß.

Sie sah zu, wie die Aprilsonne in den Nordpazifik tauchte.

Während sie still dastand und den Sonnenuntergang beobachtete, kreiste plötzlich ein Rabe über ihrem Kopf. Er hatte etwas im Schnabel und landete nicht weit entfernt auf einem Haufen Treibgut, das die Flut an den Strand spülte.

Als sie näher kam, flatterte der Rabe krächzend davon. Die heranrollenden Wellen schoben das Treibgut noch weiter auf den Strand, und Joan sah etwas glitzern.

Sie ergriff rasch etwas vom Treibgut und rannte zurück auf trockenen Sand, wo sie in die Hocke ging, um ihren Fund zu untersuchen.

Zwischen Seetang, zerbrochenen Muschelschalen und kleinen, scharfkantigen Steinchen entdeckte Joan etwas, das aussah wie die abgebrochene Hälfte einer kleinen Münze, die an einem bunten, gewebten Band hing. Das orange, lila und scharlachrote Band war der Länge nach durchtrennt.

Als sie die zerbrochene Münze und das halbe Band in die Hand nahm, packte sie ein eiskaltes Frösteln, das nicht mit dem Wetter oder ihren durchnässten Turnschuhen zusammenhing.

Bei genauerem Hinsehen stellte sie fest, dass die Münze aus Gold war; die Verzierung, offenbar ein Jaguar, war noch zum Teil zu erkennen. Das zerfetzte, fleckige Band war durch eine Goldöse gezogen.

Nachdenklich steckte sie Münze und Band in die Jackentasche und ging weiter der Wasserlinie entlang. Sie dachte darüber nach, was es wohl bedeuten mochte, dass sie die Münze gefunden hatte.

Gewitterwolken zogen auf, verdunkelten die Sterne, die gerade zum Vorschein kommen wollten, obgleich Mond und Jupiter hoch oben am westlichen Himmel noch immer ein strahlendes Paar bildeten.

Es wird dunkel und kalt, dachte sie. Zeit, nach Hause zu gehen.

Als sie sich umwandte, um zurückzugehen, sah sie eine einsame Gestalt, die in einem Einbaum mühsam durch die aufgewühlten Brecher Richtung Strand paddelte. Ungefähr fünfzehn Meter nördlich von Joan setzte das Kanu auf den Strand.

Die Gestalt stieg aus, zerrte den Einbaum hinter sich her und verschwand in dem rauchigen Nebel, der sich von dem sich abkühlenden Land erhob.

Joan ging zurück über den nassen Sand und sah, dass die Gestalt Fußspuren, neben ihren eigenen, hinterlassen hatte, die nun von der steigenden Flut rasch verschlungen wurden, sodass sie gezwungen war, den vom Meer überspülten Teil des Strandes zu verlassen.

Sie eilte weiter, bis sie die Mündung des Quinault River erreichte und über den Wellenbrecher kletterte.

Sie stieg in ihren Truck, den sie neben der Fischfabrik abgestellt hatte, und fuhr zu dem alten Haus, das sie und ihr kleiner Sohn Tleyuk gemeinsam mit ihrem Urgroßvater Ahcleet bewohnten, einem der Stammesältesten der Quinault.

Dort war ihr Zuhause, wo sie Wärme und Licht und die

Liebe eines sehr alten Mannes und eines kleinen Jungen erwarteten. Und ein warmes Abendessen, denn der alte Ahcleet kochte leidenschaftlich gern.

Im Haus ihres Urgroßvaters sah Joan die Post durch und fand eine Einladung zu einer Party, die Hannah McTavish am nächsten Abend in der Lake Quinault Lodge gab, um ihr erstes Buch vorzustellen. Zum Glück hatte Joan an diesem Abend dienstfrei, sodass sie hingehen konnte.

Sie wusch sich Gesicht und Hände, bürstete sich die Haare und versteckte dann die zerbrochene Münze mit dem zerfetzten Band tief unten in einer Kommodenschublade, die sie stets verschlossen hielt.

Irgendetwas Böses ging von dieser Münze aus, und sie würde sie hier im Haus mit keinem Wort erwähnen.

Beim Abendessen erzählte Joan dem alten Ahcleet von dem Kanu, das sie gesehen hatte.

»Eins von unseren?«, fragte er.

»Ich denke ja. Es hatte den typischen hohen Bug der Quinault-Kanus, Großvater.«

Der alte Ahcleet hörte ihr aufmerksam zu, während er ganz frisch gefangenen, gebratenen Lachs mit Schnittlauchbutter kaute und mit einem Schluck Kaffee nachspülte.

»Welche Farbe hatte das Kanu?«, fragte er.

»Es war schwarz.«

»Und die Markierungen?«

»Es hatte keine.«

Ahcleet nahm noch ein Stück Lachs und strich Butter auf ein warmes, selbst gebackenes Brötchen.

»Konntest du sehen, was die Person in dem Kanu anhatte?«

»Es sah aus wie ein seltsamer, langer schwarzer Umhang, der von buckligen Schultern fiel.«

Ahcleet ließ das Brötchen fallen. »Der Klokwalle!«, flüsterte er.

»Die Gestalt hat Fußspuren hinterlassen, Großvater.«

»Meinst du etwa, der Klokwalle hinterlässt keine Fußspuren, wenn er Gestalt annimmt?«, fragte Ahcleet.

»Was ist ein Klokwalle?«, wollte Tleyuk wissen.

Joans Sohn war mit seinen acht Jahren voller Fragen, besonders, wenn ihm die Antwort Gelegenheit bot, seinen Brokkoli nicht zu essen, den er verabscheute.

Ahcleet wischte sich Finger und Mund mit einer Papierserviette ab, bevor er sprach: »Der Klokwalle ist ein Geist, der im Westen jenseits des Ozeans wohnt. Wenn er in unsere Welt kommt, dann ganz allein in einem schwarzen Kanu.«

Der alte Mann rieb über die tiefe bläuliche Narbe auf seinem Nasenrücken. »Er ist ganz schwarz und trägt ein schwarzes Gewand.«

»Aber wofür ist er gut, Großvater?«, hakte Tleyuk nach.

Ahcleet deutete auf den Teller des Jungen. »Diese Dinge lernst du, wenn wir mit deiner Ausbildung anfangen. Und jetzt iss deinen Brokkoli.« Dann blickte er Joan an. »Der Klokwalle hat sich schon sehr, sehr lange nicht mehr gezeigt. Ich werde darüber nachdenken müssen, warum er heute Abend gekommen ist und warum er zugelassen hat, dass du ihn siehst.«

Nach dem Abendessen ging Joan schlafen und stellte ihren

Wecker auf eine halbe Stunde vor Mitternacht. Sie musste heute Nacht Streife fahren.

Im Schlaf hatte Joan unruhige, bedrückende Träume von ihrer Mutter, die sie nie gekannt hatte, der Frau, die gestorben war, als sie Joan und ihren Zwillingsbruder Paul Prefontaine zur Welt brachte.

Als der Wecker klingelte und sie aufstand, fühlte sie sich unruhig und erschlagen. Sie duschte, zog sich an und trank eine Tasse Kaffee bei ihrem Urgroßvater, der in seinem Lieblingssessel vor dem Kaminfeuer an seinem Kakao nippte. Tleyuk war schon lange im Bett.

»Hast du gut geschlafen, La'qewamax?«, fragte Ahcleet freundlich.

»Nicht besonders. Ich habe von Mutter geträumt.«

»Hat sie dir irgendeine Botschaft gebracht?«

Joan schüttelte den Kopf und erwähnte weder die zerbrochene Münze mit dem zerrissenen Band, die ihre Mutter ihr im Traum entgegengehalten hatte, noch deren blutbesudelte Hände.

»Sie war bloß eine Erscheinung, deren Gesicht ich nicht sehen konnte. Großvater, wie war sie?«

Ahcleet starrte in die Flammen. »Jocasta war klein und unscheinbar. Sie ist Christin geworden, und sie hat dir deinen *hoquat*-Namen gegeben.« *Hoquat* war das alte Wort für den weißen Mann. La'qewamax, was »Schamane« bedeutet, war Joans richtiger Name in der Sprache der amerikanischen Ureinwohner, den Ahcleet ihr bei ihrer Geburt gegeben hatte.

Sie wussten beide, dass sie den Namen der Frau bedenkenlos aussprechen durften, denn sie war bereits über zehn Jahre tot.

»Mutter ist Christin geworden?«, wunderte sich Joan. Das hatte sie nicht gewusst.

Ahcleet nickte. »Sie hat ihr Herz an die *hoquat*-Religion verloren.«

»Und was hat Vater dazu gesagt?« Sie konnte Mikas Namen nicht laut aussprechen, weil er erst vor wenigen Jahren gestorben war.

»Er hat es ertragen. Und schließlich hat er angefangen zu trinken.«

»Ich habe Dad oft nach unserer Mutter gefragt. Aber er hat immer bloß gesagt, dass sie eine gute Frau war. Mehr hat er mir nie von ihr erzählt, und auch Paul nicht.«

»Es hat ihm zu sehr wehgetan. Euer Vater hat eure Mutter bis zu seinem Tod geliebt.« Ahcleet seufzte. »Und sein Schmerz dauert an, denn nun ist er ohne sie im Land der Toten.«

Nach dem, was sie jetzt über ihre Mutter erfahren hatte, war Joan klar, dass die Tote natürlich an einem der beiden christlichen Orte des Todes sein musste. Um Jocastas willen hoffte sie, dass es der Himmel war.

Als sie aufstand, um ihren Dienst anzutreten, erhob sich auch Ahcleet.

»Suchst du heute Nacht nach jemand Besonderem?«, fragte er.

»Wilderer«, sagte sie. »Da ist irgendwas im Gange, aber ich komme nicht recht dahinter, was es ist. Bis jetzt habe ich nur verstümmelte Überreste gefunden. Und von Verdächtigen kann noch keine Rede sein.«

Ahcleet brummte. »Das sind diese *hoquat* da draußen. Ich finde, die sind alle verdächtig.«

»Nicht unbedingt, Großvater. Aber ganz egal, wer oder was sie sind, sie wildern auf unserem Land genauso wie im Nationalpark.«

Der Olympic National Park, der rund dreihundertsechzigtausend Hektar umfasst, grenzt zum Teil an den Lake Quinault, ebenso wie der Olympic National Forest. National Park und National Forest sind zwei getrennte Einheiten. Der See selbst gehört zum Indianerreservat der Quinault.

Als Joan das Haus verließ, ging der Alte mit ihr auf die Veranda. »Sei vorsichtig –« konnte er gerade noch sagen, bevor eine regennasse Windbö ihm die restlichen Worte von den Lippen riss.

Als ein Blitz über dem Kiesweg vor dem Haus aufzuckte, hielt er Joan zurück.

»Sei besonders vorsichtig.« Er ließ ihren Arm nicht los. »Ist dein Wagen in Ordnung?«

Sie wusste, was er meinte: Hast du einen guten Ersatzreifen? Genug Sprit in den Ersatzkanistern? Ist der Ölstand in letzter Zeit überprüft worden? Sind deine Bremsen in gutem Zustand? Wirst du wohlbehalten zurückkommen?

Denn sie würde in die tiefe, waldige Wildnis und durch menschenleere, kahlgeschlagene Gebiete fahren, über alte Waldwege und überwucherte Pfade – verborgene, gefährliche Orte.

»Der Truck ist vollkommen in Ordnung«, erklärte sie.

»Aber wer ist heute Nacht sonst noch da draußen?«

Joan legte einen Arm um den alten Mann. »Es ist mein Job, das herauszufinden, Großvater. Warum bist du so besorgt?«

»Weil du den Klokwalle gesehen hast. Ich weiß jetzt, was

das bedeutet. Er ist der Geist, der Mut einflößt.« Er nahm ihre Hände. »Etwas kommt auf uns zu. Etwas, für das du übermenschlichen Mut brauchen wirst.«

»Was denn, Großvater?«

Er schüttelte den Kopf. »Ich weiß es nicht.«

Joans Truck war ein Dodge-Geländewagen mit Ballonreifen, beweglichen Suchscheinwerfern auf beiden Seiten und einer vorn angebrachten Winde mit vierzig Metern Seil. Außerdem hatte er CB-Funk, wofür auf der hinteren Stoßstange eine drei Meter lange Peitschenantenne montiert war.

Auf der Tür prangte das Hoheitszeichen des Quinault-Stammes sowie das der Vereinigten Staaten von Amerika, denn Joan war auch US-Hilfsmarshall.

Damit war sie befugt, Ermittlungen auch über die Staatsgrenzen hinaus durchzuführen. Und sie durfte in anderen Staaten und selbst in Flugzeugen eine Waffe tragen.

Obwohl Joan an schwere Patrouillenfahrten in unwegsamen Gebieten gewöhnt war, dachte sie, dass sie selten eine stürmischere Nacht erlebt hatte.

Wind und Regen peitschten durch das Quinault-Tal und fegten über die Bergpässe, begleitet von Blitzen.

Sie war in der Nähe von Ansons Wohnstatt und beschloss, kurz bei ihm vorbeizuschauen.

Anson war ein Weißer, den sie noch aus ihren Teenagertagen kannte. Ihr Vater, damals Polizist im Reservat, hatte ihr und Paul von Anson erzählt, dass er ein guter Mensch sei, ein hochintelligenter Mensch, der ohne eigenes Verschulden in der Welt der Weißen in Schwierigkeiten geraten war.

Vor Jahren hatte er im Reservat Zuflucht gesucht und

wohnte seitdem in einem gewaltigen Zedernstumpf und ernährte sich von der Natur.

Er musste auch einen Nachnamen haben, aber den kannte niemand, und keiner wollte ihm durch neugieriges Fragen zu nahe treten.

Es gab noch mehr Menschen wie ihn, so hatte ihr Vater ihnen erzählt. Menschen, die irgendwo tief im Reservat hausten, niemanden störten, niemanden sahen – Flüchtlinge vor den immer größer werdenden Herausforderungen des modernen Lebens.

Wenn ihr Vater Mika zufällig auf sie gestoßen war, überprüfte er sie, und falls er sie für harmlos befand, ließ er sie unbehelligt und erzählte niemandem von ihrer Existenz. Falls sie ihm nicht gefielen, jagte er sie aus dem Reservat.

Joan fuhr durchs Unterholz bis zu einem riesigen Baumstumpf, der stehen geblieben war, als der Hauptstamm vor mindestens hundert Jahren vom Sturm umgerissen wurde. Jetzt diente er einer kleinen Ansammlung von jungen Bäumen als Nährstamm.

Sie stieg aus dem Wagen, rannte durch den strömenden Regen und klopfte an den Baum. »Anson, ich bin's, Joan«, rief sie laut in die gewittrige Nacht.

Eine unsichtbare Tür im Baum öffnete sich. Ein Mann mit dichtem Vollbart und einer Kerosinlampe in der Hand stand auf der Schwelle.

»Willkommen und herein mit dir«, sagte er.

Sie wischte sich die Füße an einem Haufen frischer Hemlockzweige ab, der draußen neben der Tür lag, und trat ein. Der Boden war mit Bärenfellen ausgelegt.

Als Anson sah, dass sie die Felle betrachtete, sagte er: »Ich hatte mir schon vorgenommen, dich bei deinem nächsten Besuch auf die Bären anzusprechen.«

»Was ist mit ihnen?«

»In letzter Zeit finde ich überall welche, denen nur Tatzen und Galle entfernt worden sind. Da draußen sind Wilderer unterwegs, Joan, und zwar nicht von der Art, wie wir sie hier schon immer hatten. Das sind Profis. Also sei auf der Hut.«

»Mein Großvater hat heute Abend fast genau das Gleiche zu mir gesagt. Dass ich vorsichtig sein soll.«

Flammen züngelten aus der Feuergrube in der Mitte des kreisrunden Baumes. Der Rauch zog durch ein Loch in der drei Meter hohen Decke ab. Joan wusste, dass die Truhen, die als Arbeitsflächen und Sitzgelegenheiten dienten, Bücher enthielten.

Frischer Kaffee brodelte auf dem Feuer, und Anson stellte die Lampe auf den grob behauenen Tisch neben ein paar aufgeschlagene Bücher. Er hatte gelesen.

Als sie näher trat, sah sie, dass es juristische Fachbücher waren, was sie nicht sonderlich überraschte. Anson hatte in Harvard Jura studiert und war Staranwalt in einer renommierten Kanzlei in New York gewesen, bevor er sich aus dieser Welt zurückzog, um im Reservat zu leben.

»Manche lösen gern Kreuzworträtsel«, sagte er. »Mir macht es Spaß, interessante Mordfälle zu erfinden, mit allem Drum und Dran, und dann als Anwalt der Verteidigung aufzutreten. Oder als Staatsanwalt, wenn ich Lust dazu habe.«

»Gewinnst du immer?«

»Nein, manchmal verliere ich auch.« Er lachte herzlich. »Na ja, als kleiner Junge habe ich oft Monopoly ganz für mich allein gespielt und dabei so getan, als wäre ich fünf oder sechs Spieler auf einmal. Wahrscheinlich bin ich in Wirklichkeit gar kein Einzelmensch, sondern eine ganze Gruppe. Vielleicht fühle ich mich deshalb nie einsam.«

»Du solltest deine Fälle aufschreiben. Ich wette, das wären tolle Krimis.«

»Das mache ich schon, bei manchen, nur so zum Spaß. Aber die kriegt niemand zu sehen.«

»Warum denn nicht, Anson?«

Er bekam einen harten Zug um den Mund. »Weil ich mit dieser Welt fertig bin. Sie bedeutet mir nichts.«

Während sie Kaffee tranken, fiel ihr Blick auf ein schwarzweißes Hochglanzfoto von einem jungen Mann, das zwischen den Büchern auf dem Tisch lag.

»Gut aussehender Bursche«, sagte Joan und nahm das Foto in die Hand. »Wer ist das?«

»Einer der zwei Menschen, die mich besuchen dürfen«, sagte er. »Gerade hat er es in die Chefetage einer dieser Firmen in Kalifornien geschafft, wo sie mit irgendwelchen Genen rumpfuschen. Genau der Karrierequatsch, vor dem ich selbst weggelaufen bin. Diese Typen geben erst Ruhe, wenn sie die ganze Welt vernichtet haben.«

Sie betrachtete das Bild und stellte fest, dass der junge Mann maßgeschneiderte Sachen trug, nichts von der Stange. Am Ringfinger der rechten Hand steckte ein ungewöhnlicher goldener Ring, der mit Steinen in Form eines Kreuzes besetzt war.

»Siehst du die Steine da?«, fragte Anson. »Man nennt sie Sonnensteine. Ich habe selbst danach gegraben, als ich mal eine Zeit lang in Oregon gelebt habe. Ich habe sie polieren und diesen Ring da für meinen jungen Freund anfertigen lassen, als er sein Examen bestanden hatte.«

»Anson, wie bekommst du eigentlich deine Post? Per Taubenexpress?«

»Ich leiste mir ein Postfach in Tacoma. Schon seit Jahren. Dadurch halte ich schriftlichen Kontakt zu ein paar Menschen, die Welten entfernt leben. Weit genug, um mir nichts anhaben zu können. Für die staatliche Bürokratie bin ich ohnehin gestorben. Aber von diesem jungen Mann habe ich immer wieder gern gehört. Er versteht mich, und ich verstehe ihn. Zumindest habe ich das geglaubt.«

Joan nippte an ihrem Kaffee und wunderte sich über den sorgenvollen Ausdruck, der über Ansons Gesicht huschte. Vermutlich war es Einsamkeit, vielleicht ein Anflug von Bedauern über verpasste Gelegenheiten.

»Danke für den Kaffee«, sagte Joan und stand auf. »Ich muss weiter, schließlich bin ich im Dienst.«

Er bat sie nicht, noch ein wenig zu bleiben, sondern nahm sie in die Arme und drückte sie lange und fest. Das hatte er noch nie getan.

»Pass auf dich auf, Kleines«, sagte er. »Lass dich mal wieder sehen. Und nimm dich vor den bösen Buben in Acht.«

Als Joan ins Hochland kam, hörte das Unwetter plötzlich auf und ließ eine dunkle, nasse Nacht zurück. Es war so finster wie im Maul eines Wolfes.

Gegen drei Uhr morgens setzte ein scharfer Bodenwind ein, der feuchte Waldabfälle vom Boden aufwirbelte, Regenschauer aus nassen Farnen schüttelte und dann plötzlich innehielt, als forderte er Joan auf, anzuhalten, auszusteigen und in die Dunkelheit zu gehen.

Als sie schließlich auf die Bremse trat und das Seitenfenster herunterkurbelte, drang der Duft des regennassen Waldes in den Wagen.

Sie saß still da, lauschte den Klängen des riesigen Waldes und hörte das typische Rieseln und Tröpfeln des Regens von den Bäumen. Einen Augenblick herrschte absolute Stille. Dann ein sachtes Plätschern, als hätte sich ein kleiner Bach unter ihren Truck verirrt.

Wasser. Wasser floss hinter ihr, dann überall um sie herum. Ein Wasserfall irgendwo weiter oben, dessen Rauschen über die schwächeren Geräusche hinweg zu hören war. Überall die Segnung des Wassers.

Klänge und Düfte, die sie daran erinnerten, wie Roc und sie sich geliebt hatten, wie er geflüstert hatte: »Ja, noch mal, Liebling. Ich werde dich mit meiner Liebe zudecken.«

Ungebetene und verzweifelt bekämpfte, leidenschaftliche Bilder von Joans Exmann stürmten auf sie ein. Sie sperrte sie unnachgiebig aus und rief sich in Erinnerung, was er in Wahrheit gewesen war: ein selbst ernannter Kenner des Glaubens der amerikanischen Ureinwohner – bloß ein Pilzguru, mehr nicht. Roc, der Frauenheld, dem eine Frau, selbst eine so sinnliche Frau wie Joan, einfach nicht reichte.

Joan hatte ihn verlassen, als sie mit Tleyuk im dritten Monat war, und sich mit all ihrer Willenskraft gezwungen, nie wieder einen Mann zu lieben. Das war über acht lange Jahre her.

Sie wischte sich die Tränen vom Gesicht; sie weinte nicht, weil ihr die körperliche Liebe fehlte, sondern weil sie keine sexuelle Lust mehr empfinden konnte.

In all den Jahren, seit sie Roc verlassen hatte, erst an der University of Washington, dann an der Polizeiakademie und schließlich hier im Reservat, hatte sie jeden Mann abgewiesen, der sie begehrte.

Joan öffnete die Wagentür, um den Fuß nach draußen aufs Trittbrett zu setzen. Doch im selben Augenblick spürte sie plötzlich eine schwere Last auf dem Herzen, und sie sank hinters Steuer zurück.

Was war das? Hatte es mit dem Klokwalle zu tun? Oder mit den warnenden Händen ihrer toten Mutter?

Einige Minuten blieb Joan bei geöffneter Wagentür ruhig sitzen. Sie hatte schon seit Jahren nicht mehr über Jocasta nachgedacht.

Warum also jetzt? Warum hatte sie von der Frau geträumt, die ihre Mutter gewesen war? Hatte es mit der Goldmünze zu tun, die der Rabe ihr gebracht hatte?

Ihr Geist konzentrierte sich auf Jocasta. Wie war sie gewesen?

Vor einigen Jahren hatte sie in einem alten Fotoalbum Schnappschüsse von ihren frisch verheirateten Eltern entdeckt. Auf einem Foto lächelte ihre Mutter schüchtern, Arm in Arm mit Joans Vater, der aufrecht und stolz in seiner Sheriffuniform dastand.

Und nach Mikas Tod vor zwei Jahren, als sie und ihr Bruder schließlich schweren Herzens seine Sachen ausräumten, hatte sie eine Strähne vom Haar ihrer Mutter gefunden – schwarz und lockig, genau wie Joans.

»Also daher hast du deine Locken«, hatte Paul gesagt.

Was habe ich außer meinen Haaren noch von meiner Mutter?, fragte Joan sich, während sie fröstelnd und allein in der Wildnis saß. Das Timbre meiner Stimme? Meinen Teint? Die Art, wie ich das Kinn in die Hand stütze, wenn ich grüble?

Obwohl sie mutterlos waren, hatten Paul und sie eine glückliche Kindheit gehabt. Da ihr Vater so oft fort war, hatten sie sich stets an ihren Urgroßvater Ahcleet gewandt, wenn sie Trost oder Rat suchten. Bis heute. Da Joan ihre Mutter nie gekannt hatte, vermisste sie sie auch nicht. Bis heute Nacht.

Jetzt reiß dich zusammen!, befahl sie sich selbst. Schließlich wurde sie nicht dafür bezahlt, über ihre unglückliche Vergangenheit mit einem untreuen Ehemann oder über eine Mutter nachzugrübeln, der sie in dieser Welt nie begegnen würde.

Als Joan sich diesmal zwang auszusteigen, war das Gewicht der unsichtbaren Hand auf ihrem Herzen verschwunden.

Sie schaute sich um, und im selben Augenblick war ihr klar, warum sie nicht bleiben durfte und was ihre Beklemmung ausgelöst hatte. Anscheinend hatte ihr Unterbewusstsein registriert, wo sie war.

Im Licht ihrer Taschenlampe sah sie vor sich den alten massigen Stumpf einer umgestürzten Zeder. Er war groß, zerklüftet, ungefähr fünf Meter hoch, von Wind und Wetter grauweiß gebleicht, mit Löchern und Höhlen in der Rinde, wo einst Äste herausgewachsen waren, die ein verschrecktes Gesicht formten: zwei längliche Augen, ein vor Angst aufgerissener Mund und etwas, das aussah wie eine gespreizte Hand, die in blankem Entsetzen unters Kinn gehoben war.

Das war der »Hüter«, der den Eingang zum Friedhof der Seatco bewachte, jener Wesen, die der Rest der Welt »Bigfoot« nannte. Mika hatte Joan und Paul viele Male vor diesem Ort gewarnt.

Als sie und ihr Bruder noch Kinder waren, hatte ihr Vater sie in den langen Sommerferien oft auf Patrouille durchs Reservat mitgenommen. Mehrmals hatte er ihnen den »Hüter« gezeigt. Niemals, so hatte Mika gesagt, dürften sie die geweihte Erde betreten, die den Seatco heilig war. Und er hatte ihnen eingeschärft, nie darüber zu reden, schon gar nicht Weißen gegenüber, denn dann würden die *hoquat* kommen und heimlich die Überreste ausgraben, um zu beweisen, dass es die Seatco wirklich gab.

Sie erinnerte sich, dass sie als Kind mit großer Neugier auf diesen Fleck gestarrt hatte, der sich in nichts von dem Wald drumherum zu unterscheiden schien, bis auf das eigentümliche Gesicht, das die Natur dem Zedernstumpf verliehen hatte.

Joan stieg wieder in den Truck und setzte vorsichtig zurück, durch Dickichte aus Himbeerbüschen und Tollkirschen, bis sie auf einen längst stillgelegten Holzfällerweg gelangte.

Hier fuhr sie vorsichtig weiter, sooft es ging ohne Licht, hielt dann und wann an, um mit den Suchscheinwerfern die Umgebung abzusuchen.

Bis jetzt hatte sie nichts Verdächtiges entdeckt, keine Tierkadaver oder irgendwelche Anzeichen dafür, dass sich jemand hier herumtrieb. Aber das Reservat war groß, und in dieser Nacht hatte sie nur einen ganz kleinen Teil davon kontrolliert.

Erneut bei ausgeschaltetem Licht hielt sie an, um sich zu erleichtern. Als sie neben dem Wagen hockte, bemerkte sie, wie in der Ferne kurz etwas aufflammte.

Hatte sich da jemand eine Zigarette angezündet? Der Sache musste sie auf den Grund gehen. Hier oben hatte nachts außer ihr niemand etwas zu suchen.

Plötzlich brach ein runder Aprilmond durch die fliehenden Gewitterwolken. In seinem Schein sah Joan auf dem Boden vor sich etwas, das aussah wie frisches Blut.

Able Majors und Jack Flanagan waren beunruhigt. Nicht etwa, dass sie befürchteten, erwischt zu werden. Das war völlig undenkbar, meinten sie, in dieser gottverlassenen Wildnis und wenige Stunden vor Tagesanbruch. Nein, sie fürchteten sich vor einem wütenden Bären.

Ein verwundeter Schwarzbär war sehr gefährlich, konnte sich gegen seine Verfolger wenden und selbst zum Jäger werden. Und auf die Erfahrung, in dunkler Nacht von einem Killerbären verfolgt zu werden, konnten sie gut verzichten.

Sie hatten einen Köder für den Bären ausgelegt, weil sie wussten, dass hungrige, gerade aus dem Winterschlaf erwachte Bären schnurstracks zur nächstbesten Stelle gehen, wo sie möglicherweise etwas zu fressen finden.

Schwarzbären waren ganz wild auf den Schaumstoff in den Sitzen von Autos und den schweren Maschinen der Holzarbeiter. Nicht selten passierte es, dass den Arbeitern die Sitze zerfetzt wurden, wenn sie keine Vorsichtsmaßnahmen trafen.

Die fragliche Stelle war ein stillgelegter Holzverladeplatz, wo Bären, wie beide Männer wussten, im Jahr zuvor einigen Ärger verursacht hatten.

Vier Tage zuvor hatten Majors und Flanagan dort mit Honig eingeriebenes Fleisch verteilt und sich die folgenden drei Nächte auf die Lauer gelegt. Heute Nacht war der Bär gekommen. Aber es war nicht so glatt gelaufen wie sonst. Flanagan hatte nicht genau gezielt und das Tier nur verletzt.

Die beiden Männer verfolgten die Blutspur des Bären etwa eine Meile weit durch sehr unwegsames Gelände, stets auf der Hut, nicht in einen Hinterhalt des Tieres zu geraten.

»Ich glaube, er macht einen großen Bogen und kommt wieder dahin zurück, wo er angeschossen wurde«, sagte Flanagan, als sie kurz Rast machten.

»Ja, der will sich an den Übeltäter ranschleichen, der ihn verwundet hat, und ihn in Stücke reißen«, pflichtete Majors ihm bei.

»Und das wären dann wir«, sagte Flanagan. »Dagegen sollten wir was unternehmen.« Er hielt den Atem an und lauschte aufmerksam.

»Was ist los?«, flüsterte Majors.

»Weiß nicht. Hab das Gefühl, dass wir verfolgt werden.«

»Solange es nicht der verdammte Bär ist«, raunte sein Partner.

Im Schein des Mondes, der sich hinter dunklen Gewitterwolken hervorschob, entdeckten sie mit großer Erleichterung den Bären. Er war mitten auf einem stillgelegten Holztransportweg vor Schwäche zusammengesunken, unweit der Stelle, wo Flanagan ihn angeschossen hatte.

Vom Mondlicht beschienen wie auf einer Bühne, sah das Tier sich leise wimmernd um, sog schnuppernd den Wind ein.

Heftig keuchend, sein Atem dampfend in der kalten Nachtluft, versuchte der Bär auf die Vorderbeine zu kommen.

Majors und Flanagan, die nicht in seiner Windrichtung standen, beobachteten ihn aufmerksam.

Als der Bär sich endlich aufrichtete, zielte Majors sorgfältig und drückte ab. Es war ein Blattschuss. Der Bär stieß einen heiseren Schrei aus und brach langsam zusammen.

Majors wollte losrennen, aber Flanagan hielt ihn zurück. »Immer schön langsam, Able. Sonst wirst du noch von einem toten Bären ins Jenseits befördert.«

Sie warteten ab, um sicherzugehen, dass in dem großen Tier wirklich kein Leben mehr war. Schließlich gingen sie näher heran, zogen ihre Jacken aus, warfen sie auf den Boden, legten ihre Gewehre auf die Jacken, krempelten die Hemdsärmel nach oben und fingen an, den Bären auszunehmen.

Flanagan schlitzte den Bauch von der Kehle bis zum Anus auf. »Hinter dem Burschen sind wir schon lange her«, sagte er.

»Seit der Holzeinschlag hier dichtgemacht wurde, ist die Sache viel einfacher«, sagte Majors, der gerade oberhalb der rechten Hintertatze in das Bein schnitt, die Tatze am Gelenk abtrennte und beiseite warf.

»Das kannst du laut sagen.«

Sie lachten beide leise.

Flanagan schnitt den Kopf des Bären ab, ohne das Fell im Nacken zu verletzen. Nachdem Majors das Fell von allen vier Beinen gelöst und auch die drei anderen Tatzen abgetrennt hatte, fingen sie am Schwanzende an, das Fell behutsam von hinten nach vorne aufzurollen. Als sie fertig waren, hatten sie ein komplettes Bärenfell mit Kopf.

»Willst du was von dem Fleisch?«, fragte Flanagan.

»Bloß nicht. Mein Gefrierschrank ist voll.«

»Meiner auch. Lassen wir's liegen, für die Viecher im Wald.«

Beide Männer wischten sich die Hände an dem nassen Farn im Unterholz ab.

Flanagan zündete für sie beide Zigaretten an. Sie rauchten und warteten, dass man sie abholte, was nicht mehr lange dauern konnte.

»Bill Hereford hat mir gestern von einem interessanten Typen erzählt«, sagte Flanagan. »Wenn wir mit dem ins Geschäft kommen, könnten wir richtig Geld machen.«

Hereford züchtete unten in Humptulips Hunde für die Bärenjagd. Außerdem hatte er mehrere Kühe und einen Bullen, den er zu Zuchtzwecken vermietete.

»Ach ja? Wie das?«

»So wie ich das verstanden habe, müssten wir nur Gallenblasen und Tatzen beschaffen. Die ganze Extraarbeit, um das Fell samt Kopf abzuziehen, würde wegfallen.«

»Wer ist der Typ?«

»Keinen Schimmer. Anscheinend hat er überall seine Leute, in China, Korea und so.«

»Hat Hereford dir gesagt, wie er heißt?«

»Nein.«

In der Ferne hörten sie den Motor eines Trucks. »Da kommt Ed«, sagte Majors. Ed Richter fuhr den Truck für sie.

»Komm, lass uns das Zeug zusammenpacken.«

Sie stopften das Fell mit dem Kopf in einen großen Jutesack. Obendrauf legten sie Gallenblase und Tatzen.

Wie Majors und Flanagan erwartet hatten, kam der Truck, der nur das Standlicht anhatte, um eine Biegung auf dem alten Weg. Als der Wagen ziemlich nah war, hielt der Fahrer plötzlich an, schaltete das Fernlicht ein und glitt geschmeidig aus dem Wagen.

»Lass den Quatsch, Ed«, rief Flanagan, geblendet von den Scheinwerfern. »Mach das Scheißlicht aus und pack mit an.«

Zu ihrer Verblüffung sagte eine kalte, ihnen unbekannte Stimme: »Stehen bleiben!«

Flanagan blinzelte ins Licht. »Wer zum Teufel sind Sie?«, fragte er.

Mit einem Remington-Repetiergewehr im Anschlag trat eine große, uniformierte Frau vor die Scheinwerfer. »Joan Tidewater, Sheriff im Quinault-Reservat. Sie sind verhaftet.«

»Ach du Scheiße«, fluchte Majors angewidert. »Eine Frau, auch das noch.« Er bewegte ein wenig die rechte Hand, als wollte er die Pistole ziehen, die er, wie Flanagan auch, hinten im Hosenbund trug. »Mach keinen Quatsch«, knurrte Flanagan, der seinem Partner durchaus zutraute, auf die Frau zu schießen. »Die Frau zielt mit einer Schrotflinte auf uns und ist keine drei Meter weg.«

Majors ließ die Hand sinken, die Augen auf die Polizistin gerichtet. Er wusste genauso gut wie Flanagan, dass eine Schrotladung aus dieser Nähe ein böses, großes Loch in alles reißen würde, was sie traf, seinen Bauch eingeschlossen.

Joan näherte sich den Männern, blieb aber außerhalb des Lichtkegels.

»Flach auf den Bauch legen, beide, Arme und Beine gespreizt«, befahl sie.

Nachdem sie Folge geleistet hatten, trat sie hinter die beiden ausgestreckten Männer und legte ihnen Handschellen an. Dann zog sie beiden eine Kurzlaufpistole aus dem Hosenbund und warf die Waffen beiseite.

Joan schaltete den kleinen Kassettenrekorder ein, den sie im Dienst immer dabeihatte, und wies die beiden auf ihre Rechte hin. Sie holte die Kamera aus dem Geländewagen und machte Fotos vom Schauplatz der Festnahme und von den Festgenommenen.

»Im Staate Washington geht die Jagdsaison für Schwarzbären vom ersten August bis zum ersten November«, sagte sie. »Nach meinem Kalender haben wir jetzt Mitte April.«

Keine Antwort.

»Wer seid ihr beiden eigentlich?«, fragte sie.

Majors hob das Gesicht von der Erde und sagte mit schiefem Grinsen: »Mr. A. Nonym.«

»Genau, und ich bin sein Bruder, B. Nonym.«

Sie durchsuchte sie, fand aber keine Ausweispapiere. »Okay, ich hoffe, das Essen im Knast schmeckt euch«, sagte sie.

Joan wusste, dass diese Männer vor Gericht gestellt und verurteilt werden würden. Sie hatte sie auf frischer Tat ertappt. Das Wildern von Schwarzbären war ein schweres Vergehen, das mit einer Geldstrafe von bis zu tausend Dollar und Gefängnis von mindestens einem Monat bis zu höchstens einem Jahr bestraft wurde. Für das Wildern von Großwild wurde nicht selten die Höchststrafe verhängt, erst recht, wenn es sich um Wiederholungstäter handelte – und davon ging sie in diesem Fall aus. Die beiden hatten bestimmt schon viele Bären getötet. Und vermutlich auch Pumas und Adler.

Sie überlegte, ob sie noch etwas warten sollte, um eventuell auch den Fahrer zu erwischen, aber sie entschied sich dagegen, weil er vermutlich ohnehin davonkommen würde.

»Okay, Gentlemen, hoch mit euch«, befahl sie.

Die beiden blieben reglos liegen.

Sie konnte sich gut vorstellen, was in ihren Köpfen vor sich ging: Sie war bloß eine Frau, aber sie waren zwei starke, wenn auch vorübergehend außer Gefecht gesetzte Männer. Sie würden einfach abwarten, bis ihr Kumpel kam, und der würde sich, wenn er den fremden Wagen sah, schon irgendeinen Fluchtplan für sie alle ausdenken. Drei Männer gegen eine Frau. Sie hatten die Nummernschilder ihres Wagens mit Dreck verschmiert, sodass eine eindeutige Identifizierung unmöglich war, falls ihnen die Flucht gelang.

Sie stieß Flanagan leicht mit der Stiefelspitze in die Seite. »Aufstehen, hab ich gesagt!«

Er stöhnte leicht, als ob sie ihm Schmerzen zugefügt hätte, aber keiner von beiden bewegte sich.

Sie zielte mit dem Gewehr auf Flanagans Knie. »Mir selbst ist zwar noch nie eine Kniescheibe weggeschossen worden, aber wie ich höre, soll es sehr schmerzhaft sein«, sagte sie.

Flanagan sah zu ihr auf und lächelte. »So was Gemeines würden Sie doch nie tun.«

»Das werden wir ja sehen«, sagte sie und schoss neben ihren Köpfen ins Unterholz.

Sie blieben mucksmäuschenstill liegen.

»Okay, dann wollt ihr's eben nicht anders.«

Joan ging zum Truck, rollte das Seil der Motorwinde ab, ging damit zu Flanagan, befestigte den Haken an dessen Handschellen, ging zurück zum Truck und betätigte den Starthebel. Unter lautem Protestgeschrei wurde Flanagan unsanft über den holprigen, steinigen und schlammigen Boden gezerrt, bis er schließlich, wenn auch nicht aus eigener Kraft, bei Joans Wagen landete.

»Lady, Sie sind ein harter Brocken«, brachte er wütend zwischen Husten und Spucken hervor, als sie ihm aufhalf.

»Nur so hart wie nötig.«

Joan öffnete die hintere Tür des Trucks, griff hinein und

zog ein Nylonseil durch eine Flaschenzugvorrichtung, die am Dach befestigt war. Sie schlang Flanagan das Seil unter den Armen um den Körper und zog es am Nacken hoch. Unter aufmunternder Nachhilfe ihres Gewehres kroch er auf die Rückbank, wo er schließlich zusammengekauert und gefesselt unter dem Flaschenzug saß.

Joan schlenderte zu seinem Partner hinüber. »Okay. Möchten Sie zum Wagen gehen, oder soll ich Sie auch hinschleifen?«

Majors stand widerstandslos auf und kletterte eilig zu Flanagan auf die Rückbank.

Joan fesselte ihn, fädelte das Ende des Seils durch ein Loch in der Wagenseite, zurrte es fest und wickelte es mehrmals um eine Halterung an der Außenseite.

»Hübsch verpackt«, sagte sie. »Damit ihr mir nicht hinfallt und euch am Ende noch wehtut.«

Beide bedachten sie mit mürrischen Blicken.

Sie hob die Gewehre und Pistolen der Männer auf, überprüfte, dass keine Kugeln in den Kammern waren, und legte sie auf die Ladefläche.

Den Jutesack mit den Beweisstücken – Bärenfell, Tatzen und Gallenblase – stopfte sie auf die Rückbank zu den Tätern, dann knallte sie die Tür zu.

Sie fuhr, so schnell sie konnte, aus den Bergen und der Wildnis. Noch während sie unterwegs waren, ging langsam die Sonne auf und überzog den Himmel mit orangeroten und lila Schleiern.

In demselben Gebiet, in dem Joan gerade die beiden Wilderer verhaftet hatte, aber außer Hörweite, wartete ein Sohn der höchsten Orte der Erde darauf, die Morgendämmerung zu grüßen.

Mit erhobenen Armen stand er am Rande einer tiefen, bewaldeten Schlucht. Er zeichnete sich als Silhouette gegen den Morgenhimmel ab, und unter ihm aus dem dunklen Abgrund stieg Nebel auf. Wie er so dastand, hätte er ein Erzengel sein können, der gerade auf die Erde hinabgestiegen war. Oder ein Teufel, der gleich in die Hölle zurückkehrt.

Als Joan am frühen Vormittag endlich nach Hause kam und sich ins Bett legte, ging sie im Geist noch einmal die Ereignisse der letzten Nacht durch.

Sie lächelte, denn ihr war ein dicker Fisch ins Netz gegangen. Sie hatte bereits Meldung an die Umweltschutzbehörde und anstandshalber an Jasper Wright, den Bezirkssheriff, gemacht.

Dann dachte sie lange über Anson nach. Sie hatte ihn einmal frisch rasiert gesehen, und dabei war ihr aufgefallen, was für ein gut aussehender Mann er doch war, schlank und kräftig, mit »intelligenten« Händen. Händen, die alles konnten, jede schwere Arbeit und jede feine Arbeit. Sie fragte sich, wie er wohl eine Frau berühren würde.

Sie schloss die Augen und schlief ein. Zum ersten Mal in ihrem Leben träumte sie von Pumas, dass sie sich in einen Puma verwandelte, der ihr Totemtier war. Die Verwandlung erschien ihr mühsam und schmerzlich. Sie trug zwar das Fell eines Pumas, blieb aber eine menschliche Frau, Arme und Beine unbequem in die Beine des Pumas gezwängt. Ihre eigenen Augen spähten durch große blaue Augen – Augen, die nicht ihr gehörten.

# ◇◇◇◇◇◇◇ Kapitel 3 ◇◇◇◇◇◇◇

◇ In ihrem ganzen Leben hatte Hannah McTavish noch nie so viele Menschen aus allen Teilen der Erde versammelt gesehen.

Neben den zahlreichen Vertretern der amerikanischen Holzindustrie wimmelte es von Südamerikanern, Russen, Chinesen und Koreanern.

Das ist ja wie beim Turmbau zu Babel, dachte sie, während sie den seltsamen Sprachen lauschte, die um sie herum gesprochen wurden, und überlegte, warum fremde Sprachen für das ungeübte Ohr immer so klangen, als würden sie mit ungeheurer Geschwindigkeit heruntergerasselt.

Anlass war der fünfundsechzigste Jahreskongress der nordwestamerikanischen Holzindustrie, der diesmal in der Lake Quinault Lodge stattfand.

Draußen auf dem Parkplatz standen riesige Anhänger mit Geräten und Maschinen, eine beeindruckende Ausstellung. Über dreißig Meter hohe Kräne ragten in die Höhe, und Holzlader standen Seite an Seite mit Spezialhubschraubern für den Transport gefällter Stämme.

Die meisten Kaufinteressenten kamen aus fernen Ländern. Sie suchten hochwertige amerikanische Maschinen, mit denen sie ihre Waldbestände effizienter abholzen konnten.

Hannah wartete nervös in der Eingangshalle, um die Gäste zu ihrer Party zu begrüßen, die in einem Empfangsraum der Lodge stattfand.

Als die beiden großen, gut aussehenden Menschen in die Eingangshalle kamen, wandten sich ihnen alle Blicke zu. Die Neuankömmlinge waren Joan Tidewater und ihr Zwillingsbruder Paul Prefontaine, der für die Stadt Taholah zuständige Polizeichef.

Joan sah elegant aus: Sie war als Gast hier, nicht als Polizeibeamtin, obwohl sie eigentlich immer im Dienst war. Sie trug ein blaugrünes Seidenkleid und um den Hals ein dreifaches Band aus gebogenen Perlmuttstücken. Ihre kurzen schwarzen Locken hatte sie nach hinten gekämmt und hochgesteckt, sodass ihr Profil mit den hohen Wangenknochen voll zur Geltung kam.

Prefontaine, in Uniform, war ein stattlicher Mann mit breiter Brust, schmalen Hüften und langen, geraden Beinen, der es auf stolze einsachtundneunzig brachte. Pechschwarzes, glattes Haar fiel ihm bis auf die Schultern. Seine Augen waren wie Joans groß und dunkel, mit goldenen Lichtreflexen darin, darüber gerade schwarze Augenbrauen. Die kräftige Nase überragte einen breiten, großzügigen Mund.

Unmittelbar hinter den beiden – und wegen seines Alters und seiner Haltung sogar noch beeindruckender – kam ihr Urgroßvater, der alte Ahcleet, der Schamane und frühere Walfänger, der jetzt in seinem zehnten Lebensjahrzehnt stand.

Ahcleets edles Gesicht war von unzähligen feinen Linien

und tiefen Falten durchzogen, eine alte Narbe auf seinem Nasenrücken leuchtete bläulich. Er trug das lange graue Haar zu schimmernden Zöpfen geflochten. Die Spangen, die sie zusammenhielten, waren aus Dentaliumschalen gefertigt, knapp zehn Zentimeter langen Muscheln, die wie kleine Walrosshauer aussahen und in alten Zeiten ein wertvolles Zahlungsmittel gewesen waren.

An der Hand hielt der alte Ahcleet Joans achtjährigen Sohn Tleyuk, der vor lauter Aufregung ganz runde Augen machte. Er hatte funkelnagelneue Jeans an und ein neues Sweatshirt mit dem typischen Quinault-Symbol für Lachs vorne auf der Brust.

Hannah eilte zu ihnen, um sie zu begrüßen. Sie trug ein schwarzes Seidenkleid von schlichter Eleganz mit weiten, langen Ärmeln, schwarze Seidenstrümpfe und schwarze Pumps. Paul Prefontaine fand, dass sie in Schwarz wunderschön aussah. Ihr feiner Porzellanteint leuchtete wie eine Perle auf schwarzem Samt.

»Ich sehe hoffentlich nicht aus, als würde ich Trauer tragen?«, hörte Prefontaine sie lachend zu Joan sagen, und ihre grauen Augen strahlten. Bevor Joan etwas erwidern konnte, wurde Hannah rot und lächelte Prefontaine zu.

Sie gingen in den Empfangsraum. Hannah meinte, die übrigen Gäste würden den Weg schon finden und die meisten seien ohnehin schon da.

Hannah war von Beruf Fotografin; ihre Arbeiten wurden wegen der klaren Linie und dem Einsatz von Licht mit denen von Ansel Adams verglichen. Aber ihre Fotografien waren auf Grund ihrer aquarellartigen Wirkung außergewöhnlich, voller Magie.

Hannah war mit Michael McTavish verheiratet, dem Besitzer der Quinault Timber Company.

Heute wurde ihr erster Fotoband über den Regenwald vorgestellt. Prefontaine bemerkte, dass die signierten Exemplare reißenden Absatz fanden.

Hannah war bemüht, dass alle Gäste ihre Lektorin Susan Greer aus New York kennen lernten, eine bleistiftdünne junge Frau mit borstigem Haar, die jeden zum Büffett einlud, selbst aber nichts aß, sondern nur hin und wieder an ihrem Sektglas nippte.

Während Hannah lachte und sich mit einigen Gratulanten unterhielt, fiel Prefontaine auf, dass sie schlanker geworden war. Er erinnerte sich an Hannah in verschiedenster Kleidung. An das schicke Kostüm, das sie getragen hatte, als sie in dem abgestürzten Holzlader an der Verladestelle den Toten gefunden hatten, den man irrtümlich für ihren Mann hielt. An den Seidenkimono – und sonst nichts –, als sie den ersten anonymen Brief erhielt. An das lange Nachthemd und den Morgenmantel jener Nacht, die er in ihrem Wohnzimmer verbracht hatte, um sie zu beschützen. An die verwaschene Jeans und das alte Sweatshirt an jenem Abend am Strand, als er ihr gesagt hatte, dass er sie liebte, und sie ihm zu verstehen gab, dass sie seine Gefühle erwiderte.

Er hatte keinerlei Erinnerung mehr daran, was sie an dem Tag getragen hatte, als er und Joan Hannahs schwer verletzten Mann Michael fanden. Der Schock hatte alles aus seinem Gedächtnis gelöscht, bis auf den Ausdruck in Hannahs Gesicht, als er ihr sagte, dass Michael lebte. Diesen Blick, der deutlicher als alle Worte förmlich schrie: »Ich liebe *dich!* Und ich will *dich!*«

Aber sie hatte auch ihren Mann sehr geliebt. Und obwohl sie in der Zeit, als sie Michael für tot hielt, ihre schmerzhafte Trauerphase zum großen Teil bereits durchgestanden hatte, war klar gewesen, dass Prefontaine und sie nur Freunde sein konnten.

Und es war eine vorsichtige Freundschaft, denn Prefontaine fühlte sich noch immer unwiderstehlich zu ihr hingezogen, und er war sicher, dass sie dasselbe für ihn empfand. Er wusste aber auch, dass Hannah ihrem Mann niemals untreu werden würde, ganz gleich, wie leidenschaftlich sie einen anderen Mann begehrte.

Obwohl mittlerweile zwei Jahre vergangen waren, wollte Prefontaine sie immer noch, und daran würde sich nie etwas ändern. Manchmal fragte er sich, ob er Hannahs Mann je würde vergeben können, dass er wieder aufgetaucht war.

Und eines wusste er ganz genau: Wäre Michael nicht der Mann, der er war, würde er ohne Bedenken versuchen, ihm Hannah und die Kinder wegzunehmen. Aber Michael war ein guter Mann, der seine Familie liebte und es auch zeigte – auf jede erdenkliche Weise.

Und deshalb stand er heute Abend an dem ihm gebührenden Platz neben seiner Frau. Michael McTavish, der Mann, der von den Toten zurückgekehrt war.

Die beiden Kinder von Hannah und Michael, der zwölfjährige Angus und die zehnjährige Elspat, standen ihren Eltern mit feierlichem Ernst zur Seite. Sie hatten sich herausgeputzt und wagten kaum, sich in ihren neuen Sachen zu bewegen.

Prefontaine riss sich von seinen Erinnerungen los und schob seine Eifersucht beiseite. Lächelnd reichte er Michael die Hand. »Kein Smoking?«, flüsterte er augenzwinkernd.

»Gott, bloß nicht. Dieses steife Hemd ist schon schlimm genug«, erwiderte McTavish und zerrte mit einem Finger an seinem Kragen.

Als McTavish den Kopf wandte und zu einem Mann hinüberschaute, der allein vor dem Kamin stand, blickte Prefontaine auf die schrecklichen Narben auf Michaels rechter Gesichtshälfte, die Folgen des schweren Arbeitsunfalls damals im Wald.

Fran Wilkerson, die Geschäftsführerin der Lodge, und ihr neu eingestellter Assistent Joshua Little eilten unauffällig hin und her und sorgten dafür, dass das Büfett immer reichlich bestückt war.

»Adi, sag dem Küchenchef, dass die Schnittchen knapp werden«, wies Fran gerade Joshua an. »Und kümmere dich gleich noch um Nachschub bei den Getränken.«

Als Prefontaine zu Fran hinüberging, hastete Joshua schon von dannen, um Frans Anordnungen zu befolgen.

Joshua war ein hübscher junger Mann, der sich mit Eleganz zu bewegen wusste; braun gebrannt mit strahlendweißen Zähnen. Das typische gute Aussehen eines Südkaliforniers, dachte Prefontaine.

»Na, wie gefällt ihm denn der Spitzname, den du ihm gegeben hast?«, erkundigte er sich bei Fran.

»Adi?« Sie sah ihn überrascht an, weil sie einen Hauch von Kritik zu vernehmen meinte. »Er hört drauf.«

»Wieso nennst du ihn nicht Josh?«

Fran wandte sich um und sah den Polizeichef an. »Also, Paul, das war so. Bei seinem Vorstellungsgespräch habe ich gleich gewusst, dass er von allen Bewerbern als Einziger wirklich in Frage kam, und da habe ich gesagt: ›Du bist ein richtiger Adonis, mein Junge.‹ Und das ist er auch, und deshalb habe ich ihn von Anfang an Adi genannt.«

Prefontaine schlenderte weiter, insgeheim amüsiert darüber, dass Fran an ihrem Spitznamen für Joshua Little rein gar nichts Chauvinistisches fand.

Ruby Campbell und seine Frau Melisande waren relativ neu in der Gegend und hatten vor nicht allzu langer Zeit ein Haus auf den Klippen bei Moclips gekauft.

Jetzt kamen sie, um ein wenig mit Prefontaine zu plaudern, nachdem sie zuerst Hannah gratuliert, ein signiertes Exemplar ihres Buches erworben, Michael die Hand geschüttelt und sich am Büfett bedient hatten.

Melisande war eine wunderbare Frau, die im fortgeschrittenen Alter ihre Leidenschaft für Ölmalerei entdeckt hatte.

Prefontaine, dem die Reste von Kadmiumgelb und Jagdgrün in ihrem kastanienbraunen Haar auffielen – wodurch sie an ein herbstlich gefärbtes Blatt erinnerte –, vermutete, dass Ruby seine Frau gerade noch rechtzeitig aus ihrem Atelier gezerrt hatte.

Ruby selbst war eine denkwürdige Erscheinung, ein großer, aufrechter Mann mit von Salzluft und Sonne gebleichten Haaren und Brauen, mit wachen, hellen Wolfsaugen und dem gesunden Teint eines Menschen, der viel an der frischen Luft ist. Ein tiefes, rundes Grübchen im glatt rasierten Kinn bewahrte sein Gesicht davor, allzu kriegerisch zu wirken. Heute Abend trug er Cowboykleidung und Stiefel.

Er stammte gebürtig aus Kentucky und hatte nach dem Zweiten Weltkrieg an der nördlichen Pazifikküste verschiedene Unternehmen gegründet. Industrielacke, Straßenbau, Bau von Swimmingpools, Klimaanlagen und Heizungsbau, Wärmedämmung und so weiter. Sobald eine von ihm aufgebaute Firma schwarze Zahlen schrieb, langweilte sie ihn, und er verkaufte sie mal mit Gewinn, mal ohne und fing etwas Neues an.

»Er ist Wassermann«, hatte Melisande einmal Paul anvertraut. »Und Sie wissen ja, wie die sind – immer mit einem Bein im nächsten Jahrzehnt.«

Jedermann glaubte, dass Ruby auf die Olympic-Halbinsel gekommen war, um sich zur Ruhe zu setzen und seinen Hobbys nachzugehen – Wandern, Jagen, Fischen, Segeln und dann und wann ein gutes Glas in einer Kneipe.

Prefontaine und Joan jedoch wussten noch etwas über Ruby, das außer seiner Frau sonst niemand wusste. Ruby arbeitete insgeheim als »Cop« für die Umweltbehörde. Er sollte überwachen, dass die Holzunternehmer nicht mehr Bäume fällten, als vertraglich festgesetzt war.

Das unerlaubte Fällen von Bäumen war ein Spiel, das die Unternehmer schon seit Jahren spielten; und Prefontaine musste jedes Mal daran denken, wenn er einen voll beladenen Holzlaster über den Highway aus dem Reservat rollen sah. Schließlich brachte jeder fünfzehn Meter lange Abschnitt Stammholz zwischen vier- und sechstausend Dollar.

Und mittlerweile fragte Prefontaine sich, ob Ruby Campbell nicht noch etwas anderes trieb – etwas, das noch gefährlicher war.

Michael McTavish und Prefontaine gingen zusammen in die Eingangshalle.

»Sieh dir mal den Burschen da am Kamin an, den Typen mit dem Adlergesicht«, sagte McTavish.

Prefontaine schaute hinüber und sah einen großen, hageren Mann mit scharf geschnittenem Profil, der in die Flammen starrte.

»Was ist mit dem?«, fragte er.

»Er hat mir erzählt, er sei Kryptozoologe.«

»Wie bitte?«

»Ich habe gedacht, das heißt, dass er Mausoleumsgewölbe verkauft. Aber er meinte, nein, er beschäftigte sich mit verborgenen Tieren.«

Verborgene Tiere? Sofort musste Prefontaine an Joans Jagd auf Wilderer denken. »Ich glaube, ich rede mal ein paar Takte mit ihm.« Prefontaine schlenderte lässig hinüber zu dem riesigen handbehauenen Steinkamin und grüßte zwischendurch Freunde und Bekannte. Als er das Profil des Fremden aus der Nähe sah, dachte er, tatsächlich ein Adlergesicht!

Der Mann hatte glattes weißes Haar, das aus der niedrigen Stirn nach hinten gekämmt war und ihm bis auf die Schultern fiel, eine Hakennase und glitzernde Augen. Zudem trug er dunkle Kleidung, wie die Farbe des Gefieders eines ausgewachsenen Adlers. Er stand vorgebeugt da, als wollte er gleich auf einen imaginären Lachs niederstoßen, der in den Flammen stromaufwärts schwamm.

Prefontaine streckte die Hand aus und sagte: »Guten Abend, ich glaube, wir kennen uns noch nicht. Ich bin Paul Prefontaine, vom Stamm der Quinault.«

Der Mann richtete sich auf, als müsste er seine widerstrebenden Gedanken aus dem Feuer zerren. Er musterte Prefontaine, dann reichte er ihm die Hand. »Edward Eagleton.«

Als Eagleton fragte, welches gesellschaftliche Ereignis denn in dem Empfangsraum stattfand, erzählte Prefontaine ihm von Hannahs Buch über den Regenwald.

»So viel Begeisterung für ein Buch ist mir fremd«, erwiderte Eagleton. »Meine eigenen Bücher haben immer nur lautstarke Diskussionen und wahrscheinlich auch die eine oder andere Handgreiflichkeit ausgelöst, jedenfalls haben sie nie Anlass zu irgendwelchen Feierlichkeiten geboten.«

»Sie haben Bücher veröffentlicht?«

Eagleton nickte. »Um Sie nicht in Verlegenheit zu bringen, kann ich Ihnen gleich sagen, dass Sie nie eins davon gelesen haben. Es sei denn, Sie lesen wissenschaftliche Publikationen.«

»Manchmal schon.«

Eagleton nannte zwar nicht die Titel seiner Bücher, aber er reichte Paul immerhin eine Visitenkarte. »Ich bin das, was man einen Kryptozoologen nennt.«

Prefontaine sah sich die Karte an.

»Falls Sie sich fragen, was das ist, und das tun Sie bestimmt: Ich beschäftige mich mit der Erforschung verborgener Tiere.«

»Verborgene Tiere?«

»Jawohl. Dieser Zweig der Zoologie untersucht die Möglichkeit, dass Wesen wie das Ungeheuer von Loch Ness, Bigfoot und der Yeti tatsächlich existieren.«

»Ich verstehe«, sagte Prefontaine.

Eagleton lächelte dünn. »Ich habe gehört, dass die Quinault an die Existenz des Bigfoot glauben. Stimmt das?«

»Oh, ich weiß nicht. Verschiedene Menschen zu verschiedenen Zeiten glauben verschiedene Dinge. Da kann man nicht immer auf dem Laufenden sein.« Prefontaine sah ihn ruhig an und sagte: »Jedenfalls willkommen in unserer Heimat, Mr. Eagleton.«

Als er weiterging, dachte er bei sich: Meine Güte! Noch so ein Bigfoot-Jäger!

Joan fand, dass es eine gelungene Party war. Als sie den Blick durch den Raum schweifen ließ, sah sie ihren Bruder in angeregtem Gespräch mit zwei Männern, die sie noch nie gesehen hatte. Michael McTavish stand neben Paul, die Arme vor der Brust verschränkt, und hörte aufmerksam zu.

»Joan!«, rief ihr Bruder und winkte sie zu sich.

Sie ging lächelnd zu der Männergruppe.

»Das sind zwei Bekannte von Michael. Er hat sie zufällig getroffen, als sie aus dem Speisesaal kamen«, sagte er und fügte hinzu: »Am besten, Mike macht euch miteinander bekannt.«

»Joan«, sagte McTavish, »darf ich dir Mr. Xavier Escoro und Mr. Lima Clemente vorstellen? Gentlemen, Joan Tidewater, Pauls Schwester. Sheriff Tidewater, besser gesagt. Joan ist Sheriff im Quinault-Reservat.«

Sogleich hörte sie die üblichen Komplimente über ihr Aussehen, wie sie es inzwischen gewohnt war, vor allem wenn neue Männerbekanntschaften erfuhren, dass sie Polizistin war.

»Mr. Escoro«, sagte sie und reichte dem älteren Herrn die Hand. Er war kräftig und muskulös, mit buschigem weißen Haar, wilden schwarzen Augenbrauen und einer übergroßen, abgeflachten Nase. Dem möchte ich nicht im Dunkeln begegnen, dachte sie.

»Ich hoffe, die Männer in diesem Land wissen Ihre Schönheit zu würdigen«, sagte Xavier Escoro mit rauer Stimme und verbeugte sich leicht. »Eine Schönheit wie Ihre ist äußerst rar, meine Liebe.«

Eine andere Stimme, samtig und verführerisch, meldete sich zu Wort: »Ich begehe auf der Stelle ein grässliches Verbrechen, wenn Sie mir versprechen, dass Sie mich persönlich verhaften.«

Xavier Escoro wich zurück, als ob er einem jüngeren, stärkeren Konkurrenten das Feld überlassen wollte.

Als Joan den Kopf leicht wandte, war ihr erster Eindruck, dass zwei große aschgraue Augen sie wie aus der Dunkelheit ansahen. Dann erkannte sie, dass vor ihr ein Mann mit einer bedrückenden Präsenz stand, beinahe brutal attraktiv und nur wenig größer als sie selbst.

»Ich bin Lima Clemente«, sagte er leise und nahm ihre Hand, nicht mit einer raschen Bewegung, sondern sacht, wie ein guter Freund. Oder ein Geliebter.

Sofort wusste sie, dass dieses ausdrucksvolle Gesicht alle menschlichen Gefühle spiegeln konnte: Leidenschaft, Hass, Gier, Güte, Wildheit. Und Liebe.

Er hatte eine hohe, intelligente Stirn, schwarze Brauen, die sich über erstaunlichen Augen wölbten, einen Teint wie Walnussöl, volle, sinnliche Lippen. Dichtes, glattes schwarzes Haar war auf Kragenlänge geschnitten. Weiße Zähne leuchteten aus einem freundlichen, aber dunklen Lächeln.

Als er ihre Hand berührte, fing Joans Körper innerlich an zu pulsieren, und eine brennende Woge erfasste sie mit solcher Wucht, dass sie einen Moment lang zitterte. Ich lebe noch!, dachte sie triumphierend.

Lima Clemente verstärkte seinen Griff kaum merklich, als wollte er sagen: »Ich verstehe es. Ich spüre es auch.«

Joan zog langsam ihre Hand zurück.

McTavish erklärte den Chilenen gerade, wie man die Genehmigung bekam, Bäume im Reservat zu fällen. Nachdem er das Prozedere erläutert hatte, sagte er zu den Geschwistern: »Xavier und Lima haben zusammen in Santiago eine Firma für holzverarbeitende Maschinen und Geräte. Sie sind hergekommen, um sich über Neuheiten zu informieren, unsere Holzunternehmer kennen zu lernen und sich anzusehen, wie wir hier arbeiten.«

»Wir möchten die verschiedenen Aspekte der hiesigen Arbeitsweise genau studieren«, dröhnte Xavier Escoro. »Chile hat große Wälder, die jetzt zunehmend für die Holzindustrie genutzt werden. Inzwischen kommen sogar arbeitslose Holzarbeiter aus dieser Gegend und aus Oregon nach Chile, um bei uns zu arbeiten. Wir haben vor, unseren Landsleuten die besten Maschinen der Welt zu verkaufen. Und wir planen bereits für das nächste Jahr bei uns zu Hause einen Kongress der holzverarbeitenden Industrie.«

Joan bemerkte, dass ihr Bruder, der bis jetzt stumm geblieben war, die beiden Chilenen mit großem Interesse musterte.

»Mal sehen, ob wir uns hier loseisen können«, sagte McTavish ungeduldig und sah sich dann suchend nach Hannah um. Als seine Frau seinen Blick auffing, signalisierte er ihr wortlos mit der rechten Hand und mit hochgezogenen Augenbrauen: Kann ich jetzt gehen und ein bisschen übers Geschäft reden?

Sie lächelte und erteilte ihm nickend die Erlaubnis.

»Gut, ich habe meine Schuldigkeit getan«, sagte er, offensichtlich erleichtert. »Kommt, wir gehen in die Bar, da spendiere ich uns mal was Richtiges zu trinken. Joan, komm doch auch mit.«

Joan lehnte ab, weil sie noch mit Hannah reden wollte.

Während die vier Männer durch die Halle Richtung Bar gingen, sah sie Lima Clemente nach, und ihr fiel auf, dass er sich mit der Anmut eines Menschen bewegte, der niemandem etwas beweisen muss. Manche Menschen erlangen diese Anmut durch Yoga, überlegte Joan. Andere durch Geld. Jede Menge Geld.

Plötzlich scherte Lima Clemente aus der kleinen Gruppe aus und kam zu Joan zurück.

»Mir ist da gerade eine Idee gekommen, Sheriff Tidewater«, sagte er. »Oder genauer gesagt, ich möchte Sie um einen Gefallen bitten.«

»Und der wäre, Mr. Clemente?«

»Xavier ist morgen geschäftlich unterwegs. Dürfte ich Sie vielleicht auf Ihrer Patrouillenfahrt begleiten und mir ansehen, wie Ihr Volk seine Wälder wieder aufgeforstet hat? Das heißt, natürlich nur, wenn es Ihnen keine Umstände macht.«

Sie empfand seine leise Stimme als ungemein wohltuend. Und da ihr kein Grund einfiel, ihm die Bitte abzuschlagen, verabredeten sie sich für den nächsten Morgen um neun an der Lodge.

Als Lima Clemente wieder zurück zu den anderen Männern ging, sah Joan, dass sein Haar doch nicht kurz geschnitten war, wie sie anfänglich gedacht hatte. Es war nur nach hinten gekämmt und im Nacken zusammengebunden, von wo es ihm wie ein schwarz glänzendes Seidenband über den Rücken fiel.

Nie zuvor in ihrem Leben – noch nicht einmal zu Anfang mit Roc – hatte sie ein solch heftiges, impulsives Verlangen nach einem Mann empfunden.

Und sie empfand noch etwas anderes, ein Gefühl, für das sie keinen Namen hatte, noch nicht.

Als Joan am nächsten Morgen zu Hause in Taholah in die Küche kam, stand dort ihr Urgroßvater mit einem Schnapsglas in der rechten Hand und erzählte Tleyuk Geschichten aus den alten Zeiten ihres Volkes.

»Wann immer sie wollten, konnten Tiere ihre Gestalt ändern«, sagte der alte Ahcleet gerade.

»Wie denn?«, fragte Tleyuk, den Mund voller Cornflakes. Er schluckte und legte dann den Löffel hin, um seinem Ururgroßvater aufmerksam zu lauschen.

»Wenn sie sich in Menschen verwandeln wollten, schoben sie einfach ihre Schnauze oder ihren Schnabel hoch, und schon wurden sie menschenähnliche Wesen.«

»Und dann?«, fragte Tleyuk.

Joan setzte sich an den Tisch. Sie konnte Tleyuk vom Gesicht ablesen, dass er sich am liebsten auf der Stelle in irgendetwas Vierbeiniges oder Gefiedertes verwandelt hätte, damit er nicht zur Schule gehen brauchte. Oder wenn er schon hinmusste, dann wenigstens als wundersames Wesen.

»Die Schnauze – oder bei Vögeln der Schnabel – blieb wie eine Kappe oben auf dem Kopf. Die konnte sogar ganz abgenommen werden. Aber wenn sie das taten, mussten sie Acht geben, sie nicht zu verlieren.«

»Und wenn das passierte?«

Ahcleet nippte an seinem Schnapsglas. Irgendwann nach

seinem neunzigsten Geburtstag hatte er festgestellt, dass ihm ein Schlückchen Jack Daniel's am Morgen gut tat.

»Überleg doch mal. Angenommen, du bist in Wirklichkeit ein Wolf und hast dich für ein Weilchen in einen Jungen verwandelt. Nur um zu sehen, wie das so ist. Und dann willst du zu deiner Wolfsfamilie zurückkehren und kannst dein Wolfsmaul nicht finden. Du wärst für den Rest deines Lebens gezwungen, als einsamer, unglücklicher Mensch zu leben.«

»Ich glaube, den einen oder anderen dieser Art kennen wir«, meinte Joan.

»Und wenn sie Maul oder Schnabel noch hatten, wie haben sie sich dann zurückverwandelt?«, fragte Tleyuk.

»Ganz einfach. Wenn sie wieder zu Tieren werden wollten, mussten sie bloß ihre Tiergesichter wieder herunterziehen.«

Tleyuk sah aus dem Küchenfenster und betrachtete die Möwenschwärme, die über ihrem Vorgarten schwebten. »Können die das immer noch, Großvater?«

»Vieles hat sich geändert. Jetzt können sich nur noch wenige verwandeln.« Ahcleet seufzte und strich sich mit der Hand übers Gesicht. »Zeit für die Schule, Kleiner.« Er beugte sich vor und wischte dem Jungen mit einer Papierserviette den Milchrand vom Mund. »Und denk dran, wenn du ein Tier siehst, das sich eigentümlich benimmt, halte dich von ihm fern, weil es bestimmt ein verwandelter Mensch ist.«

Ahcleet und Joan gaben Tleyuk einen Kuss, woraufhin er sein Lunchpaket schnappte und mit äußerst entschlossener Miene aus dem Haus stürmte.

»Um wie viel wollen wir wetten, dass er heute Nachmittag nach Hause kommt und wissen will, wer der verrückte Hund aus der Nachbarschaft in Wirklichkeit ist?«

Ahcleet grinste. »Dann sag ihm, das ist die alte Scatt.«

»Großvater!«, sagte Joan tadelnd, doch dann lachte auch sie. Sie musste gleich auf Tagespatrouille. Ihre Dienstzeiten wechselten ständig, damit mögliche Bösewichte sich nicht ausrechnen konnten, wann sie wo im Reservat unterwegs war.

»Irgendeine Idee, warum der Klokwalle gekommen ist?«, fragte der alte Ahcleet und strich Butter auf ein Zimtbrötchen.

Joan lächelte, sah Ahcleet aber nicht an, weil sie fürchtete, dass der alte Mann ihre Gedanken lesen konnte, die sich die ganze Nacht bis in den Morgen hinein um den Mann mit den aschgrauen Augen gedreht hatten.

»Was ist mit den beiden Fremden von gestern Abend?«, fragte er.

»Fremde? Da waren jede Menge Fremde.«

»Ich rede von den beiden Chilenen, mit denen du und Paul euch unterhalten habt.«

»Ach die«, erwiderte sie beiläufig, als hätte sie sie schon vergessen.

»Ich bin noch nicht so alt, dass ich mich nicht mehr an das Fieber im Blut erinnern könnte«, sagte Ahcleet rasch und fügte dann hinzu: »Sei vorsichtig, La'qewamax.«

»Wir kennen sie doch gar nicht, Großvater.«

Er nickte. »Gut, belassen wir es dabei. Sie sind Fremde.«

»Großvater, jeder Mensch ist ein Fremder, bis man ihn kennen lernt.«

Der alte Mann antwortete nicht.

Zugegeben, bei dem älteren der beiden war ihr unbehaglich zu Mute gewesen, wahrscheinlich weil er eine so bedrohliche körperliche Ausstrahlung hatte. Aber zu dem jüngeren hatte sie sich sofort hingezogen gefühlt, und zwar in einer

Mischung aus Sympathie und reinem erotischen Begehren, wie sie es schon seit Jahren nicht mehr empfunden hatte.

Reagierte ihr Körper deshalb so, weil Lima Clemente Ausländer war und nicht so lange hier bleiben würde, dass sich eine dauerhafte Beziehung entwickeln konnte, eine Beziehung, zu der sie stehen müsste, durch die sie am Ende verletzt werden könnte?

Nein, tief in ihrem Herzen wusste Joan, dass die Attraktion, die von Lima Clemente ausging, auf etwas ganz Besonderem beruhte, etwas völlig anderem, das mit dem Mann selbst zusammenhing.

Draußen trat Joan in einen blendenden Morgen voller Sonnenlicht und kräftigem Westwind, der sie mit Lebenslust erfüllte.

Joan wusste, dass sie ein feines Gespür für das Meer und die Wetterverhältnisse hatte. In früheren Zeiten waren Wettervorhersage und Wetterzauber lebenswichtig gewesen. Jahrhundertelang hatte ihr Volk den tosenden Nordpazifik befahren.

Sie lächelte, als sie an die Geschichten ihres Urgroßvaters denken musste, von Fischern, die in alter Zeit das Meerwasser kosteten, um festzustellen, ob Wale in der Nähe waren. Und von alten Frauen, die Winde verkauften.

Bevor sie in ihren Wagen stieg, blieb sie stehen und beobachtete, wie die hohen grünlich blauen Meereswellen auf den Strand brandeten.

Und jetzt auf zur Arbeit und zum Wiedersehen mit Lima Clemente, sagte sie zu sich und holte tief Luft. Zuerst würde sie ihn an der Lodge abholen und dann an der South Shore Road nach dem Rechten sehen.

Der See selbst gehörte dem Quinault-Stamm. Im Nordosten reichte der Olympic National Forest bis an seine Ufer und im Norden der Olympic National Park.

Danach wollte sie wieder zu der Stelle im Reservat fahren, wo sie die beiden Wilderer verhaftet hatte, und nachsehen, ob dort vielleicht noch mehr Beweismaterial zu finden war.

Lima Clemente erwartete sie an der halbrunden, gepflasterten Auffahrt zur Lodge.

»Einen schönen guten Morgen, Joan«, begrüßte er sie, als er mit einer Kameraausrüstung und einem großen Korb zu ihr in den Wagen stieg. »Es ist wirklich sehr freundlich von Ihnen.«

»Es ist mir ein Vergnügen, Mr. Clemente. Die langen Patrouillenfahrten sind mitunter recht eintönig.«

»Ich habe mir erlaubt, uns von der Hotelküche ein kleines Lunchpaket machen zu lassen.« Er stellte den Korb auf den Boden, zwischen seine Füße. »Und nun bin ich ganz in Ihrer Hand.«

Eine verlockende Vorstellung!, dachte Joan und unterdrückte ein Lächeln. »Als Erstes fahren wir jetzt die South Shore Road ab«, sagte sie.

»Ich habe meine Kamera mitgenommen. Das ist doch erlaubt, oder?«

Sie nickte. »Mr. Clemente, hier gibt es nichts, das Sie nicht fotografieren dürften.«

»Joan, darf ich Ihnen einen Vorschlag machen?«

»Natürlich. Aber ans Lenkrad lasse ich Sie nicht. Dieses Steuer bleibt fest in der Hand der Dienst habenden Beamtin.«

Er fiel in ihr Lachen mit ein. »So was hatte ich auch nicht

vor«, sagte er. »›Mr. Clemente‹ klingt so förmlich. Es würde mich freuen, wenn Sie mich Lima nennen würden.«

»Dann also Lima«, lächelte sie zustimmend, während sie anhielt, um ein Hirschrudel vorbeizulassen, das gemächlich die Straße überquerte.

Clemente bewunderte die Größe, die unübersehbar gute Gesundheit und das schimmernde braunschwarze Fell der imposanten Tiere. Dann fragte er, ob sie zu jeder Jahreszeit gejagt werden dürften. »Könnte ich uns zum Beispiel den stolzen Hirschbullen dort drüben, den mit dem prächtigen Geweih, zum Abendessen schießen?«

»Ich hoffe, Sie haben keine Waffe dabei«, sagte sie. »Aber nein, das könnten Sie nicht.«

»Ich wollte nur einen kleinen Scherz machen.« Clemente gestikulierte mit beiden Händen. »Verzeihen Sie.«

Als das letzte Tier über die Straße getrabt war, fuhr Joan wieder an und sagte: »Um Ihre Fragen zu beantworten: Wir Quinault können auf unserem eigenen Land das ganze Jahr über jagen. Andere müssen sich an das Gesetz und die jeweilige Jagdsaison halten. Leider haben wir hier viele Wilderer.« Ihre Hände schlossen sich fester um das Lenkrad, und ihr Mund nahm einen entschlossenen Zug an. »Ich werde fuchsteufelswild, wenn ich einen Hirschkadaver mit herausgeschnittenen Schulterstücken und Hinterkeulen finde. Das übrige Tier lassen sie einfach verrotten.«

»Suchen Sie auf Ihren Patrouillenfahrten nach diesen Leuten, die die Hirsche schießen?«

»Ab und zu erwische ich mal einen. Aber vor allem suche ich nach den professionellen Wilderern, die Bären, Pumas und Adler abknallen.«

Er zog die dunklen Augenbrauen hoch. »Ich bin erstaunt, dass es an einem so schönen Ort wie diesem Verbrecher gibt.«

»Und ob es die gibt«, sagte sie grimmig. »Vorletzte Nacht habe ich zwei von ihnen erwischt, auf frischer Tat.«

»Und was für ein Tier hatten diese Männer geschossen?«

»Einen Schwarzbären.«

»Wie groß war er?«

»Der wird gut über dreihundert Kilo gewogen haben.«

»Mögen Sie Bären, Joan? Haben Sie Mitleid mit ihnen?«

Sie überlegte, wie sie diesem Fremden ihre Verbundenheit mit den wilden Tieren erklären konnte, und kam zu dem Schluss, dass es unmöglich war. Stattdessen sagte sie: »Ich habe einmal einen Schwarzbären gesehen, der an eine Tanne gelehnt saß und aufs Meer hinausschaute. Wer will behaupten, dass er sich nicht am Sonnenuntergang erfreut hat?«

Er studierte ihr Profil. »Welche Strafe erwartet diese Männer?«

»Bis zu einem Jahr Gefängnis plus tausend Dollar Geldbuße.«

»Bei so harten Strafen kann sich das Wildern doch kaum lohnen.«

»O doch, es lohnt sich, wenn man sich nicht erwischen lässt. Letztes Jahr haben wir einen Mann geschnappt, der allein in einem Jahr über zwei Millionen Dollar mit Schnäbeln, Klauen und Federn von Weißkopfadlern sowie mit Tatzen, Klauen, Zähnen und Gallenblasen von Bären verdient hat. Alle Tiere wurden im Nationalpark oder im Reservat erlegt. Und das waren bloß die zwei Millionen, die wir ihm nachweisen konnten.«

»Was machen die Wilderer mit diesen Teilen?«

»Dafür gibt es weltweit eine riesige Nachfrage. Auch für den Bast an Geweihen von Hirschen und Wapitis. Die Federn von Weißkopfadlern haben große spirituelle Kraft. Mit den Eiern und noch nicht flugfähigen Jungen wird ein lukrativer illegaler Handel betrieben. Man holt sie aus ihren Nestern, sobald sie groß genug sind, und verschifft sie in Länder des Nahen Ostens wie beispielsweise Saudi-Arabien, wo Wanderfalken für zehntausend Dollar das Stück gehandelt werden und einjährige Geierfalken sogar hunderttausend bringen.«

»Und wofür wird der Geweihbast verwendet?«

»Kurz nach der Flüchtlingswelle aus Südostasien stieg die Nachfrage nach Bast ungeheuer an, weil diese Leute glauben, er habe eine aphrodisierende Wirkung.«

»Was ist mit den Bärentatzen und -gallenblasen?«

»In Asien macht man Suppe aus den Tatzen. Außerdem glauben die Menschen dort, dass sich aus den Gallenblasen von Bären ein wirksames Aphrodisiakum gewinnen lässt. Zudem benutzt man die Gallen auch zur Behandlung von Leberkrebs.«

»Geht es dabei um viel Geld?«

Sie blickte kurz zu ihm rüber. »Ich weiß nicht, was für Sie viel Geld ist, Lima. Aber so viel kann ich Ihnen sagen: Getrocknete Bärengallen sind kostbarer als Gold. In Hongkong bringen sie zwanzigtausend Dollar pro Unze. Und sie lassen sich in der Hosentasche außer Landes schmuggeln.«

»Aber wieso brauchen die Asiaten amerikanische Bären?«

»Ganz einfach. Ihre eigenen haben sie inzwischen fast ausgerottet.«

»Das hört sich an, als würden Sie einen regelrechten Kleinkrieg mit diesen Kriminellen führen.«

Joan seufzte: »Wir haben viel zu wenig Leute. Manchmal glaube ich, dass wir auf verlorenem Posten kämpfen.«

Sie erreichten das Ende der South Shore Road, stiegen aus dem Truck und gingen über eine Fußgängerbrücke, die von zwei zwanzig Meter hohen Zedernbalken getragen wurde.

»Hier beginnt der Wanderpfad in das so genannte ›Enchanted Valley‹, ein richtiges Märchental«, sagte sie.

»Was gibt es denn da Märchenhaftes zu sehen?«

Sie lächelte: »Man nennt es auch ›Land der zehntausend Wasserfälle‹.«

»Könnten wir diese Wanderung vielleicht irgendwann mal zusammen machen, Joan?«

Sie sah ihn an. »Wie lange werden Sie hier sein, Lima?«

»So lange wie nötig.«

»Dann vielleicht. Wir werden sehen.«

Auf dem Rückweg zum Wagen blieben sie vor zwei Plakaten stehen, die an der Brücke angeschlagen waren. Auf dem ersten stand:

TIPPS FÜR DIE BEGEGNUNG MIT EINEM PUMA

- ruhig bleiben
- stehen bleiben und das Tier ansehen
- selbstbewusst auftreten – Arme schwenken – mit fester Stimme sprechen
- der nächstgelegenen Rangerstation melden

»Ein seltsames Plakat«, sagte Clemente. »Welcher Fremde hätte wohl den Mut, wenn er einem Puma begegnet, stehen zu bleiben und ihn anzusehen?«

»Würden Sie weglaufen, Lima?«

»Ganz gewiss. Schneller als jeder andere.«

»Dann würde der Puma Sie einholen und mit Ihnen spielen. Und ich warne Sie, ein Puma ist nicht zimperlich.«

Er legte leicht den Arm um ihre Schultern. »Nun, vielleicht gibt es ja noch ein anderes Spiel, bei dem mein Körper keinen Schaden nimmt. Wüssten Sie eins, Joan?«

Ohne zu antworten, wand sie sich aus seinem Arm und ging zu dem zweiten Plakat hinüber.

VERMISST –
ZULETZT IM GEBIET GRAVES CREEK GESEHEN

Sherry Lyne Adams
Gewicht: 33 Kilo, Größe: 1,50 m
11 Jahre alt, blond, kurze Haare,
grüne Augen, Sommersprossen
Hinweise nimmt der National-Park-Service entgegen
(Tel. 206-555-4501) oder jede Polizeidienststelle.

Clemente trat hinter sie. »Ein eigentümliches Land«, sagte er. »Pumas auf den Wanderpfaden und Kinder, die sich im Wald verirren. Der Stoff, aus dem die Märchen sind.«

Joan starrte das Plakat an. »Wo bist du, Sherry Lyne?«, sagte sie leise.

»Meinen Sie, sie hat einen Puma aufgeschreckt und der hat sie angefallen?«, fragte Clemente.

Joan schüttelte den Kopf und ging wieder zum Truck zurück.

Gegen Mittag hielten sie am Fluss an, um ihren Lunch zu essen, und setzten sich auf einen moosbedeckten, umgestürzten Baumstamm. Das Ufer bestand hier aus runden Flusskieseln, die ganz sauber gespült und so glatt und rutschig waren, dass es fast unmöglich war, sicheren Fußes zu gehen.

Lima Clemente holte seine Fotoausrüstung und machte mehrere Aufnahmen von Joan, obwohl sie lachend protestierte.

Das Lunchpaket von der Lodge enthielt Sandwiches mit gegrillter Hähnchenbrust, Salat, Gurken, Honigsenf und Mayonnaise, außerdem je eine Thermosflasche mit Kaffee und heißem Tee und in einer Kühlbox eine Heidelbeertorte mit Schlagsahne.

Während sie aßen, erzählte Lima Clemente von seiner Firma und seinem Leben in Santiago.

»Es ist eine sehr lebendige Stadt mit vielen kulturellen Angeboten.«

»Sie liegt nah am Meer, oder?«, fragte sie.

Er lächelte. »Hundert Kilometer entfernt. Aber in meiner Heimat sind hundert Kilometer nicht dasselbe wie hier. Außerhalb von Santiago gibt es keine guten Straßen. Mit dem Auto zum Meer braucht man mindestens einen Tag, eher zwei, und die Fahrt ist sehr anstrengend.«

»Sie sind nicht verheiratet?«, fragte sie unvermittelt.

»Nein«, erwiderte er. »Ich habe nie geheiratet.«

»Das wundert mich.«

»Und wieso, Joan?«

Sie sah ihn unverwandt an. »Weil Sie ein äußerst attraktiver Mann sind.«

»Danke«, sagte er schlicht. Er fragte sie nicht, ob sie verheiratet war.

Später kamen sie zu der Stelle, wo Joan die beiden Wilderer verhaftet hatte, und sie sah sofort, dass die Aasfresser ihre Arbeit getan hatten.

Auf dem gehäuteten und fast völlig zerfledderten Bärenkadaver hockten etliche große, schwarze, streitlustige Raben, die sich nur widerstrebend auf die niedrigen Äste eines Gebüsches zurückzogen, von wo aus sie die Menschen misstrauisch beobachteten.

Lima Clemente fotografierte die Raben, die ihrem Unmut lautstark Ausdruck verliehen. Dann erzählte er ihr, dass die Menschen in Chile glaubten, die Raben hätten deshalb ein so vorzügliches Sehvermögen, weil sie Menschenaugen fraßen.

Joan wollte gerade etwas erwidern, als sie eine schmale, frische Spur bemerkte, die von dem alten Holztransportweg abzweigte, auf dem der Bär getötet worden war, eine Spur, die ihr zuvor nicht aufgefallen war.

Nachdem sie die zertretenen Blätter und Zweige des Unterholzes untersucht hatte, war sie sicher, dass die Spur innerhalb der letzten achtundvierzig Stunden entstanden war.

»Sie können Spuren lesen?«, fragte Clemente, der sie beobachtete.

Sie nickte. »Ich werde die hier verfolgen. Sie können mitkommen oder hier auf mich warten.«

»Ich komme mit. Sonst passiert Ihnen da draußen noch was.«

Sie sah ihn mit hochgezogener Augenbraue an. Er lächelte, zwinkerte und kam hinter ihr her, die Kamera in der Hand.

Nach einigen hundert Metern stellte Joan fest, dass die Spur an einem Abhang endete, dessen steil abfallende Wände dicht bewaldet waren. Von tief unten aus dem Abgrund war das Murmeln eines kleinen Baches zu hören. Dicht am Rande der Schlucht lag ein gewaltiger Granitfelsen, der von üppigem Gestrüpp halb überwachsen war.

Plötzlich drang Joan der Geruch eines wilden Tieres in die Nase, ein Geruch, der beinahe sichtbar war, ein wilder, schwerer Geruch, warm und roh und ungezähmt.

Als sie aus den Augenwinkeln eine fast unmerkliche huschende Bewegung wahrnahm, zwang sie sich, ganz ruhig zu werden, befahl jedem Partikel ihres Körpers absolute Stille und bewegte nur noch die Augen.

Ein Pumaweibchen starrte sie von einem umgestürzten Baum am Fuße des Felsens an, ein herrliches Tier, eine Studie in Gold und Erdbraun. Große blaue Augen, ungewöhnlich bei einem Puma, blickten tief in Joans Augen. Und dann war das Pumaweibchen verschwunden, als wäre es nie da gewesen.

Ein Puma? Um diese Tageszeit? Pumas zeigten sich fast nie. Pumas waren unsichtbar. Hatte Lima Clemente das Tier gesehen?

Als Joan sich umschaute, sah sie, dass er ein gutes Stück hinter ihr war und anscheinend wieder Fotos machte.

Sie war froh, dass er das Pumaweibchen nicht gesehen hatte; es war etwas Besonderes gewesen, nur für ihre Augen bestimmt. Als er wieder bei ihr war, erwähnte sie nichts davon.

Die Strahlen der Nachmittagssonne fielen durch die nach oben gebogenen Äste einer Douglastanne und beschienen einen Aschehaufen, ungefähr drei Meter vom Fuß des Stammes entfernt.

»Merkwürdige Stelle für ein Lagerfeuer«, murmelte sie.

»Warum merkwürdig, Joan?«, fragte Lima Clemente.

Sie hockte sich hin, um die Asche zu untersuchen. »Wer hier Feuer gemacht hat, war bestimmt kein Wanderer, der zufällig hier entlangkam.«

»Was meinen Sie denn, wer es gewesen sein könnte?«

»Jemand, der genau gewusst hat, was er wollte und warum.«

»Das hier ist doch Reservatsgebiet, oder?«

»Ja.«

»Vielleicht haben die Leute Ihres Stammes hier ein Picknick gemacht.«

»Unmöglich«, sagte sie, ohne Clemente zu erklären, warum kein Quinault jemals hierher kommen würde.

Oberhalb eines steilen Hanges über ihr konnte Joan den gebleichten, ausgezackten Zedernstumpf sehen, der den Eingang zum Friedhof der Seatco bewachte.

Heiliger Boden. Tabu.

Sie wusste, dass sie sofort gehen und Lima Clemente, den Fremden, mitnehmen musste.

Die Sonne stand schon tief. In ihren länger werdenden Strahlen sah Joan etwas Rotes, das in einer Höhlung des Felsens schimmerte. Etwas Frisches, etwas, das unmöglich das sein konnte, was es auf den ersten Blick zu sein schien.

Joan fasste nach ihrem Medizinbeutel, den sie unter dem Hemd trug.

Plötzlich eilte Clemente an ihr vorbei und lief in großen Schritten auf den Felsen zu. »Nicht näher kommen!«, rief er ihr zu.

Einen entsetzlichen Augenblick wurde Joan von einem alles überwältigenden Grauen erfasst. Sie zögerte, erwog ernsthaft, sich umzudrehen und zu gehen, nicht weiter nachzuforschen. Sie wollte nicht herausfinden, was da vor ihr lag.

Aber sie war nun mal Polizistin, und deshalb hatte sie keine andere Wahl. Sie ging auf den Felsen zu.

»Bleiben Sie da weg, Joan!«, befahl Clemente mit seltsam rauer Stimme.

Als sie nicht stehen blieb, packte er ihre Arme. »Sehen Sie da nicht hin! Das ist nicht für Ihre Augen bestimmt!«

»Lassen Sie mich los!«

Sein Griff wurde fester.

Joan machte eine schnelle, geschmeidige Bewegung, und der verblüffte Lima Clemente schlug lang auf den Boden.

»Machen Sie das nie wieder«, sagte sie.

Er kam wieder auf die Beine, die Kamera baumelte ihm vom Hals. »Verzeihen Sie, Joan. Lassen Sie mich Ihnen wenigstens helfen.«

»Sie wollen mir helfen, Lima?«

»Das will ich.«

»Dann bleiben Sie verdammt noch mal, wo Sie sind. Kommen Sie mir nicht wieder in die Quere.«

»In meinem Land beschützen wir Frauen.«

Sie sah ihn unverwandt an. »Sie sind nicht in Ihrem Land. Sie sind in meinem Land. Und jetzt lassen Sie mich bitte meine Arbeit tun.«

# ◇◇◇◇◇◇◇ Kapitel 4 ◇◇◇◇◇◇◇

◇ Bei dem Fund in dem seltsam ausgehöhlten Felsen handelte es sich um den abgetrennten Kopf und den Torso eines kleinen Indianerkindes.

Joan starrte entsetzt einen Moment lang darauf, dann stolperte sie zur Seite und erbrach sich. Wie aus weiter Ferne hörte sie Lima Clementes Stimme.

»Joan, was ist denn? Lassen Sie mich Ihnen helfen. Bitte, Joan.«

Sie rief leise ihren Schutzgeist an und streckte einen Arm aus, um Clemente zu signalisieren, dass er nicht näher kommen sollte.

Eine Weile blitzten hinter ihren geschlossenen Augenlidern Bilder von Tleyuk auf. »Guck mal, Mom! Sieh mal, was ich kann!«, rief er fröhlich, während er Kunststückchen mit seinem neuen Fahrrad vorführte. Dann schob sich der Schrecken in der Felsenhöhle über das lächelnde Gesicht ihres kleinen Sohnes.

Die Worte des alten Ahcleet brannten sich in Joans Hirn: »Etwas kommt auf uns zu. Etwas, für das du übermenschlichen Mut brauchen wirst.«

Wie Recht er hatte! Auch wenn sie das schmerzhafte und

Furcht einflößende Ritual des *tamanois,* der religiösen Macht, die für die Hilfe des Klokwalle erforderlich war, noch nicht absolviert hatte, glaubte sie doch, dass Sta'dox!wa – ihr eigener Schutzgeist, der mächtigste schamanistische Jenseitige und ein Geist, den sie besaß – ihr jetzt helfen würde, wenn sie Mut bewies.

Sie wischte sich das Gesicht ab und stand auf.

Nüchtern dachte sie: Das hier ist ein Tatort. Ich muss mich einfach zwingen, ganz gleich, wie grauenhaft die Szene ist, professionell vorzugehen.

Der Felsen kam Joan nun wie ein Opferaltar vor. Der Kopf des Kindes war völlig abgetrennt und der kleine Rumpf seitlich darunter geschoben worden. Kopf und Torso lagen in der Höhlung des Felsens, so, als sei das Kind förmlich hingerichtet worden.

Joan kniete sich hin, um genauer sehen zu können, und stellte an dem abgetrennten Kopf etwas sehr Merkwürdiges fest, das das Ausmaß der Brutalität noch unterstrich. Die gesamte Gesichtshaut war sorgfältig abgelöst und nach oben über die Stirn geschoben worden, von wo sie halb über das gehäutete Gesicht hing wie eine schlaffe, schaurige Maske ... als hätte jemand versucht, sie wieder herunterzuziehen.

Im Geist hörte sie die Worte des alten Ahcleet: »Wenn sie sich in Menschen verwandeln wollten, schoben sie einfach ihre Schnauze oder ihren Schnabel hoch, und schon wurden sie menschenähnliche Wesen. Wenn sie wieder zu Tieren werden wollten, mussten sie bloß ihre Tiergesichter wieder herunterziehen.«

Hatte ein geistesgestörter Indianer geglaubt, er würde dem Kind helfen, ein Tier zu werden? Oder hatte er gedacht, das

Kind wäre schon ein Tier, und versucht, ihm seine menschliche Form zurückzugeben?

Joan war sicher, dass der Hintergrund für diese Tat tief in dem alten Glauben des pazifischen Nordwestens zu suchen war.

Sie holte mehrmals tief Luft, um sich zu beruhigen, und machte sich dann an die Arbeit.

»Die Tat ist hier an dieser Stelle begangen worden«, sagte sie sich und ging im Geiste die polizeilichen Maßnahmen durch, die sie jetzt ergreifen musste.

Wenn für ein Opfer keine Hoffnung mehr besteht, wie bei diesem armen Kind hier, muss zunächst der Tod eindeutig festgestellt werden. Sie lachte bitter. Unter diesen Umständen konnte daran wohl kein Zweifel bestehen.

»Die Leiche darf nicht bewegt werden, bis der amtliche Leichenbeschauer eintrifft«, meinte sie zu hören. »Fassen Sie die Leiche nicht an, bevor er da ist.«

Das war Vorschrift. Aber wie sollte sie sich daran halten? Sollte sie dieses einsame Kind einfach hier zurücklassen, um in einen Bereich zu fahren, wo das Funkgerät ihres Wagens funktionierte und sie Meldung machen konnte?

Sollte sie Lima Clemente losschicken oder ihn hier als Aufpasser zurücklassen, während sie losfuhr?

Ihr wurde klar, dass sie keins von beidem tun konnte. Er war Ausländer. Seine Anwesenheit würde die Dinge nur verkomplizieren. Was also war zu tun?

In ihrem Kopf überschlugen sich die Gedanken: Leiche sichern, Tatort absperren, Hunde und Katzen und Gaffer fern halten ...

Sie schüttelte den Kopf. Was für ein Unsinn! Sie hatte es

hier nicht mit einem normalen Tatort in einer bewohnten Umgebung zu tun. Es ging um einen unheimlichen rituellen Mord, begangen in einem riesigen Waldgebiet. Hier brauchte sie nicht zu befürchten, dass Haustiere oder neugierige Nachbarn sie behinderten.

Dafür gab es hier natürlich Raubtiere: Pumas, von denen sie eben noch einen gesehen hatte, und Kojoten, außerdem Bären, die um diese Zeit ausgehungert aus dem Winterschlaf erwachten.

Sie entdeckte Puma- und Rabenspuren im weichen Boden, aber nichts deutete darauf hin, dass ein Puma oder irgendein anderer Vierbeiner das Kind angerührt hatte. Die Raben waren natürlich anders. Sie hatten die Augen gefressen.

Da sie den Leichnam offensichtlich nicht allein lassen konnte, würde sie versuchen, so viele Beweismittel wie möglich zu sammeln oder zu sichern.

Sie zwang sich, ihre Konzentration auf die polizeiliche Arbeit zu richten, und machte sich auf den Weg zurück zum Wagen. Lima Clemente bot ihr nochmal seine Hilfe an.

»Nicht jetzt«, sagte sie geistesabwesend. »Lima, möchten Sie nicht lieber im Wagen warten?«

»Danke, aber ich bleibe, wo ich bin. Sollten Sie mich brauchen, bin ich direkt in Ihrer Nähe.«

»Danke, Lima. Vielleicht können Sie mir später helfen. Aber das, was jetzt zu tun ist, muss ich selbst machen.«

»Ich verstehe. Aber vergessen Sie nicht, ich stehe zu Ihrer Verfügung, falls Sie mich brauchen.«

Und wie sie ihn brauchte, dachte Joan. Sie brauchte einen Menschen, der sie im Arm hielt, wenn sie ihr Entsetzen hinausschrie; der die Führung übernahm, damit sie sich davonmachen und den Kopf in ihrem Kissen vergraben konnte, um nicht mehr an Menschen denken zu müssen, die imstande waren, einem kleinen Kind etwas derartig Grausames anzutun.

Joan ging zum Wagen, holte ihre Kamera mit Blitzgerät, mehrere Rollen Film und eine wetterfeste Tasche mit ihrem Spurensicherungsset. Sie musste mehrmals gehen, bis sie auch noch eine große Plastikfolie und unterschiedlich große Pappschachteln zu dem Felsen geschafft hatte.

Sie markierte den Tatortbereich, indem sie in einem Umkreis von rund zehn Metern um den Felsen kleine Pflöcke in den Boden schlug und gelbes Polizeiband daran befestigte.

Es war zwar heller Nachmittag, aber es gab viele schattige Bereiche unter den Bäumen und Büschen, sodass Joan für sämtliche Fotografien das Blitzlicht benutzte. Zunächst machte sie eine Gesamtaufnahme von dem abgetrennten Tatortbereich. Dann ging sie Schritt für Schritt vor, unterteilte den Tatort in kleinere Abschnitte, untersuchte und fotografierte alles innerhalb des jeweiligen Abschnitts.

Und in einem dieser Abschnitte entdeckte sie, halb unter Blättern und Ästchen verborgen, eine kleine Hand, barbarisch vom Arm gehackt. Sie markierte die Fundstelle und machte Aufnahmen davon.

Als Joan auf einige undeutliche menschliche Fußabdrücke stieß, schraubte sie die Kamera auf ein Stativ, legte eine Nummernkarte und zur Größenbestimmung ein Lineal neben die Spuren und fotografierte sie direkt von oben.

Das Ganze war zeitaufwändig, weil sie außerdem von jedem Detail, das auf den Aufnahmen zu sehen sein würde, eine schriftliche Beschreibung anfertigte. Anschließend zeichnete sie eine grobe Skizze von dem Areal.

Joan überlegte, warum sie so sicher war, dass es sich nicht nur um einen Täter handeln konnte. Wahrscheinlich, weil ich das Gefühl habe, dass es ein Ritualmord war, sagte sie sich.

Mit ihrem Schweizer Armeemesser schnitt sie die Plastikfolie in ein kleineres und ein größeres Stück. Dann zog sie Latexhandschuhe über, schluckte schwer und holte den Kinderkopf aus der Höhlung.

Klinisch genau registrierte sie, dass sich der Kopf kalt anfühlte und durch die Leichenstarre angeschwollen war. Die abgelöste Gesichtshaut war an den Schnitträndern ausgetrocknet und klebte stellenweise durch das verkrustete Blut fest. Die Augen waren verschwunden.

Als sie den Kopf in ihren behandschuhten Händen hielt, erlebte Joan eine Flut von Gefühlen, die nicht die ihren waren.

Zunächst empfand sie Liebe. Dann Angst, Entsetzen, ein kurzes Aufblitzen von Schock und Schmerz und dann, seltsamerweise, friedliche Verwunderung, gefolgt von tröstlicher Dunkelheit.

Sie bündelte all ihre psychische Energie, hielt den Kopf weiter in Händen und versuchte, etwas Erkennbares in dem Gefühlschaos aufzuspüren, das sie erfüllte. Wenn sie nur einen Hauch vom Mörder des Kindes erahnen könnte!

Vermutlich würde sie ein klareres geistiges Bild empfangen, wenn sie die Handschuhe ausziehen, ihre nackten Hände auf das verstümmelte Gesicht legen und tief in die leeren Augenhöhlen blicken würde. Aber sie konnte sich nicht dazu überwinden.

Joan legte den Kopf in einen großen Plastikbeutel, verstaute den Beutel in einer großen Papiertüte und wickelte das Ganze locker in das kleinere Stück Folie ein.

Als Joan den Torso bewegte, sah sie an den Genitalien, dass das Kind ein Junge war. Und sie sah, dass er sogar noch mehr verstümmelt worden war. Man hatte ihm das Herz herausgeschnitten. Beine, Arme und Hände waren abgehackt worden, und bis auf die kleine Hand, die sie gefunden hatte, fehlten die übrigen Gliedmaßen.

Um den Einschnitt in der Brust war nur wenig Blut ausgetreten, und sie nahm an, dass das Herz erst nach dem Tod entfernt worden war. Auf Grund des immensen Blutverlustes war die Haut weiß, ohne die charakteristischen dunklen Flecken durch Zyanose.

»Armer, kleiner, gequälter Junge«, flüsterte sie. »Wo ist der Rest von dir?«

Joan wusste, dass Blase und Darm sich häufig beim Eintritt des Todes entleeren, besonders bei einem brutalen Tod. Aber sie konnte keine sichtbaren Anzeichen von Urin oder Kot am oder um den Körper herum feststellen. Sie fand auch keinerlei Kleidung.

Sie verstaute den Rumpf ebenso, wie sie mit dem Kopf verfahren war, ging behutsam zu der Stelle, wo die Hand lag, verpackte sie und rief dann Lima Clemente zu, er solle näher kommen, aber nicht in den abgesteckten Bereich treten.

»Das sind die Überreste«, sagte sie. »Bitte bringen Sie sie zum Wagen.«

Er nickte ernst.

Sie übergab ihm nacheinander die drei Pakete, und er trug sie vorsichtig zu ihrem Wagen.

Als Joan das Innere der Höhle mit ihrer Taschenlampe ausleuchtete, entdeckte sie an den moosbewachsenen Wänden einige Stellen, wo der nackte Stein zu sehen war.

Sie nahm einen kleinen Pinsel und ein Reagenzgläschen aus dem Spurensicherungsset. Dann tauchte sie den Pinsel in das Glas, bestäubte die freien Steinflächen mit einem hellen Puder.

Mit zusammengekniffenen Augen gelang es ihr, einige Fingerabdrücke zu nehmen, deren Rillen und Wirbel sich deutlich auf dem Fingerabdruckband abzeichneten. Sie klebte einzelne Abdrücke auf kleine Karteikarten.

Draußen vor der Höhle nahm Joan die Pappschachteln und stülpte sie über sämtliche Blutspuren auf der Erde und über die Fußspuren, um sie für die spätere Untersuchung durch ihre Kollegen zu sichern. Die Schachteln beschwerte sie mit Steinen, damit sie nicht fortgeweht wurden.

Joan sprach kein Wort, während sie Lima Clemente zur Lodge zurückfuhr. Auch er schwieg. Bevor er aus dem Wagen stieg, beugte er sich zu ihr hinüber und küsste sie sanft auf die Wange. Tränen schossen ihr in die Augen.

»Es tut mir so Leid«, sagte er.

Sie hielt das Lenkrad fest mit beiden Händen umklammert und starrte geradeaus. »Warum tut jemand einem Kind so etwas Schreckliches an?«

»Vielleicht gibt es einen Grund, der sich unserem jetzigen Verständnis entzieht«, sagte er.

»Für eine so wahnsinnige Grausamkeit kann es nur keinen Grund geben.«

Er betrachtete ihr tränennasses Gesicht, dann berührte er ihre Wange mit den Fingerspitzen. »Ich muss Sie wiedersehen. Wir haben so vieles aneinander zu entdecken. Meinen Sie, das wäre möglich?«

Sie sah zu ihm hinüber; sie wusste, dass sie später mit jemandem über diese entsetzliche Erfahrung würde reden müssen, mit jemandem, der kein Verwandter und kein Freund war. Und ganz sicher nicht mit einem ihrer Kollegen, die schon so viele Mordfälle erlebt hatten, dass sie nur noch Zynismus an den Tag legen konnten.

Ja, sie wollte mit Lima Clemente darüber reden, weil er dabei gewesen war. Und er war in keiner Branche, wo der Umgang mit dem Tod an der Tagesordnung war.

Joan hielt an einer Telefonzelle, um Hunter Kleoh anzurufen, den Leiter des FBI-Büros in Aberdeen. Sie wollte die Meldung nicht über den normalen Funkverkehr durchgeben.

»Ist der Leichenbeschauer benachrichtigt?«, fragte Kleoh ohne Umschweife.

Als Joan ihm die näheren Einzelheiten berichtet hatte, schlug Kleoh vor, dass sie nach Aberdeen kommen sollte. Sie könnte von seinem Büro aus anrufen, sagte er; dann würden sie gemeinsam die sterblichen Überreste an die Gerichtsmedizin übergeben.

Sie erklärte, dass sie den Bezirkssheriff lieber sofort anrufen wollte.

In dieser Nacht in Ahcleets altem Haus am Meer schlief Joan nicht in ihrem eigenen Bett. Sie schlief überhaupt nicht.

Während draußen der Wind vom Meer hereinwehte, lag sie ruhelos in Tleyuks Bett, einen Arm um ihren schlafenden Sohn gelegt, mit dem anderen eine alte, verschlissene Puppe aus weicher Zedernrinde umklammernd. Der alte Ahcleet hatte sie ihr geschenkt, als sie drei Jahre alt war.

Als sie sich den Tatort noch einmal in Erinnerung rief, fiel ihr zum ersten Mal auf, dass etwas gefehlt hatte. Etwas sehr Wichtiges: der Geruch des Bösen.

Trotz der entsetzlichen Brutalität der Tat hatte sie keinen Hauch von Hass verspürt. Konnte dieser Mord auf eine ihr unbegreifliche Weise ein Akt der Liebe gewesen sein?

Unmöglich. Das war die Tat eines geisteskranken Indianers, der schnellstens gefasst und hinter Schloss und Riegel gebracht werden musste, bevor er noch jemand anderem etwas antun konnte.

Sie lauschte auf Botschaften von ihrem Schutzgeist aus ihrem eigenen Unterbewussten, aber sie hörte nur das Stürmen von Wind und Meer.

Dann, wie eine Erlösung, drangen die leisen Worte von Lima Clemente an ihr Ohr: »Wir haben so vieles aneinander zu entdecken.« Und als sie sich daran erinnerte, tröstete sie die aufrichtige Sorge, die sie in seinen aschgrauen Augen gesehen hatte.

Gegen zehn Uhr am nächsten Morgen hatten die beiden chilenischen Geschäftspartner in ihrer Hotelsuite gerade das Frühstück beendet.

Xavier Escoro, in einem burgunderroten Seidenpyjama und dazu passendem Morgenmantel, erhob sich vom Tisch und fing an, auf und ab zu gehen, die Hände auf dem Rücken verschränkt.

Lima Clemente saß nah am Fenster. Das Morgenlicht glitzerte in seinen Augen, schimmerte auf den glänzend schwarzen Brauen und Wimpern und dem langen Haarzopf. Er trug ein weites schwarzes Seidenhemd mit einer weißen Baumwollhose.

»Erzähl mir von deinem Tag mit der schönen Polizistin«, sagte Xavier Escoro und machte eine obszöne Geste.

»Nichts dergleichen.«

»Was? Ihr wart nicht im Bett?« Xavier Escoros Augenbrauen schnellten in die Höhe. »Ich bin schwer enttäuscht, Lima. Die Frau war bereit. Selbst ich konnte ihre Lust riechen, obwohl ich weiter weg stand.«

Lima Clemente wusste, dass sein Partner das Begehren bei Frauen riechen konnte; er hatte diese Fähigkeit schon oft unter Beweis gestellt.

»Du musst mit ihr schlafen«, riet Xavier Escoro ihm eindringlich. »Bezaubere sie. Ihr Wohlwollen ist ungemein wichtig für unser Geschäft.«

»Wir hatten andere Dinge zu tun«, sagte Lima Clemente und erzählte seinem Partner von dem Fund der Leiche des kleinen Jungen.

Xavier Escoro gab seinem Entsetzen wortreich Ausdruck.

Lima Clemente hing seinen Gedanken nach, denn er hatte erkannt, dass Joan die Frau war, nach der er auf der ganzen Welt gesucht hatte, seit er vor vielen Jahren seine geliebte Eclenza verloren hatte, mit der er zusammen aufgewachsen war. Joan erinnerte ihn in vielerlei Hinsicht an Eclenza, die noble Haltung, die Farbe und Form ihrer Augen, vor allem aber ihr innerer Geist, der sie mitunter zu verzehren schien.

In den Jahren danach hatte Clemente viele willige Frauen kennen gelernt, aber keine hatte er lieben können. Er wollte eine Frau mit starkem Charakter und Prinzipien; eine Frau, die ihn begehrte, aber die Kraft hatte, zu widerstehen. Zunächst. Sein ganzes Erwachsenenleben hatte er sich nach einer Frau wie Eclenza gesehnt – und sie nun in Joan gefunden.

Er lächelte leise, als er daran dachte, wie er nach Joans unerwarteter Attacke zu Boden gegangen war. Herrlich!

Er würde sie behutsam und bedächtig dazu bringen, dass sie sich in ihn verliebte, nicht weil es für seine Geschäfte nützlich war, sondern weil er sie bereits liebte.

Lima Clemente wusste aus Erfahrung, dass er beinahe jede Frau dazu bringen konnte, ihn zu lieben. Er wusste selbst nicht genau, was sie an ihm so anziehend fanden, ob es die ungewöhnlichen grauen Augen in seinem dunklen Gesicht waren oder seine natürliche Eleganz. Als pragmatisch denkender Mensch hegte er den starken Verdacht, dass es seine gesellschaftliche Stellung war, vor allem der Geruch des Geldes.

Er war erfahren genug und von Natur aus sensibel genug, um darauf zu warten, dass Joan den ersten Schritt machte. Sie würde ihm, wenn es so weit war, ein winziges, flüchtiges Zeichen geben. Und dann konnte er, der er so geduldig gewartet hatte wie ein großer Jäger, der seiner Beute auflauert, endlich handeln.

»Ich bin mir sicher, dass Joan Tidewater *die* Frau für mich ist«, sagte Lima Clemente mit Bestimmtheit.

»Bravo! Endlich!«, erwiderte Xavier Escoro. »Ich wünsche dir viel, viel Glück.«

Die Autopsie wurde früh am nächsten Morgen durchgeführt.

Neben dem amtlichen Leichenbeschauer, dem Coroner und dem Gerichtsmediziner Dr. Philip Gerber waren noch fünf weitere Beamte anwesend: Joan Tidewater als Vertreterin der Quinault; Hunter Kleoh vom FBI; Jasper Wright, der Bezirkssheriff; Leonard L. Duncan und Clarence Montgomery, zwei erfahrene Beamte der Mordkommission.

Hunter Kleoh hatte Joan erzählt, dass Beamte des FBI zu dieser Stunde dabei waren, den Tatort abzusuchen.

Dr. Gerber zog das grüne Tuch von den drei erbarmungswürdigen Menschenteilen auf dem Untersuchungstisch. Vor ihnen lagen ein Kopf, ein Rumpf und eine kleine Hand.

Normalerweise, so wusste Joan, hätte Kleoh eventuelle, im Körper gefundene Projektile sowie Blut- und Haarproben mitgenommen. Aber hier gab es kein Herz; keine Füße, um sie auf Kratzer zu untersuchen; nur eine Hand, unter deren Fingernägeln möglicherweise irgendwelche Spuren gefunden werden konnten.

Da der Tod in diesem Fall ganz offensichtlich durch die Enthauptung herbeigeführt worden war, würden wohl nur die wichtigsten gerichtsmedizinischen Untersuchungen gemacht werden.

Als ob er ihre Gedanken lesen konnte, sagte Hunter Kleoh:

»Phil, die von der Toxikologie können sich ruhig Zeit mit den Proben lassen. Es ist ja wohl ziemlich klar, woran er gestorben ist.«

Dr. Gerber nickte. Dann fing er an, den Halsstumpf zu untersuchen. Eingebettet in der Wunde, entdeckte er Fremdmaterial in Form von einigen Fäden, die anscheinend gewebt waren.

»Ich würde sagen, der Kopf wurde mit einer Axt oder Machete abgetrennt«, sagte Dr. Gerber. »Durch einen mit großer Kraft ausgeführten Hieb. Die Waffe war jedenfalls sehr scharf und schwer. Sehen Sie? Sie ist durch den Kehlkopf gefahren und hat das Rückgrat am fünften Halswirbel durchtrennt.«

Als Dr. Gerber die Arm- und Beinstümpfe untersuchte, wies er auf die stark gesplitterten Knochen hin. »Um ein Bein abzuschlagen, sind mehrere Hiebe erforderlich, ganz gleich, wie scharf die Waffe ist oder wie stark der Arm, der sie führt«, sagte er.

Nachdem die Minimalautopsie abgeschlossen war, wurden sechs Gläser mit Proben gefüllt, versiegelt, etikettiert und verpackt; sie würden in die Toxikologie geschickt, wo man sie zunächst einmal ins Kühlhaus stellen würde.

Dr. Gerber bat die Anwesenden in einen kleinen Nebenraum, wo er sich einen Kaffee eingoss und auch die anderen aufforderte, sich zu bedienen. Alle lehnten ab.

Dann klärte er sie darüber auf, dass der kleine Junge noch am Leben war, als ihm Arme und Beine und schließlich der Kopf abgehackt worden waren.

Hunter Kleoh durchbrach die daraufhin eingetretene Stille. »Mir wird speiübel, wenn ich daran denke, wie der Kleine gelitten haben muss.«

»Wissen Sie, es ist eine seltsame Sache«, sagte Dr. Gerber. »Mit dem Schmerz, meine ich. Ich vermute, dass der kleine Junge, als er ermordet wurde, nur sehr wenig Schmerz gespürt hat, wenn überhaupt. Ich kann mit Sicherheit sagen, dass sein Tod fast augenblicklich eintrat. Und er ist nicht sexuell missbraucht worden«, sagte Gerber mit Bestimmtheit, als ob diese Information sie trösten sollte.

Ein umfangreiches Ermittlungsverfahren lief an. Da das FBI für im Indianerreservat begangene Kapitalverbrechen zuständig war, liefen alle Informationen in Hunter Kleohs Büro zusammen.

Zunächst wurde mit Unterstützung von Beamten aus anderen Dienststellen in sämtlichen Reservaten und Schulen auf der Olympic-Halbinsel ermittelt. Dann wurden die Angehörigen der verschiedenen Indianerstämme auf der Halbinsel persönlich befragt, und schließlich kamen die Schulen der Weißen an die Reihe.

Die Medien berichteten ausführlich, zunächst lokal und dann landesweit. Nicht alle Einzelheiten zum Tode des Jungen wurden bekannt gegeben, nur die Tatsache, dass er enthauptet worden war.

Ermittler klapperten sämtliche Motels, Lodges und Pensionen auf der Halbinsel ab, doch nirgends war ein Indianerjunge verschwunden.

Das FBI überprüfte in Zusammenarbeit mit Interpol die verschiedenen Ausländer, die am Jahreskongress der Holzindustrie teilgenommen hatten. Es war eine schwierige, Zeit raubende Arbeit. Viele der Teilnehmer waren bereits wieder nach Hause gereist. Andere machten irgendwo in den Vereinigten Staaten Urlaub. Und wieder andere waren noch in der Gegend geblieben und genossen die landschaftliche Schönheit der Halbinsel.

Joan war besonders an den Berichten interessiert, die die chilenische Polizei über Lima Clemente und Xavier Escoro schickte. Keiner von beiden war vorbestraft. Sie hatten in Santiago ein sehr erfolgreiches Unternehmen, das Maschinen für die Holzverarbeitung herstellte. Sie waren ehrbare, angesehene und sehr wohlhabende Bürger.

# Kapitel 5

Zwei Tage später klopfte es an Ahcleets Haustür.

»*Qatcawiqoe'cqo-icx;* zisch ab!«, murmelte der Alte.

Er hatte sich schon den ganzen Tag unausgeglichen gefühlt und wollte sich nicht bei seiner Lieblingsfernsehserie stören lassen, die er sich jeden Nachmittag ansah.

Ahcleet hörte Tleyuk in der Küche hantieren. Der Junge machte sich sein übliches Sandwich nach der Schule. Selbst so ein kleiner Junge wie er wagt es nicht, seinen Großvater um diese Zeit zu stören, dachte Ahcleet mürrisch.

Er sah auf die Uhr und bemerkte, dass Tleyuk etwas spät dran war. Normalerweise kam er vor Beginn der Sendung nach Hause. Ahcleet beschloss, dass er den Jungen später fragen würde, wo er so lange geblieben war.

»*Aqa, ikLigE'kiqet;* ach, zieh endlich Leine!«, sagte er gereizt und erhob sich aus seinem abgenutzten Ledersessel.

Als er durch die Gardine spähte und sah, wer da wartete, verdunkelte sich Ahcleets Gesicht, und er fluchte.

»*Lq'eyo'qt wi'qectq;* die alte Gewitterziege!«

Er nahm eine gerade Haltung an, machte ein besonders wütendes Gesicht und riss die Haustür auf.

Eine kleine, in übel riechende Lumpen gehüllte Frau stand

auf der Veranda. Die alte Scatt. Auf dem linken Arm der Alten hockte eine spindeldürre schwarze Katze mit nur einem Auge, einem halben Ohr und zwei Reißzähnen, die über die Unterlippe ragten.

Die alte Scatt wurde von vielen gemieden wie die Pest. Sie war noch älter als Ahcleet. Ja, er erinnerte sich, dass sie in seinen jungen Jahren schon beinahe so ausgesehen hatte wie heute. Und auch so gerochen hatte. Die alte *wi'qectq* wusch sich nie!

Sie war Sklavin gewesen, Tochter und Enkelin von Sklaven. Und noch nicht mal eine besonders teure Sklavin – eher ein Sonderangebot. Er wusste nicht, von welchem Stamm ihre Ahnen geraubt worden waren, aber es musste ein ziemlich rückständiger gewesen sein.

Ahcleet blieb hinter der Fliegengittertür stehen und hielt den Kopf so, dass ihm der Geruch der Frau nicht in die Nase drang.

»Was willst du?« Er würde sie nicht ehren, indem er die alte Sprache benutzte.

»Sag deinem Balg, er soll meine Katze in Ruhe lassen.« Aus ihrem behaarten Gesicht funkelte sie ihn unter einem fettig verfilzten Haarnest an. Wie ihre Katze hatte sie nur ein Auge.

»Ich habe keinen Balg in meinem Haus.«

»Dann meinetwegen den Jungen von deiner Urenkelin, der Polizistin. Dem *Zwillingsweib.*«

Ahcleet wusste, worauf die alte Scatt anspielte. In den alten Zeiten betrachtete man die Geburt von Zwillingen als ein absolutes Unglück. Weiter oben im Norden, wo die Familie der alten Scatt herstammte, hatte man neugeborenen Zwillingen Moos in den Mund gestopft, damit ihr Weinen nicht die Ohren der Geister beleidigte. Dann brachte man sie hinaus in den Wald, wo sie verhungerten oder erfroren oder von wilden Tieren gefressen wurden.

Ahcleet wusste, dass die alten Quinault zwar keine Angst vor Zwillingen gehabt hatten, dass aber deren Eltern ein paar Regeln einhalten mussten. Zwanzig Tage lang durften sie nicht fischen. Manchmal zog sich der Vater nach der Geburt seiner Kinder einen Monat lang in den Wald zurück. Er durfte zwei Jahre lang nicht auf die Jagd gehen, und während dieser Zeit wurde die Familie von Freunden mit Fleisch versorgt.

Damals wurden Quinault-Zwillinge niemals getrennt. Wenn einer Holz sammeln ging, folgte der andere. Sie schliefen im selben Bett. Wenn es zwei Mädchen waren, heirateten sie denselben Mann. Man bezeichnete sie nie als *tsaile'sxwil,* »Zwillinge«, sondern als *tsopoh,* »Wölfe«, um sie nicht zu beschämen.

Ahcleet überging die Beleidigung der alten Frau, schüttelte seine Erinnerungen ab und trat auf die Veranda. »Tleyuk war bei dir zu Hause?«, fragte er.

»Er war da und hat meine Katze angepackt.«

Ahcleet drehte sich um und brüllte ins Haus: »Tleyuk!«

Tleyuk kam angerannt, sein Sandwich in der Hand und einen Senfrand um den Mund. Als er die alte Scatt sah, wurden seine Augen kugelrund. »Siehst du, Großvater, sie sind zusammen!«, zischelte er.

»Wer ist zusammen?«

Tleyuk zeigte mit dem Sandwich auf die beiden Besucher: »Sie und die Katze.«

»Red keinen Unsinn. Hast du die Katze der alten Scatt angefasst?«

»Bloß das Gesicht.«

Die alte Scatt kreischte los: »Alter Mann, ich weiß, was dieser Bengel gemacht hat. Er hat versucht, das Gesicht der Katze hochzuziehen, weil er nachsehen wollte, wer darunter steckt!«

»Lächerlich!« Ahcleet blickte empört und rümpfte seine beachtliche Nase. Dann sagte er zu Tleyuk: »Wir haben dir doch eingeschärft, dich nicht bei ihr am Haus rumzutreiben.«

»Ja, Großvater.«

»Und warum hast du es doch getan?«

Tleyuk ließ den Kopf hängen. »Ich wollte bloß mal nachsehen.«

»Was wolltest du sehen?«

Tleyuk flüsterte Ahcleet ins Ohr: »Kann ich dir das erzählen, wenn sie weg ist?«

Ahcleet schloss die Augen und dachte nach. Ganz sicher würde er sein eigen Fleisch und Blut nicht im Beisein dieser *ga'yamoa*, dieser Made, bestrafen. Er öffnete die Augen und verkündete: »Alte Scatt, du kannst gehen. Und nimm dein Tier mit. Ich werde die Angelegenheit mit meinem Ururenkel besprechen.«

Sie blieb halsstarrig. »Kriegt er eine gehörige Abreibung?«

Ahcleet grollte: »Ich habe gesagt, du sollst gehen!«

Mit der schlaffen Katze über dem Arm humpelte sie von der Veranda, warf ihnen beiden vom Kiesweg noch einen zornigen Blick zu und rief: »Du und die Deinen! Lasst mich und die Meinen in Ruhe! Und vor allem meine Katze!«

»Ist sie eine Hexe, Großvater?«, fragte Tleyuk.

»Nein, mein Kleiner, das wäre zu viel der Ehre. Sie ist bloß eine verrückte alte *wi'qectq.* Und jetzt hol mir ein paar Zedernäste. Danach unterhalten wir uns.«

Tleyuk rannte los. Als er mit den Zweigen zurückkam, fegte Ahcleet damit die Verandabretter ab, auf denen die alte Scatt gestanden hatte, dann wischte er über die Hauswand und die Fliegengittertür, wo ihr Atem hingelangt war. Nachdem er sein Haus gereinigt hatte, warf Ahcleet die Zweige auf die Erde, um sie später zu verbrennen.

Er ging in die Küche, wusch sich die Hände, kochte Tee und sagte Tleyuk, er solle sich setzen. Dann goss er dem Jungen eine Cola und sich selbst eine Tasse starken Tee ein, tat einen Teelöffel braunen Zucker und einen großen Schuss Sahne dazu.

Nachdem sie beide eine Zeit lang still dagesessen hatten, während Tleyuk seine Cola trank und Ahcleet seinen süßen Tee nippte, fragte der Alte: »Warum bist du zum Haus der alten Scatt gegangen?«

Tleyuks Gesicht wurde rot vor Aufregung: »Weißt du noch, was du mir neulich über die Tiere erzählt hast? Dass sie Menschen werden können?«

Ahcleet nickte.

Tleyuks Worte überschlugen sich: »Und dass ich, wenn ich ein Tier sehen würde, das sich komisch benimmt, lieber von ihm wegbleiben sollte, weil es ein verkleideter Mensch sein kann?«

Ahcleet nippte erneut an seinem Tee und blickte entspannt drein. Innerlich stöhnte er auf.

»Also, die Katze von der alten Scatt benimmt sich immer ganz komisch. Und mir ist aufgefallen, dass ich die Katze nie mit der alten Frau zusammen gesehen habe. Und da habe ich mir gedacht, dass sie sich bestimmt in die Katze verwandelt. Verstehst du, Großvater?«

Leider ja, dachte Ahcleet. »Erzähl weiter«, forderte er seinen Ururenkel auf.

»Das ist mir nicht mehr aus dem Kopf gegangen. Und wie ich heute aus der Schule komme, sehe ich die Katze vor mir.«

»Und was hast du dann gemacht?«

»Ich habe bloß versucht, sie hochzuheben. Aber sie hat mich immer ganz nah rankommen lassen, ist dann ein Stückchen weggelaufen und hat sich umgedreht. Und plötzlich ist sie stocksteif stehen geblieben und hat auf mich gewartet.«

»Ja?« Ahcleet blickte immer noch abgeklärt und weise drein.

»Ich wollte gerade ausprobieren, ob sich ihr Gesicht nach oben ziehen lässt, natürlich ganz vorsichtig, ehrlich, damit ich ihr nicht wehtue, und da kommt auf einmal die alte Scatt mit einem Besen angerannt und schreit mich an.«

In der Stille konnten sie die Uhr an der Wand hinter sich ticken hören.

Tleyuk sah geknickt aus. »Das stimmt alles gar nicht, oder, Großvater?«

»Was stimmt nicht, mein Kleiner?«

»Dass Tiere sich in Menschen verwandeln können.«

Ahcleet blickte erstaunt. »Wie kommst du darauf?«

»Na ja, die Katze kann nicht die alte Scatt sein, weil sie beide zusammen auf der Veranda gestanden haben.«

Ahcleet studierte seine Teetasse. Dann sah er über den Tisch hinweg seinen Ururenkel an, und von Liebe und Verärgerung zugleich rötete sich sein altes Gesicht. »Was ich dir neulich nicht erzählt habe, ist, dass sich heutzutage nur noch sehr, sehr wenige verwandeln können. Diejenigen, die es können, sind sehr bedeutende, sehr alte Schamanen.«

»Die alte Scatt nicht?«

»Eine verrückte *wi'qectq* wie die bestimmt nicht. Sie gehört nicht einmal zu uns.« Er senkte die Stimme. »Diese Scatt-Bande! Sie waren Sklaven, weißt du. Die Untersten der Unteren.«

Tleyuk nickte weise.

Als Joan Tidewater ihren Sohn an diesem Abend zu Bett brachte und ihm wie immer einen Gutenachtkuss gab, kam er ihr irgendwie bedrückt vor.

»Mom, ich muss dir was sagen.«

»Was denn, Schätzchen?«

Sie saß auf der Bettkante und hielt seine Hand. Mit Mühe verscheuchte sie die Gedanken an den verstümmelten kleinen Jungen, die sie ständig verfolgten. Seit sie seine Überreste gefunden hatte, litt sie unter Übelkeit, ähnlich wie während der Schwangerschaft. Sie konnte keine Nahrung bei sich behalten. Und sie konnte nicht schlafen. Ihr einziger Trost waren die Gedanken an ihre kleine Familie – ihren Sohn, ihren Urgroßvater, ihren Zwillingsbruder. Und dann und wann die Gedanken an Lima Clemente, mit dem sie später am Abend noch einen kleinen Ausflug machen wollte.

Tleyuk setzte sich im Bett auf. »Mom«, sagte er ernst. »Sag Großvater nichts davon, aber ich glaube nicht, dass Menschen sich in Tiere verwandeln können.«

»Bist du sicher, Tleyuk?«

»Ich weiß nicht, aber es könnte doch so was sein wie die Sache mit dem Weihnachtsmann bei den weißen Kindern. Den gibt's auch nicht.« Leuchtende dunkle Augen blickten sie fragend an. »Was meinst du, Mom?«

Joan musste an die Bedeutung seines Namens in der alten

Sprache denken: Tleyuk, »Feuerfunken«. Sie ergriff auch seine andere Hand. »Schätzchen, im Leben haben die Dinge viele verschiedene Bedeutungen. Wie die Blätter an einer Artischocke.«

»Igitt«, sagte er.

Ein unglücklicher Vergleich, dachte sie, weil sie wusste, dass ihr Sohn Artischocken beinahe genauso wenig mochte wie Brokkoli. Aber die Artischockenherzen schmeckten ihm ganz gut.

»Du weißt ja, da sind die vielen äußeren Blätter. Wenn du eine Lage Blätter abschälst, schmeckt die darunter schon besser. Und das geht so weiter, bis du zum Herzen kommst, das am allerbesten schmeckt, man könnte auch sagen, zur Wahrheit. In wichtigen Fragen darfst du dich nie mit der offensichtlichen, der äußeren Bedeutung zufrieden geben.«

»Zum Beispiel?«

Sie überlegte kurz. »Na, zum Beispiel benutzen wir bestimmte Ausdrücke. Nehmen wir an, du liest ein Buch, und da steht über den Helden: Seine Augen wanderten zur Decke. Du weißt genau, dass ihm nicht wirklich die Augen aus dem Kopf gewandert sind. Wenn du das wörtlich verstehen würdest, müsste der arme Kerl ja irgendwann an die Decke springen, um seine Augen wieder runterzuholen.«

Tleyuk kicherte. »Mom, das ist verrückt!«

»Genau wie das Leben, Tleyuk. Es ist ein kompliziertes Rätsel. Deshalb macht es ja auch so viel Spaß. Die glücklichen Menschen sind die, die versuchen, das Rätsel zu lösen, die nach Mustern suchen.«

Tleyuks Miene hellte sich auf. »Ich würde es gern glauben, Mom. Das mit den Tieren und den Menschen. Klingt super.«

»Du, Großvater und ich werden ein andermal darüber reden. Wenn wir mehr Zeit haben. Es ist sehr wichtig, Schätzchen. Und jetzt schlaf schön.«

Sie küsste Tleyuk noch einmal, stand auf und zog beim Hinausgehen leise die Kinderzimmertür hinter sich zu.

»Er hat dir von heute Nachmittag erzählt«, sagte Ahcleet, als Joan ins Wohnzimmer trat.

»Nein, aber ich habe mir schon gedacht, dass etwas Wichtiges passiert sein muss.«

Ahcleet schilderte ihr die Szene mit der alten Scatt und ihrer Katze. Als er fertig war, lachten beide leise.

Ahcleet lehnte seinen Kopf gegen die Rückenlehne seines alten Ledersessels und schloss die Augen. »Tleyuk ist jetzt acht, und ich muss mit seiner Ausbildung anfangen.«

»Ich möchte aber, dass er alles hinterfragt, Großvater«, sagte sie mahnend.

Er sah sie an. »Natürlich. Wie du es getan hast. Wie ich es getan habe. Das ist richtig und gut. Blinder Glaube ist etwas für Narren, die zu träge sind, selbst zu denken.« Er musterte sie eindringlich. »Willst du mir nicht erzählen, was los ist?«, fragte er freundlich.

Erst jetzt berichtete sie ihm von ihrem grauenhaften Fund im Wald. Vorher war sie dazu nicht in der Lage gewesen.

»Jetzt weiß ich, warum ich mich so schlecht fühle. Der Tod dieses Kindes hat mein Gleichgewicht gestört. Haben die Wilderer, nach denen du suchst, irgendwas damit zu tun?«

»Das kann ich mir nicht vorstellen. Wilderer arbeiten still und leise. Sie würden bestimmt nicht mit einem so grausigen Mord auf sich aufmerksam machen wollen.«

»Man weiß nie, was im Herzen eines Fremden vor sich geht«, sagte der alte Mann.

Joan erwiderte nichts.

Sie sahen beide zu, wie das Feuer hartes Treibholz in flackernde orange und rote Flammenzungen verwandelte. Und dann in Rauch und Asche.

»Verwandlung ist Leben«, murmelte Ahcleet. »Jeden Tag verwandeln wir uns und sind ein bisschen anders als noch am Tag zuvor.«

Dann schwiegen sie erneut und betrachteten das Feuer.

Nach einer Weile fragte Joan: »Hat Tleyuk gefragt, ob du dich verwandeln kannst?«

»Nein.« Ahcleet sah zu ihr hinüber. »Aber er wird fragen, da bin ich sicher. Vielleicht morgen.«

»Und was wirst du ihm sagen?«

»Die Wahrheit.«

»Ist er schon so weit?«

»Wenn er es wissen will, dann ist er es.«

»Ich frage mich, ob ich mich verwandeln könnte«, sagte sie langsam.

»Hast du es je versucht?«

»Nein.«

»Wenn es an der Zeit ist, wirst du es können.«

Joan und Lima Clemente saßen warm eingepackt auf einem Stamm am Moonstone Beach, in der Nähe des alten Hotels, das vor vielen Jahren bei einem fürchterlichen Sturm ins Meer gerissen worden war.

Es war halb elf, und der Mond ging gerade auf.

Lima Clemente machte mit Zeitungspapier und Treibholz ein Lagerfeuer. Als die Flammen im Wind tanzten, fragte er:

»Wie fühlen Sie sich, Joan?«

Es war zwar erst zwei Tage her, dass er sich vor der Lodge von ihr verabschiedet hatte, aber sie kam ihm schlanker vor. Und ihre Augen hatten einen verlorenen Ausdruck.

»Nicht besonders«, sagte sie.

»Wissen Sie, Joan, es ist ganz normal, wenn jemand nach einem derartigen Schock körperliche Reaktionen zeigt.«

»Ich weiß«, sagte sie geistesabwesend.

»Seien Sie mir nicht böse«, sagte er. »Ich mache mir ehrlich Sorgen um Sie.«

Die Worte sprudelten fast gegen ihren Willen aus ihr heraus. »Ich kann nicht schlafen. Und wenn doch, dann starrt mich plötzlich dieses gehäutete Gesicht an. Letzte Nacht lag es auf dem Kissen neben mir.« Ihre Stimme bebte. »Ich konnte es riechen.«

Seine Stimme war ruhig. »Noch andere Auswirkungen?«

»Wenn ich etwas esse, muss ich mich sofort übergeben.«

»Können Sie gar nichts bei sich behalten?«

»Nur Wasser.«

»Waren Sie schon beim Arzt?«

Ein verächtlicher Ausdruck huschte über ihr Gesicht. »Natürlich nicht. Welcher Polizist rennt schon gleich zum Arzt, wenn er eine Leiche findet?«

Clemente war froh, dass sie ihm ihre bedrückenden Gefühle anvertraute. Er würde sie dazu ermutigen, denn es war der erste Schritt zur Vertrautheit.

»Joan, darf ich Sie etwas Persönliches fragen?«

»Fragen Sie.«

»Haben Sie einen Glauben, eine Religion, aus der Sie in Zeiten wie diesen Kraft schöpfen?«

Eine Weile war nur das Rauschen des Meeres zu hören. Dann Joans Stimme: »Ich habe meinen eigenen Glauben.«

Er sah die Trauer in ihrem Gesicht, als sie sich ihm zuwandte. Wie gern hätte er sie in den Arm genommen! Aber er würde sich beherrschen, es war zu früh.

»Ich selbst könnte ohne meinen Glauben nicht leben«, sagte er, nahm das Kruzifix, das um seinen Hals hing, und küsste es. »Ich werde darum beten, dass Ihr Glaube Ihnen Trost gibt.«

Sie ging nicht direkt darauf ein, sondern sagte: »Schauen Sie, wie der Nebel aufsteigt. Mit dem Nebel kommen die Jenseitigen.«

Er lächelte. »Mein Volk glaubt, der Nebel ist der Atem des Teufels.«

Sie lauschten dem Rauschen des Meeres. Lima Clemente sagte: »Ich spüre, dass Sie sich nach etwas sehnen, Joan. Darf ich Sie fragen, wonach?«

Als sie antwortete, glimmten heitere Funken in ihren Augen: »Nach einer Insel, glaube ich. Irgendwo in Küstennähe. Auf die ich mich zurückziehen könnte, wenn mir danach ist. Aber nur für ein oder zwei Tage, denn ich würde immer nach Hause zurückkehren.«

In diesem Augenblick wurde Lima Clemente klar, dass Joan auf uralte, mystische Weise mit ihrer Heimat verbunden war. Mit diesem Land und diesem Meer. So wie er mit seiner Heimat.

»Allein?«, fragte er leise.

»Ich weiß nicht.«

Sie blieben schweigend sitzen und betrachteten den Nachthimmel, lauschten den Wellen, sogen den frischen Atem des Meeres ein.

»Jupiter leuchtet noch immer dort im Westen«, murmelte Joan. Dann sah sie ihn an. »Lima, haben Sie Heimweh?«

»Nur wenn ich zu den Sternen aufschaue. Der Nachthimmel hier ist so fremd.«

Sie berührte seine Hand.

»Es ist Zeit zu gehen«, sagte er leise.

Als Joan nach Hause kam, nahm sie ein Schwitzbad.

Während sie in der heißen Hütte im Garten saß und ihre Haut vom Dampf feucht und rosig wurde, dachte sie über die letzten beiden Stunden mit Lima Clemente nach.

Zu ihrer großen Erleichterung hatte er keinerlei Annäherungsversuche gemacht, obwohl sie sicherlich dafür empfänglich gewesen wäre. Auf Grund seiner Zurückhaltung fasste sie langsam Vertrauen zu ihm. Schon jetzt fühlte sie sich etwas unbeschwerter, als wäre der entsetzliche Albtraum von dem verstümmelten Kind ein klein wenig von ihr genommen worden.

In dieser Nacht konnte Joan zwar wieder kaum schlafen, aber sie sah kein enthäutetes Gesicht auf dem Kissen neben sich. Sie träumte wieder von Pumas. Ein besonders schönes Tier strich ihr um die Beine, ein Puma mit verblüffend blauen Augen.

# ◇◇◇◇◇◇◇ Kapitel 6 ◇◇◇◇◇◇◇

◇ Am nächsten Morgen saß Ruby Campbell allein in Dennys Restaurant in Aberdeen an einem runden Tisch und wartete. Trotz der frühen Stunde waren die Holzfäller, die normalerweise hier saßen, schon bei der Arbeit.

Campbell trug bequeme, verwaschene Jeans, ein langärmeliges gestreiftes Baumwollhemd, ein Tweedjackett im Westernlook und schwarze Lederstiefel. Neben ihm auf der Bank lag ein breitkrempiger schwarzer Filzhut.

Fünf Minuten später kam der Mann, auf den er wartete. Er hatte einen dunklen Anzug mit Weste an, ein weißes Hemd mit steifem Kragen und handgearbeitete Schuhe.

Beide bestellten sich ein großes Frühstück: zwei Eier, drei Scheiben Schinken, drei Pfannkuchen, Bratkartoffeln, Brötchen und Kaffee.

»Unser Unternehmen möchte vor allem eines wissen, Mr. Campbell«, sagte der andere Mann.

»Und das wäre?«

»Warum sind Sie bereit, für uns zu arbeiten?«

»Ich brauche was zu tun«, erwiderte Campbell, und sein Akzent verriet, dass er aus Kentucky stammte. »Irgendetwas, das mich interessiert. Ich möchte nicht einrosten.«

»Wie Sie sicherlich wissen, ist die Arbeit für uns anstrengend und nicht ungefährlich.«

»Harte Arbeit ist genau das Richtige für mich, und bis jetzt hatte ich in meinem Leben noch vor nichts Angst.«

Campbell sprach wie jemand, dem Geld nicht viel bedeutete. Ein Mann, dem es in erster Linie um den Nervenkitzel der Jagd, um den Geruch der Gefahr ging.

»Hatten Sie eine militärische Ausbildung?«, fragte der andere.

»Ich war Sergeant bei den Rangers.«

»Vietnam?«

»Zweiter Weltkrieg. Acht Feldzüge und drei Landungen. Nordafrika, Italien, Normandie. Als der Krieg in Europa vorbei war, bin ich zur Militärpolizei gegangen.«

»Zweiter Weltkrieg. Das kann ich kaum glauben. Sie sehen aus wie ein durchtrainierter, gesunder Fünfzigjähriger. Höchstens fünfundfünfzig.«

»Wollen Sie meine Entlassungspapiere sehen?«

Der andere sah, wie Campbells Gesicht sich rötete, und hob die Hand. »Bitte, Sir, bitte. Das sollte keine Beleidigung sein.«

»Habe ich auch nicht so aufgefasst«, sagte Campbell knapp.

Trotzdem holte er seine Brieftasche heraus und reichte seinen Führerschein über den Tisch. Der andere sah sich das Geburtsdatum an und gab ihn höflich zurück.

»Kaum zu glauben, dass Sie Anfang siebzig sind«, sagte er anerkennend. »Nun, Sie wissen natürlich, dass unsere geschäftlichen Aktivitäten, die für Sie von Interesse sind, als illegal gelten. Haben Sie da Bedenken?«

Campbell runzelte die Stirn. »Ich will Ihnen mal was sagen. Ich war für mein Land im Krieg. Aber die Vereinigten Staaten, für die ich gekämpft habe, die gibt es schon lange nicht mehr.«

Der andere nickte kurz. »Da gebe ich Ihnen absolut Recht.« Dann fragte er: »Sind Sie Jäger?«

»Und ob ich das bin. Schon seit meinem sechsten Lebensjahr, als ich noch die Flinte meines Daddys auf einen Baumstumpf aufstützen musste, um sie abzufeuern. Und damals musste ich mit dem ersten Schuss treffen, denn Patronen waren teuer. Kosteten einen Penny das Stück.«

Der andere lächelte, dann wurde er wieder ernst. »Also, wie sieht die Situation in dem fraglichen Gebiet aus, Mr. Campbell? Wie ich höre, haben Sie sich dort umgesehen?«

»Das habe ich, und ich bin zu folgendem Schluss gekommen: Wir sollten höllisch aufpassen, dass wir nicht die Aufmerksamkeit von irgendeiner Polizeibehörde auf uns lenken. Wir haben es dort mit der staatlichen und der örtlichen Polizei zu tun. Außerdem gibt es noch ein paar andere Behörden, die uns Ärger machen könnten.«

»Zum Beispiel?«

»Das FBI, um nur eine zu nennen. Die werden mit Sicherheit aktiv, wenn wir auf Indianergebiet erwischt werden.«

Nach einigen Augenblicken des Schweigens fragte der andere: »Haben Sie Familie, Mr. Campbell?«

»Ich bin verheiratet«, antwortete er knapp.

»Auf Grund der besonderen Art unserer Geschäftsbeziehung ist es besser, wenn Ihre Frau nichts davon erfährt.«

Campbell winkte ab. »Melisande stellt keine Fragen. Hat sie noch nie. Sie hat viel zu viel mit ihrer eigenen Arbeit zu tun.«

»Und was für Arbeit ist das?«

»Sie malt.«

»Fantastisch.« Der andere machte eine anerkennende Geste. »Eine Künstlerin. Meine Mutter hat kleine Aquarelle gemalt. Sie waren sehr gut.«

Campbells Mund nahm einen harten Zug an. Er schwieg, als nähme er seinem Gegenüber den Eingriff ins Private übel.

Der andere spürte das und sagte: »Mich wundert, dass Sie noch nicht nach der finanziellen Seite gefragt haben.«

»Ich denke, dazu werden wir noch rechtzeitig kommen.«

»Sie erhalten für Ihre Arbeit im ersten Jahr fünfhunderttausend Dollar in bar.«

»Klingt gut«, sagte Campbell. »Mit zusätzlicher Erfolgsbeteiligung?«

»Später ja. Und wenn die Sache gut läuft, erhöht sich Ihr Anteil. Aber für das erste Jahr sind fünfhunderttausend garantiert, unabhängig von der Erfolgsbeteiligung.«

Campbell nickte.

Plötzlich winkte der andere Mann der Kellnerin, als hätte er einen Entschluss gefasst. Als sie kam, sagte er mit einem Lächeln: »Mr. Campbell, trinken Sie noch einen Kaffee mit, um unser Geschäft zu besiegeln?«

»Dann sind wir uns also einig?«

»Wenn Sie ja sagen.«

»Ich sage ja, zum Geschäft und zum Kaffee.«

Der andere Mann holte eine flache, silberne Flasche aus der Tasche und schüttete in beide Tassen einen Schuss Brandy.

Nachdem sie auf sich und ihr zukünftiges Projekt getrunken hatten, sagte der andere: »Um Ihnen unser Vertrauen zu beweisen, wird unsere Firma Ihnen sozusagen umgehend einhundertfünfundzwanzigtausend Dollar auszahlen. Aber es gibt da eine kleine Vorbedingung ...«

Campbell blickte interessiert. »Ich höre.«

»Wir bitten Sie, zuerst an einer kleinen Zeremonie teilzunehmen, die im Wald stattfinden muss. Unter vier Augen, nur Sie und ich.«

Campbells schmale Wolfsaugen lächelten. »Schneiden wir uns in die Finger und schließen Blutsbrüderschaft?«

»Nichts dergleichen, Mr. Campbell. Es geht nur darum, einem Aberglauben Genüge zu tun, der sich noch aus der Zeit unseres Firmengründers erhalten hat und den Erfolg bei neuen geschäftlichen Unternehmungen garantieren soll.«

»So wie man bei Schiffen vor der Jungfernfahrt eine Sektflasche gegen den Bug wirft?«, fragte Campbell.

»Ein guter Vergleich.«

»Passen Sie nur auf, dass auf meinem Kopf keine Sektflasche zu Bruch geht. Wann wollen wir uns treffen?«

»Heute Abend um acht, Amanda Park. Und ziehen Sie sich alte Sachen an. Etwas Bequemes.«

»Ich werde da sein«, sagte Campbell.

Als Campbell nach einem letzten Händedruck aus dem Restaurant ging, wirkte sein Gesicht hart und berechnend.

Bis jetzt war er ganz zufrieden mit der Entwicklung. Er wusste wesentlich mehr über das Unternehmen des anderen, als irgendeiner seiner zukünftigen Geschäftspartner auch nur ahnte.

Campbells Nachforschungen hatten ergeben, dass der Mann ein aalglatter, gefährlicher Typ war und für ein Unternehmen arbeitete, das im Verdacht stand, rund achtzig Prozent des weltweiten illegalen Handels mit Teilen wild lebender Tiere zu kontrollieren – ein Handel, der Milliardengewinne einbrachte.

Wenn er seine Trümpfe richtig ausspielte, so dachte Ruby Campbell, würden sie schon merken, dass er, der alte Mann aus Kentucky, noch ein klein bisschen schlauer war. Und noch gefährlicher. Wenn es ihm gelang, den anderen und dessen Partner festzunageln, würde noch mehr für ihn herausspringen. Mehrere Millionen, steuerfrei.

Am selben Abend wartete der Mann in einem gemieteten Jeep vor dem Café im Amanda Park auf Ruby Campbell. Als Campbell kam, winkte er ihm einzusteigen.

Campbell hatte sich an die Empfehlung gehalten und alte, weite Kleidung sowie Tennisschuhe angezogen.

Unter der ausgebeulten Hose hatte er unten am Knöchel ein Wurfmesser versteckt. Das weite Hemd und die Jacke verbargen eine durchgeladene Smith & Wesson Automatik mit einem Fünfzehnschussmagazin.

Er wusste nicht, was auf ihn zukam, aber er fühlte sich psychisch und physisch auf alles vorbereitet.

Sie fuhren ein gutes Stück auf dem Highway 101 in nördlicher Richtung, dann bogen sie rechts ab in einen Weg, der sie tief in den Wald führte.

Campbell starrte aus dem Fenster und versuchte, irgendetwas zu erkennen, aber es war zu dunkel, und er konnte nur so weit sehen, wie die Scheinwerfer den Weg erhellten.

Nach achtundfünfzig Minuten auf Campbells Uhr hielten sie vor einer baufälligen Blockhütte.

»Willkommen in unserem Hauptquartier«, sagte der andere, als er aus dem Jeep stieg und eine kleine Reisetasche hervorholte. Er zündete Gaslampen an, die auf dem Boden der überdachten Veranda standen. Dann machte er vor der Hütte ein Lagerfeuer.

Eine Zeit lang saßen die beiden auf Baumstümpfen am Feuer, unterhielten sich und rauchten. Der Himmel war bewölkt, und es roch nach Regen.

»Wir brauchen einen Mann, der kampf- und geschäftserfahren zugleich ist«, sagte der andere. »Wir sind der Meinung, dass Sie der Richtige sind. In diesem Wald ist ein Vermögen zu holen, das nur auf uns wartet, und ich rede nicht von Holz.«

»Gut«, sagte Campbell. »Ich hoffe, Sie haben Recht.«

»Wollen Sie Männer anwerben, die schon im Geschäft sind?«

»Um Gottes willen, nein«, antwortete Campbell. »Solche Typen sind viel zu sorglos, zu schlampig. Die werden alle irgendwann erwischt. Ich stelle mir selbst eine Mannschaft zusammen, mit Männern, denen ich vertrauen kann. Hier in der Gegend gibt es jede Menge arbeitslose Holzarbeiter. Und die müssen Familien ernähren, Häuser abzahlen. Das sind Männer, die den Wald kennen wie ihre eigene Westentasche, und sie sind verschwiegen.«

»Koste es, was es wolle?«

»Koste es, was es wolle.«

»Bei einigen unserer internationalen Aktivitäten waren wir gezwungen, geschwätzige Mitarbeiter zu eliminieren.«

Das kann ich mir vorstellen, dachte Campbell.

»In meinem Team wird es keine Schwätzer geben.«

»Wir haben die Erfahrung gemacht, dass es sich so am besten arbeiten lässt«, sagte der andere und öffnete dann die Reisetasche, die neben seinen Füßen stand. »Es ist Zeit für die Zeremonie, Mr. Campbell.«

Er griff in die Tasche und holte einen Plastikbehälter heraus, in dem sich ein Gerät befand, das so ähnlich aussah wie die Zungenklemme eines Arztes und mit einer, wie Campbell meinte, dicken, festen Schicht aus altem Lack überzogen war.

Der Mann kratzte sich ein wenig von dieser Schicht in die Handfläche und mischte das Pulver mit der eigenen Spucke.

Campbell sah, wie sich eine Masse bildete, die in Konsistenz und Farbe an grünlichen Senf erinnerte.

»Bitte krempeln Sie den linken Ärmel hoch«, sagte der andere.

Campbell tat wie geheißen.

Der andere zog einen glimmenden Zweig aus dem Feuer, packte Campbells linkes Handgelenk und drückte ihm ein Stück des Zweiges an die Innenseite des Unterarms. Die Verbrennung hatte die Größe einer kleinen Münze.

»Noch einmal«, sagte der Mann.

»Okay.«

Campbell, der entschlossen war, die Prozedur über sich ergehen zu lassen, blieb stocksteif stehen, als sein Arm ein zweites Mal verbrannt wurde, um die Wunde zu vergrößern.

Der andere hielt sein Messer übers Feuer und kratzte dann mit der heißen Klinge die verbrannte Haut von Campbells Arm. Dann strich er ihm behutsam die grüne Mischung über das rohe, offene Fleisch.

Und jetzt?, dachte Campbell.

Augenblicke später wusste er es.

Sein Körper wurde blitzartig heiß. Innerhalb von Sekunden litt er Höllenqualen – schien von innen zu verbrennen.

Er verzerrte vor Schmerz das Gesicht und verfluchte sich innerlich, dass er dem anderen erlaubt hatte, ihm eine Droge zu verabreichen, von der er nichts wusste.

Er fing an zu schwitzen. Schweiß strömte ihm über Gesicht, Bauch, Rücken, Arme und Beine. Sein Blut raste. Sein Herz dröhnte. Er spürte schmerzhaft jede Vene und jede Arterie in seinem Körper, und dann bekam er plötzlich wahnsinnige Bauchschmerzen.

Er erbrach sich heftig und unkontrollierbar. Immer und immer wieder.

Bevor er jede Kontrolle über sämtliche Körperfunktionen verlor, schaffte Campbell es gerade noch, sich seiner Kleider zu entledigen – wobei das Wurfmesser an seinem Knöchel sichtbar wurde und die Pistole in dem Kleiderbündel lag.

Nach fünfzehn oder zwanzig Minuten brach Campbell, geschwächt von den eruptiven Entladungen seines Körpers, kraftlos zusammen.

Scheinbar endlose Stunden umgab ihn nur noch hohle, hallende Stille ... und dann nichts mehr.

Als Ruby Campbell zur Besinnung kam, fürchtete er, blind und taub geworden zu sein.

Das Einzige an ihm, was funktionierte, war sein Geruchssinn. Er, der immer peinlich auf Sauberkeit bedacht war, roch angewidert die Flüssigkeiten, die sein Körper ausgestoßen hatte.

Plötzlich, ohne Vorwarnung und völlig außerhalb seiner

körperlichen Kontrolle, fing er an zu schreien und zu knurren. Dann, wie von einer zwingenden äußeren Macht getrieben, kroch er unbeholfen auf allen vieren herum, scharrte auf der Erde, hob blind den Kopf, um die Düfte des Waldes zu wittern.

In einer jähen Aufwärtsbewegung spürte er, wie er sich in die Luft erhob. Er breitete die Arme aus wie Schwingen und schien mit dem Wind zu schweben. Mit dem ihm noch verbliebenen Verstand erkannte er fassungslos, dass ganze Horden von Tieren – Bären, Pumas, Adler – durch ihn hindurchglitten, die nacheinander versuchten, sich seinem Menschenkörper anzugleichen.

Und es war schmerzhaft. Gott, war es schmerzhaft!

Stundenlang, so schien es, rannte und flog er mit den Tieren, stöhnte und schrie vor nie gekannter Qual.

Schließlich wurde wieder alles dunkel, und Campbell war weder Mensch noch Tier, sondern etwas Fremdes irgendwo in der Mitte zwischen zwei Lebensformen.

Allmählich wurde ihm das schmerzhafte Rauschen seines Blutes bewusst, eine so intensive Empfindung, dass sein ganzer Körper schwankte, und er glaubte, das Herz würde ihm zerspringen. Die Springflut in ihm wurde immer schneller und schneller, bis Campbell sich vor unerträglichen Schmerzen wand. Tränen rannen ihm aus den Augen, Schleim aus den Nasenlöchern.

Er keuchte und keuchte, rang nach Atem. Langsam wurde das Dröhnen gleichmäßig und rhythmisch wie das Läuten einer großen Totenglocke. Als es schließlich ganz aufhörte, wurde er von Schmerz und Erschöpfung übermannt und verlor das Bewusstsein.

Als Campbell erwachte, hatte er zunächst keine Ahnung, wer oder wo er war.

Mit seinem Bewusstsein kehrte allmählich die Erinnerung an die so genannte Zeremonie zurück, an die Schmerzen und die eigentümliche Empfindung danach. Er bewegte den Kopf und erkannte, dass er in der alten Blockhütte lag. Man hatte ihn gewaschen und angezogen, auf ein Feldbett gelegt und warm zugedeckt. Eine Kerze brannte auf einem Teller auf dem Küchentisch.

Er wandte den Kopf und sah, dass sein Messer und die Pistole in greifbarer Nähe auf einem Stuhl lagen.

Er stand vorsichtig auf, denn er rechnete fest damit, dass er nach dieser unglaublichen Strapaze vor Schwäche taumeln würde. Doch zu seiner Verblüffung war er nicht im geringsten schwach. Im Gegenteil, er fühlte sich gestärkt und kräftig. Er ging ohne Schwierigkeiten zu der offenen Tür und sah hinaus.

Die Nacht war tief und dunkel und nass. Weicher Regen fiel. Irgendetwas an diesem Klang erinnerte Campbell an eine leise weinende Frau. Der Regen erinnerte ihn an eine bestimmte Frau. Wo hatte er diesen Klang schon einmal gehört?

Und dann fiel es ihm wieder ein. In Frankreich. Die Französin, die einen seiner Leute von hinten erschießen wollte, weil ihr deutscher Geliebter getötet worden war. Er erinnerte sich, wie er sie sanft davon abgebracht hatte. Aber das alles war lange her.

Dann bemerkte Campbell, dass er plötzlich aus dem Wald die leisesten Geräusche hören konnte, Geräusche, die er zuvor niemals wahrgenommen hätte, sogar eine dicke Schnecke, die sich entschlossen ihren Weg über einen moosbewachsenen Stamm ertastete. Und obwohl es eine dunkle Nacht war, konnte er in den Wald *hineinsehen,* die Nadeln an fernen Ästen ausmachen, konnte jeden Geruch wahrnehmen, der vom feuchten Waldboden aufstieg.

Seine Sehkraft, sein Geruchssinn – alles an ihm schien übernatürlich verstärkt. Sein Körper fühlte sich ungemein stark an, als ob ihn nicht einmal ein Kugelhagel fällen könnte.

Als der Mann auf die Veranda trat, fragte Campbell: »Was war das für ein Teufelszeug?«

»Eine Geheimmixtur, die der Gründer unseres Unternehmens damals beschafft hat.«

»Was für Nachwirkungen hat sie?«

»Ihr derzeitiges Stärkegefühl wird nicht nachlassen«, sagte der andere. »Sie bekommen tagelang weder Hunger noch Durst. Sie können stundenlang durch den Wald streifen, ohne müde zu werden. All Ihre Sinne sind geschärft worden.«

»Und wozu das alles?«

»Sie haben jetzt den Rhythmus des Waldes im Blut. Er wird Ihnen zeigen, wo die Tiere sind.«

Zuerst fragte Campbell sich, wovon der andere überhaupt redete. Doch dann begriff er, dass er jetzt ein kristallklares geistiges Bild davon hatte, wo sich im Wald Tiere bewegten. Im Geiste konnte er sehen, wo die Adler ihre Nester hatten, die Bären aus dem Winterschlaf kamen, die Pumas jagten.

Der andere lächelte. »Also, mein Freund«, sagte er und legte Campbell eine Hand auf die Schulter, »jetzt sind Sie einer von uns.«

Er reichte Campbell ein Päckchen und bat ihn, es zu öffnen. Es enthielt ein dickes Bündel Geldnoten.

»Ihr Vorschuss«, sagte der andere. »Es sind genau einhundertfünfundzwanzigtausend Dollar in gebrauchten Scheinen.«

Campbell nickte und steckte das Geld ein.

Als Ruby Campbell um sechs Uhr morgens nach Hause kam, fuhr er den Wagen in die Garage. Er stieg aus und ging zu seiner Arbeitsbank, wo er das Geld in dicke Plastikfolie einpackte, die er mit Klebeband umwickelte.

Er nahm einen Spaten und ging nach draußen zu Melisandes Rosengarten, der hinter einem Flügel des Hauses angelegt worden war, um die Blumen vor dem salzigen Meerwind zu schützen.

Hier vergrub er das dicht verschlossene Paket fast einen Meter tief unter zwei frisch gepflanzten Rosenbüschen. Campbell wusste, dass das Geld dort sicher war. Melisande düngte, wässerte und schnitt ihre Rosen zwar, aber das Umgraben war seine Aufgabe.

Er ging ins Haus, duschte und legte sich nackt ins Bett neben seine schlafende Frau.

Sie wandte sich ihm im Halbschlaf zu und schlang ihren linken Arm um ihn. Campbell seufzte und schloss die Augen. Er wusste, dass er versuchen sollte, ein wenig zu schlafen, aber er fühlte sich überhaupt nicht müde. Er rief sich in Erinnerung, dass er dreiundsiebzig Jahre alt war, auch wenn er sich viel jünger fühlte.

Dann überlegte er, ob die Sache, auf die er sich eingelassen hatte, so gefährlich war wie internationaler Drogenhandel. Seine Erfahrung und sein Jagdinstinkt sagten ihm, dass sie vielleicht noch viel schlimmer war.

Melisande bewegte sich im Schlaf, und er wusste, dass sie

wach wurde. Bald darauf verdrängten die köstlichen Freuden, die nur alterfahrene Liebende kennen, alle anderen Gedanken aus Ruby Campbells Kopf.

# ◇◇◇◇◇◇◇ Kapitel 7 ◇◇◇◇◇◇◇

◇ Trotz der unermüdlichen Arbeit der einzelnen Polizeibehörden traten die Ermittlungen im Fall des ermordeten Indianerjungen auf der Stelle.

Bislang schien es, als hätte der Kleine zu niemandem gehört. Zu seinen Lebzeiten hatte ihn niemand gesehen, geschweige denn von ihm gehört. Man bat alle Indianerstämme und -organisationen in den Vereinigten Staaten um Mithilfe. Aber er war und blieb ein Unbekannter.

Es waren keinerlei Verwandte, Freunde oder Bekannte ausfindig zu machen. Der alte Ahcleet sagte, der kleine Junge sei von den Sternen gekommen.

Joan traf sich mehrmals mit Hunter Kleoh, um mit ihm über eventuelle neue Entwicklungen zu sprechen, doch es gab keine. Ansonsten ging sie ganz normal ihrer Arbeit nach.

Gelegentlich verabredete sie sich mit Lima Clemente. Sie hatte ihn noch nicht zu sich nach Hause eingeladen, sondern traf sich immer irgendwo draußen mit ihm – meistens am Strand, ganz gleich bei welchem Wetter. Sie waren stillschweigend übereingekommen, nicht mehr über den ermordeten Jungen zu reden.

Wenn sie zusammen waren, stellte Lima Clemente viele

Fragen über den Glauben ihrer Ahnen. Er sagte, er fände ihn schön und faszinierend. Sie erzählte ihm nicht, dass sie eine Schamanin war.

Joan fühlte sich wohl in seiner Gegenwart und spürte, dass sich die zwischen ihnen bestehende Grenze allmählich auflöste. Ob sie wachte oder schlief, Lima Clemente ging ihr nicht mehr aus dem Kopf.

Und ebenso wenig das gehäutete Gesicht des ermordeten Jungen.

Eines Tages, als Tleyuk in der Schule war und Ahcleet jemanden besuchte, holte Joan die zerbrochene Goldmünze mit dem bunten, gewebten Band aus der Schublade.

Als sie die Münze in der Hand hielt, wurde sie erneut von dem eiskalten Frösteln gepackt, und sie erkannte plötzlich, dass dieses Gefühl fast genau so war wie ihr Entsetzen und ihr Schmerz, als sie den Kopf des Kindes berührt hatte.

Konnte es da einen Zusammenhang geben?

Sie hatte die Münze gefunden, kurz nachdem der Rabe sie am Strand fallen gelassen hatte. Die Leiche des Kindes hatte sie aber weit davon entfernt gefunden, im Hochland und mehrere Tage später.

Dann fiel ihr etwas ein.

Sie rief Hunter Kleoh in Aberdeen an. Er klang zwar etwas überrascht, aber er war bereit, sich eine Stunde später mit ihr am Holzverladedock in Aberdeen zu treffen.

Joan wollte nicht, dass sie beide zusammen gesehen wurden, und das Holzverladedock war mittlerweile so ziemlich der einsamste Platz in ganz Aberdeen.

Früher lagen dort die Baumstämme in endlos langen Reihen gestapelt, ständig kamen Holzlaster herangebraust und wurden entladen, Gabelstapler flitzten emsig hin und her, etliche Schiffe warteten darauf, beladen zu werden. Jetzt war es dort sehr ruhig geworden.

Als Kleoh eintraf, sah Joan, wie er aus dem Wagen stieg und ihr zuwinkte. Er war ein großer, massiger Mann mit dichtem, angegrautem Haar, tiefen Falten im Gesicht und einem strahlenden Lächeln, das ihn zehn Jahre jünger aussehen ließ.

Sie wusste einiges über Hunter. Zum Beispiel, dass er jedes Jahr vor seinem obligatorischen Gesundheitstest zwei Monate lang radikal Diät machte. Wenn er den Test dann bestanden hatte, lud er seine besten Freunde zu regelrechten Festgelagen ein, bei denen er die verlorenen Pfunde rasch wieder ansetzte, und vermutlich noch ein paar mehr.

Sie wusste, dass seine geliebte Frau vor einiger Zeit an Krebs gestorben war. Obwohl er häufig herumflirtete, nahm Joan an, dass er in Wirklichkeit immer noch um sie trauerte. Joan wusste auch, dass Hunter Kleoh ein sehr warmherziger und rücksichtsvoller Mann war.

Nachdem er zu ihr in den Wagen gestiegen war, fuhr sie über das menschenleere Dock und parkte hinter einem Holzstapel.

»Hunter, es geht um den ermordeten Indianerjungen. Wenn ich mich recht entsinne, hat Dr. Gerber im Halsstumpf des Jungen ein paar Fäden gefunden, die wie gewebt aussahen.«

»Ja, stimmt. Das hat er.«

»Wenn ich dir jetzt ein paar Fäden gebe, könntest du Dr. Gerber bitten, sie mit denjenigen zu vergleichen, die er gefunden hat?«

Kleoh musterte sie neugierig. »Sicher.«

»Ich möchte, dass das unter uns bleibt, Hunter. Zumindest vorläufig.«

»Hast du eine Spur, Joan?«

»Das ist ja das Problem. Ich weiß es nicht genau.«

»Ich kann Gerber bitten, mal inoffiziell einen Blick drauf zu werfen. Ohne Bericht.« Er sah sie streng an. »Unter einer Bedingung.«

»Und die wäre?«

»Dass ich dich zum Abendessen einladen darf.«

»Darfst du, wenn du mir Gerbers Antwort besorgst. Versprochen.«

»Und du hältst mich auch nicht für einen alten Lüstling?«

»Hunter, und wenn du dich noch so sehr bemühst, ein alter Lüstling wirst du nie im Leben.«

Er machte ein trauriges Gesicht. »Soll ich das jetzt als Kompliment oder als Beleidigung auffassen?«

Joan drückte seine Hand. »Glaub mir, Hunter, aus meinem Mund ist das ein Kompliment.«

Sie übergab Hunter Kleoh einen verschlossenen Umschlag mit ihren Initialen und dem Datum auf der Vorderseite, dann fuhr sie ihn zurück zu seinem Wagen.

# *Teil II*

# ◇◇◇◇◇◇◇ Kapitel 8 ◇◇◇◇◇◇◇

◇ Drei Kilometer die Fire Road Six hinauf, die sich vom Moclips Highway in nördlicher Richtung windet, war der frühmorgendliche Himmel so tief auf die Erde niedergekommen, dass er die Holzfäller, die gefällten und stehenden Bäume, die Maschinen und die wartenden Holzlaster in einen wattigen Nebel und Stille hüllte.

Die gedämpfte Szenerie wurde jäh mit drastischen Flüchen gewürzt, die in den feuchten Nebel hineinschallten. Michael McTavish, aus dessen Mund die Kraftausdrücke kamen, hatte festgestellt, dass ein Teil der Straße, über die seine Laster fahren mussten, um das Holz aus dem Wald zu schaffen und nach Aberdeen zu bringen, mal wieder tief unter Wasser stand.

Kurz nachdem seine Firma angefangen hatte, Stämme aus diesem Einschlag abzutransportieren, war McTavish klar geworden, dass ein rund sechzig Meter langes Stück der Fire Road Six über ein Stück Moor führte und fünfzehn Meter davon regelrecht im Schlamm versanken.

Angesichts dieses unhaltbaren Zustands wollte McTavish das einzig Vernünftige tun: das fragliche Straßenstück um die Senke herumleiten.

Er erkundigte sich bei Joan Tidewater nach den erforderlichen Genehmigungen und erfuhr zu seinem Leidwesen, dass er 185 Unterschriften einholen musste, nämlich die der verschiedenen Quinault, denen das Holz auf der Waldparzelle gehörte, durch die das geplante neue Straßenstück geführt werden sollte.

Viele dieser Leute waren gar nicht mehr im Reservat, sie waren nicht einmal mehr im Lande, manche in Südamerika, andere in Europa. McTavish rechnete sich aus, dass er, wenn er alle Unterschriften beisammen hatte – falls ihm das je gelingen würde –, längst an Altersschwäche gestorben oder zumindest pleite wäre.

Und so ging der Kampf – Mensch und Maschinen gegen Morast – weiter. Jeden Morgen mussten sie die Straße neu aufschütten, bevor sie sie mit den Lastwagen befahren konnten.

Jeden Morgen, drei Stunden bevor die erste Ladung Holz nach Aberdeen rollen konnte, kamen zwei Männer, warfen eine Zugmaschine an, fuhren damit zum Einschlag, zogen das Kleinholz und die losen Äste vom Vortag zusammen und karrten alles zu der Senke.

Und jeden Morgen fuhr ein mürrischer McTavish am Steuer eines Kipplasters mehrere Ladungen Schotter aus einem fünf Kilometer entfernten Steinbruch herbei und kippte sie auf das Straßenstück, das von seinen Leuten inzwischen »Birmastraße« getauft worden war.

Normalerweise hielt dieses aufgeschüttete Stück den ganzen Tag. Aber wenn es acht Stunden lang von schwer beladenen Lastwagen zusammengedrückt worden war, stand es am nächsten Morgen noch tiefer unter Wasser.

Auf Grund dieses scheinbar unlösbaren Problems waren derzeit nur vier firmeneigene Laster der Quinault Timber Company im Einsatz.

Die freien Mitarbeiter, die eigene Holzlaster besaßen und nach der Anzahl der transportierten Fuhren bezahlt wurden, hatten sich mit den Worten verabschiedet: »Sobald ihr die Birmastraße hingekriegt habt, sind wir sofort wieder da.«

An diesem besonders nebligen Morgen nun versuchte eine Zugmaschine, die zwischen dem Moclips Highway und dem sumpfigen Abschnitt der Fire Road Six stationiert war, verzweifelt, mal wieder einen beladenen Holzlaster aus dem einsackenden Straßenbett zu ziehen.

McTavish, dem die Frustration ins Gesicht geschrieben stand, beobachtete gemeinsam mit seinem Betriebsleiter Buck Trano das hoffnungslose Unterfangen.

Beide Männer trugen Arbeitskleidung: Schutzhelme, lehmverkrustete Stiefel, langärmelige grau gestreifte Flanellhemden, rote Hosenträger und schwarze, weite Jeans, an denen unten an den Beinen die Säume abgeschnitten waren.

Die abgeschnittenen Säume waren eine Vorsichtsmaßnahme. Falls ein Mann sich mit dem Hosenbein zwischen gefällten Stämmen oder im Astwerk verfing, würde die Hose ausreißen, statt einen Sturz mit unter Umständen schweren oder gar tödlichen Verletzungen zu verursachen.

»Ich habe schon daran gedacht, einen Knüppeldamm über diese Scheißstraße zu bauen«, sagte McTavish.

»Klappt nicht«, meinte Trano nur.

»Wieso nicht?«

»Mir hat mal ein Straßenbauer erzählt, dass das schon andere hier in der Gegend probiert haben, und egal, wie viel Zeug man in so ein Moor schmeißt, es wird einfach immer wieder verschluckt.«

»Dann haben sie es eben nicht richtig gemacht.«

Die beiden verfielen erneut in Schweigen, während sie die enormen Anstrengungen der großen Zugmaschine beobachteten und das Aufheulen des Lasters hörten, dessen Fahrer verzweifelt versuchte, sein Gefährt durch den Schlamm zu steuern.

McTavish wandte sich um und sah Joan Tidewater durch den Nebel heranfahren. Sie parkte ihren Geländewagen auf einem Grasstück neben der Straße, winkte den beiden Männern zu und kam dann mit langen Schritten näher.

»Ihr habt wohl noch immer Probleme mit der Straße«, sagte sie und setzte sich einen Schutzhelm auf.

McTavish blickte finster. »Ich hätte das Holz bestimmt nicht gekauft, wenn ich von diesem Moorloch gewusst hätte.«

Auf der gut drei Hektar großen Parzelle standen Douglas- und Hemlocktannen, Sitkafichten und einige Rotzedern. Wertvolles Holz. Aber sie mussten es erst mal rausschaffen können.

An diesem kühlen Aprilmorgen, als der Nebel von den Bäumen, den Maschinen und den Nasen der Menschen tropfte, sagte Joan nun: »Ich habe mit meinem Urgroßvater über euer Problem gesprochen. Ahcleet lässt euch ausrichten, dass die Holzfäller früher, wenn sie auf so ein Moorloch stießen, Knüppeldämme über die Straße gebaut haben.«

»Und das hat geklappt?«, fragte McTavish.

»Ahcleet sagt ja.«

»Wir plagen uns jetzt schon drei Monate lang mit diesem Loch ab, und es hat uns jede Menge Geld gekostet. Jeden Morgen schütten wir es wieder auf. Weiß der Geier, wie tief es ist. Es verschluckt einfach, was wir reinschmeißen.«

Buck nahm seinen Schutzhelm ab und fuhr sich mit der Hand durch sein dichtgelocktes braunes Haar. »Du bist der Boss, Mike.«

McTavish sagte zu Joan: »Danke für den Tipp, Joan, und meinen Dank auch an Ahcleet. Was trinkt er denn so?«

»Jack Daniel's – aber nur zum Frühstück.«

McTavish schmunzelte. »Bestell dem alten Mann, wenn das hier klappt, spendiere ich ihm bis ans Ende seiner Tage sein Frühstück.«

»Das gebe ich gern weiter«, sagte sie lächelnd.

Trano sagte: »Du, Joan, man erzählt sich, dass der Indianerjunge, den du im Wald gefunden hast, regelrecht in Stücke gehackt war. Stimmt das?«

»Buck, du erstaunst mich. Ich hätte nicht gedacht, dass du auf so ein Geschwätz hörst.«

Als sie zurück zu ihrem Wagen ging, sagte Trano zu seinem Boss: »Ist dir eigentlich schon mal aufgefallen, was für eine tolle Figur die Frau hat?«

McTavish sah Joan anerkennend nach. »Sie sieht gut aus, stimmt. Und ich bin immer wieder verblüfft, wie gut sie mit Männern fertig wird, sie hält sie auf Distanz, ohne grob werden zu müssen. Alle Sorten von Männern, und hier draußen gibt es weiß Gott komische Typen ...«

»Bei ihr würde ich bestimmt nicht nein sagen. Und du?«

»Ich habe zu Hause alles, was ich brauche.« Michael schlug

Trano auf die Schulter und lachte: »Buck, such dir endlich eine Frau und heirate. Ich glaube, es wird langsam Zeit.«

McTavish ging am Rand der eingesackten Straße entlang, bis er an die Stelle kam, wo die Oberfläche wieder fest und hart wurde.

Seit die Probleme mit der Straße angefangen hatten, benutzten sie aus praktischen Gründen einen alten Truck für den Pendelverkehr hinauf zum Verladeplatz oder bis zum Einschlag, wo die Fäller arbeiteten. Die Männer hatten das alte Vehikel liebevoll »Betsy« getauft.

Mike stieg in den Truck, der von dem harten Einsatz im Wald verbeult und verkratzt war, startete ihn und holperte unsanft über die ausgefurchte Straße, um seinen Vorarbeiter Matthew Swayle zu suchen, der heute Morgen allein arbeitete.

Er kam zur Verladestelle, einem großen, gerodeten Platz, wo Zugmaschinen und Kräne geschälte und entastete Stämme heranschleppten, damit sie sortiert und auf die Laster geladen werden konnten. Dann fuhr er weiter bis ans Ende der holprigen Straße, hielt an, stieg aus und ging in die Richtung, aus der das kreischende Geräusch der Kettensäge und dann das Knacken und der dumpfe Aufprall fallender Bäume zu hören waren.

Am Ziel angekommen, blieb er stehen und beobachtete, wie Matt Swayle Vorbereitungen traf, sechs Bäume gleichzeitig zu Fall zu bringen, eine Sitkafichte, zwei Hemlocktannen und drei Douglastannen.

Genau in der Falllinie stand eine alte Zeder, grau und abgestorben, die nur noch einen großen Ast hatte, der im rechten

Winkel aus dem Stamm wuchs, wie ein Ofenrohr aus einem alten Haus.

McTavish sah, dass dieser einzige Ast des toten Baumes gut zwanzig Meter über der Erde herausragte. In Bäumen wie diesem bauten die Adler gern ihre Nester. Anscheinend auch hier, denn in der Gabelung sah er etwas Dunkles.

Falls es ein Adlernest war, musste es verlassen sein. Sonst hätten sie keine Genehmigung erhalten, den Baum zu fällen.

Swayle war ein sehniger, stiller, zurückhaltender Mann mit dunklem Haar und traurigen Augen, der kräftig und robust wirkte.

Vor einigen Jahren waren seine Frau und seine drei kleinen Söhne bei einem Brand im eigenen Haus ums Leben gekommen; obwohl er nach seinem Eintreffen verzweifelte Rettungsversuche unternahm, von denen er am ganzen Körper Narben zurückbehalten hatte, musste er hilflos zusehen, wie seine ganze Familie Opfer der Flammen wurde.

Die genaue Beobachtung von Wind und Wetter, so wusste McTavish, war für das Handwerk des Holzfällers von großer Bedeutung. Er musste Windrichtung und -stärke berücksichtigen und an jedem Baum genau die richtigen Schnitte anbringen.

Swayle war ein meisterhafter Holzfäller, denn er konnte die Bäume genau dorthin fallen lassen, wo er sie hinhaben wollte.

Swayle, der McTavish nicht gesehen hatte, studierte die fünf noch stehenden Bäume, die er bereits angeschnitten hatte, dann machte er den letzten Schnitt an dem sechsten, und zwar einen etwas tieferen als bei den anderen.

Genau in diesem Augenblick fegte der Nordwestwind heran, vertrieb den Nebel, aber brachte dafür heftige, kalte Regenschauer mit sich.

Swayle wandte den Rücken in Windrichtung, rief: »Baum fällt!«, und sah dann zu, wie der sechste Baum gegen den fünften fiel, ihn auf den vierten drückte, der wiederum den dritten umstieß und so weiter, bis alle sechs Stämme und die alte Zeder in einer ordentlichen Reihe auf der Erde lagen.

Aber etwas stimmte nicht.

McTavish sah, dass Swayle schon anfing zu laufen, als der sechste Baum noch im Fallen war.

Als der letzte krachend und dumpf gelandet war, näherte sich Swayle den Stämmen, McTavish direkt hinter ihm.

»Was ist los, Matt?«, rief er, noch während sie an den Stämmen entlangrannten.

»Gütiger Himmel!«, sagte Swayle. »Sieh dir das an!«

Beide blieben sie unvermittelt stehen, als sie erkannten, dass etwas in der Gabelung des siebten Baumes, der alten Zeder mit dem ofenrohrförmigen Ast, festgebunden war.

Es war wirklich ein Adlerhorst. Und es lag etwas darin.

Aus der niedergestreckten Zeder starrte sie durch den strömenden Regen ein totes Kind aus leeren Augenhöhlen an.

Fassungslos starrten McTavish und Swayle auf das Kind, während ihnen der Regen ins Gesicht peitschte.

»Mein Gott!«, flüsterte McTavish.

Die beiden Männer wechselten entsetzte Blicke, dann sahen sie wieder stumm auf die in dem Nest festgebundene Leiche.

»Meinst du, wir sollten es losschneiden?«

»Nicht anfassen, Matt. Ich versuche mal, Sheriff Tidewater noch zu erwischen.«

McTavish rannte durch den Wald zurück, stieg in den Truck und funkte Buck Trano an, der ihm mitteilte, dass Joan Tidewater gerade wieder fahren wollte.

»Hol sie ans Funkgerät, Buck. Schnell.«

Unten an der Fire Road Six reichte Trano das Funkgerät an Joan.

»Was ist los, Mike?«, fragte sie.

»Wir haben hier oben ein totes Kind gefunden.«

»Ein *Kind*?«

»So wahr ich McTavish heiße.«

»Mädchen oder Junge?«

»Ein Junge, glaube ich, aber ich bin nicht sicher.«

»Okay, ich verständige sofort den Coroner.«

»Bleib, wo du bist, Joan. Ich schicke einen von meinen Leuten runter.«

Joan rief das Polizeirevier in Taholah an und sprach mit ihrem Bruder, der sagte, er würde das Büro des Coroners verständigen.

Gegen den Wind und den peitschenden Regen ankämpfend, gingen Joan und Buck Trano um das Moorloch herum und warteten zitternd auf die Ankunft des Wagens.

Als der Truck, lärmend und Matsch in alle Richtungen spritzend, eingetroffen war, quetschten sie sich beide auf den einzigen noch freien Sitzplatz. Der Fahrer, ein junger Bursche, war nass bis auf die Haut, kalkweiß und völlig verängstigt.

Am Ende der Straße wies Trano den Jungen an, im Wagen

zu bleiben. Er und Joan stiegen aus und stapften mühsam zur Einschlagstelle.

Joan bat McTavish, Swayle und Trano höflich, sich und andere von dem gefällten Baum mit seiner schauerlichen Last fern zu halten.

Als sie sich der Leiche näherte, musste sie würgen und wurde beinahe von dem Gestank des Bösen übermannt, der die aromatischen Düfte von Regen und Wald überlagerte. Ihr war klar, dass dieser Geruch von den anderen nicht wahrgenommen wurde.

Ihr fiel die Vermisstenmeldung am Südufer des Lake Quinault ein: blond, kurze Haare, grüne Augen, Sommersprossen, dreiunddreißig Kilo, einsfünfzig groß.

Die Farbe der Augen konnte sie nicht mehr feststellen, sie waren nicht mehr da. Raben natürlich.

Sie war sicher, dass sie keinen Jungen vor sich sah, sondern den Leichnam von Sherry Lyne Adams, die elf Jahre alt gewesen war.

Joan versuchte unter Schwierigkeiten, den Fundort zu sichern. Sie stapfte in dem immer tiefer werdenden Matsch umher und machte eine Reihe von Fotos. Sie öffnete ihre Jacke, schirmte ihren Notizblock damit gegen den Regen ab und schrieb detailliert auf, was sie fotografiert hatte. Anschließend zeichnete sie eine grobe Skizze vom Fundort.

Als sie die Hände sanft auf das Gesicht des toten Mädchens legte, hatte sie nicht die gleichen überwältigenden und extremen Empfindungen wie damals, als sie das verstümmelte Gesicht des Indianerjungen berührt hatte.

Stattdessen wurde sie von einer so hoffnungslosen und

dunklen Verzweiflung erfasst, dass sie sich fragte, ob dieses Kind nicht eines langsamen Todes gestorben war. Welchen Albtraum hatte es erdulden müssen?

Tief in Gedanken, ließ sie die Leiche dort, wo sie war, an den gefällten Baum gefesselt, bis der Coroner und sein Assistent aus Aberdeen eintreffen würden.

Sintflutartige Regenfälle verschlimmerten das Problem mit der Straße. Angesichts des Wetters und des erwarteten Aufgebots von Polizei, Spurensicherung und Krankenwagen gab McTavish seinen Arbeitern früher frei. Aber die Männer durften noch nicht nach Hause. Sie mussten warten, bis sie vernommen worden waren.

Trano sagte, er würde wieder runterfahren und am Moorloch auf die Beamten warten, um sie zum Fundort zu bringen. Beide Männer wussten, dass er lange würde warten müssen, denn die Fahrt von Aberdeen bis zur Fire Road Six dauerte mindestens eine Stunde. Bei diesem Sauwetter vermutlich noch länger, meinte Trano.

Anderthalb Stunden später traf Jasper Wright, der Bezirkssheriff, als Erster ein, direkt nach ihm die Kriminalpolizei. Der Coroner und Hunter Kleoh kamen zusammen in einem Auto.

Sie hatten ihre Fahrzeuge rund drei Kilometer entfernt zwischen dem Moorloch und dem Moclips Highway abgestellt. Nachdem sie um das langsam absackende Straßenstück herumgegangen waren, wurden sie von Trano in dem klapprigen Geländewagen zum Fundort chauffiert.

Als der Krankenwagen eintraf, beschloss Trano, ihn von

der Zugmaschine durch das Moorloch ziehen zu lassen. Er wollte nicht, dass das tote Kind bei diesem fürchterlichen Wetter über drei Kilometer auf einer Bahre getragen werden musste.

Der Coroner, den Kopf unter seinem großen Regenschirm gesenkt, stapfte durch den Schlamm zur Leiche.

Kleoh nahm Joan beiseite und berichtete ihr im Flüsterton, dass er noch keine Informationen über den Inhalt des Umschlags habe, den sie ihm gegeben hatte.

»Meinst du, dieser Fall hängt irgendwie mit dem Jungen zusammen?«, fragte Kleoh, dem der Regen von der Hutkrempe rann.

»Ich glaube nicht«, antwortete sie und wischte sich über das nasse Gesicht. »Es gibt keinerlei Ähnlichkeiten.«

Schon bald wimmelte es überall von Beamten in tropfnassem Regenzeug. Einige der Polizisten fingen an, die Holzarbeiter der Quinault Timber Company zu vernehmen.

Die meisten Neuankömmlinge trugen keine Galoschen oder Gummistiefel. Sie verloren ihre Schuhe beim Herumstapfen im Matsch und fluchten leise.

Man hörte Gemurmel, Rufe und gelegentliche Wutausbrüche, während sich um sie herum ein Schlammmeer ausbreitete wie eine stetig steigende Flut.

Bei der ersten flüchtigen Untersuchung der Leiche stellte der Coroner fest, dass das Kind mit mehreren dicken Seilen in dem Adlerhorst an der Astgabelung des Baumes festgebunden worden war.

Der Assistent des Coroners stülpte Plastiktüten über die Hände des Opfers, damit keine Spuren unter den Fingernägeln verloren gingen – Fasern, Gewebe, Haare oder irgendetwas, das auf einen Kampf oder Widerstand des kleinen Opfers vor seinem Tod hinwies.

Auf dem Weg zum Krankenwagen rutschten die Sanitäter aus und ließen die Leiche fallen, bevor sie selbst im Schlamm landeten.

Endlich hievten die verdreckten Sanitäter den verdreckten Leichnam auf die verdreckte Trage und in den verdreckten Krankenwagen, der daraufhin unter lautem Sirenengeheul davonfuhr.

»Warum in Gottes Namen machen die die Sirene an?«, murmelte Kleoh.

»Wahrscheinlich muss der Fahrer seinen Frust loswerden«, sagte Joan, vor Kälte zitternd.

Nach der dramatisch lauten und Schlamm spritzenden Abfahrt des Krankenwagens, die bei den Zurückbleibenden weitere Flüche auslöste, kam der Coroner zu Joan und Kleoh.

»Ich kann Ihnen jetzt schon sagen, dass es sich um die Leiche eines dünnen, etwa zehn oder elf Jahre alten Mädchens handelt«, sagte er. »Wir haben zwar im Augenblick schrecklich viel zu tun, aber sobald ich wieder im Büro bin, werde ich dafür sorgen, dass Phil sofort die Autopsie vornimmt. Sie beide sollten dabei sein.«

»Ich denke, die Kleine könnte Sherry Lyne Adams sein«, sagte Joan. »Ich werde mich mit den Park Rangers in Verbindung setzen und herausfinden, wer ihre Eltern sind.«

Der Coroner, ein kleiner, dünner Mann, nickte. »Wenn wir mit ziemlicher Sicherheit davon ausgehen können, dass sie es ist, werden die beiden sie identifizieren müssen.«

Er nahm ein weißes Leinentaschentuch aus seiner Manteltasche und wischte sich die Feuchtigkeit vom Gesicht. Joan hatte den Verdacht, dass ihm nicht nur Regen, sondern auch Tränen über die Wangen liefen.

»Ist sie sexuell missbraucht worden?«, fragte Joan.

Seine rot geränderten Augen blickten irgendwo in die Ferne. »Auf jede nur erdenkliche Weise«, sagte er.

Unmittelbar vor der Autopsie, die noch am selben Vormittag durchgeführt wurde, erreichte Joan den Vater von Sherry Lyne Adams in Seattle.

»Mr. Adams, können Sie mir sagen, was Ihre Tochter anhatte, als Sie sie zuletzt gesehen haben?«, fragte sie.

Als der Vater sagte, dass Sherry Lyne einen roten Anorak, eine grüne Baumwolllatzhose und ein Sweatshirt mit der Schönen und dem Biest darauf getragen hatte, wandte sie sich um und nickte Dr. Gerber, dem Gerichtsmediziner, zu.

»Es tut mir sehr Leid, Mr. Adams, aber ich muss Ihnen leider sagen, dass wir die Leiche eines kleinen Mädchens gefunden haben, das Ihre Tochter sein könnte. Wäre es möglich, dass Sie nach Aberdeen kommen, um festzustellen, ob es sich wirklich um Sherry Lyne handelt?«

Das Einzige, was sie hörte, war ein tiefes Aufschluchzen. Nach wenigen Worten, die ihr aufrichtiges, aber letztlich bedeutungsloses Mitgefühl ausdrückten, legte Joan auf und sagte leise: »Er und seine Frau kommen heute Abend an.«

Anders als der unbekannte kleine Junge war das Mädchen nicht zerstückelt worden. Abgesehen von den fehlenden Augen konnte Dr. Gerber einen vollständigen Körper untersuchen.

Das Mädchen war entsetzlich zugerichtet, seine Körperöffnungen waren gewaltsam aufgerissen, und der schmächtige Körper starrte vor verschmiertem und getrocknetem Sperma. Man hätte meinen können, eine ganze Gruppe von Männern sei über die Kleine hergefallen.

»Sie ist ertrunken«, verkündete Dr. Gerber. »Das hat ihren Tod herbeigeführt.«

*»Ertrunken?«*, fragte Hunter Kleoh ungläubig.

Dr. Gerber blickte auf. »In Sperma. In einer Unmenge Sperma – in der Vagina, im Rektum, der Kehle. Sie hat es in die Lunge bekommen.«

Joan wurde übel, und sie schluckte trocken, um ihre Fassung wiederzugewinnen. Kleoh reichte ihr ein Pfefferminzbonbon und nahm dann selbst eins.

»Deutet diese Menge Sperma darauf hin, dass es nicht nur ein Täter war?«, fragte Kleoh.

Dr. Gerber schüttelte den Kopf. »Dazu müssen wir die Laboruntersuchungen abwarten.«

»Und wenn es nur einer war?«

Gerber kaute auf dem Bügel seiner Brille. »Wenn das viele Sperma von einem einzigen Mann stammt, würde ich sagen, dass er das Mädchen eine ganze Weile gefangen gehalten hat, bevor es schließlich starb.«

»Mein Gott, was wollen Sie denn bloß den Eltern sagen?«, fragte Joan.

»So wenig wie möglich.«

Joan und Kleoh warteten gemeinsam mit Dr. Gerber auf Mr. und Mrs. Adams, die nach ihrer Ankunft aus Seattle den grässlichsten Albtraum aller Eltern durchlebten.

Endlich hatten sie ihre vermisste Tochter gefunden.

Joan hörte ihr herzzerreißendes Schluchzen, und tiefe Traurigkeit stieg in ihr auf.

Sie ging mit Hunter Kleoh und Dr. Gerber hinaus auf den Flur, um den Eltern ein wenig Zeit mit ihrer Tochter zu geben, die man zuvor gewaschen und ein wenig zurechtgemacht hatte. Anschließend fuhr ein Polizeibeamter die beiden zurück zum Flugplatz.

Joan blickte hinaus in die Nacht und flüsterte: »Wer wohl um den kleinen Jungen mit dem gehäuteten Gesicht weinen mag?«

»Vielleicht niemand«, sagte Kleoh.

»Der alte Ahcleet meint, er sei von den Sternen gekommen.«

»Ich bin fast bereit, ihm zu glauben.«

»Hunter, eins verstehe ich nicht.«

»Was denn?«

»Warum hat der Mann, der diese Kleine derart brutal missbraucht hat, sich hinterher die Mühe gemacht, sie wieder anzuziehen? Wieso nach einem Akt der größten Missachtung ein solcher Akt der Achtung?«

Für beide Morde gab es die übliche Anzahl falscher Geständnisse. In beiden Fällen hielt die Polizei einige Informationen zurück. Bei dem kleinen Indianerjungen wussten nur die Beamten, die an dem Fall arbeiteten, welche Entstellungen die Leiche aufwies. Bei dem jungen Mädchen verschwieg man der Öffentlichkeit, dass sie nach den zahllosen Vergewaltigungen wieder angekleidet worden war.

# ◇◇◇◇◇◇◇ Kapitel 9 ◇◇◇◇◇◇◇

◇ Einfach zu viele Unwetter für einen Tag, dachte Joan müde, als sie ihren Geländewagen spätabends vor Ahcleets Haus parkte, denn dazu zählte sie auch die menschlichen Gefühlsausbrüche.

Sie sehnte sich nach ihrem Bett und nach ihrem Kopfkissen, das mit einer beruhigenden Kräutermischung aus Flachssamen, Lavendel, Rosenblättern, wilden Orchideen, Beifuß und Eichenmoos gefüllt war.

Heute Abend fühlte sie sich gar nicht wie eine Polizeibeamtin. Und ganz sicher nicht wie eine Schamanin ihres Volkes. Sie fühlte sich wie das, was sie war: eine müde, deprimierte junge Frau nach einem besonders schlimmen Tag.

Bevor sie ins Haus ging, wo sie mit ihrem Urgroßvater und ihrem kleinen Sohn würde reden müssen, brauchte Joan noch einen Augenblick der absoluten Ruhe, in dem sie Kraft sammelte, um überhaupt aus dem Wagen steigen zu können.

Einmal mehr kehrten ihre Gedanken zu dem toten Mädchen zurück. Wer konnte so etwas tun? Und warum hatte sich der Täter nach dem Verbrechen die Mühe gemacht, einen leblosen Körper zwanzig Meter hoch auf einen Baum zu schleppen, um ihn dort in einen Adlerhorst zu legen?

Eines war jedenfalls klar, dachte sie. Wer auch immer das Mädchen da hochgeschafft hatte, musste sich mit Bäumen auskennen. Vielleicht ein Holzarbeiter? Nicht jeder konnte einen hohen, glatten Baum hinauf- und wieder hinunterklettern, vor allem nicht ohne die dafür notwendige Ausrüstung.

Oder auch hier ein geistesgestörter Indianer, der auf perverse Weise versuchte, die alten Rituale wiederzubeleben? Wie das Ritual des gehäuteten Gesichts bei dem Jungen?

Joan konnte nachvollziehen, dass jemand eine Leiche in einem einsamen Waldstück nicht einfach irgendwo beseitigen wollte. Schließlich kam es nicht selten vor, dass Erdgräber von wilden Tieren gefunden und aufgescharrt wurden. Aber in einem Gebiet, in dem gerade gefällt wurde? Und auf einem Baum, der zum Fällen markiert war? Das ergab keinen Sinn.

Sie seufzte tief auf. Im Augenblick war sie zu müde, zu durchnässt und zu deprimiert, um an irgendetwas anderes zu denken als an ein heißes Bad und ihr einladendes Bett mit dem Schlummerkissen.

Sie stieg aus dem Wagen, hinaus in die Dunkelheit und den kalten, peitschenden Regen, und rannte zum Haus.

Parfüm?

Joan roch es bereits, als sie noch tropfend draußen auf der Fußmatte stand.

Sie stieß die Haustür auf und sah einen Strom aus Badeschaum träge durch die Diele auf sich zukriechen. Im Hintergrund hörte sie Wasser plätschern und Tleyuks fröhliche Stimme, die ein Liedchen trällerte.

Der Rosenduft war überwältigend. Was für ein Schaumbad hatte sie da bloß gekauft?

Sie tapste vorsichtig durch seifiges Badewasser die Diele entlang und entdeckte Tleyuk in der Wanne, umhüllt von Dampfwolken und Schaumbergen, die noch immer über den Wannenrand quollen.

»Tleyuk!«

Überrascht blickte er durch eine Schaummaske zu ihr auf. »Mensch, Mom, ich habe gar nicht gehört, dass du gekommen bist.«

»Dreh das Wasser ab und steig aus der Wanne!«

Er gehorchte sofort, zog den Stöpsel raus und erhob sich schaumbedeckt.

»Du siehst aus wie ein Stück Sahnetorte«, sagte Joan, unschlüssig, ob sie lachen oder schimpfen sollte. »Trockne dich ab, und wisch hier und draußen den Boden trocken.«

Sie wandte sich zum Gehen, hielt aber noch mal inne: »Ist noch warmes Wasser übrig?«

»Na ja, gegen Ende wurde es ein bisschen kühl.«

»Dürfte ich fragen, ob noch was von meinem Schaumbad da ist?«

»Mom, ich glaube, ich habe ein bisschen viel genommen«, sagte er und hielt die leere Flasche hoch.

Sie verschränkte die Arme. »Und wo steckt dein Großvater, wenn ich fragen darf?«

»Der sitzt am Kamin und erinnert sich. Du weißt schon, die alten Zeiten und so.«

»Ich wünschte, er würde sich auch daran erinnern, dass er auf einen kleinen Jungen aufpassen soll.«

Tleyuk war gekränkt. »Ich bin kein kleiner Junge mehr,

Mutter«, sagte er würdevoll. »Ich bin fast schon ein Teenager.«

Sie bedachte ihn mit einem strafenden Blick und platschte dann durch die Diele in Richtung Wohnzimmer, wobei sie sich ermahnte, Ahcleet nicht anzuschnauzen. Er war alt und verdiente ihren Zorn nicht. Trotzdem ...

Der Rosenduft wurde immer stärker. Hatte Tleyuk das ganze Haus mit ihrem Schaumbad eingeweicht, bevor er in die Wanne stieg?

Sie blieb in der Tür zum Wohnzimmer stehen und sah, dass Ahcleet in seinem alten Ledersessel saß und sie anblickte.

»Ein Glück, dass ich nicht unter Heuschnupfen leide«, sagte er.

Als sie sich in dem dämmrigen Zimmer umschaute, das nur vom Licht des Fernsehers und des Kaminfeuers erhellt wurde, weiteten sich Joans Augen vor Staunen.

Sie sah Rosen, Dutzende, Hunderte von Rosen, überall. Sie quollen aus Vasen, Krügen, Schüsseln, Töpfen, aus allem, das irgendwie als Wasserbehälter zu gebrauchen war.

»Sieh dir mal dein Zimmer an«, sagte Ahcleet.

Joan lief in ihr Schlafzimmer. Der Raum quoll förmlich vor Rosen über, sodass sie kaum noch zu ihrem Bett kam. Und hier, in ihrem ganz privaten Bereich, standen die Blumen in lauter Kristallglasvasen.

Auf ihrem Schlummerkissen lagen ein paar üppig blühende Rosen von der gleichen Sorte, die das ganze Haus erobert hatte, und an einer war eine goldgeränderte Karte befestigt, auf der ihr handgeschriebener Name prangte. Sie nahm sie auf und las die in goldfarbener Tinte verfassten Zeilen:

## Aus Frankreich für Sie eingeflogen, um Ihnen eine Freude zu bereiten

*Die Damaszener Rose,* rosa gallica bifera, *war die erste bekannte Rose in der Geschichte der Menschheit. Sie wurde für den Aphrodite-Kult verwendet und wuchs schon im zehnten Jahrhundert vor Christus auf der Insel Samos, wo sie zwei Mal jährlich blühte. Sie ist die einzige Rosenart, die auf dem Balkan und im Nahen Osten zur Gewinnung von Rosenöl angebaut wird.*

Rosenöl, der aromatischste Duft der Welt. Noch immer in ihren nassen, verdreckten Sachen, ließ Joan sich schwer auf die Bettkante sinken.

Sie blickte erneut auf die Karte, und es war tatsächlich *ihr* Name, der darauf stand. Sie drehte die Karte um, doch die Rückseite war leer.

Wo kamen diese Rosen her? Wer kannte sie so gut, dass er ihr so ein Geschenk machte? Wer hatte das Geld dafür? Das Ganze ließ auf einen sehr reichen Mann schließen, der eine Frau beeindrucken wollte. Oder sie aufrichtig liebte.

Sie stand auf und ging zurück ins Wohnzimmer. Dabei kam sie an Tleyuk vorbei, der auf Händen und Knien, bewaffnet mit einem Mopp und wahrscheinlich allen Handtüchern, die sie besaßen, das schaumige Badewasser aufwischte.

»Großvater, wer hat diese Rosen gebracht?«, fragte sie.

»Ein Donnervogel.« Er schnupperte anerkennend. »Der Duft ist herrlich, nicht? Das erinnert mich an die vielen Wildrosen, die hier früher wuchsen, als ich noch ein Junge war.«

Sie schritt durch den Raum und setzte sich dem alten Mann gegenüber auf das Sofa.

»Bitte. Ich hatte einen harten Tag.«

»Ich kann dir nur sagen, was ich weiß, mehr nicht. Heute Nachmittag, als Tleyuk noch in der Schule war, ist ein Hubschrauber am Strand gelandet. Drei Männer in komischen Uniformen sind ausgestiegen. Ich dachte schon, wir würden angegriffen.« Seine Augen blickten verschmitzt.

»Uniformen?«

Er nickte.

»Was denn für Uniformen? Armee? Marine? Küstenwache? Pfadfinder?«

»La'qewamax, ich kannte sie nicht«, sagte er streng.

Sie lächelte. »Okay, Großvater, tut mir Leid. Bitte erzähl weiter.«

»Einer von den Männern kam den Strand heraufgelaufen bis zur Straße. Ich habe ihn beobachtet, wie er herumgesucht hat, bis er unser Haus fand. Dann hat er den anderen gepfiffen, und die kamen mit großen Schachteln beladen durch den Regen angerannt. Sie mussten mehrmals hin- und herlaufen.«

»Stand auf den Schachteln irgendein Name oder so?«

Ahcleet schüttelte den Kopf. »Ich habe nichts gesehen.«

»Wie sind die Rosen ins Haus gekommen?«

»Einer der Männer hat an die Tür geklopft. Als ich aufgemacht habe, hat er in gebrochenem Englisch gesagt, dass sie Blumen für Joan Tidewater abliefern wollten.«

»Und was hast du gesagt?«

»Ich habe gesagt, sie sollten sich die Füße abputzen, bevor sie reinkommen. Das haben sie auch brav getan und dann die

Blumen so verteilt, wie du sie jetzt siehst. Als sie fertig waren, haben sie alles wieder schön sauber gemacht und sich verabschiedet. Sie waren sehr höflich.«

»Hast du nicht gefragt, von wem die Blumen sind?«

»Doch.«

»Und was haben sie gesagt?«

»Einer von ihnen hat gesagt, dass du das schon wissen würdest.«

»Dann haben sie also keine Nachricht hinterlassen?«

»Nur die Blumen. Ich finde, das ist eine ziemlich deutliche Nachricht.«

Joan spürte die Fragen, die Ahcleet auf der Zunge lagen, die sie aber nicht beantworten wollte. Nicht jetzt. Im Augenblick wollte sie bloß allein sein und in Ruhe nachdenken können.

Sie stand auf und sagte: »Da wir kein heißes Wasser mehr haben, gehe ich in den Garten und nehme ein Schwitzbad.«

»Du siehst sehr müde aus. Soll ich dir helfen?«

»Nein, Großvater, aber vielen Dank.«

»Pass auf, dass du nicht einschläfst und auf die heißen Steine fällst.«

Sie lächelte ihn an. Es tat ihr Leid, dass sie so gereizt gewesen war, und sie war froh, dass sie es ihm nicht allzu deutlich gezeigt hatte. Wie sollte sie bloß je ohne diesen liebenswerten alten Mann auskommen?

Manchmal versuchte sie, sich ihr Leben ohne ihn vorzustellen. Irgendwann würde der Tod zu ihm kommen. Aber der Gedanke an Ahcleets Tod war eine Mauer in Joans Kopf, die sie einfach nicht überwinden konnte. Ein Leben ohne ihren Urgroßvater war unvorstellbar. Und deshalb würde es für sie umso schwerer sein, wenn das Unvermeidliche eines Tages geschah.

Joan beugte sich vor und gab ihrem Urgroßvater einen Kuss. Dann ging sie, eine Damaszener Rose in der Hand, hinaus in den peitschenden Regen.

Nun, während Joan ihr Schwitzbad vorbereitete, überlegte sie, wieso dieses für die alten Quinault nicht die gleiche Wichtigkeit gehabt hatte wie für andere amerikanische Ureinwohner. Wahrscheinlich weil ihre Ahnen zwei Mal am Tag gebadet hatten, manchmal sogar noch öfter. Sie waren immer von Wasser umgeben gewesen, dem Meer, den Flüssen, den Wasserfällen, dem Regen.

Aber wenn man einen achtjährigen Sohn hat, der einem den gesamten Vorrat an heißem Wasser und Schaumbad wegschnappt, ist es schön, wenn man eine Schwitzhütte im Garten hat.

Als die Steine vor Hitze glänzten, spritzte sie Wasser darauf, sodass Dampfwolken aufstiegen. Dann hockte sie sich bequem hin, die Rose zwischen den Fingern, und gestand sich ein, dass die Rosen von Lima Clemente geschickt worden sein mussten.

Fühlte er sich etwa auch so stark zu ihr hingezogen wie sie sich zu ihm? Was für ein Mann würde einer Frau, die er doch gerade erst kennen gelernt hatte, derart üppig seinen Reichtum vor Augen führen? Ein Hubschrauber, Männer in Uniform, Hunderte der teuersten Rosen, aus Frankreich eingeflogen, zahllose Kristallvasen ...

Schlug da nur ein Pfau sein Rad? War es nur die Arroganz eines Mannes, der immer bekam, was er wollte, weil er sich alles leisten konnte, ganz gleich, was es kostete? Bedeutete das, dass er *sie* wollte?

Dann schaltete sich Joans Polizistenhirn ein: Wie viel Geld verdient ein Mann, der in Südamerika Maschinen und Geräte zur Holzgewinnung verkauft? War Lima Clemente ein schwerreicher Mann? Vielleicht stammte er aus einer angesehenen Familie.

Sie hatte zwar keine Antworten auf ihre Fragen, aber eines erkannte Joan mit absoluter Gewissheit und mit einem Gefühl atemloser Vorfreude: Lima Clemente würde in ihrem Leben eine äußerst wichtige Rolle spielen.

Sie selbst war eine Frau mit spiritueller Macht. Und sie spürte, dass auch Lima Clemente ein Mensch mit großer Macht war. Diese Macht hatte nichts mit dem Kruzifix zu tun, das er um den Hals trug. Es war eine Macht, die sich von ihrer unterschied, die aber ebenso stark und ganz gewiss ebenso alt war.

Es wurde Joan leicht ums Herz, als ihr der Gedanke kam, dass sie vielleicht endlich den Mann gefunden hatte, der ihr in jeder Hinsicht ebenbürtig war.

Als sie beruhigt und gestärkt aus der Schwitzhütte kam, hatte sich das Unwetter gelegt. Die Welt war regennass und duftete köstlich.

Joan sammelte ihre Sachen auf und ging ganz vorsichtig, um nicht auf die winzigen grünen Laubfrösche zu treten, die sie nach dem Regen herumhüpfen hörte.

Es war eine düstere Nacht, doch als Joan zum Himmel aufschaute, sah sie, dass die Sterne zum Vorschein kamen. Sie sog tief die Luft ein und spürte die Verheißung des Frühlings.

In diesem Augenblick trat etwas aus dem Schatten der Büsche und bewegte sich geräuschlos zu dem Weg vor Ahcleets Haus. Eine verstohlene Figur, die behände dahineilte und einen langen schwarzen Umhang trug, der von buckligen Schultern fiel.

»Der Klokwalle!«, wisperte Joan lautlos.

Und dann war er verschwunden, so jäh, dass sein Erscheinen auch genauso gut Einbildung gewesen sein konnte.

Sie betrachtete den jetzt leeren Weg, der vom Sternenlicht schwach erhellt wurde, und als sie ins Haus ging, wusste sie, dass sie sich bald auf das schmerzliche und beängstigende Ritual des *tamanois* vorbereiten musste.

Aber jetzt noch nicht.

Zuvor wollte Joan über die Kraft der Liebe nachdenken, die sie nicht länger leugnen konnte und für die sie, so wusste sie jetzt, bereit war.

Sie roch an der Damaszener Rose. Durch die Hitze in der Schwitzhütte verwelkt, duftete sie sogar noch stärker.

# ◇◇◇◇◇◇◇ Kapitel 10 ◇◇◇◇◇◇◇

◇ Der Morgen kam mit strahlendem Sonnenschein und einer frischen Brise, ungestüm und wechselhaft, Möwenschwärme schwangen sich in die glitzernde Luft, und es klang, als würden frisch gewaschene Laken im Wind flattern.

Es war Samstag, und Tleyuk hatte schulfrei. Auch Joan hatte heute ihren freien Tag.

Ein sachter Windstoß brachte das Glockenspiel auf Ahcleets vorderer Veranda zum Klingen, wo Amseln sich lauthals mit rotbrüstigen Finken um den Inhalt des Vogelhäuschens stritten. Es gab reichlich Futter für alle, aber die Amseln weigerten sich halsstarrig, etwas davon abzugeben.

»Richtige Geizkragen!«, sagte Joan, die das Spiel beobachtete.

An diesem Morgen trug sie Jeans, Sandalen und ein altes weißes Hemd mit offenem Kragen und bis zu den Ellbogen aufgekrempelten Ärmeln.

Joan stand auf, reckte sich und beschloss, die Rosen heute unter den älteren Leuten der Quinault zu verteilen, denen sie damit bestimmt eine Freude machen würde.

Auf der hinteren Veranda waren derweil andere Aktivitäten im Gange. Ohne Joans Wissen hatte Tleyuk sich nach der

Geschichte mit dem Schaumbad noch etwas anderes geleistet. Aber das war nicht allein seine Schuld.

Erstaunlicherweise hatte der Kater der alten Scatt eine tiefe Zuneigung zu dem Achtjährigen entwickelt.

Das magere schwarze Tier lungerte um Ahcleets Haus herum und versteckte sich im Gebüsch, sobald es den alten Mann oder Joan sah; wenn es jedoch mit Tleyuk allein war, strich es ihm, heiser und leidenschaftlich miauend, um die Beine.

Zuerst hatte Tleyuk versucht, den Kater zu verscheuchen, weil er den Ärger mit seiner Mutter und den Zorn seines Ururgroßvaters fürchtete.

Trotz der Missbilligung durch Tleyuks Familie zeigte der Kater beharrlich seine Liebe. Immer brachte er irgendwelche Geschenke mit: eine leere Schlangenhaut, eine Maus ohne Kopf, einen fetten schwarzen Käfer, einen Möwenflügel oder einen kleinen, schmutzigen Seestern.

Die Geschenkeliste umfasste darüber hinaus solche Gegenstände wie die winzige, gesprungene Kanne aus einem Puppenstubenservice, eine leere Muschelschale, einen glänzenden Kieselstein.

Da er sich der Zuneigung seines neuen Freundes nicht erwehren konnte, fing Tleyuk schließlich an, heimlich Essensreste an die Katze zu verfüttern: Stückchen knusprig gebratener Lachshaut, Fett vom Schinken, kalte Kartoffeln, ein kleines Stück eines leicht angeschimmelten Heidelbeerkuchens.

Die verbotene Freundschaft zwischen den beiden erlebte ihren glücklichsten Augenblick, als Tleyuk feststellte, dass der Kater so ziemlich alles fraß – außer Brokkoli.

Wow! Im Grunde sind wir Brüder!, dachte Tleyuk begeistert. Vielleicht kann ich mich irgendwann mal in ihn verwandeln. Oder er sich in mich. Oder wir uns gegenseitig ineinander.

»Ich musste einfach raus da«, erklärte Tleyuk dem Kater an jenem Samstagmorgen, als sie beide auf der untersten Stufe von Ahcleets rückwärtiger Veranda saßen. Tleyuk in seinem Schlafanzug, der Kater in seinem Alltagsfell. »Von dem Rosengeruch im Haus wird mir ganz übel.«

Der Kater schloss wissend sein einziges Auge und schnurrte verständnisvoll.

»Aber was hängt dir denn da aus dem Maul?«

Der Kater öffnete weit das Auge, blickte sich verstohlen um und legte dann sein bislang schönstes Geschenk zu Tleyuks Füßen: ein Stück gewebtes Band.

Tleyuk hob es auf und untersuchte es sorgfältig.

Er sah, dass an einem Ende Rostflecken oder so etwas Ähnliches waren.

»Wo hast du das her, Kater?«, fragte er. »Es ist hübsch.«

Anstatt mit dem üblichen kehligen Schnurren zu antworten, blickte der Kater der alten Scatt auf, legte sein halbes Ohr an, kreischte auf, sprang mit gesträubtem Fell von der Stufe und zischte ins nächste Gebüsch.

Und genau im selben Moment stieß Joan die Hintertür auf und fing an zu schimpfen. »*Tleyuk!* Was machst du da mit der Katze?«

»Mensch, Mom, wieso bist du schon auf?«, fragte Tleyuk mit dem unschuldigsten Gesicht der Welt.

»Antworte nicht immer mit Fragen, wenn –«

Unvermittelt hörte Joan auf zu schimpfen und starrte auf

das Band in Tleyuks Hand. Dann eilte sie die Stufen hinunter und setzte sich neben ihn.

»Wo hast du das her, Schätzchen?«

»Der Kater der alten Scatt hat es mir gebracht.«

»Tleyuk ...«, sagte sie warnend.

»Ehrlich, Mom, ich schwöre es. Er bringt mir dauernd solches Zeug. Käfer und Mäuse und Steinchen –«

»Na gut, Tleyuk, bitte gib mir das, okay?«

»Wozu?«

»Weil ich es brauche. Zumindest eine Zeit lang.«

»Kriege ich es wieder?«

»Ich weiß es nicht. Das hängt davon ab, was ich damit machen muss.«

»Mom, du willst mich auf den Arm nehmen.«

»Nein, will ich nicht. Dieses Band könnte in einem Fall, an dem ich arbeite, ein wichtiges Beweisstück sein.«

»Na dann meinetwegen.« Widerstrebend gab Tleyuk seiner Mutter das ausgefranste Band.

»Danke, Schätzchen. Willst du eine Quittung?«

Tleyuk blickte seine Mutter nachdenklich an. »Ist schon okay, Mom. Wann gibt's Frühstück?«

»Wie wär's, wenn du es zur Abwechslung mal machen würdest?«

Tleyuks runde Augen wurden noch runder. »Kann ich?«

»Ob du kannst, weiß ich nicht, aber du darfst ganz sicher.«

Er schüttelte kindlich verwundert den Kopf, dann jagte er die Stufen hoch und in die Küche.

»Wenn du kochst, musst du hinterher auch die Küche aufräumen«, rief sie ihm nach.

Aber Tleyuk klapperte schon derart laut mit Töpfen und

Tellern, dass er sie wahrscheinlich nicht gehört hatte. Und vermutlich auch nicht hatte hören wollen.

Joan blieb auf der Hintertreppe sitzen und betrachtete das Band, auf dem deutlich die Spuren von Katzenzähnen zu sehen waren. Erneut spürte sie dieses eiskalte Frösteln, aber diesmal schwach, ganz schwach, wie die verblassende Erinnerung an einen fast vergessenen Albtraum.

Sie stand auf und ging ins Haus. Als sie an der Küche vorbeikam, erkundigte sie sich bei Tleyuk, was auf dem Speiseplan stand.

»Arme Ritter?«, fragte er vorsichtig.

»Klingt gut. Haben wir alles, was wir brauchen?«

Tleyuk kramte im Kühlschrank herum. »Wir haben Milch, Butter und Eier.« Er knallte die Kühlschranktür zu, sah im Brotfach nach und stellte fest, dass sie noch ein ganzes ungeschnittenes Weißbrot hatten.

Unterdessen hatte Joan in einen der Schränke geschaut. »Und Puderzucker ist auch genug da.«

»Dann also Arme Ritter, okay, Mom?«

»Von mir aus gern«, sagte sie lächelnd. Dann ging sie ins Wohnzimmer zum Telefon und rief ihren Bruder zu Hause in Cape Elizabeth an.

»Hast du heute Dienst, Paul?«, fragte sie.

Er gähnte. »Nein. Wie viel Uhr haben wir?«

»Sieben. Ich möchte dich gern sehen.«

»Wann?«

»Wäre dir jetzt gleich zu früh?«

Er lachte. »Ich denke, ich kann in einer halben Stunde da sein.«

»Frühstückst du mit uns?«

»Was gibt's denn?«

»Arme Ritter.«

»Ich könnte es auch in einer Viertelstunde schaffen.« Er stockte und fragte dann argwöhnisch: »Wer kocht denn?«

»Nun ja, Tleyuk.«

»Oh. Vielleicht frühstücke ich dann doch irgendwo unterwegs.«

»Ach komm schon, Paul. Was kann er da falsch machen?«

»Ich weiß nicht, was Tleyuk falsch machen kann, aber ich weiß noch gut, was wir zwei damals angestellt haben.«

Sie lachten gemeinsam über die Erinnerung an ihre früheren Experimente. Schließlich meinte Paul, dass er so schnell wie möglich kommen werde, ganz gleich, wer in der Küche das Sagen hatte.

Joan schlenderte zurück in die Küche. »Dein Onkel kommt zum Frühstück«, sagte sie.

»Super!« Tleyuk war so damit beschäftigt, Eier zu verrühren, dass er nicht einmal aufblickte.

Joan schaute in die Schüssel und empfahl, dass er noch sechs Eier mehr nehmen sollte. »Soll ich das Brot schneiden?«, fragte sie.

Tleyuk hörte auf zu rühren, blickte geistesabwesend in die Ferne und überschlug im Kopf, was er noch alles zu tun hatte, um das Frühstück für drei Erwachsene und für sich selbst zu machen, der für zwei Erwachsene aß. »Okay, Mom«, sagte er langsam. »Ich glaube, das wäre in Ordnung.«

»Recht herzlichen Dank«, murmelte sie und bedachte ihn mit einem amüsierten Seitenblick. Dann fing sie an, das Weißbrot in dicke Scheiben zu schneiden.

Als Paul Prefontaine, frisch rasiert und geduscht, um halb acht das Haus betrat, blickte er verwundert auf die vielen Rosen. »Ist jemand gestorben?«, fragte er.

»Die sind von einem Bewunderer«, sagte Ahcleet, der gerade aufgestanden war.

»Ein Bewunderer von dir, Großvater?«

»Wohl kaum, Kla'xeqlax. Ein Bewunderer deiner Schwester.«

Kla'xeqlax, was »der Jäger« bedeutet, war Pauls richtiger Name, den Ahcleet ihm bei seiner Geburt gegeben hatte, so wie er Joan den Namen La'qewamax, »die Schamanin«, gegeben hatte.

Prefontaine und Ahcleet gingen in die Küche, wo der Tisch bereits für vier Personen gedeckt war. Ein volles Schnapsglas Jack Daniel's stand an Ahcleets Platz.

Joan öffnete die Fenster, um zu lüften. Das Geräusch der Brandung dröhnte herein, sodass alle etwas lauter sprachen, um sich verständlich zu machen.

»Hi, Onkel! Morgen, Großvater!«, rief Tleyuk mit einem Grinsen von einem Ohr zum anderen, ohne die Augen von der dampfenden Pfanne abzuwenden, in der er die ersten Scheiben Weißbrot briet.

Prefontaine ging zum Herd hinüber, zerzauste seinem Neffen das schimmernde schwarze Haar. »Du machst dich ja prima, mein Junge«, sagte er lächelnd.

Dann wandte er sich Joan zu. »Also, wer ist deine neuste Eroberung?«, fragte er.

Sie wurde rot und beschäftigte sich emsig damit, Puderzucker in zwei kleine Schüsseln zu füllen, die sie auf den Frühstückstisch stellte.

Prefontaine seufzte theatralisch. »Okay, Schwesterlein, wen muss ich denn diesmal verhauen?«

Sie sahen einander an und prusteten los. Als sie beide noch Teenager waren, hatte Paul oft den Beschützer gespielt und sich eine blutige Nase geholt, wenn er sich mit Männern von zwanzig, fünfundzwanzig und sogar dreißig Jahren anlegte, die, wie er meinte, seiner schönen Schwester lüsterne Blicke zugeworfen hatten.

»Ganz ruhig, Paul«, sagte sie. »Diesmal musst du meine Ehre nicht verteidigen.«

»Sag schon, wer ist der Bursche?«

Sie schüttelte den Kopf.

»Ich wette, es ist der Chilene, stimmt's?«

Jetzt drehte sich Tleyuk am Herd um. »Welcher Chilene?«

»Lass uns nach dem Frühstück darüber reden, Paul«, sagte Joan mit Bestimmtheit. »Nur wir beide. Einverstanden?«

»Was bleibt mir anderes übrig?«

Ahcleet warf Joan einen ernsten Blick zu, dann schloss er die Augen, öffnete sie wieder und kippte seinen Whiskey in einem Zug hinunter, anstatt ihn wie sonst in kleinen Schlückchen zu nippen.

Tleyuk servierte den ersten Armen Ritter, schön saftig und knusprigbraun. »Esst, solange sie heiß sind«, sagte er gebieterisch, dann flitzte er zurück zum Herd.

Prefontaine strich Butter auf seine Portion und streute Puderzucker darüber. Er nahm einen großen Bissen, kaute, schluckte und sagte: »Tleyuk, hättest du nicht Lust, zu mir zu ziehen? Du könntest das Kochen übernehmen.«

Der Junge, der geschäftig am Herd hantierte, schwieg einen Augenblick, während er überlegte. Dann fragte er: »Wer macht hinterher sauber?«

»Wenn du so gut kochst wie heute, mache ich das, versprochen.«

»Gib mir das schriftlich, Onkel Paul, und die Sache ist geritzt.«

Zur Belohnung, weil Tleyuk ihnen ein so leckeres Frühstück gemacht hatte, half Ahcleet ihm beim Spülen. Anschließend setzten sie sich beide ins Wohnzimmer, um sich einen Zeichentrickfilm anzusehen.

Joan und Paul machten einen Spaziergang am Strand. Die frühe Verheißung eines schönen Tages hatte sich bewahrheitet. Aus dem herrlichen Morgen war ein strahlender, wunderbarer Tag geworden.

Die frische Brise war zu einem kräftigen Westwind angewachsen, die Flut brandete herein. Hohe Brecher rauschten auf die beiden zu und zogen dann ihre schaumgekrönten Köpfe wieder zurück ins Meer.

Prefontaine legte den Arm um Joans Schultern und fragte ernst: »Sei ehrlich. Könntest du wirklich woanders leben?«

Sie blickte in seine Augen, die ihren so ähnlich waren, dunkle Augen mit goldenen Lichtpunkten darin, die jetzt wie von innen leuchteten. »Ich glaube nicht, Paul«, sagte sie.

»Einmal hättest du uns beinahe verlassen.«

»Ich weiß. Aber als es dann so weit war, konnte ich doch nicht fortgehen.«

Damals hatte Joan vorgehabt, zur Ausbildung beim FBI nach Quantico in Virginia zu gehen. In allerletzter Minute hatte sie sich anders entschieden und die Stelle als Sheriff im Reservat angenommen. In jener Zeit hatte sie die alte Religion wiedergefunden und endlich ihre Aufgabe als Schamanin akzeptiert.

Offensichtlich erleichtert drückte Prefontaine sie an sich und sagte: »Was bin ich froh, das zu hören.«

Nachdem sie ein Stück weitergegangen waren, fragte er:

»Möchtest du mir von diesem neuen Mann in deinem Leben erzählen?«

»Nein, eigentlich nicht. Und er ist nicht in meinem Leben. Jedenfalls noch nicht.«

»Wenn er dich schon mit Rosen überhäuft, wo er noch gar nicht in deinem Leben ist, was will er dann später machen? Dir das ganze Reservat schenken?«

»Ich will nicht über Liebe reden, Paul. Ich will über Mord reden.«

Prefontaine studierte das Gesicht seiner Schwester und sagte dann: »Okay, Joan, klar.«

Sie erzählte ihm der Reihe nach, was in der letzten Zeit geschehen war, und fing mit dem Ereignis an, das sie für den Anfang hielt, nämlich mit dem Abend am Strand, als der Rabe ihr die zerbrochene Goldmünze mit dem gewebten Band gebracht hatte.

Danach schilderte sie ihm ihre zufällige Entdeckung der verstümmelten Leiche des Jungen mit dem gehäuteten Gesicht, wobei sie unerwähnt ließ, dass Lima Clemente bei ihr war.

Sie berichtete, dass sie einige Fäden von dem Band, das sie gefunden hatte, Hunter Kleoh gegeben hatte, damit er sie mit den Fäden vergleichen ließ, die der Gerichtsmediziner am

Hals des Jungen entdeckt hatte, dass sie aber bislang noch keine Ergebnisse vorliegen hatte.

Sie sprach von der Entdeckung des toten Mädchens, das in zwanzig Meter Höhe in der Gabelung einer alten Zeder festgebunden gewesen war.

Schließlich erzählte sie ihm, dass der Kater der alten Scatt just heute Morgen Tleyuk ein Stück gewebtes Band geschenkt hatte. »Und ich frage mich, wo kann die Katze dieses Stück herhaben?«

»Von jeder beliebigen Stelle in ihrem Katzenterritorium. Es könnte sogar aus einem vorbeifahrenden Auto geworfen worden sein.«

»Was meinst du, in welchem Radius sich so eine Katze bewegt?«, fragte Joan.

»Keine Ahnung. Vielleicht ist das Stück auch mit einer späteren Flut angeschwemmt worden, und die Katze hat es am Strand gefunden, genau wie du deins.«

»Vielleicht hat sie es aber auch da gefunden, wo sie lebt. Schließlich gehört sie der alten Scatt.«

»Das wäre durchaus möglich.«

Prefontaine nahm Joans Hand, und sie gingen den Strand entlang zu einem großen Haufen ausgeblichenem Treibholz.

Als sie sich auf einem trockenen Stamm, der von Wellen und Sand samtglatt geschliffen worden war, niedergelassen hatten, fragte er: »Du meinst also, wir sollten uns bei den Scatts mal ein bisschen umsehen, stimmt's?«

»Keine schlechte Idee. Aber welchen Grund können wir angeben?«

»Grund? Bei dem Kerl brauche ich keinen Grund!« Er

lachte barsch auf. »Wenn irgendwo irgendwas fehlt, sehen wir immer zuerst bei den Scatts nach. Und meistens finden wir es da dann auch. Jack Scatt ist nicht gerade ein unbeschriebenes Blatt.«

»Denkst du, er könnte die Kinder ermordet haben?«

Prefontaine zuckte die Achseln. »Ich weiß nicht, wozu Jack fähig ist. Aber vor ein paar Jahren, als du noch auf der Uni warst, gab es hier mal einiges Gerede.«

»Gerede?«

»Eine nicht mehr ganz junge Stripteasetänzerin aus Seattle heiratete einen Quinault, den sie an den Docks kennen gelernt hatte. Der hatte gerade ein Stück Land verkauft und brüstete sich damit, wie reich er war.«

»Also die ganz große Liebe.«

»Und ob. Eine von diesen überstürzten Hochzeiten, wo beide Seiten am nächsten Morgen in Katerstimmung aufwachen und sich fragen, wer da im Bett neben ihnen liegt.«

»Und was hat das mit Jack Scatt zu tun?«

»Die Frau hatte eine zwölfjährige Tochter, und alle drei ließen sich für eine Weile hier im Reservat nieder. Bald darauf stellte sich heraus, dass die Tochter schwanger war. Die Mutter behauptete, dass Jack das Mädchen verführt hatte.«

»Hat sie ihn angezeigt?«

Prefontaine schüttelte den Kopf. »Nein. Sie hatte nichts gegen ihn in der Hand. Das Mädchen selbst hat keinen Ton gesagt. Plötzlich sind alle drei weggezogen, und man hat nie wieder etwas von ihnen gehört.«

»Hättest du Jack Scatt nicht festnehmen können?«

»Joan, mir waren die Hände gebunden. Es gab keinen Beweis dafür, dass Jack sich je mit dem Mädchen getroffen hatte, und erst recht nicht, dass er sie verführt hatte. Ich persönlich glaube, dass das passiert ist, als sie noch mit ihrer Mutter in Seattle lebte und bei der in die Lehre ging.«

»Welche Lehre? Als Stripperin?«

»Als Prostituierte.«

»Wann sind sie aus Taholah fortgegangen?«

»Gleich nachdem ich gesagt hatte, dass das Mädchen ärztlich untersucht werden sollte, um festzustellen, im wievielten Monat es war.«

»Ziemlich verdächtig.«

»Fand ich auch.«

Sie standen auf und wischten sich den Sand vom Hosenboden. Auf dem Rückweg fragte Joan, womit Jack Scatt eigentlich seinen Lebensunterhalt bestritt.

»Er klaut Holz, wenn er kann. Und auch sonst alles, was ihm in die Finger kommt. Wahrscheinlich baut er irgendwo in den Wäldern auch Marihuana an. Die einzige ehrliche Arbeit, die er macht, ist die Reparatur alter Autos.«

»Wie ist er eigentlich mit der alten Frau verwandt?«

Er schüttelte den Kopf. »Weiß ich nicht genau. Keine Ahnung, wie alt sie ist. Jack ist um die vierzig, also könnte er ihr Urenkel sein. Oder Ururneffe.«

»Großvater behauptet, dass sie schon so aussah wie jetzt, als er noch ein Junge war.«

»Ich weiß, aber ich glaube, er übertreibt ein bisschen.«

»Wo lebt der Rest der Familie Scatt?«

»Die beiden sind die Letzten. Und das reicht auch, wenn du mich fragst.«

Noch am selben Vormittag gingen Joan und Paul, beide in Zivil, entschlossen zum Haus der Scatts, das sie schon riechen konnten, bevor sie es sahen.

Joan hatte einen Strauß Damaszener Rosen dabei, den sie der alten Scatt schenken wollte.

Zum Glück für die Nachbarn lag das Haus recht abgelegen und wurde von Erlen und wild wucherndem Ahorn umringt. Außerdem gab es einen schiefen, aus Treibholzstücken zusammengehauenen Zaun.

Verrostete Autowracks, die meisten von Brombeerranken und Unkraut überwachsen, standen rund um das Haus verteilt. Irgendwo im Hintergrund hörten Joan und Paul jemanden Holz hacken.

An einer Seite des Grundstücks stand ein Klohäuschen, von dem ein widerwärtiger Gestank ausging, der sich mit den anderen Gerüchen vermischte, die aus dem Haus drangen.

Als Joan und Paul näher kamen, rasten die Hühner durcheinander und gackerten wie verrückt, als ob sie jeden Augenblick das Hackebeil erwarteten. Eine Schar Gänse mit wütend gereckten Hälsen versuchte vergeblich, die Menschen mit Zischen in die Flucht zu schlagen. Ein Wurf kleiner Ferkel quiekte wild. Und weiter hinten lagen ein paar weiße Säue mit dicken Bäuchen in der Sonne.

»Bleib hinter mir, Joan, und pass auf, wo du hintrittst«, warnte Paul.

Nach einem kurzen Blick auf den Boden beschloss sie, sich an den Rat ihres Bruders zu halten. Die Erde war glitschig von stinkendem Hühnerkot, Gänsedreck und Schweinemist. Überall schwirrten Fliegen.

Als die beiden das Haus erreichten, das in einem undefinierbaren Stil erbaut war und aussah, als würde es nur noch so eben von Brombeerranken zusammengehalten, klopfte Prefontaine neben der offenen Haustür an die Wand.

Urplötzlich wurde es still; sogar die Tiere hörten auf zu gackern, schnattern und quieken.

Prefontaine klopfte noch einmal, fester.

Etwas Kleines und Dunkles tauchte knapp hinter der Türschwelle auf.

»Was ist?«, ertönte eine brüchige Stimme.

»Ist Jack zu Hause, Mrs. Scatt?«, fragte Prefontaine.

»Wer sind Sie?«

»Kommen Sie, Sie wissen doch, wer ich bin.«

Als die Gestalt nach draußen ins Licht trat, sah Joan eine sehr alte Frau mit einem Gesicht wie eine runzelige Kartoffel vor sich. Sie hatte schütteres, mattes Haar. Ihre Kleidung schien aus zahllosen Schichten übel riechender brauner Lumpen zu bestehen. Sie hatte nur ein Auge, das misstrauisch zuerst Prefontaine anstarrte und dann zu Joan wanderte. Über dem anderen Auge trug sie eine Klappe.

»Aha, die Zwillinge.«

»Mrs. Scatt, ich möchte Jack sprechen«, sagte Prefontaine. »Ist er zu Hause?«

»Wenn ihr von meinem Stamm wärt, würdet ihr alle beide schon längst nicht mehr leben. Ihr wärt gleich nach der Geburt gestorben. Die Münder mit Moos voll gestopft und im Wald ausgesetzt, den Tieren zum Fraß. Mein Volk wusste noch, wie man so was macht.«

»Selbst Ihr Volk macht das heute nicht mehr«, sagte Prefontaine überraschend freundlich.

»Aber nur, weil von meinem Volk keiner mehr übrig ist. Euer Volk hat uns alle versklavt.«

Joan hielt ihr den Rosenstrauß hin. »Mrs. Scatt, ich habe Ihnen frische Rosen mitgebracht. Sie duften einfach himmlisch.«

Angst verzerrte das Gesicht der alten Frau. »Ihr seid verhext, mein Haus betretet ihr nicht.«

Sie spuckte vor ihnen auf den Boden, drehte sich um und schlurfte, vor sich hin schimpfend, zurück ins Haus.

Joan bückte sich und legte die Rosen auf die Schwelle. Vielleicht würde die alte Frau sie ja als Friedensangebot verstehen. Dabei fiel ihr auf, dass der Eingang zum Haus offen war, weil es gar keine Haustür gab, sondern nur ein Fell, das aufgerollt über dem Türrahmen hing.

Die alte Frau drehte sich um und sah die Rosen. »Nimm bloß deine Hexengeschenke da weg!«, kreischte sie und verschwand in der Dunkelheit.

Joan bemerkte, dass der Boden im Haus mit Abfall übersät war: Eier- und Kartoffelschalen, Kaffeesatz und jede Menge fauliger Müll, der nicht mehr zu identifizieren war.

In der Mitte des Raumes diente als Feuerstelle ein großes Loch, das durch die Dielen bis in die Erde gehackt und mit Steinen ausgelegt worden war. Direkt darüber sah sie ein weiteres Loch, das als Rauchabzug ins Dach geschlagen worden war. Fettiger Ruß bedeckte die Wände.

Ganz hinten in einer vergleichsweise sauberen Ecke stand ein großer Fernseher und davor ein gepolsterter Schaukelstuhl.

»Himmel, Paul«, flüsterte sie. »Können wir zulassen, dass Menschen so leben?«

»Es ist ihre eigene Entscheidung, Joan.«

Prefontaine ging ums Haus herum und Joan ihm nach, immer in seine Fußstapfen tretend. Als sie an dem einzigen Stückchen Garten auf dem Grundstück vorbeikamen, blieb sie stehen. Paul merkte, dass sie ihm nicht mehr folgte, und wandte den Kopf.

»Was schaust du dir da an, Joan?«

»Das da.« Joan zeigte auf die bepflanzten Beete.

»Was ist damit?«

Sie senkte die Stimme. »Ich glaube, es ist ein Giftgarten.«

»Ein *was?«*

»Das erklär ich dir später.«

Das Geräusch des Holzhackens hörte auf, und sie gingen weiter. Ein Stück hinter dem Haus entdeckten sie einen großen, überdachten Holzschuppen. Davor stand ein wuchtiger Sitkafichtenstumpf, der als Hauklotz diente. Auf der einen Seite des Stumpfs lag ein ganzer Haufen trockenes Erlenholz zu Scheiten zerkleinert.

Ein schlanker, muskulöser Mann hielt eine zweischneidige Axt locker in der rechten Hand und sah ihnen entgegen. Sein Haar war ordentlich geschnitten, und überraschenderweise trug er ein sauberes weißes Hemd mit einer schwarzen Hose.

Als sie näher kamen, rief Prefontaine: »Hallo Jack, hier riecht's ja, als ob irgendwo ein Wal verfaulen würde. Wieso machst du nicht mal richtig sauber?«

»Das ist Sache der Alten«, entgegnete Scatt mit leiser, tiefer Stimme.

»Meinst du nicht, dafür ist sie ein bisschen zu alt?«

Scatt zuckte die Achseln. »Nicht mein Problem. Sie macht

ihren Kram, ich meinen. Also, wonach suchen wir denn heute?«

»Wir sind rein zufällig hier, Jack. Joan hat der alten Scatt ein paar Blumen gebracht.«

Als Joan Jack Scatt aus der Nähe betrachtete, kam es ihr für den Bruchteil einer Sekunde so vor, als wäre ein Bühnenvorhang unbeabsichtigt ein paar Zentimeter geöffnet und dann rasch wieder zugezogen worden, und in diesem Moment sah sie eine seelische Dunkelheit in seinen Augen, nicht dumpfe Verzweiflung, sondern eine lebendige Dunkelheit voller Hass. Unwillkürlich fasste Joan nach dem Medizinbeutel an ihrem Hals.

Als sie ihn erneut ansah, leuchtete ein harmlos-freundliches Licht aus seinen schwarzen Augen.

Dann zog Jack Scatt verächtlich die Mundwinkel nach unten. »Na los, ihr beiden, seht euch ruhig überall um. Mir macht ihr nichts vor, deswegen seid ihr doch hier.«

Scatt wandte sich ab und fing wieder an, Holz zu hacken. Seine Schläge waren langsam und gleichmäßig, und die scharfe Klinge spaltete das trockene Holz mit beständiger Genauigkeit.

Als Joan ihm zusah, fielen ihr die Worte des Gerichtsmediziners bei der Obduktion des Indianerjungen wieder ein. Er hatte von einer Axt oder Machete gesprochen, von einem mit großer Kraft ausgeführten Hieb.

Nachdenklich ging sie zur Rückseite des Holzschuppens, während Prefontaine sich davor umsah.

Einen Moment lang war sie wie vom Donner gerührt, bevor sie Paul rief. Als er bei ihr war, zeigte sie ihm, was an die Außenwand des Schuppens genagelt war.

Gesichter. Tiergesichter. Durch zahlreiche leere Augenhöhlen sahen Joan und Paul das Grau der verwitterten Zedernbretter.

Es waren die Gesichter von Hunden, Waschbären, Füchsen, einem Bärenjungen, zwei Pumas, sogar ein paar Ratten. Nur die Gesichter, von den Köpfen abgezogen und an die Wand genagelt.

»Was hältst du davon, Paul?«, fragte sie leise.

»Sehr interessant«, sagte er.

»Was schließt du daraus?«

»Dass Jack Scatt seltsame Trophäen sammelt.«

Er rief dann Scatt, der um den Schuppen herum zu ihnen kam.

»Eine beeindruckende Sammlung«, sagte Prefontaine.

Jack Scatt zuckte die Achseln. »Ich weiß auch nicht, was das soll. Die gehören der Alten.«

Als Joan und Paul auf dem Rückweg am Haus vorbeikamen, starrte der Kater der alten Scatt sie vom Eingang aus an. Der Strauß Rosen lag noch immer an Ort und Stelle.

»Jetzt erklär mir das mit dem Giftgarten«, sagte Paul. »Weißt du, was für Pflanzen sie da zieht? Im Gärtchen der alten Scatt wachsen Nieswurz, Eisenhut, Tollkirsche, Bilsenkraut, Goldregen, Klematis, Schlafmohn, Fingerhut, Rittersporn, Purpurwinde, Hahnenfuß und Traubenhyazinthe.«

»Na und?«

»Paul, die sind alle giftig, manche tödlich. Die Tollkirsche zum Beispiel hat eine halluzinogene Wirkung und kann tödlich sein.«

»Vielleicht sind das nur zufällig die Lieblingspflanzen der alten Frau.«

»Aber es sind alles ziemlich sonderbare Pflanzen. Tee aus Fingerhut beispielsweise ist für Menschen tödlich. Ebenso wie Tee aus Klematisstängeln. Und die Samen des Rittersporns sind so giftig, dass sie früher als Mittel gegen Kopfläuse benutzt wurden.«

»Aber die Purpurwinde ist doch wohl harmlos, oder?«

»Zugegeben, eine Tinktur aus Purpurwindenblüten soll gut gegen Kopfschmerzen, Rheuma und entzündete Augen sein. Aber bis auf die Wurzeln enthält jeder Teil der Purpurwinde ein gefährliches halluzinogenes Gift. Selbst wenn man nur ein Armband oder eine Halskette aus den Samen trägt, kann man einen Ausschlag davon bekommen.«

»Du meinst, die alte Scatt züchtet diese Pflanzen ganz gezielt?«

»Ich habe den starken Verdacht, Paul. Sie hat Eisenhut, der ein tödliches Gift enthält. Und von Hahnenfuß mit seinen hübschen goldgelben Blüten entzündet sich die Haut und wirft Blasen.«

»Hahnenfuß wächst doch hier überall in der Gegend. Warum sollte sie den extra anbauen?«

»Vielleicht weil es so praktischer ist. Und dann habe ich noch Traubenhyazinthen gesehen. Ihre jungen Knollen sind giftig.«

»Ich glaube, ab sofort sehe ich Blumen mit ganz anderen Augen, Schwesterchen«, sagte Prefontaine trocken.

Als sie in seinen Geländewagen stiegen, meinte Joan: »Weißt du, Paul, hier ist noch was anderes seltsam.«

»Bei diesen Scatts ist so einiges seltsam.«

»Man sieht nirgendwo Hunde. Jedenfalls keine lebenden. Die meisten Leute hier haben Hunde.«

»Nun ja, Schwesterlein, es gibt so eine Art ungeschriebenes Gesetz, dass die Scatts keine Hunde haben können.«

»Wieso nicht? Mag die alte Frau keine Hunde?«

Er ließ den Motor an. »Das ist ja das Problem. Sie mag sie ausgesprochen gern.«

»Das verstehe ich nicht.«

»Sie hat sie zum Fressen gern.«

»Sie hat sie gegessen? Wieso denn das?«

»In ihrem Volk galten Hunde als Delikatesse. Ich nehme an, sie wollte sich hin und wieder auch mal was Gutes gönnen.«

Am Nachmittag verteilte Joan mit Pauls und Tleyuks Hilfe die Rosen unter den alten Leuten in Taholah. Den Rest brachten sie nach Aberdeen ins Krankenhaus.

Joan behielt nur die Rosen, die sie auf ihrem Kopfkissen gefunden hatte. Sie band sie zusammen und hängte sie zum Trocknen auf, solange die Blüten noch frisch waren und betörend dufteten ...

Spät am Abend, als Tleyuk und der alte Ahcleet schon schliefen, rief Lima Clemente an.

»Hätten Sie morgen Nachmittag Zeit?«, fragte er. »Darf ich Sie mittags am Strand abholen? Ich komme mit meinem Hubschrauber.«

Als Joan nach dem Grund fragte, erwiderte Lima Clemente, dass er ihr draußen auf dem Ozean etwas Besonderes zeigen wollte.

»Treffen wir uns doch am Strand bei Moclips«, schlug sie

vor, weil sie nicht wollte, dass es die gesamte Einwohnerschaft von Taholah mitbekam.

Er sagte, das wäre ihm recht. Dann erkundigte er sich, ob ihr seine Rosen gefallen hatten.

»Ja, sehr, Lima. Und nicht nur mir.«

Lima Clemente schwieg einen Augenblick, dann sagte er sanft: »Ich sehe Sie morgen, Joan.«

»Ja, bis morgen.«

# ◇◇◇◇◇◇◇ Kapitel 11 ◇◇◇◇◇◇◇

◇ Joan fuhr nach Moclips und parkte ihren Wagen in der Nähe des Moonstone Beach.

Kurz darauf hörte sie das typische Rotorengeräusch eines Hubschraubers über sich. Es war ein alter, aber offensichtlich gut gepflegter Helikopter, der sich mit der Anmut einer wohlbeleibten Dame auf dem harten, nassen Sand niederließ.

Als der Pilot den Motor abstellte, die Rotorblätter langsamer wurden und schließlich aufhörten zu kreisen, stieg Joan aus dem Truck, schloss ihn ab und lief über die Straße zum Strand und zu der wartenden Maschine.

Lima Clemente machte ihr ein Zeichen, die Leiter zu benutzen. Sie kletterte hoch und zog schwungvoll die Tür hinter sich zu.

Die uniformierten Männer, von denen Ahcleet gesprochen hatte, waren nirgends zu sehen. Heute saß Lima selbst hinter dem Steuerknüppel.

Joan lächelte ihn zur Begrüßung an, lehnte sich dann zurück und zog ihre Schultergurte fest. Lima reichte ihr Kopfhörer.

»Danke, dass Sie gekommen sind, Joan«, sagte er über die Sprechanlage.

»Ich konnte es kaum erwarten«, hörte sie sich zu ihrer eigenen Überraschung sagen, obwohl es die reine Wahrheit war. »Also, wo wollen Sie mit mir hin, Lima?«

»Hinaus aufs Meer.«

»Das Meer ist groß. Wie weit raus fliegen wir?«

»Würde es Ihnen Spaß machen, zuerst ein wenig die Küste entlangzufliegen?«

»Und wie!«

»Und danach habe ich eine Überraschung für Sie.«

»Waren die Rosen nicht schon Überraschung genug?«

»Für eine Frau wie Sie bei weitem nicht. Ich hoffe, sie haben Ihnen Freude bereitet.«

»Große Freude! Das heißt nach dem ersten Schock.«

»Sie haben keine Sekunde daran gezweifelt, dass sie von mir stammten?«

»Von wem denn sonst? Ich kenne niemanden, der es sich leisten könnte, so viel Geld auszugeben. Sie müssen ein sehr reicher Mann sein.« Kaum hatte Joan das ausgesprochen, fragte sie sich, ob sie nicht zu unverblümt war.

Offenbar nicht gekränkt, antwortete er: »Es geht mir so gut, dass ich mir die Dinge leisten kann, die mir wichtig sind.«

»Darum würden Sie viele Menschen beneiden.«

Er lächelte.

Wie zuvor fragte sie sich: Ist seine Firma in Santiago wirklich so lukrativ? Oder hat er sein Vermögen vielleicht geerbt?

Lima richtete den Blick wieder auf die Kontrollanzeigen.

Der Motor dröhnte, und ein kleiner Sturm wirbelte leichtes Strandgut auf, als der Hubschrauber abhob, sich um hundertachtzig Grad nach links drehte und Richtung Norden davonflog.

Während Joan sich allmählich in ihrem Sitz entspannte, stellte sie fest, dass es sie glücklich machte, mit diesem Mann zusammen zu sein. Sie fühlte sich unbeschwert.

»Ich habe gehört, dass Sie wieder eine schlimme Entdeckung gemacht haben. Die Leiche eines weiteren Kindes, falls ich richtig informiert bin.«

»Ja, leider.«

»Es tut mir so Leid, dass Sie derlei schreckliche Erfahrungen durchmachen müssen, Joan.«

»Das gehört leider zu meiner Arbeit.«

»War es so wie bei dem ersten Kind?«

»Nein. Sie erinnern sich doch bestimmt noch an die Vermisstenbeschreibung des elfjährigen Mädchens, die wir am Graves Creek gesehen haben?«

»Allerdings.«

»Es war dieses Mädchen. Der Täter hat sie sexuell missbraucht, absolut grauenhaft, und dann ihre Leiche in zwanzig Meter Höhe an einen Baum gebunden, der zum Fällen markiert war.«

Lima blickte finster. Das Blut schien ihm ins Gesicht zu steigen, sodass er noch dunkler wirkte. »Sexueller Missbrauch? Ein Kind? Es gibt nichts Abscheulicheres, nichts Widerwärtigeres. Wenn man den Mörder findet, sollte keine Zeit und kein Geld dafür verschwendet werden, ihn vor Gericht zu stellen. Der sollte gleich an Ort und Stelle hingerichtet werden, ohne Verfahren und ohne die Publicity, die die Amerikaner ihren schlimmsten Verbrechern so gerne zuteil werden lassen.«

»Ich kann Ihre Gefühle verstehen, Lima, aber in unserem Land geht das nun einmal nicht so.«

»Vielleicht wäre es aber besser.«

Sie schwiegen eine Weile und genossen die Aussicht. Es war wieder ein herrlicher Tag, aber ruhiger als der gestrige. Unter sich im Wasser sahen sie Felsen und kleine Inseln in vielfältigen Formen und Größen. Es war Ebbe, und das Meer hatte seinen Tiefstand erreicht. Der Ozean funkelte im Nachmittagslicht wie eine riesige polierte Silberfläche.

In Richtung Osten erhob sich die schneebedeckte Bergkette der Olympic Mountains am Horizont.

Lima sagte: »Wunderschön. Sie müssen dieses Land lieben.«

»Hier lebt mein Volk. Es ist meine Heimat«, erwiderte sie. »Erzählen Sie mir von Ihrer Heimat, Lima.«

»Meine Heimat?« Sein Blick wanderte in die Ferne. »Dort gibt es endlose glatte, baumlose Hänge. Manche enden jäh in zerklüfteten Felsschluchten. Die Luft ist dünn, die Berge sind zahllos, kahl und einsam. Dann und wann entdeckt man scharfe Felskämme, die aussehen wie der Rückenpanzer eines Dinosauriers.«

»Ich dachte, Sie wohnen in Santiago.«

»Da lebe und arbeite ich jetzt. Meine Heimat liegt auf einem endlosen kalten Hochplateau in den Anden zwischen Chile und Argentinien.«

Er nannte den Namen des Dorfes und beschrieb den üblichen Transportweg dorthin – per Eselskarren, allerdings würde sich auch gelegentlich mal ein Auto dort hinaufwagen. »Aber ich kann Ihnen versichern, nach dieser Fahrt ist der Wagen, falls er sie übersteht, nicht mehr der alte.«

»Gibt es überhaupt Autos in Ihrem Dorf?«, fragte sie.

»Eins. Pater Lavate hat einen vorsintflutlichen Lastwagen.«

»Das klingt sehr einsam, Lima.«

Als er sie ansah, entdeckte Joan Schatten in seinen Augen und einen Ausdruck, den sie nicht einordnen konnte.

»Ich bin ein sehr einsamer Mann, Joan.«

Sie schwenkten hinaus aufs Meer, und nachdem sie einige Zeit geflogen waren, bemerkte Joan, dass sich am westlichen Horizont Wolken bildeten, die kaum größer wirkten als eine Männerfaust.

Sie schaute nach unten und sah, dass sie auf eine Insel zuflogen, die rund sechs Kilometer lang und drei bis vier Kilometer breit war.

An der Nordspitze der Insel lag oberhalb einer steilen Basaltklippe, die direkt aus dem Meer aufstieg, ein mit langen, flirrenden Gräsern bestandenes Hochplateau. Die Mitte der Insel war bewaldet, immergrüne Waldstücke schwebten in Seen aus Gras, durch die sich etliche Bäche schlängelten. Das Südwestufer war mit großen Felsblöcken übersät und verflachte dann zu einem breiten weißen Sandstrand, der eine kleine Bucht säumte.

Lima landete auf dem Strand und stellte den Motor ab. Er wartete, bis die Rotorblätter aufhörten zu kreisen, löste seinen Sicherheitsgurt, sprang heraus und lief auf Joans Seite, wo er die Tür öffnete und ihr aus dem Hubschrauber half.

»Ich hatte keine Ahnung, dass es diese Insel gibt«, sagte Joan, als sie sicher auf dem Boden stand. »Es ist wunderschön hier.«

»Hätten Sie Freude an einer kleinen Erkundungstour?«, fragte er.

»Ja, sicher.« Sie holte tief Atem und sog die frische Luft ein.

Er holte einen großen Metallcontainer aus dem Hubschrauber und schloss dann die Tür. Sie gingen zu einem Haufen Treibholz, wo er den Container zwischen zwei ausgebleichten Stämmen abstellte.

»Für einen kleinen Imbiss, wenn wir Appetit bekommen.«

Er hob den Deckel des Behälters, nahm zwei Wasserflaschen heraus und gab Joan eine. »Und jetzt sind wir zwei Entdecker«, sagte er.

Sie wanderten um die Insel, so weit sie konnten, kamen an weiten Wiesen vorbei, sprangen über Bäche und durchquerten kleine Wälder, wo Joan an der beeindruckenden Größe der Bäume erkennen konnte, dass sie in einem unberührten Urwald waren.

Joan fragte, ob sie zu dem grasbewachsenen Plateau oben auf der Felsklippe wandern könnten.

Lima betrachtete die Basaltklippe. »Ich denke, mit einer Kletterausrüstung käme man dort hinauf. Aber leider nicht mit dem, was wir heute dabeihaben.« Dann wechselte er das Thema. »Wissen Sie, dass einige der vorgelagerten Inseln in Privatbesitz sind?«

»Ich habe davon gehört.«

»Die meisten gehören dem Staat, in dessen Hoheitsgebiet sie liegen.«

»Haben Sie sich eingehender mit den Inseln beschäftigt?«

»Ja.«

»Darf ich fragen, warum?«

»Weil sie mich interessieren. Wussten Sie beispielsweise,

dass die Nationen früher ihren Besitzanspruch auf drei Meilen um die Insel herum und den Boden darunter beschränkten?«

»Warum denn gerade drei Meilen?«

»Weil das die Distanz war, die eine Kanonenkugel fliegen konnte. Aber heutzutage, wo die letzten noch unausgebeuteten Reichtümer im Meer liegen, beanspruchen die Nationen zweihundert Meilen um ihre Küsten und den Boden darunter.«

Als sie zum Strand und dem Haufen Treibholz zurückkehrten, nahm Lima aus dem Container drei große Decken, gab eine davon Joan und sagte: »Falls Wind aufkommt.«

Die zweite Decke legte er beiseite, und die dritte breitete er im Sand vor dem Treibholz aus.

Er machte ein Lagerfeuer und bat Joan, sich hinzusetzen und es sich gemütlich zu machen.

»Ich möchte Ihnen helfen«, sagte sie.

»Nein, danke. Heute bin ich da, um Sie zu verwöhnen.«

Sie lachte, leicht verlegen. »Ich bin es nicht gewohnt, verwöhnt zu werden, Lima.«

»Das sollten Sie aber. Ich möchte Sie verwöhnen.«

Während er damit beschäftigt war, verschiedene Proviantpakete zu öffnen, fing er an zu summen. Joan lauschte, dann fragte sie: »Ist das von Verdi?«

Er überlegte kurz, summte noch ein paar Takte und sagte dann: »Sie haben Recht.« Er sah zu ihr auf. »Mögen Sie Opern?«

»Manche, nicht alle. Eigentlich nicht viele. Aber Verdi höre ich gern.«

»Was ist Ihre Lieblingsmusik?«

»Meine allerliebste? Nun, die Stimmen des Flusses und des Ozeans, der Wind in den Bäumen, das Kreischen der Möwen, der Schrei des Adlers.«

»Es gibt noch eine andere Musik.«

»Welche denn, Lima?«

Er betrachtete sie eindringlich. »Genießen Sie nicht die Seufzer der Liebe?«

Sie wandte den Kopf und sah in die Ferne.

Das Essen, das Lima mitgebracht hatte, war köstlich: gebratene Wachteln mit einer delikaten Füllung, die er über dem Feuer mit Cognac flambierte.

»Was ist nur aus den guten alten Würstchen geworden, die man auf Stöckchen spießte und über dem Feuer briet?«, fragte sie.

»Das ist ein Essen für Bauern«, entgegnete er.

»Ein richtiger Festschmaus!«, seufzte Joan und wischte sich Mund und Hände ab.

»Es geht noch weiter«, sagte er und reichte ihr einen silbernen Dessertteller. »Crème bavaroise, ich wünsche guten Appetit.«

Dann bot er ihr eine Porzellantasse mit heißem schwarzem kolumbianischen Kaffee an. Auf der passenden Untertasse lag eine Zimtstange.

»Wofür ist die?«, fragte sie und nahm die Stange in die Hand.

»Für zusätzliches Aroma. Sie können den Kaffee damit umrühren, wenn Sie möchten.«

»Lima, haben Sie das alles selbst vorbereitet?«

»Ehrlich gesagt, ich hatte Hilfe. Ich habe mir größte Mühe gegeben, mich gut mit dem Küchenchef in der Lodge zu stellen. Er hat unser heutiges Mahl unter meiner Anleitung zubereitet. Ich hoffe sehr, dass es Ihnen geschmeckt hat.«

»Geschmeckt? Das ist die Untertreibung des Jahres.«

»Dann bin ich froh, Joan.«

Erneut lehnte Lima ihre Hilfe ab, als er die Utensilien zusammenräumte und alles wieder in den Container packte. Dann setzte er sich neben sie.

»Ich liebe Inseln«, sagte sie und lehnte sich gegen einen Treibholzstamm.

»Deshalb gehört diese Insel jetzt Ihnen.«

Sie setzte sich kerzengerade auf und starrte ihn an. »Wie bitte?«

Lima zog einen Umschlag aus der Innenseite seiner Jackentasche und reichte ihn ihr. »Das erklärt die Sache.«

Sie öffnete den Umschlag, zog die Papiere heraus, die darin steckten, und studierte sie. Es handelte sich um einen Kaufvertrag für diese Insel, und zu Joans Verblüffung war sie selbst als Besitzerin eingetragen. Sie sah ihn fassungslos an: »Das kann ich nicht annehmen, Lima.«

»Aber ich habe diese Insel erworben und sie Ihnen zum Geschenk gemacht, ob Sie die Unterlagen nun annehmen oder nicht.«

Ihr fehlten die Worte. Wie konnte ein Fremder einfach so eine Insel kaufen und wieder verschenken? Allmählich fragte sie sich, ob Lima vielleicht doch verrückt war. Aber ein sehr reicher Mann tat bestimmt oft Dinge, die sich nicht nach ihren Maßstäben messen ließen.

»Jawohl, diese Insel gehört Ihnen«, sagte er. »Wann immer Sie hierher kommen möchten, vielleicht um eine Weile mit ihren Gedanken allein zu sein, vielleicht mit einem Freund, werde ich Sie herbringen.«

»Aber wenn Sie mich bringen, wäre ich ja nicht allein, oder?«

»Natürlich wären Sie das. Ich würde Sie nur absetzen und erst wieder abholen, wenn Sie es wünschen.«

Die Flut hatte eingesetzt und stieg rasch an. Wellen donnerten auf den Strand. Seevögel, die sich in ihre Nester flüchteten, schienen vom aufkommenden Wind aus ihrer Bahn getrieben zu werden.

»Es wird kälter«, sagte Joan und wickelte sich in die Decke, die Lima ihr gegeben hatte. Dann rückte sie näher ans Feuer.

Lima hüllte sich in die dritte Decke, bevor er sich neben sie setzte.

Joan war wie gefesselt vom Zauber des Abends, und sie sagte, dass sie nicht von hier fortgehen wollte. Jedenfalls jetzt noch nicht.

»Ich auch nicht«, erwiderte Lima.

Die kleinen Wolken am Nachmittag hatten sich zu gewaltigen Bauwerken aufgetürmt, Traumschlössern. Der Himmel brannte, und für ein paar zeitlose Augenblicke schien die große Sonnenscheibe, die den westlichen Horizont berührte, in ihrem Abstieg innezuhalten. Dann, wie unvermittelt, sank sie in den Nordpazifik und war schon verschwunden, während das Wasser noch zinnoberrot, purpuru, golden und dann grün schimmerte.

Der Südwestwind wurde stärker, der Abendstern erschien, und ein sichelförmiger Mond war am leuchtenden Himmel zu erkennen.

Joan brach das Schweigen. »Lima, warum haben Sie mir Damaszener Rosen geschickt? Ich meine, warum nicht irgendeine andere Rosenart?«

Er nahm ihre Hand, drehte sie um und hob langsam die Innenfläche an seine Lippen. Dann sagte er mit einem tiefen Blick in ihre Augen: »Weil Sie, Joan, wie die Damaszener Rose erlesener sind als alle anderen.«

Erregt von dem festen Griff seiner Hand, dem Gefühl des Lebens, das in seinen Fingern pulsierte, wollte sie ihre Hand zurückziehen. Aber sie musste eine Frage stellen, die ihr nicht mehr aus dem Kopf gegangen war, seit sie die Rosen bekommen hatte.

»Sie kennen doch bestimmt sehr viele Frauen in Ihrer Heimat, wieso gerade ich?«

Sein Griff wurde noch ein wenig fester. »Ich glaube nicht, dass Sie das verstehen würden.«

»Versuchen Sie's. Vielleicht erleben Sie eine Überraschung.«

»Dann werde ich es Ihnen erzählen, wenn Sie versprechen, nicht zu lachen und mich nicht zu unterbrechen, bevor ich fertig bin.«

»Versprochen.« Sie hob eine Hand zum Schwurzeichen.

»Sie werden das sicherlich nicht glauben können, aber es ist die reine Wahrheit. Ich habe jahrelang auf der ganzen Welt nach Ihnen gesucht.«

»Wie kann denn das sein? Wir haben uns doch erst vor kurzem kennen gelernt.«

Er hob vorwurfsvoll den Zeigefinger. »Sie haben versprochen, mich nicht zu unterbrechen.«

»Verzeihung. Bitte erzählen Sie weiter.«

»Es mag Ihnen so vorkommen, als wären wir uns erst vor kurzem begegnet. Aber in Wahrheit kenne ich Sie schon seit meiner Kindheit und Jugend. Vor langer Zeit habe ich Sie verloren. Jahrzehntelang war mir schwer ums Herz, weil ich fürchtete, Sie nie wiederzufinden. Und ich fürchtete auch, wenn ich Ihr Gesicht je in seiner lebendigen Schönheit und nicht als verzauberte Erinnerung sehen würde, dass ich sprachlos auf die Knie sinken könnte vor lauter Verlangen.«

Niemals hatte ein Mann so gefühlvoll und auf so altertümliche Art und Weise zu Joan gesprochen. Lange sah er sie direkt und offen an. In seinem Blick spürte sie eine unerklärliche Macht.

In diesem Moment wurde Joan klar, dass sie von Lima Clemente so verzaubert und fasziniert war, weil er anders war als alles, was sie bislang kennen gelernt hatte. Sie wusste, dass sie ihn wollte, gerade weil er so anders war. Aber durfte sie diesem Begehren nachgeben? War das klug?

»Vergessen Sie nicht, ich möchte Sie in jeder Hinsicht verwöhnen«, murmelte er und rückte näher an sie heran.

Joan spürte, wie eine Woge des Verlangens sie erfasste.

Doch als sie sich ihm gerade zuwenden wollte, durchlief sie ein plötzliches Frösteln. Langsam wich sie zurück. Warum gab es bei einer neuen Liebe so viele Zweifel?

Er las diese Furcht in ihren Augen, küsste erneut ihre Hand und legte sie an sein Gesicht. »Sie wissen, dass ich Sie liebe, Joan. An dem Abend, als wir uns kennen lernten, haben

Sie genau wie ich das Band zwischen uns gespürt. Aber fürchten Sie sich nicht. Ich würde Sie nie bedrängen. Die Entscheidung müssen Sie treffen.«

»Ich spiele keine Spielchen, Lima. Bei mir heißt es alles oder nichts.«

»Das war mir klar, als ich Sie das erste Mal sah.«

»Lima, es steht zu viel zwischen uns. Sie müssen bald in Ihre Heimat zurück. Meine Heimat und meine Arbeit sind hier. Ich habe einen kleinen Sohn und einen Urgroßvater, der mir viel bedeutet.«

»Liebe findet immer einen Weg, Joan.«

»Tut sie das?«

»Ich werde es Sie lehren. Aber erst, wenn Sie bereit sind zu lernen.«

Joans Herz raste, ihr Mund war ausgetrocknet, und sie wusste, falls Lima sie in den Arm nahm, würde sie nachgeben. Aber er tat es nicht.

Sie schwiegen beide.

Der Abendhimmel verblasste, wurde lavendelfarben und rosa. Nur das Rauschen des Meeres, der Wind und der Gesang der Bäume waren zu hören. Sacht zog sie ihre Hand aus seiner.

Lima sagte nichts, ließ seine Hände auf den Knien ruhen und starrte hinaus aufs Meer.

»Leider müssen wir jetzt gehen«, sagte er schließlich.

Als sein Hubschrauber sich in die Nacht erhob und Richtung Festland drehte, sah Joan zurück auf ihre Insel. Die Mondsichel war schmal und schenkte nur wenig Licht, aber die Sterne strahlten hell.

Im Sternenschein sah sie eine seltsam buckelige Gestalt

über das grasige Hochplateau gehen. »Der Klokwalle«, hauchte sie.

Anscheinend hatte Lima weder die Gestalt gesehen noch Joans Flüstern gehört. Er saß am Steuerknüppel, stumm und in sich gekehrt.

Als Joan an jenem Abend zu Bett ging, lauschte sie dem Meerwind, der um das Haus ihres Großvaters heulte. Sie konnte nicht schlafen, sondern wälzte sich unruhig und fiebrig im Bett und überlegte, ob sie zu viel Sonne oder zu viel Lima Clemente abbekommen hatte.

Bilder von ihm stiegen in ihr auf. Im Geiste sah sie seine kraftvollen, gebräunten Hände mit den langen, geraden Fingern. Sie sah ihn im Licht der Abendsonne auf dem Holzstamm sitzen, die Beine übereinander geschlagen, eine Hand lässig auf den Fußknöchel gelegt. Sie sah, wie der Stoff der Hose sich um sein Bein spannte, und es erfasste sie das brennende Verlangen, seine muskulösen Oberschenkel zu berühren, ihre Hand langsam über seinen Körper wandern zu lassen, sich in seinen Armen zu verlieren.

Warum hatte sie sich ihm heute Abend nicht hingegeben? Was hatte sie zurückgehalten?

Sie dachte an die Seevögel, die durch die Kraft des Abendwindes aus ihrer Bahn getrieben wurden. Würde ihr dasselbe widerfahren, wenn sie sich auf Lima Clemente einließ? Würde ihr gesamtes Leben aus der Bahn geraten?

So sehr Joan ihre Vernunft bemühte, ihr überhitzter Körper schien nur nach diesem Mann zu rufen. Sie spürte ihn körperlich; fühlte ihn um sich.

Endlich fiel sie in einen leichten Schlaf, doch dann meinte

sie leise eine Stimme im Wind zu hören, der vom Meer durch ihr offenes Fenster wehte.

»Joan, meine Geliebte«, raunte die Stimme, rief immer und immer wieder, mit wachsender Eindringlichkeit.

Es war Lima Clementes Stimme.

Als Joan am nächsten Morgen erwachte, war ihr Kissen feucht, und sie merkte, dass sie im Schlaf geweint hatte.

Frische Frühlingswinde brausten vier Tage und vier Nächte lang über Meer und Land, fegten den Strand entlang und pfiffen durch Fensterritzen.

Etwas Seltsames lag in der wild bewegten Luft, und Joans Nerven reagierten darauf. Lima Clemente ging ihr nicht mehr aus dem Sinn. Sie schien keinerlei Einfluss mehr auf ihre immer stärker werdenden Gefühle für diesen fremdartigen, faszinierenden Mann zu haben.

Ihre Gedanken waren derart intensiv, dass sie langsam Angst vor ihren eigenen Gefühlen, ihrer verzweifelten Sehnsucht bekam.

Joan ging ihrer Arbeit nach wie ein Roboter, fuhr Patrouille in dem gut achtzigtausend Hektar großen Reservat, erledigte ihre Aufgaben mit kühler, professioneller Sachlichkeit.

Aber auf einer anderen Ebene schien sie überall nur Lima Clemente zu sehen. Sie sah ihn zwischen den Bäumen, wenn sie im Wald Patrouille fuhr. Sie sah ihn im Nebel wandern, wenn sie am Strand spazierte.

Während dieser Zeit wusste Joan, dass sie nicht im Einklang mit sich selbst war. Sie nahm keine Schwitzbäder, spürte keine Verbundenheit mit ihrem Schutzgeist. Sie fühlte sich ausgebrannt, abgeschnitten von der göttlichen Lebenskraft.

Sie hatte keinen Blick mehr für die leuchtende Welt jenseits der Welt, die menschlichen Augen zugänglich war. Sie empfand nicht mehr die Anwesenheit der Lauschenden, der erhabenen Tiergeister uralter Zeiten.

Und sie sah den Klokwalle nicht mehr.

Zu Hause mit Tleyuk und dem alten Ahcleet wirkte sie oft abwesend, nicht sie selbst. Als ihr Urgroßvater sie fragte, was mit ihr los sei, erwiderte Joan, sie sei bloß erschöpft.

»Vergiss nicht, La'qewamax, ich bin immer für dich da«, sagte der alte Mann leise.

»Danke, Großvater«, antwortete Joan.

Als sie alle drei am selben Abend zusammen vor dem Kamin saßen, wandte sich der alte Ahcleet an Tleyuk.

»Ich möchte dir eine Geschichte über Großmutter Bär erzählen«, sagte er und vergewisserte sich mit einem Seitenblick, dass auch Joan zuhörte.

»Okay, Großvater.«

»Also, vor langer Zeit, als die ersten Weißen in unser Land kamen und Ärger machten, lebten sie in Zelten. Sie bereiteten ihr Essen nicht über dem offenen Feuer, sondern kochten auf gusseisernen Öfen.

Eines Tages während des Mondes der Beerenzeit ging eine Gruppe von Weißen hinauf in die Berge und ließ im Camp den gusseisernen Ofen zurück, in dem noch Feuer brannte. Während sie fort waren, kam Großmutter Bär, die von den Essensdüften angelockt worden war, ins Lager. Als sie den Ofen erblickte, ein Ding, wie sie es noch nie zuvor gesehen hatte, wurde sie natürlich neugierig, und weil das Feuer in dessen Bauch eingeschlossen war, konnte Großmutter Bär nicht sehen, dass sie sich wehtun würde.

Sie streckte beide Tatzen aus und nahm einen der Herddeckel auf, um sie sich genauer anzusehen. Natürlich verbrannte sie sich an dem Deckel, der glühend heiß war.

Wie jeder weiß, verteidigt sich ein Bär gegen etwas, das ihm wehtut, indem er den Feind an sich presst und zu Tode quetscht.

Und genau das tat auch Großmutter Bär. Je stärker der Herddeckel sie verbrannte, desto fester drückte sie ihn gegen ihren Körper, und desto schlimmer wurden ihre Verbrennungen.«

Der alte Ahcleet schwieg eine Weile. Dann fragte er den Jungen: »Was hätte Großmutter Bär tun sollen, Tleyuk?«

»Sie hätte den Deckel fallen lassen sollen.«

»Was können wir aus der Geschichte lernen?«

»Dass wir keine heißen Herddeckel umarmen sollen.«

»Wir können noch mehr daraus lernen.«

»Was denn, Großvater?«

»Dass wir uns nicht an Gedanken oder Erinnerungen klammern sollen, die uns traurig oder zornig machen, die unserem Herzen wehtun. Wir müssen sie ablegen, vergessen, ihnen keinen Raum in unserem Leben geben. Die Geschichte lehrt uns, dass wir die Kraft haben, dem Schmerz Einhalt zu gebieten.«

Wortlos stand Joan auf, gab ihrem Urgroßvater einen Kuss und ging aus dem Zimmer.

Joan hatte von Lima Clemente nichts mehr gehört, seit sie auf der Insel gewesen waren. Eine Woche später rief Hunter Kleoh an und lud Joan für den nächsten Abend zum Essen ein.

Sie nahm die Einladung an, sagte aber, dass sie wegen Tleyuk früh wieder nach Hause müsse.

Kleoh erklärte, er habe ein Restaurant ausgesucht, das zwar nicht sehr bekannt, aber ausgezeichnet sei. Joan sollte zu dem Parkplatz in Hoquiam kommen, und von da aus würden sie mit seinem Wagen weiterfahren.

Als Joan sich an dem Abend umzog und wie immer an Lima dachte, waren ihre Gefühle in Aufruhr. Mal empfand sie Ärger, im nächsten Moment fühlte sie sich gekränkt, dann wieder gewann ihr Stolz die Oberhand. Sie sagte sich, dass ein Abend mit Hunter Kleoh ihr gut tun würde. Wahrscheinlich konnte sie so Lima wenigstens für ein paar Stunden vergessen.

Sie zog ein blassrotes Seidenkleid mit einem passenden Blazer an, dazu rauchgraue Seidenstrümpfe und hochhackige Wildlederschuhe.

Bevor sie das Haus verließ, betupfte sie sich mit etwas Parfüm. Bei einem letzten Blick in den Spiegel gestand sie sich selbst ein, dass sie schön war, und flüsterte spöttisch: »So viel Mühe für Hunter?« Aber sie machte sich nichts vor. Im Grunde hoffte sie, Lima irgendwo über den Weg zu laufen.

Als Joan sich von Tleyuk und ihrem Urgroßvater verabschiedete, musterte der alte Ahcleet sie.

»Du siehst sehr ›weiß‹ aus, La'qewamax«, meinte er vielsagend.

»Großvater, du weißt doch, dass ich in beiden Welten lebe.«

»Pass auf, dass du nicht in der falschen in eine Falle läufst«, mahnte er.

Sie gab ihm und Tleyuk einen Kuss, zog ihre Schuhe aus

und schlüpfte in ein Paar Turnschuhe. Sie nahm die Pumps in die Hand und ging aus dem Haus, die Treppe hinunter über den Kiesweg zu ihrem Geländewagen.

Hunter Kleoh betrachtete Joan anerkennend, als sie zu ihm in den Wagen stieg.

»Du siehst toll aus. Und du riechst auch noch toll!«

Joan fragte sich, ob sie nicht vielleicht ein bisschen übertrieben hatte; sie wollte dem FBI-Mann keine falschen Hoffnungen machen.

Um seiner Bewunderung für ihr Äußeres ein Ende zu setzen, sagte sie leicht gereizt: »Ich verstehe wirklich nicht, wieso wir uns nicht in dem Restaurant getroffen haben.«

»Weil ich Angst hatte, dass du nicht kommst, wenn ich dir verrate, wo wir hingehen.«

»Na, dann mal los. Wie du siehst, bin ich auf alles eingestellt.«

Kleoh betrachtete sie mit einem eigentümlichen Gesichtsausdruck. Er hatte gerade seine jährliche Gesundheitskur hinter sich gebracht und war wieder einmal entsprechend schlank.

Als er sie plötzlich anlächelte, bemerkte Joan erneut, was für ein attraktiver Mann er sein konnte. Er trug einen neuen Anzug oder zumindest einen, den sie noch nie an ihm gesehen hatte, ein weißes Seidenhemd mit goldenen Manschettenknöpfen und eine aparte Krawatte. Sein Haarschnitt war modisch, und er duftete nach Old Spice.

Zu ihrer Verwunderung nahm Kleoh den Highway 101 in Richtung Norden, bis er schließlich auf dem mit Kies bestreuten Parkplatz vor einem baufälligen Haus anhielt, das dringend gestrichen werden musste und an dem Joan schon viele Male vorbeigefahren war, ohne je auf den Gedanken zu kommen, dort einzukehren.

»Wieso halten wir hier?«, fragte sie.

»Weil es hier die besten Steaks der Welt gibt«, erwiderte er und öffnete ihr die Tür.

Aus der Traum von dem eleganten Ambiente und der Möglichkeit, Lima Clemente zu begegnen.

Drinnen zog Joan die Turnschuhe aus und ihre Pumps an. Sie sah, wie Kleoh sie anlächelte.

Joan stellte fest, dass das Lokal im Stil der späten vierziger Jahre eingerichtet war. Es gab eine Holztheke, die vom vielen Schrubben stumpf und glanzlos geworden war, zwölf Hocker, fünf hellblau gestrichene Holztische mit passenden Bänken. Die Tischtücher waren aus blaukariertem Wachstuch.

Joan starrte die uralte Musikbox an, aus der gerade die Stimme eines Sängers erklang, als Kleoh sagte: »Ob du's glaubst oder nicht, hier kriegst du immer noch drei Songs für einen Vierteldollar.«

»Unglaublich«, murmelte sie.

»Der Kaffee ist himmlisch, und erst Ethels Torten – die muss man einfach probiert haben.«

Ein trauriger, ausgezehrt wirkender Mann, der einen großen Mehlsack als Schürze trug, kam herangetrottet, um ihre Bestellung aufzunehmen. »Grüß dich, Hunter«, sagte er freudlos.

Kleoh begrüßte ihn und verkündete dann: »Clyde, das ist eine Freundin von mir, Joan Tidewater. Ich habe sie hergebracht, damit sie mal das beste Essen auf der ganzen Halbinsel kennen lernt.«

»Dann seid ihr hier genau richtig«, sagte Clyde und nickte

Joan zu. Dann wandte er sich wieder an Kleoh. »Heute wäre ich beim Zählen der Holzlaster beinahe eingeschlafen.«

»Wie viele?«, erkundigte sich Kleoh.

»Läppische vierzehn. Ich weiß noch, wie hier jeden Tag über dreihundert vorbeigekommen sind.« Er seufzte laut. »Ich weiß nicht, wo das noch hinführen soll. Tod und Zerfall, wohin man auch blickt.«

»Hör auf, Trübsal zu blasen«, ertönte eine klangvolle weibliche Stimme hinter der Theke.

»Was für Törtchen gibt's denn heute, Ethel?«, rief Kleoh.

»Vanillecreme und Waldbeer.«

Kleoh sah Joan an. »Wir könnten je ein Stück nehmen und dann teilen.«

Joan nickte und fragte sich, ob sie nur zum Nachtisch hergekommen waren.

»Soll ich euch schon jetzt die Törtchen bringen?«, fragte Clyde.

»Natürlich nicht«, entgegnete Kleoh streng. »Zuerst wollen wir dinieren.«

Joan stützte die Ellbogen auf den Tisch, legte eine Hand vor die Augen und lachte leise in sich hinein.

»Was ist denn so lustig?«, erkundigte sich Kleoh.

»Hunter, der einzige Mensch, den ich kenne, der den Nachtisch zuerst bestellt, ist mein achtjähriger Sohn.«

Kleoh nickte. »Intelligentes Kerlchen.«

Die Filetsteaks waren delikat, so zart, dass sie sich mit der Gabel zerteilen ließen. Serviert wurden sie mit einer Soße aus Wacholderbeeren, Schalotten, Madeira und Trüffeln aus der Gegend.

Beim Dessert reichte Kleoh ihr einen Computerausdruck. Auf ihren fragenden Blick hin sagte er: »Gerade heute reingekommen. Das ist die Kopie eines Berichts über die Fäden, die Dr. Gerber am Hals des Jungen gefunden hat. Es handelt sich um Fäden aus deinem gewebten Band; sie sind tatsächlich identisch mit den Fäden aus dem Umschlag, den du mir gegeben hast.«

Joan studierte den Bericht.

Nach einer Weile fragte Kleoh: »Joan, würdest du mir bitte erklären, wie du an dieses Band gekommen bist?«

Joan erzählte ihm, wie sie es am Strand gefunden hatte, wenige Tage bevor sie die Leiche des ermordeten Jungen entdeckte. Die Goldmünze ließ sie unerwähnt.

»Kannst du dir den Zusammenhang irgendwie erklären?«, fragte er.

Sie schüttelte den Kopf, dann sagte sie: »Wir hatten noch nie einen Kindermord im Reservat.«

»Und jetzt plötzlich innerhalb weniger Tage gleich zwei.«

»Und beide Fälle sind ganz unterschiedlich. Ich kann mir einfach nicht vorstellen, dass da ein Zusammenhang besteht.«

»Da gibt's auch keinen, Joan. Darauf verwette ich meine Rente. Das ist bloß ein verrückter Zufall.«

»Ich glaube, der Tod des Jungen war so eine Art Opfer.«

»Soweit wir wissen, gibt es hier in der Gegend keine satanischen Sekten«, wandte Kleoh ein.

»Ich glaube nicht, dass es satanisch war, Hunter, das wäre zu einfach. Ich kann mein Gefühl nicht richtig in Worte fassen, aber irgendwie glaube ich, dass die Ermordung des Jungen für etwas Größeres steht, etwas Bedeutsameres.«

»Für was denn?«

»Ich habe nicht die leiseste Ahnung.«

Der Kaffee, den sie beide bestellt hatten, wurde heiß und duftend serviert.

»Im Falle des Mädchens«, sagte Kleoh, »kommt der Täter meiner Meinung nach aus der Holzbranche.«

»Oder er wollte, dass wir genau das annehmen.«

»Wer sie auf den Baum geschafft hat, muss ein erfahrener Kletterer sein. Und er muss die erforderliche Ausrüstung entweder schon besitzen oder Zugang dazu haben.« Kleoh schwieg einen Moment. »Gibt es vielleicht irgendeinen alten Indianerbrauch oder so, wo man auf Bäume klettert?«

»Darüber habe ich auch schon nachgedacht«, antwortete Joan. »Mir sind nur zwei eingefallen. Wenn in den alten Zeiten ein Mann in die Baumwipfel klettern konnte, um Feuerholz zu schneiden, wurde seine Fähigkeit der Tatsache zugeschrieben, dass ein Waschbär sein Schutzgeist war.«

»Das macht hier keinen Sinn.«

»Stimmt. Bei dem zweiten Brauch haben früher in den Dörfern in der Nähe des Lake Quinault frisch gebackene Väter die Plazenta hoch oben in einem hohen Baum befestigt.«

»Die Plazenta?«

Sie nickte. »Die Nachgeburt.«

»Joan.« Kleoh stockte, sprach dann aber weiter. »Es gibt noch etwas, worüber ich mit dir reden muss.«

»Was denn?«

»Ich habe nicht früher davon angefangen, weil es kein schönes Thema beim Essen ist.«

»Nun sag schon.«

»Es geht um das Mädchen. Mir liegt jetzt der Bericht über

ihre Verletzungen vor. Ich hatte Bedenken, dass das Sperma für eine genauere Bestimmung vielleicht schon zu alt sein könnte. War es aber nicht. Es stammt alles von einem einzigen Mann. So viel steht jetzt fest.«

»Großer Gott.«

»Wenn es kein verdammter Inkubus war, muss er sie eine ganze Weile gefangen gehalten haben.«

»Ein Inkubus, Hunter?«, fragte sie mit einem Anflug von Sarkasmus in der Stimme.

»Die Inkuben konnten ihre Gestalt und Größe ändern. Angeblich war ihr Glied so groß wie das eines Esels und ihr Samenerguss gewaltig. Sie existierten nur, um Menschen beizuschlafen. Das einzige Problem dabei war, dass die Paarung für die Frau meistens tödlich endete.«

»Wenn ich das recht verstehe, vermutest du also, dass hier irgendwo ein Mann rumläuft, der ziemlich normal aussieht, aber seine Gestalt ändern kann und in Wirklichkeit ein Inkubus ist?«

Er zuckte die Achseln.

»Ich muss mich sehr wundern, so was aus dem Mund eines FBI-Mannes zu hören.«

»Himmel, Joan, du kannst dir nicht vorstellen, mit was für Abartigkeiten wir es manchmal zu tun haben. Du bist schließlich noch nicht so lange dabei.«

»Dann erzähl's mir.«

»Na, eben Sachen, die nie ins Fernsehen oder in die Zeitungen kommen, weil wir dafür sorgen. Es gibt eine ganze Menge Verrückte auf der Welt. Und ehrlich gestanden, aber das würde ich niemandem außer dir sagen, bin ich mir gar nicht so sicher, ob das alles noch Menschen sind.«

Joan musste an Jack Scatt denken, verbannte den Gedanken aber gleich wieder. Er hatte ziemlich sauber und adrett ausgesehen, was angesichts seiner Wohnverhältnisse erstaunlich war. Aber sie hatte etwas gespürt, etwas Dunkles, das sie noch nicht näher benennen konnte. Dennoch war sie sicher, dass er nicht seine Gestalt ändern konnte.

»Ich glaube, in unserer Mythologie gibt es nichts dergleichen. Höchstens die Frau, die einen Hund geheiratet hat.«

»Einen *Hund*?«

»Das ist nicht abartiger als dein Inkubus.«

»Na los, erzähl mir die Geschichte.«

»Vor langer Zeit lebte in einem Dorf eine junge Frau, die einen Hund hatte, den sie sehr liebte. Sie nahm ihn überallhin mit, und nachts schlief er am Fußende ihres Bettes, wie das damals üblich war. Der Hund verwandelte sich jede Nacht in einen Menschen und schlief mit der Frau. Vor dem Morgengrauen wurde er dann wieder zum Hund, sodass niemand wusste, was geschehen war. Die junge Frau wurde schwanger, und als die Eltern schließlich feststellten, dass der Hund der Übeltäter war, schämten sie sich sehr.«

»Kann ich mir lebhaft vorstellen.«

»Jedenfalls erschlugen sie den Hund, riefen die Dorfbewohner zusammen, rissen die Häuser ab und verlegten das ganze Dorf weit weg auf die andere Seite des Wassers. Die junge Frau überließen sie einfach ihrem Schicksal.«

»Harte Eltern«, sagte Kleoh.

»Harte Situation. Aber der Rabe hatte Mitleid mit ihr und steckte ein paar Kohlen zwischen zwei Muschelschalen. Dann erzählte er der Frau, dass sie nach einer Weile ein Knistern hören würde, dem sie nachgehen sollte, weil sie dort

Feuer finden würde. Die junge Frau tat wie geheißen und fand das Feuer.

Kurze Zeit später brachte sie fünf Welpen zur Welt, aber da ihr Vater ihren Geliebten getötet hatte, musste sie sich ganz allein um sie kümmern. Sie konnte sie nur versorgen, indem sie Muscheln am Strand suchte. Die Welpen waren vier Männchen und ein Weibchen, und weil ihre Mutter sie so gut versorgte, wuchsen sie rasch heran.

Bald fiel der Frau auf, dass sie, immer wenn sie draußen war, aus dem Haus Singen und Tanzen hörte. Als sie es wieder einmal hörte, stieß sie die Muschelschaufel in den Sand und hängte ihre Kleidung daran, damit es so aussah, als wäre sie immer noch am Strand.

Dann schlich sie sich von hinten ans Haus und spähte durch einen Spalt, um herauszufinden, woher die Geräusche kamen. Drinnen sah sie vier Jungen tanzen und singen und ein kleines Mädchen, das die Stelle im Auge behielt, wo die Mutter scheinbar Muscheln suchte.

Sie beobachtete das Treiben eine Weile, dann trat sie ins Haus, überraschte die Kinder in ihrer menschlichen Gestalt und schimpfte sie aus. Sie sagte ihnen, dass sie diese Form von Anfang an hätten haben sollen und dass sie, die Mutter, ihretwegen Schande über ihre Leute gebracht hatte.

Die Kinder hatten ein schlechtes Gewissen. Die Mutter riss die Hundefelle herunter, die an der Wand hingen, und warf sie ins Feuer.

Danach behielten die Kinder ihre Menschengestalt, und als die Jungen alt genug waren, machte die Mutter ihnen kleine Bogen und Pfeile und brachte ihnen bei, Vögel zu schießen, zunächst nur kleine, später sogar große Möwen. Dann zeigte sie ihnen, wie man große Bogen und Pfeile herstellt und damit vierfüßige Tiere erlegt bis hin zum Wapiti.

Und sie zwang sie, jeden Tag zu baden, damit sie *tamanois* erlangten.«

»Was ist das?«, unterbrach Kleoh sie.

»Das Wort bedeutet spirituelle Macht. Sie brauchten *tamanois,* um erfolgreich auf Walfang gehen zu können.«

»Alles klar. Erzähl weiter.«

»Zuerst jagten sie Seehunde, um aus den Häuten Schwimmer zu machen. Aus Hirschknochen, gezwirbelten Sehnen und Zedernholz fertigte die Mutter Harpunen. Am Ende der Stricke befestigte sie die Schwimmer aus Seehundfell. Als schließlich alles bereit war, gingen die Jungen auf Walfang und brachten so viele Wale mit, dass der ganze Strand damit übersät war.

Eines Tages nun bemerkte ein Rabe von weit jenseits des Wassers, dass Rauch an der Stelle aufstieg, wo das alte Dorf gestanden hatte, und in jener Nacht begab sich der Rabe heimlich dorthin.

Noch bevor er den Strand erreichte, roch er die Kadaver der Wale, die überall herumlagen, und es waren so viele, dass manche noch nicht mal aufgeschnitten worden waren.

Als der Rabe zum Haus kam, sah er die inzwischen erwachsenen Kinder als Menschen. Sie hießen ihn willkommen, gaben ihm zu essen, aber nichts, das er hätte mitnehmen können, und sagten ihm, er solle wiederkommen, wenn er noch mehr wolle.

Als der Rabe sich auf den Rückweg machte, hielt die Mutter ihn zurück und bat ihn, ihre Leute weiterhin glauben zu lassen, sie seien alle tot, damit sie ihre Kinder in Frieden ließen.

Aber als der Rabe wieder zu Hause ankam, erzählte er, dass der ganze Strand voller Möwen gewesen war, die sich von den Walen ernährten, die die Jungen gefangen hatten.

Der Rat sprach darüber und beschloss, wieder in das alte Dorf zurückzugehen. Sie beluden ihre Kanus und zogen wieder in ihre alten Häuser. Und die Jungen, die früher Hunde waren, wurden daraufhin zu Häuptlingen und versorgten das Dorf stets mit genügend Walen.«

»Deine Geschichte gefällt mir besser als meine«, sagte Kleoh. »Ich frage mich, was sie wohl bedeutet.«

»Sie hat viele Bedeutungen. Eine ist zum Beispiel, dass die Menschen nicht immer das sind, was sie zu sein scheinen«, erwiderte Joan. Sie sah sich in dem Restaurant um. »Hunter, ist dir eigentlich klar, dass wir schon den ganzen Abend die einzigen Gäste sind?«

Er grinste breit. »Das liegt daran, dass ich den ganzen Laden für uns reserviert habe.«

Kleoh stand auf, ging zur Musikbox und warf Geld ein. Gleich darauf sang jemand ein herzzerreißendes Liebeslied. Dann setzte er sich wieder und blickte Joan erwartungsvoll an.

Sein Gesichtsausdruck erinnerte sie an Tleyuk, wenn er etwas ganz Besonderes von seiner Mutter haben wollte. Joan sah betont auffällig auf ihre Uhr. »Es war wirklich ein schöner Abend, Hunter, und es tut mir Leid, dass ich schon gehen muss.«

»Nur noch ein halbes Stündchen, Joan ...«

Sie schüttelte entschieden den Kopf. »Mein Sohn, du weißt doch.«

Er seufzte. »Ich verstehe.«

Joan sprach Ethel und Clyde ihr Lob für das vorzügliche

Essen aus, versprach wiederzukommen und verließ das Restaurant am Arm von Hunter Kleoh, während ihre Gedanken, untermalt von Schlagermusik der vierziger Jahre, bei Lima Clemente weilten.

Als sie auf dem Rückweg durch Aberdeen kamen, musste Kleoh vor einer Ampel bremsen, und Joan meinte, Lima mit gesenktem Kopf vor dem Schaufenster eines kleinen Buchladens stehen zu sehen.

»Halt!«, wies sie Kleoh an. »Halt an.«

Verblüfft erwiderte er: »Aber ich stehe doch schon. Wegen der Ampel.«

Joan stieß die Wagentür auf und rannte über den Bürgersteig zu dem Buchladen.

Doch dort war nichts, nur ein Schatten von der Straßenlaterne. Sie ging zurück zu Kleohs Wagen, stieg ein und lehnte sich gegen die Tür.

Kleoh berührte sie am Arm. »Joan, alles in Ordnung? Kann ich irgendwas tun?«

Sie schüttelte den Kopf.

Auf dem Parkplatz angekommen, stieg sie aus dem Wagen und meinte, einen Mann mit langem, geflochtenem schwarzen Haar langsam durch die Dunkelheit vorbeigehen zu sehen.

Sie packte Kleoh am Arm. »Hunter, wer ist das? Kennst du den?«

Kleoh spähte angestrengt ins Dunkle. »Da ist keiner, Joan.«

Sicherheitshalber suchte er den menschenleeren Parkplatz ab, sah in jede Ecke und jeden finsteren Winkel.

»Nichts«, sagte er, als er zurückkam. »Nur Schatten.«

Er begleitete Joan zu ihrem Geländewagen, wo er sie mit ernster Stimme fragte: »Bist du irgendwie in Gefahr, Joan? Ist vielleicht irgendein Irrer, den du eingelocht hast, freigelassen worden?«

»Nein, Hunter.«

»Aber du würdest es mir doch sagen, oder?«

Sie betrachtete ihn eindringlich. »Ja, das würde ich.«

»Aber irgendwas stimmt nicht. Das sehe ich doch.«

»Ich weiß es nicht. Ich weiß nur, dass ich es selbst herausfinden muss.«

»Ich hoffe, du weißt, dass ich, falls dir jemand was tun will, den Mistkerl eigenhändig umbringe, ohne vorher groß Fragen zu stellen.«

Sie nahm Hunters Hand und gab ihm einen Kuss auf die Wange, weil er so besorgt um sie war. Dann stieg sie in ihren Wagen, zog die hochhackigen Pumps aus, die alten Turnschuhe an und fuhr davon. Auf der Rückfahrt zum Haus ihres Großvaters am Meer rannen ihr Tränen über die Wangen.

# ◇◇◇◇◇◇◇ Kapitel 12 ◇◇◇◇◇◇◇

◇ Eine der Besonderheiten der Lake Quinault Lodge ist die, dass es in den Gästezimmern weder Telefon noch Fernseher gibt, weil man davon ausgeht, dass die Gäste die Annehmlichkeiten des Hotels, das köstliche Essen und die Schönheit der Natur genießen wollen, um sich von der Hektik des Alltagslebens zu erholen.

Für diejenigen, die auf die Kommunikation mit der Außenwelt nicht verzichten können, stehen zwei öffentliche Telefone zur Verfügung, die unaufdringlich in einem Gang platziert sind, der zu den Toiletten und der Cocktail-Lounge führt.

Da Joan also Lima Clemente telefonisch nicht erreichen konnte, ohne dass die Mitarbeiter der Lodge es mitbekamen, schrieb sie eine Nachricht für ihn, steckte sie in einen Umschlag und brachte diesen in Moclips zur Post.

Die Nachricht war nicht unterschrieben und bestand nur aus einem kurzen Satz: »Ich bin bereit zu lernen.«

Eine Woche später, an einem frühen Nachmittag Ende Mai, zu einer Zeit, in der sich draußen in den Wäldern die Schwarzbären paarten und die Wapiti kalbten, stand Joan erneut mit Lima auf ihrer Insel.

Unterwegs hatten sie kaum miteinander gesprochen. Es war, als ob es zwischen ihnen nichts mehr zu sagen gab; alle Zweifel waren wie weggewischt, alle Fragen würden bald beantwortet sein. Jetzt waren ihre gemeinsamen Energien auf das gerichtet, was nun geschehen sollte.

»Darf ich fragen, warum du deine Meinung geändert hast, Joan?«, fragte Lima irgendwann während des Fluges.

»Wegen der Seevögel.«

»Wie bitte?«

»Ich musste an die Seevögel denken, die vom Wind aus der Bahn getrieben wurden, als wir das letzte Mal hier waren. Ich habe mich daran erinnert, dass sie nur scheinbar aus der Bahn getrieben werden. In Wirklichkeit stimmen sie ihren Flug auf die Kraft des Windes ab und erreichen so sicher ihre Nester.«

»Ich bin den Seevögeln dankbar, Joan.«

Nach der Landung wartete Joan, bis Lima ihr aus dem Hubschrauber half.

Und das tat er sehr elegant. Dann führte er sie zu einer Höhle am Strand, die sie bei ihrem ersten Besuch zwar gesehen, aber nicht erkundet hatten.

»Ich habe ein paar Vorbereitungen getroffen, damit wir es bequem haben«, sagte er und bat sie in die Höhle.

Sie sah, dass er aus Hemlockzweigen, auf die Felle gelegt waren, ein großes Lager bereitet hatte.

»Woher wusstest du, dass ich den Duft von Hemlock liebe?«, fragte Joan.

»Ich weiß vieles über dich.«

»Als Kind habe ich bei jeder sich bietenden Gelegenheit auf Hemlockzweigen geschlafen.«

Lima lächelte.

An einer Seite der Höhle war Holz für ein Feuer aufgeschichtet, und auf den vielen kleinen Vorsprüngen an den Felswänden standen Kerzen, die darauf warteten, entzündet zu werden.

Als er sah, dass ihr Blick auf dem großen Metallcontainer verweilte, der im Hintergrund stand, erklärte er: »Wir werden später zu Abend essen.«

Doch nun, da der Zeitpunkt der Liebe gekommen war, spürte Joan, wie sich eine nervöse Angst in ihr aufbaute.

»Lima, macht es dir etwas aus, wenn ich noch ein Weilchen draußen allein spazieren gehe?«

»So lange, wie du möchtest, Joan. Ich werde hier sein und auf dich warten.«

Sie schritt langsam an der Wasserlinie entlang. Hier und da lagen große Haufen Treibholz.

Joan sah den milchigen Schimmer eines Mondsteins, der zwischen Strandkieseln hervorleuchtete. Als sie sich bückte, um den perlweißen Stein aufzuheben, wurde ihr plötzlich schwindelig und übel, und sie fürchtete schon, sich übergeben zu müssen. Das unangenehme Gefühl verging. Sie holte tief Luft und ließ den Mondstein in die Hosentasche gleiten.

»Was ist nur mit mir?«, wisperte sie.

Sie hatte sich gewünscht, hier zu sein. Sie *wollte* Lima lieben, sie war vor Sehnsucht nach ihm schon ganz krank gewesen.

Und jetzt, wo es so weit war, sie endlich allein war mit dem Mann, den sie begehrte, wandte sich ihr Körper gegen sie. Sie war derart nervös geworden, dass ihre Handflächen eiskalt und nass waren, der Mund trocken. Das Herz klopfte ihr bis zum Hals.

Sie redete sich ein, dass sie nach der langen Zeit einfach vergessen hatte, wie man einen Mann liebte, und dass sie nur Angst hatte. Wer würde den ersten Schritt machen? Sollte sie einfach zurück in die Höhle gehen, sich ausziehen und sich dann auf die Felle sinken lassen? Hatte Lima Kondome dabei? Sie hatte nicht daran gedacht.

»Wieso habe ich mir das nicht früher überlegt?«, fragte sie sich.

Sie wusste, dass sie zurück in die Höhle gehen musste, aufrecht und mit dem gleichen selbstbewussten Blick, den sie aufsetzte, wenn sie Verdächtige verhörte. Sie musste das hinter sich bringen, wozu sie hergekommen war.

Entschlossen, die Lippen aufeinander gepresst, machte sie sich auf den Weg zurück zur Höhle.

»Wir sollten keine Zeit mehr verlieren«, sagte sie brüsk, als sie wieder im Eingang der Höhle stand. Die Sonne beleuchtete sie von hinten, sodass ihr Körper und die schwarzen Locken von einer goldenen Aureole umgeben waren.

Verwundert über ihre Haltung, eilte Lima auf sie zu. »Liebste Joan, was hast du denn?«

»Nichts habe ich.« Sie hustete.

»Du klingst heiser. Möchtest du ein wenig Champagner?«

»Nein, danke.« Falls sie irgendwas in den Magen bekam, würde sie es sofort wieder von sich geben. »Ich habe das hier am Strand gefunden«, sagte sie, fischte den kleinen Mondstein aus der Hosentasche und hielt ihn ihm entgegen.

»Ein Mondstein! Ein wundervolles Vorzeichen für unsere Zukunft!«

Sie erwiderte nichts.

»Weißt du denn nicht, dass diese Steine Reisende in dunkler Nacht beschützen? Durch bedrohliche Wälder und über stürmische Meere?«

Als er sah, dass sie angefangen hatte zu zittern, sagte er: »Joan, du frierst ja. Lass mich dich wärmen.«

Er trat auf sie zu, aber sie verschränkte die Arme vor der Brust, biss sich auf die Lippen und starrte nach unten auf den Höhlenboden.

»Joan, du frierst gar nicht, du hast Angst. Fürchtest du, dass ich dir wehtun könnte?«

»Nein.«

»Möchtest du immer noch, dass wir uns lieben?«

»Ja«, flüsterte sie.

»Bist du sicher?«

»Ja.« Sie warf einen Blick auf das Lager und nickte.

»Also gut, Joan. Du gehst in diese Felsnische und ziehst dich dort unbeobachtet aus. Wenn du dann zu mir kommst, werden wir uns gemeinsam entspannen und dem Meer lauschen.«

Sie blieb reglos stehen und beobachtete Lima, der sich mit dem Rücken zu ihr auszog. Er legte seine Kleidung ordentlich zusammen und löste sein Haar, das ihm bis zur Taille fiel.

Als er sich zu Joan umwandte, stieg ihr Hitze ins Gesicht, und ihre Augen füllten sich mit Tränen, so stark waren ihre Gefühle. Sein Körper war unglaublich schön. Sie schluckte trocken.

Wie ein Zeremonienmeister ging er durch die Höhle und

entzündete die Kerzen. Anschließend sagte er: »Ich lege mich jetzt hin, Joan, und du kannst jederzeit zu mir kommen, wenn du es wünschst. Ganz gleich, wie lange es dauert, ich werde hier sein.«

Sie ging in die Felsnische und zog sich aus. Aber sie konnte unmöglich vor seinen Augen nackt herumlaufen, deshalb hielt sie das T-Shirt vor sich, das sie getragen hatte.

Er lächelte, als sie an das Lager trat. »Ich wusste, dass du dich mir nicht nackt zeigen würdest, Joan. Nicht beim ersten Mal.«

Als er die Felldecken zurückschlug, warf sie das T-Shirt beiseite und legte sich neben ihn. Sofort erstarrte sie zu einer gemeißelten Statue, die Augen geschlossen.

Sie spürte, wie er sie federzart auf die Stirn küsste, dann auf die Augenlider. Er umschloss ihre linke Brust und legte seine Lippen auf ihr schnell pochendes Herz. Er liebkoste ihren Körper, und allmählich wurde sie ruhiger, und sie öffnete sich ein wenig. Als sie das tat, spürte sie seine Hand sanft zwischen ihre Beine gleiten.

Als er die Nässe ihrer Leidenschaft spürte, legte er sich auf sie. Aber er konnte nicht in sie eindringen. Ihr Körper hatte sich fest gegen ihn verschlossen.

Behutsam rückte er ein wenig ab und fragte: »Du bist doch keine Jungfrau mehr, Joan, oder? Du hast doch ein Kind?«

»Ich habe ein Kind.«

»Entspann dich, Joan, Liebste, schlaf in meinen Armen ein, wenn du möchtest. Wir haben keine Eile, sondern alle Zeit der Welt.«

Plötzlich erkannte Joan, was sie in all den Wochen voller Leidenschaft und unerfülltem Verlangen vergessen hatte. Sie hatte vergessen, dass sie nicht bloß eine Frau war, sie war auch eine Schamanin, und als solche reichte ihr Leben über das rein Körperliche hinaus.

»Leg deine Arme um mich«, sagte sie.

Er gehorchte sogleich.

»Umfasse mich ganz, Lima, leg dich ganz auf mich. Dein Gesicht an mein Gesicht, deinen Bauch auf meinen Bauch, deine Beine verschlungen mit meinen. Und dann bleib ganz ruhig liegen.«

Als sie so eng aneinander gepresst lagen, ließ Joan ihren Geist in Limas Körper strömen, in seinen Solarplexus, durch seinen Unterleib, seine Beine hinab, hinauf in seinen Kopf und dann wieder hinunter durch seinen ganzen Körper.

Ihr Geist fand nichts Böses in ihm, nur hungrige Leidenschaft und echte Liebe für sie.

Und noch etwas. Einen spirituellen Glauben, so stark und fest wie eine Felsklippe.

Endlich von ihren Ängsten befreit, sagte sie: »Küss mich.«

Er küsste sie drängend, und sie öffnete sich ihm. Mit unglaublicher Wonne nahm ihr Körper seine Männlichkeit in sich auf.

Stunden später, lange nachdem die Kerzen herabgebrannt waren und nur noch das Feuer die Höhle erhellte, standen sie auf und gingen nackt, Hand in Hand, hinaus auf den Strand und in die Wellen. Eine goldgelbe Mondsichel beschien ihren Weg.

Sie lachten und tanzten, rannten umher und spritzten sich nass, bis sie ihn zurück in das flache Wasser führte, wo sie sich hinlegten und erneut vereinigten und die Hitze im Innersten ihrer Körper durch die kühlen, drängenden Wellen des Nordpazifiks nur noch glühender wurde.

»Beim nächsten Vollmond werde ich den Mondstein, den du mir gegeben hast, in den Mund nehmen«, sagte er und wischte ihr das Meerwasser vom Gesicht. »Dann werde ich wissen, wie unsere Zukunft aussieht. Das ist eine der Kräfte, die der Mondstein besitzt.«

»Sprich nicht von der Zukunft«, sagte sie in seinen Armen.

Sie wusste bereits, dass sie zu ihm gehörte. Für immer.

Als der Mond sich verbarg, senkte sich die Dunkelheit um sie wie ein schwarzer Schleier.

Joan kam spätnachts nach Hause. Sie fiel sogleich in tiefen Schlaf, als stürzte sie von einer Klippe.

Wieder träumte sie von Pumas. Diesmal waren sie überall um sie herum, spielten, schnurrten, räkelten sich wohlig.

Eines der Tiere, ein herrliches Weibchen, wandte sein Gesicht mit den blauen Augen Joan zu, als wartete es auf ihren Kuss.

# ◇◇◇◇◇◇◇ Kapitel 13 ◇◇◇◇◇◇◇

◇ Um sieben Uhr früh war Hannah McTavish konzentriert bei der Arbeit im Büro der Quinault Timber Company in Moclips.

Michael in seinem Geländewagen und die Arbeiter im klapprigen Bus waren noch vor Tagesanbruch zum Holzeinschlag gefahren.

Da die Laster kein Holz transportieren konnten, gab es keine Lieferscheine zu schreiben, und so war sie mit der Lohnbuchhaltung beschäftigt.

Vor dem Fenster draußen im Hof sah sie die vier Lastwagen, die wohl so lange dort stehen würden, bis die Fire Road Six wieder passierbar war. Falls dieses Wunder je geschehen sollte. Sie wusste nicht, wo der fünfte Laster war. Wahrscheinlich hatte Michael ihn vermietet.

Normalerweise strahlte Hannah Gesundheit und Lebenslust aus, wodurch sie sehr attraktiv wirkte. Heute jedoch war sie nicht so gepflegt und ausgeglichen wie sonst.

Das weiche braune Haar, das sie für gewöhnlich schulterlang und sorgfältig gekämmt trug, war achtlos hochgesteckt und wurde von Kämmen mehr schlecht als recht an Ort und Stelle gehalten.

Sie hatte verschlafen und sich beim Aufwachen aufgedunsen und unwohl gefühlt. Nachdem ihr ein Blick in den Kalender bestätigt hatte, dass sie kurz vor ihrer Periode stand, hatte sie Streit mit ihrer zehnjährigen Tochter Elspat bekommen, die ungewohnt frech gewesen war und daraufhin wütend und ohne Frühstück das Haus verlassen hatte.

Heute sollte sich besser niemand mit ihr anlegen.

Um halb acht öffnete sich die Bürotür, und Ruby Campbell kam herein. Sie mochte diesen älteren Mann mit der lockeren, aufrechten Haltung, den hellen Wolfsaugen und dem angenehmen Kentucky-Akzent. Sie wusste, dass er sie und ihre Familie ebenfalls mochte, ganz besonders ihre Hündin Kirstie.

»Hi, Hannah«, sagte er. »Was gibt's Neues?«

»Eine Warnung vor Hannah. Heute ist nicht ihr Tag. Hundertprozentig nicht«, sagte sie lächelnd.

»Oh, dann gehe ich wohl besser gleich wieder.«

»Nein, bleiben Sie und erzählen Sie mir, was Sie herführt.«

»Ach, ich wollte bloß mal reinschauen. Ich denke, ich fahre gleich raus zu Michael und schau mal, wie sie an der Fire Road Six weiterkommen.«

Sie stöhnte auf. »Die Birmastraße? Jeden Tag rechne ich damit, dass die ganze Crew auf Nimmerwiedersehen in diesem Moorloch versinkt.«

»Sieht es so schlecht aus?«

»Noch schlechter. Aber sie haben angefangen, einen Knüppeldamm zu bauen, und vielleicht löst das ja unser Problem. Wenigstens wurden dort nicht noch mehr tote Kinder gefunden.«

Sie sprachen über den entsetzlichen Fund des toten Mädchens und fragten sich, ob die Polizei wohl schon irgendwelche Fortschritte bei den Ermittlungen gemacht hatte.

»Ich werde dann mal rausfahren und nachsehen, wie sie vorankommen.«

Kurz nachdem er wieder gegangen war, klingelte das Telefon. Die männliche Stimme am anderen Ende der Leitung klang barsch und gereizt.

»Ich will Ihren Boss sprechen«, verlangte die Stimme.

»Wen?« Hannah räusperte sich.

»Den Boss, den Typen, dem der Laden gehört.«

»Michael McTavish ist nicht hier«, sagte sie beherrscht.

»Und wer sind Sie?«

»Seine Frau.«

»Also, ich will Ihnen bloß sagen, dass ich gern selbst entscheiden würde, wann und wo ich mein Vieh schlachte.«

Hannahs Geduld, die vormittags ohnehin nie am größten war, erreichte ihre Grenzen. »Sir, ich weiß nicht, wer Sie sind oder wovon Sie überhaupt reden –«

»Dann hören Sie mal gut zu. Einer von Ihren Leuten hat vorhin eine von meinen Kühen getötet.«

Eine Kuh getötet! Hannah verschlug es die Sprache. Dann erinnerte sie sich, dass sie irgendwann mal gelernt hatte, Angriff sei die beste Verteidigung.

»Was hat Ihre Kuh denn in unserem Wald verloren?«, wollte sie wissen.

»Wollen Sie damit sagen, dass eine Kuh nicht in den Wald darf?«

»Ich will damit sagen, dass wir nicht haftbar gemacht werden können, wenn Ihr Tier den Arbeitsablauf gestört hat.«

Hannah hatte keine Ahnung, ob so eine Aussage rechtlich fundiert war, aber sie fand, dass es gut klang.

»Fahrlässigkeit ist Fahrlässigkeit, ob im Wald oder anderswo«, erklärte die Stimme.

Hannahs Laune wurde noch düsterer. Einer ihrer Männer hatte wohl während der Arbeitszeit ein bisschen seiner Jagdleidenschaft gefrönt und dabei aus Versehen eine Milchkuh erwischt. In diesem Fall war der Arbeiter haftbar zu machen, nicht die Firma. Das hoffte sie jedenfalls.

Der Anrufer ließ nicht locker und sagte: »Außerdem, meine Kuh war gar nicht in Ihrem Wald.«

»Wo denn?«

»Sie spazierte friedlich den Highway 101 entlang.«

Hannah entfuhr ein Stöhnen, das sie hastig mit einem Hüsteln überspielte. »Ein Unfall also.«

Der Anrufer schien ins Grübeln zu kommen. »Na ja, ich habe gedacht, es war ein Unfall, aber vielleicht war es ja gar keiner. Vielleicht war es Absicht. Und wenn Ihr Arbeiter meine Kuh in böser Absicht überfahren hat ...«

Hannah holte tief Luft, atmete langsam wieder aus und versuchte ihren schnellen Pulsschlag zu zügeln. Es funktionierte nicht. »Hören Sie, Sir, ich weiß noch nicht mal, wer Sie sind. Oder wo Sie sind. Oder was wirklich passiert ist. Könnten wir vielleicht noch mal von vorn anfangen?«

»Meinetwegen.«

Sie legte ein Lächeln in ihre Stimme und bat: »Würden Sie mir bitte Ihren Namen nennen?«

»Der Name spielt im Augenblick keine Rolle.«

Entnervt fragte sie: »Was wollen Sie dann?«

»Lady, ich will, dass Sie hier rauskommen und die Sache mit mir besprechen ...«

»Hören Sie, ich habe gerade sehr viel zu tun. Und ich bin allein im Büro.«

»Dann bringt mein Anwalt Ihnen morgen früh als Erstes eine Vorladung ins Haus.«

»Also gut. Von mir aus.«

»Eine weise Entscheidung.«

»Wo sollen wir uns treffen?«, fragte Hannah.

»Wissen Sie, wo der Black Rooster ist?«

»Ja.«

Sie brachte es nicht über sich, zu fragen, was eine Kuh zu dieser frühen Morgenstunde auf einem Highway vor einer Kneipe zu suchen hatte. Jedenfalls waren die Leute heutzutage prozesslustig, und sie und Michael konnten sich keine weiteren Probleme mehr leisten, nicht, solange die Fire Road Six unpassierbar war. Hannah wusste, dass sie sich den Dingen stellen musste.

»Wie lange werden Sie brauchen?«, wollte der Mann wissen.

»Wenn ich gleich losfahre, eine knappe Dreiviertelstunde, das heißt, falls die Straße ...«

»Dann fahren Sie eben gleich los.«

»Moment mal. Für wen halten Sie sich eigent ...«

Der Mann hatte aufgelegt.

»Idiot«, zischte sie.

Wer war der Mann? Irgendein Spinner da draußen in der Wildnis? War der »Unfall« überhaupt passiert? Sie würde jedenfalls nicht einfach so wegen einer Sache aus dem Büro stürzen, an der vielleicht am Ende nichts dran war.

Aber vielleicht war er kein Spinner. Vielleicht war er bloß ein unhöflicher Mensch, der wegen eines Verlustes, den er sich nicht leisten konnte, in Panik geraten war.

Einer plötzlichen Eingebung folgend, suchte sie die Telefonnummer vom Black Rooster raus und rief dort an.

Als sich eine Frauenstimme meldete, sagte Hannah: »Sie finden die Frage vielleicht seltsam, aber wissen Sie vielleicht, ob heute Morgen jemand in der Gegend eine Kuh überfahren hat?«

»Ja, klar«, kam die Antwort. »Ein Holzlaster hat sie erwischt. Genau bei uns vor der Tür.«

»Wissen Sie zufällig, von welcher Firma der Wagen war?«

»Da stand Quinault Timber Company drauf, und so ein komischer Vogel war auf die Tür gemalt.«

Es war tatsächlich ihr Laster. Ihr Firmenname und der vierfarbige Adler. »Danke.«

Dann war der Unfall also tatsächlich passiert. Wenigstens wusste sie jetzt, wo der fünfte Holzlaster war. Irgendwo unterwegs, um die Kuh eines armen Mannes über den Haufen zu fahren.

Hannah schaltete die Kaffeemaschine aus und den Anrufbeantworter ein, schrieb mit schwarzem Filzstift auf einen großen Zettel: »Bin weg, um mit einem Mann über eine tote Kuh zu reden« und machte sich auf den Weg.

Auf Grund einer Baustelle auf dem Moclips Highway kam sie erst eine gute Stunde später vor dem Black Rooster an.

Ein Metzgereikombi stand auf dem Parkplatz, und gerade

fuhr ein Wagen der State Police davon. Das Einzige, was noch auf den Unfall hindeutete, war ein großer Fleck auf der Straße, den man mit Sand bestreut hatte. Ein paar Männer standen herum, die Hände in den Hosentaschen.

»Jetzt komm schon, bring's hinter dich!«, befahl Hannah sich, nachdem sie einige Minuten im Wagen gesessen hatte.

Sie hasste so was. Michael hingegen kam gut mit schwierigen Situationen klar. Er blieb ruhig und bewahrte einen kühlen Kopf. Vielleicht hätte sie ihn die Sache regeln lassen sollen. Aber nein, er hatte schon genug Probleme am Hals.

Sie stieg aus dem Wagen, knallte die Tür hinter sich zu und ging mit einem breiten und, wie sie hoffte, charmanten Lächeln auf die Männergruppe zu.

»Wer von Ihnen ist der Gentleman, dem die Kuh gehört?«, fragte sie.

Keiner nahm diese Ehre für sich in Anspruch.

Gereizt stapfte Hannah in die Kneipe, wo eine knochige Frau mit weißblondem Haar sie fragte, was sie trinken wollte.

»Ich möchte nichts trinken. Ich suche nach dem Besitzer der Kuh, die überfahren worden ist.«

»Ach den. Der ist wieder nach Hause gegangen.« Die Frau fing an, mit einem feuchten Handtuch schwungvoll die Theke zu wischen. »Möchten Sie ihn sprechen?«

»Eigentlich nicht. Aber ich muss. Wissen Sie, wo ich ihn finden kann?«

»Klar. Fahren Sie die Seitenstraße da rein, bis Sie zu dem Schild kommen.« Die Frau deutete auf ein Sträßchen, das im rechten Winkel vom Highway abging.

»Was für ein Schild?«

»Das einzige Schild da. Können Sie gar nicht verfehlen.« Sie beugte sich über die Theke und senkte die Stimme. »Bei dem müssen Sie vorsichtig sein. Der ist ein Schwerenöter.«

Schwerenöter? Was in aller Welt war ein Schwerenöter? Die Bezeichnung hätte von Hannahs Großmutter sein können.

Nach dieser unspezifischen Wegbeschreibung und einer Warnung von Frau zu Frau wurde die Wirtin an einen der Tische gerufen.

Hannah bedankte sich, lief nach draußen und die Treppe hinunter, sprang unter den ausdruckslosen Blicken der Männer auf dem Parkplatz in ihren Wagen und fuhr das Sträßchen hinunter, wobei sie eine Staubwolke aufwirbelte.

Nach einem guten Kilometer sah sie ein primitives Schild, das an einen Zaunpfahl genagelt war. Grellrote Blockschrift verkündete:

ZUCHTBULLENVERLEIH RECHTS

Unmittelbar darunter, ebenfalls grellrot, aber in Schreibschrift stand: *Hereford.*

Aha. Der Mann bot also offensichtlich Hereford-Bullen zu Zuchtzwecken an. Mit einem Seufzer überlegte sie, dass die verstorbene Kuh vermutlich gerade von einem äußerst teuren Bullen gedeckt worden war, was den Verlust nur noch größer machte.

Sie bog rechts ab und fuhr auf den weiten Vorplatz eines alten Hauses mit einer großen Veranda. Eine Seite des Platzes wurde von Nebengebäuden gesäumt. An eines davon war ein solider Hundezwinger angebaut. Genau gegenüber sah Hannah eine umzäunte Weide, auf der ein riesiger Bulle stand.

Sie beäugte das Tier argwöhnisch, als sie aus dem Wagen stieg. Wie sicher war der Zaun?

»Ein Mordskerl, was?«

Hannah fuhr herum. Sie hatte sich so auf den Bullen konzentriert, dass sie den Mann nicht hatte kommen hören.

»Oh, hallo. Ich bin Hannah McTavish von der Quinault Timber Company.«

»Das habe ich mir schon gedacht.«

»Ich wollte mit Ihnen über die Kuh sprechen.«

»Klar. Kommen Sie rein. Geschäftliches bespreche ich immer im Haus.«

Er wandte sich zum Gehen und schaute sich nicht um, ob sie ihm folgte. Hannah blieb trotzig stehen.

Das einzige lebende Wesen, das nun großes Interesse an ihrer Person bekundete, war der Bulle. Hannah sah sich das Tier noch einmal gut an. Dann rannte sie die Stufen zum Haus hinauf und trat ein.

»Setzen Sie sich«, sagte der Mann.

Hannah sah sich in dem Wohnzimmer um, dessen voluminöse Polstermöbel mit Stoffüberwürfen bedeckt waren. Es schien alles recht sauber, obwohl das Licht zu dämmerig war, um es genau feststellen zu können. Zwei Hunde lagen vor dem Kamin.

»Schöne Tiere«, sagte sie. »Was für eine Rasse ist das?«

»Das sind Redbones. Hunde für die Bärenjagd. Ein Vermögen wert. Heißen Sally und Old Griz.«

Als ihre Namen ausgesprochen wurden, standen die beiden Hunde auf und gingen zu Hannah hinüber, wo sie höflich stehen blieben, als warteten sie darauf, dass ihr Herr sie vorstellte.

»Das ist Hannah McTavish«, erklärte der Mann. Die Hunde blickten ruhig zu ihr auf.

Hannah tätschelte ihnen den Kopf.

»Okay, Sally, Old Griz, ihr habt guten Tag gesagt. Jetzt zurück auf euren Platz.«

Die Hunde kehrten zu ihrem Teppich am Kamin zurück.

»Ist Ihre Frau zu Hause?«, erkundigte sich Hannah.

Der Mann lachte kurz auf. »Die ist schon seit 1983 nicht mehr zu Hause gewesen.«

Hannah wurde immer unbehaglicher zumute. Sie nahm in dem Sessel Platz, der der offenen Tür am nächsten stand, und schlug die Beine übereinander. Dieser Mann hatte eine unangenehme Ausstrahlung, und sie war froh, dass sie eine Hose trug.

»Ich hoffe, wir können uns rasch einigen«, sagte sie. »Ich muss so schnell wie möglich zurück ins Büro.«

Er stand in einem Durchgang, hinter dem sie die Küche vermutete. »Möchten Sie einen Kaffee?«, fragte er.

»Nein, danke.« Sie hätte liebend gern einen Kaffee getrunken, aber im Haus dieses Mannes wollte sie nichts, aber auch gar nichts zu sich nehmen.

»Ein bisschen mehr Licht kann nicht schaden.« Er ging durch den Raum und schaltete einige Lampen an.

Die Helligkeit tat der Atmosphäre gut. Als er in einem Sessel ihr gegenüber Platz nahm, sah Hannah, dass er ein freundliches Gesicht hatte, aber in seinen Augen lag etwas, das ihr nicht gefiel.

»Ich habe Namen und Telefonnummer unserer Versicherung dabei, die ich Ihnen gern nennen werde, wenn Sie mir erzählen, was genau passiert ist und inwieweit unsere Firma darin verwickelt ist.«

Damit hatte Hannah den ersten Schuss abgegeben. Sie lehnte sich zurück und wartete auf seine Reaktion.

»Donnerwetter! Ich bewundere Frauen mit Geschäftssinn. Davon gibt's nicht viele.« Seine Augen glitten über ihren Körper, verweilten ungeniert an den entscheidenden Stellen und lächelten anerkennend.

Auch dieser Blick gefiel Hannah nicht. Was zum Teufel erlaubt er sich?, dachte sie wütend. »Bevor wir weiterreden, wüsste ich gern Ihren Namen.«

»Hereford«, sagte er. »William Hereford.«

Sie runzelte die Stirn. »Hereford? Ich dachte, Ihr Bulle –«

»Wäre ein Hereford? Nein, Lady. Ich bin der einzige Hereford hier. Und genauso ein Bulle wie der da draußen, wenn ich das sagen darf. Der einzige Unterschied ist, dass ich kein Honorar nehme.« Er neigte den Kopf und lachte leise, als nähme er bescheiden ein Lob für geleistete Dienste entgegen.

Auch dieses Lachen gefiel Hannah nicht. Sie schluckte. Der Mann machte sie nervös, ebenso der Ort, die Situation.

»Also, was ist heute Morgen passiert, Mr. Hereford?«, fragte sie ohne Umschweife.

Er sah sie lange an, bevor er antwortete. »Die Zeugen haben mir erzählt, dass meine Kuh am Straßenrand entlanggegangen ist. Dann ist Ihr Holzlaster angebraust gekommen und hat sie voll erwischt.«

»Wo ist das Tier jetzt?«

Hereford sah auf die Uhr. »Ich nehme an, das, was von ihr

übrig geblieben ist, wird gerade im Kühlhaus des Metzgers eingefroren. Wozu gutes Fleisch verkommen lassen?«

»Ich verstehe.« Hannah stand auf. »Ich lasse Ihnen meine Karte da, Mr. Hereford. Name und Telefonnummer unseres Sachbearbeiters bei der Versicherung stehen auf der Rückseite. Wenn Sie ihn anrufen, wird er alles Weitere regeln.«

»Momentchen, Lady.« Er stand gemächlich auf, die Hände in den Hosentaschen. »Das muss nicht unbedingt über Ihre Versicherung laufen. So was kann manchmal ziemlich kompliziert werden.«

Hannah blieb stehen, die Hand schon an der Fliegengittertür. »Und was schlagen Sie vor?«

»Oh, etwas viel Angenehmeres.« Er lachte leise und kam näher.

Hannah musterte ihn kritisch.

Er trat noch näher. »Ich denke, wir könnten die Sache freundschaftlich regeln, alles in allem.«

Noch bevor sie wusste, wie ihr geschah, grapschte Hereford mit einer Hand nach ihrem Gesäß und fasste ihr mit der anderen an die linke Brust.

»Ich könnte dich mal richtig hart rannehmen«, raunte er, die Lippen an ihrem Hals. »Du würdest auch was von dem Rindfleisch kriegen.«

»Sie alter Sack!«, schrie sie und schlug ihm ins Gesicht, so fest sie konnte.

Er kniff sie unangenehm in die Brust, dann ließ er los und hielt sich die Nase, die angefangen hatte zu bluten. »Miststück!«, murmelte er.

Hannah rannte aus dem Haus und die Treppe hinunter. Der Bulle brüllte auf der Weide und warf sich gegen den

Zaun. Sie sprang in den Wagen und betete, dass er beim ersten Versuch anspringen würde, was er auch tat.

Sie raste die Straße entlang bis zum Black Rooster, wo sie anhielt. Die Männer waren mittlerweile verschwunden – Gott sei Dank!

Sie stolperte aus dem Wagen, stürmte wutentbrannt in die Kneipe und auf die Damentoilette, wo sie sich die Hände wusch und das Gesicht mit nassen Papierhandtüchern abrieb, bis ihre Haut, die normalerweise wie feines Porzellan schimmerte, rot und rau war.

»Ich nehme an, Sie haben William Hereford kennen gelernt«, sagte die Wirtin und stellte Hannah ein schäumendes Glas Bier hin, als sie an die Theke gestapft kam.

»Den sollte man zu Brei schlagen!«, fauchte Hannah und leerte ihr Bier mit großen Schlucken.

»Er hat's bei Ihnen versucht, was?« Die Wirtin füllte noch ein Glas und stellte es auf die Theke.

Hannah nickte, noch immer viel zu wütend, um klar denken zu können.

»Hören Sie«, sagte die Wirtin, »dieser William meint, wenn er es oft genug versucht, lässt sich ein bestimmter Prozentsatz von Frauen drauf ein.«

Hannah lachte verächtlich auf. »So nötig kann es doch keine Frau haben.«

Die Frau zuckte die Achseln. »Nach dem, was ich so höre …«

Hannah schüttete noch mehr Bier in sich hinein, wischte sich mit dem Handrücken über den Mund und sagte: »So ein Arschloch!«

»Das ist er. Aber hin und wieder kriegt er eine rum. Ich

persönlich finde ja, dass seine Technik viel zu wünschen übrig lässt.«

Hannah, ein Bärtchen aus Bierschaum über der Oberlippe, hob den Kopf. »Sie hatten auch schon mal einen Zusammenstoß mit ihm?«

Die Wirtin zapfte noch ein Bier für Hannah und auch gleich eins für sich, das sie in kleinen Schlucken trank.

»Zusammenstoß würde ich das nicht unbedingt nennen. Ich war zwei Jahre mit dem Widerling verheiratet. Wie wär's mit noch einem Glas, ich geb einen aus.«

Hannah schüttelte den Kopf. »Besser nicht. Ich muss zurück zur Arbeit.«

Sie stand unsicher auf und warf einen Blick in den Spiegel hinter der Theke, ohne jedoch ihr aufgelöstes Haar zu registrieren, das ihr wild ins Gesicht hing.

»Wenn Sie diesen alten Bock sehen, können Sie ihm von mir bestellen, wenn ich ihn je wieder auch nur von weitem sehe, bringe ich ihn um.«

»Darf ich ihm das wortwörtlich mitteilen?«, rief die Frau hinter Hannah her, die sich schon steifbeinig Richtung Ausgang bewegte.

Zitternd vor Wut fuhr Hannah zurück in Richtung Moclips Highway. Je länger sie an ihre Begegnung mit Hereford dachte, desto schwerer wurde ihr Fuß auf dem Gaspedal.

»Mich hart rannehmen! Ich werde *ihn* hart rannehmen, und zwar mit einem Vorschlaghammer. Alter Bock!«

Dann sah sie wieder den Ausdruck in Herefords Gesicht vor sich. Eines war klar – sie hatte sich einen Feind gemacht.

Als sie einen Blick in den Rückspiegel warf, sah sie das Blaulicht eines Polizeiwagens hinter sich, der rasch näher kam. Schließlich überholte er sie, und der Beamte gab ihr mit einer gebieterischen Geste zu verstehen, dass sie rechts ranfahren sollte.

»Ach du Scheiße!«, sagte sie.

Sie beobachtete im Rückspiegel, wie der Beamte aus seinem Wagen stieg, zu ihrem Seitenfenster geschlendert kam und ihr bedeutete, es herunterzukurbeln. Nach einem Blick durch seine dunkle Sonnenbrille wollte er ihren Führerschein sehen.

Sie gab ihn ihm, und er ging damit zu seinem Wagen, kam wieder, reichte ihn ihr zurück und stand dann einfach da, ohne den Strafzettelblock in der Hand.

»Haben Sie sich vergewissert, dass ich kein gestohlenes Auto fahre und auch nicht steckbrieflich gesucht werde?«, fragte sie.

Er antwortete nicht.

»Verraten Sie mir eins, Officer, wie können Sie den ganzen Tag auf Ihrem Hintern sitzen, ohne dass Ihre Uniform zerknittert?«

Er starrte auf sie herab und kam offensichtlich zu dem Schluss, auch diese Frage zu übergehen. »Haben Sie das Schild mit der Geschwindigkeitsbegrenzung nicht gesehen?«, fragte er.

»Ich bin zu schnell gefahren, um es zu sehen«, sagte sie mürrisch.

»Das scheint mir auch so. Hundertfünfzig Stundenkilometer, wo nur neunzig erlaubt sind.« Er warf ihr einen seltsamen Blick zu, schrieb das Protokoll und reichte es ihr. »Fahren Sie demnächst langsamer, Mrs. McTavish.«

»Sie wissen, wer ich bin?«, fragte sie.

»Ma'am, ich habe Ihren Führerschein gesehen.«

Hannah warf einen Blick auf den Strafzettel. *Einhundertfünfzig Dollar!* Und das alles nur wegen dieses Idioten mit seiner Kuh! Zum Teufel mit William Hereford! Und das galt auch für seinen blöden Bullen!

Hannah fuhr weiter, zwar langsamer, aber noch immer innerlich kochend und fluchend.

Dann hatte sie einen genialen Einfall; sie wusste haargenau, was sie jetzt tun würde.

Sie würde zur Fire Road Six fahren und mit ihrem Mann reden. Michael war immer so positiv, so voller Energie, so optimistisch, selbst wenn er genervt war. Wenn sie ihn sah, fühlte sie sich immer gleich stärker, fröhlicher, einfach besser.

Als Hannah erneut in den Rückspiegel schaute, sah sie, dass der Polizeiwagen gemächlich hinter ihr herfuhr. Nicht, dass er sie verfolgte, nein, er rollte einfach so vor sich hin.

Sie bog links auf den Moclips Highway ab. Und der Polizeiwagen tat es ihr nach. Sie fuhr jetzt übertrieben vorsichtig, aber der Streifenwagen überholte nicht, sondern blieb immer in diskretem Abstand hinter ihr.

Als Hannah das kleine, beinahe unleserliche Schild sah, das die Einfahrt zur Fire Road Six markierte, bog sie ab, der Polizist jetzt unmittelbar hinter ihr. So fuhren sie drei Kilometer die sehr holprige Straße entlang.

Hannah wischte sich mit der Hand übers Gesicht, versuchte, das widerspenstige Haar wieder nach oben zu schieben, konnte aber keine Kämme finden, um es festzustecken. Also strich sie es sich einfach hinter die Ohren.

Was machte es schon, wie ihr Haar aussah? Heute würde

sie sowieso nur dreckige, verschwitzte Männer sehen, denen es egal war, wie sie aussah. Ihr kam der flüchtige Gedanke, ob sie vielleicht betrunken war. Nach ein oder zwei Bier? Wohl kaum.

Plötzlich machte sie eine Vollbremsung und schlidderte von der Straße in eine riesige Pfütze, sodass die Frontscheibe des Polizeiwagens, der direkt hinter ihr zum Stehen gekommen war, eine volle Ladung Schlamm abbekam.

Vor ihr arbeiteten die Männer der Quinault Timber Company hektisch an der Straße. Einige von ihnen sahen kurz auf, als Hannahs Wagen angeschleudert kam, doch die meisten arbeiteten einfach weiter, als wäre sie gar nicht da.

Hannah blickte sich um und sah den Bus für die Arbeiter, die Wagen von Michael und Ruby sowie einen Rolls-Royce, der auf einem kleinen Grashügel geparkt hatte. Wie war diese Limousine bloß über die schreckliche Straße gekommen, fragte sich Hannah, als sie aus ihrem Auto stieg.

Sie lächelte, als Michael auf sie zukam, um sie zu begrüßen, aber nachdem er sie geküsst und umarmt hatte, ohne irgendetwas zu ihrem Aussehen zu sagen, wich Hannah zurück.

»Du bist unmöglich«, sagte sie.

Ehrlich verwirrt, fragte er: »Was ist denn mit dir los, Schatz?«

»Du merkst doch sowieso nicht, was mit mir los ist, selbst wenn ich nackt auf allen vieren angekrochen käme.«

Hannah wandte sich ab. Offensichtlich kam Michael gar nicht auf die Idee, dass ihr etwas zugestoßen sein könnte. Männer waren so schwer von Begriff!

Hannah sah, wie Michael zu dem Streifenpolizisten ging, der gerade aus seinem Wagen stieg und dann etwas sagte, das sie nicht verstehen konnte. Michael warf ihr einen Blick zu, antwortete dem Polizisten, und die beiden verabschiedeten sich mit einem Händedruck, woraufhin der Beamte wieder in seinen Wagen stieg, wendete und davonfuhr.

»Was war denn los?«, fragte Hannah, als Michael zu ihr zurückkam.

»Hast du was getrunken?«, fragte er und sah sie aufmerksam an.

Sie zuckte die Achseln. »Ein Bier im Black Rooster.«

Michael sah auf die Uhr. »Was hast du denn im Black Rooster gemacht? Wir haben noch nicht mal zehn Uhr morgens.«

Sie zog die Augenbrauen hoch und versuchte, würdevoll dreinzuschauen. »Gibt es eine bestimmte Uhrzeit, nach der es deiner Frau erlaubt ist, in einer Kneipe gesehen zu werden?«

»Nun hör aber auf, Hannah. Du weißt, dass du normalerweise nicht in solche Spelunken gehst. Was ist los?«

»Das kann ich dir sagen. Unser fünfter Holzlaster hat heute Morgen vor dem Black Rooster eine Kuh überfahren.«

»Ja, Tim, der Streifenpolizist, hat's mir gerade erzählt.«

»Der Besitzer der Kuh war verständlicherweise verärgert. Er hat im Büro angerufen und verlangt, dass ein Vertreter der Firma zu ihm kommt und die Sache regelt. Hör mal, dieser Polizist ist mir gefolgt, nicht? Wieso? Ich habe schon einen Strafzettel von ihm gekriegt. Einhundertfünfzig Dollar, wenn du's genau wissen willst.«

»Er ist dir nachgefahren, weil er gemerkt hat, dass du was getrunken hattest, Hannah, und er wollte dafür sorgen, dass du sicher an deinem Ziel ankommst.«

»Wie ist er denn auf die Idee gekommen, dass ich was getrunken habe?«

»Vielleicht ist ihm der Bierschaum auf deiner Oberlippe aufgefallen.«

»Und wieso hat er mich dann nicht festgenommen und ins Gefängnis gebracht?«

»Weil er ein Bekannter von mir ist.«

Sie wurden unterbrochen, da zwei Männer zu ihnen traten, die zuvor mit Ruby Campbell zusammengestanden und bei der Arbeit zugesehen hatten.

»Da kommt unser Kunde«, sagte Michael.

Einer der Männer war ein Japaner. Er trug einen dunklen, dreiteiligen Anzug, ein weißes Hemd, eine schwarze Krawatte und schwarze, schlammverschmierte Halbschuhe.

Sein Begleiter, ein breitschultriger blonder Mann, der sich mit unbekümmert jugendlichem Elan bewegte, trug Wanderstiefel, eine Safarijacke und enge Jeans.

»Hannah, das ist Andy Bennett, Cliffs jüngerer Bruder«, sagte Michael. Cliff Bennett war ihr Holzmakler.

Hannah reichte Andy die Hand und fragte: »Sind Sie in derselben Branche wie Cliff?«

»Ich überlege noch. Ich komme frisch von der Uni, und zur Zeit sehe ich mich einfach ein bisschen um.«

Der Japaner hielt eine Zigarette zwischen Daumen und Zeigefinger, die brennende Spitze in der hohlen Hand geschützt, und lauschte der Unterhaltung mit Interesse.

»Das Erste, was Andy sich geleistet hat, war der Rolls-Royce da drüben«, sagte Michael.

»Ja«, sagte Andy ernsthaft. »Ich habe mir schon immer einen Rolls gewünscht. Und der ist ein richtiges Prachtstück.

Hat natürlich schon zwanzig Jahre auf dem Buckel, aber das war das beste Baujahr für einen Rolls.«

Michael merkte, dass der japanische Kunde übergangen wurde, und stellte ihn hastig vor. »Mr. Smith, darf ich Ihnen meine Frau vorstellen, Hannah McTavish. Hannah, Charles Smith aus der Niederlassung in Seattle von …« Er nannte den Namen eines japanischen Konzerns.

Charles Smith machte eine elegante Verbeugung vor Hannah. Danach ging er an Michaels Seite zu den Männern, die an der Straße arbeiteten.

»Charles Smith«, sagte Hannah nachdenklich. »Vor einem Monat oder so habe ich schon mal einen japanischen Kunden namens Charles Smith kennen gelernt, aber der sah ganz anders aus.«

»Das war nicht derselbe«, erwiderte Andy Bennett. »Wenn Japaner für ihre Firma hergeschickt werden, nehmen sie amerikanische Namen an, und jeder Name ist einem Kunden zugeordnet. Zum Beispiel heißt der jeweilige Vertreter, der mit meinem Bruder Geschäfte macht, immer Charles Smith. Cliff hat mir erzählt, dass er es inzwischen schon mit sechs Ausgaben von Charles Smith zu tun hatte.«

»Und warum das?«

»Ich vermute, damit wir Amerikaner nicht von dem ständigen Personalwechsel irritiert werden. Wahrscheinlich hat jemand den hohen Tieren drüben erzählt, dass die Amerikaner eine gewisse Kontinuität bei ihren Geschäften bevorzugen.«

»Stimmt das?«

Er grinste. »Das weiß ich noch nicht, aber Cliff meint, ja.«

»Weshalb ist Mr. Smith denn hergekommen? Will er nachsehen, ob wir die Straße hier jemals repariert kriegen und sein Holz rechtzeitig an den Docks ankommt?«

»Nur zum Teil.«

Hannah sah ihn neugierig an. »Warum dann?«

»In erster Linie will er einen Bären schießen.«

»Hoffentlich nicht, um ihn als Bettvorleger mit nach Hause zu nehmen.«

»Nein, ihm geht's nur um die Gallenblase.«

Hannah verzog das Gesicht. »Igitt! Was will er denn damit?«

Andy, ganz der wohlerzogene junge Mann, lief rot an. »Manche Asiaten glauben, dass der Gallenblasensaft von Bären gut für ... äh ... ist.«

»Gut inwiefern?«

Andy Bennett vergrub die Hände in den Taschen und starrte in die Ferne.

»Ah ... verstehen Sie, Mrs. McTavish, die asiatische Heilkunst ist uns im Grunde sehr fremd.«

»Oh, er ist krank. Was fehlt ihm denn?«

»Ich würde nicht sagen, dass Mr. Smith irgendetwas fehlt. Ganz und gar nicht. Es geht nur darum, dass die Gallenblasen von Bären angeblich eine ... äh ... kräftigende Wirkung haben sollen, besonders beim Mann.«

Allmählich begriff Hannah. »Anders ausgedrückt, die wohltuende Wirkung, die Mr. Smith sich von der Bärengallenblase erhofft, wird auch für Mrs. Smith wohltuend sein. Habe ich das richtig verstanden?«

Erleichterung zeichnete sich auf Andy Bennetts jungenhaftem Gesicht ab. »Genau, Mrs. McTavish. Ganz genau.«

Sie gingen zu Michael und Charles Smith hinüber, zu denen sich inzwischen auch Buck Trano gesellt hatte. Ruby Campbell stand ein wenig abseits und sah den Arbeitern zu.

Gerade sagte Michael: »Tut mir Leid, Charles, aber ich kann Ihnen da wirklich nicht helfen. Es ist nun mal keine Jagdsaison.«

»Wann wäre die denn?«, fragte Smith, der eine frisch angezündete Zigarette zwischen Daumen und Zeigefinger hielt.

»Vom ersten August bis zum ersten November«, sagte Buck Trano prompt. »Bloß ein paar Monate. Fängt also bald an. Außerdem ist jetzt gerade Paarungszeit bei den Bären.«

Charles Smith erwiderte aufgeregt: »Das ist die beste Zeit. Das Blut ist in Wallung. Die männlichen Hormone auf dem Höchststand.«

Michael lachte und legte Smith eine Hand auf die Schulter. »Charles, ich schaffe Ihnen das Holz hier raus. Aber was diesen Bären angeht, da kann ich wirklich nichts machen. Es tut mir Leid. Aber wenn Sie bis August warten, können wir bestimmt was für Sie arrangieren.«

»Ich kann nicht warten. In zwei Wochen gehe ich zurück nach Japan.«

Hannah ging langsam zu ihrem Wagen und stieg ein. Sie hatte Kopfschmerzen, und ihr war übel; ein dumpfer, schwerer Schmerz zog ihr durch Unterleib und Rücken, und ihre Beine pochten. Wenn sie bloß endlich ihre Tage bekäme!

Sie hatte den Motor angelassen und wollte gerade zurücksetzen, als Michael durch den Matsch zu ihr gelaufen kam. »Was ist?«, sagte sie unhörbar durch die Windschutzscheibe.

Er öffnete die Fahrertür und sagte: »Rutsch rüber. Ich fahre dich nach Hause.«

»Du kannst doch hier nicht weg. Wer soll denn die Arbeit machen?«

»Wenn die Burschen jetzt immer noch nicht wissen, was sie zu tun haben, kann ich gleich dichtmachen.«

Es war ein Uhr, als sie nach Hause kamen. Michael zog seine schlammbespritzten Sachen auf der hinteren Veranda aus und duschte rasch im unteren Bad.

Als er mit einem Handtuch um die Hüften aus der Dusche kam, saß Hannah zusammengesunken auf einem Stuhl in der Küche und starrte auf den See hinaus.

»Zieh deine Jacke aus«, sagte er.

»Ich habe keine Kraft mehr.«

»Komm, ich helfe dir.«

Er hängte ihre Jacke auf, machte eine Hühnersuppe aus der Dose warm, füllte die Suppe in einen tiefen Teller, den er zusammen mit ein paar Scheiben Toastbrot auf ein Tablett stellte und ihr servierte.

»Iss ein bisschen Suppe. Das wird dir gut tun.«

Er ging nach oben. Sie hörte Wasser in die Wanne laufen, dann roch sie den Duft ihres Lieblingsschaumbads.

Er kam wieder herunter, drängte sie, noch mehr Suppe zu essen und ging dann mit ihr zusammen hoch. Im Badezimmer zog er sie aus und half ihr in die Wanne, und während sie im warmen Wasser entspannte, traf er im Schlafzimmer irgendwelche Vorbereitungen.

Sie hörte ihn erneut nach unten und wieder nach oben laufen. Er kam ins Bad, half ihr aus der Wanne, trocknete ihr den Rücken ab und rieb sie dann am ganzen Körper mit Puder ein. Anschließend verfrachtete er sie ins Bett.

»Wieso hast du das Bett frisch bezogen?«, fragte sie und rollte sich zusammen. »Der Bezug war doch erst zwei Tage drauf.«

»Weil ich weiß, dass du gern in einem frisch bezogenen Bett schläfst, besonders dann, wenn du dich nicht wohl fühlst.«

Er löste das Badetuch um seine Hüften und legte sich neben sie. Dann beugte er sich zur Seite, hob ein Tablett vom Boden auf, goss dampfendheißen Tee in zwei Tassen und reichte ihr eine.

Sie trank ein wenig, lehnte sich in ihre Kissen zurück und seufzte. »Möchtest du reden?«, fragte sie.

»Wenn du dich erholt hast.«

Sie rollte sich auf die Seite, und er schmiegte sich eng an sie, eine große, warme Hand auf ihren schmerzenden Bauch gelegt.

Als Hannah wieder erwachte, wusste sie nicht, wie spät es war, aber im Haus war es so still, dass die Kinder noch nicht aus der Schule zurück sein konnten.

Sie gähnte, stöhnte wohlig und drehte sich um.

»Bist du wach, Liebling?«, flüsterte Michael ihr ins Ohr.

»Wie viel Uhr haben wir?«

»Nach vier.«

»Wo sind die Kinder?«

»Ich habe sie zu Audie geschickt und gesagt, sie dürften so lange bleiben, bis ich sie abhole.«

Sie stand auf, ging zur Toilette und kam gleich wieder zurück ins Bett.

»Wie fühlst du dich?«, fragte er und liebkoste sanft ihre Brüste.

»Besser.« Sie räkelte sich. »Viel, viel besser.«

»Möchtest du irgendwas?«

»Dich.«

»Bist du sicher?«

»So sicher wie nie zuvor ...«

Um acht Uhr am nächsten Morgen kam Binte Ferguson, Hannahs Haushaltshilfe, die Stufen zum Haus der McTavishs am Lake Quinault hoch und eilte in Hannahs Küche.

»Tut mir Leid, ich bin spät dran«, rief sie ins Haus hinein. Normalerweise kam sie eine Stunde zu früh. »Macht nichts«, rief Hannah aus dem Wohnzimmer.

Gleichzeitig kam Kirstie angestürmt, reckte Binte den Kopf entgegen und wurde mit heftigem Kraulen hinter beiden weichen Schlappohren belohnt.

Hannah erschien in der Tür, lächelnd und ihr Haar bürstend.

»Wo sind eigentlich die Kinder?«, fragte Binte.

»Die spielen draußen auf ihrem Floß.«

»Ich habe sie aber nicht gesehen, als ich kam. Ihr müsst vorsichtig sein mit diesem Floß.«

»Ich weiß. Beide haben ihre Schwimmwesten an, und ich weiß, dass sie dicht am Ufer bleiben.«

»Haben sie schon gegessen?«

»Diese beiden Vielfraße? Natürlich haben sie das.«

»Wo ist denn das schmutzige Geschirr?«

»In der Spülmaschine.«

»Das hättest du nicht zu tun brauchen, Hannah.«

»Habe ich auch nicht. Das waren die Kinder. Aber ich werde mich heute mal im Haus nützlich machen.«

»Soll das heißen, dass du mir den ganzen Tag vor den Füßen rumlaufen willst?«

»Und wenn?«

»Tja, dann putze ich heute die Fenster.«

»Gute Idee.« Hannah lächelte und dachte: Die Frau ist einfach ein Schatz!

Binte zog ihren alten marineblauen Pullover aus, hängte ihn über einen Küchenstuhl und ging in die kleine Vorratskammer, um sich die notwendigen Utensilien zum Fensterputzen zu holen.

Hannah nahm am Küchentisch Platz, goss sich eine Tasse Kaffee ein und blickte durchs Fenster hinaus auf den See, der in allen Regenbogenfarben schimmerte. Heute fühlte sie sich wundervoll, wie ausgewechselt.

»Ich habe einen neuen Job«, sagte Binte, als sie mit einem Plastikeimer voll Putzwasser in die Küche gepoltert kam.

Hannah blickte erschrocken auf. »Was? Du willst uns verlassen?«

»Natürlich nicht. So leicht werdet ihr mich nicht los.«

»Was meinst du denn dann?«

»In das leere Haus weiter unten an der Straße sind zwei Ausländer eingezogen. Zwei Männer. Geschäftspartner. Der eine ist sehr nett. Sehr höflich.«

»Und der andere?«

»Der? Der sieht aus wie ein alter Bär mit Zahnschmerzen. Und er benimmt sich auch so.«

»Was sollst du für sie machen?«

»Abendessen und einmal die Woche das Haus sauber machen. Mr. Clemente hat gesagt, dass sie ihre Ruhe haben möchten und sich deshalb keine Haushaltshilfe für den ganzen Tag nehmen. Mehr hätte ich auch nicht machen können, das habe ich ihm gesagt. So geht jedenfalls nichts von meiner Zeit hier ab.«

»Wenn du ihnen das Abendessen machst, schon.«

»Nein. Für die ist das Abendessen eher so was wie ein Mitternachtsimbiss. Kannst du dir das vorstellen, die essen nicht vor zehn Uhr abends.«

»Wo kommen sie her?«

»Chile. Santiago, hat der Jüngere gesagt.«

»Ich kann mich an die beiden erinnern. Auf meiner Party in der Lodge habe ich sie gesehen. Michael kennt sie. Ein ziemlich interessantes Paar. Übrigens, was gibt's denn bei uns heute Abend zu essen?«

»Ich hatte an rote Kartoffeln aus meinem Garten gedacht, dazu frische Erbsen in Knoblauchrahmsoße und gegrillte Lachsfilets.«

# *Teil III*

# ◇◇◇◇◇◇◇ Kapitel 14 ◇◇◇◇◇◇◇

◇ Der Schwarzbär wanderte durch den Wald, brummte grollend vor sich hin, steckte die Schnauze in Ameisenhaufen oder naschte an süßen Brombeeren. Er verscheuchte lästige Mücken von seiner Nase und wiegte den glänzenden schwarzen Kopf hin und her.

Von Zeit zu Zeit stellte er seinen fast dreihundert Kilo schweren Körper auf die Hinterbeine, reckte die Schnauze in die Luft und schnüffelte.

Er hatte über hundertfünfzig Kilometer zurückgelegt, um zu dieser Stelle mit Beerensträuchern zu gelangen, und unterwegs hatte er die ganze Zeit gefressen.

Es war zwar noch nicht Ende Herbst – dann würde er rund um die Uhr fressen, um sich auf den Winterschlaf vorzubereiten –, aber er fraß nun mal gern und viel. Anders als bei den ausschließlich Fleisch fressenden Grizzlybären bestand seine Hauptnahrung aus Gräsern, Beeren und Nüssen. Falls er zufällig ein totes Tier fand, würde er es verspeisen, aber er würde keine Energie darauf verschwenden, es selbst zu jagen.

Es war schon Abend, als der Schwarzbär zum ersten Mal in der Ferne Hundegebell hörte. Er hielt inne, setzte sich hin und lauschte angestrengt.

Als der Wind sich drehte und er die Hunde nicht mehr hören konnte, stand er auf, setzte in aller Ruhe seinen Weg fort und brummte vor sich hin, während er nach Beeren suchte.

Zwei Geländewagen fuhren mit ausgeschalteten Scheinwerfern langsam über einen entlegenen Waldweg irgendwo im Westen des riesigen Olympic National Park.

Charles Smith, der kurz vor der Heimreise stehende Vertreter des japanischen Konzerns, an den Michael McTavish sein Holz verkaufte, saß wachsam in seinem Tarnanzug neben William Hereford, dem Fahrer des ersten Trucks.

Smith' Gesichtsausdruck wirkte gelassen, aber die glänzenden Augen verrieten seine Anspannung.

Die Motorhaube von Herefords Truck war mit einem speziell zugeschnittenen Segeltuch bedeckt, auf dem die beiden Bärenhunde lauerten, die an Metallösen im Segeltuch festgebunden waren.

Aus den offenen Mäulern der Hunde triefte Speichel, die Zungen hingen ihnen heraus, und die bebenden Nasen witterten jeden einzelnen der vielen Gerüche in der Luft. Doch was sie suchten, war der heiße, durchdringende Geruch eines Bären.

Auf dem Truck, der hinter Hereford und Smith fuhr, drängten sich noch sechs weitere unruhige Hunde, die alle leise winselten. Sie waren sozusagen das Fußvolk in Herefords Rudel und würden erst losgelassen werden, wenn die Leithunde die Witterung aufgenommen hatten.

»Sind Sie sicher, dass Sie einen Bären finden werden, Mr. Hereford?«, fragte Smith. »Es ist ein sehr großes Gebiet.«

»Keine Sorge, Mr. Smith, heute Nacht kriegen Sie, was Sie wollen. Versprochen.«

»Sie wissen ja, dass ich nur die Gallenblase möchte.«

»Aber ja.«

»Meinen Sie, wir könnten vielleicht aufgehalten werden?«, fragte Smith.

»Haben Sie Angst, dass man uns schnappen könnte?«, fragte Hereford und blickte seinen Kunden mit einem überheblichen Lächeln an. »Die Antwort ist nein. Ich bin schon verdammt lange in diesem Geschäft, und ich weiß, was ich –« Hereford verstummte abrupt und beobachtete die Hunde auf der Motorhaube des Wagens.

Sally und Old Griz standen plötzlich kerzengerade da, zitterten vor Aufregung und hatten beide den Kopf in dieselbe Richtung gedreht, die Körper gespannt, die Ohren hochgestellt, die Augen aufmerksam und entschlossen.

»Sie haben ihn«, sagte Hereford mit ruhiger Stimme.

Er hielt den Wagen an, glitt leise hinaus und machte beide Bärenhunde los. Auf ein Handzeichen hin ließ der Fahrer des hinteren Wagens die übrigen Hunde frei.

Hereford lehnte sich wieder in den Wagen. »Okay, Mr. Smith, los geht's.«

Der Japaner kletterte aus dem Wagen und folgte Hereford und dessen Helfer schier endlos lange durch unwegsames Gelände, während die vorauslaufenden Hunde ständig bellten.

Hereford hatte Smith zuvor erklärt, was passieren würde. Die erfahrenen Hunde würden den Bären bis zur Erschöpfung jagen, ihn schließlich umzingeln und auf einen Baum treiben, wo sie das Tier in Schach halten würden, sodass Hereford es bequem abschießen konnte.

Während sie durch die Wildnis hetzten, fragte Smith sich, wie die Hunde es wohl fertig bringen würden, den Bären zu etwas zu zwingen, wozu er keine Lust hatte.

Aber er war überglücklich, auf dieser Jagd dabei zu sein, natürlich hatte er sich diesen Spaß auch einiges kosten lassen. In Asien waren Bärengallenblasen mittlerweile kostbarer als Gold. Er und seine Verwandten und Freunde waren ebenso wie Tausende seiner Landsleute fest davon überzeugt, dass man durch die Einnahme von Bärengallensaft alle möglichen Krankheiten, ja sogar Krebs, heilen konnte. Außerdem glaubten sie daran, dass dieser Saft die Manneskraft steigerte. Die Folge davon war, dass die Bären in Asien mittlerweile fast völlig ausgerottet waren.

Smith war klar, dass ein wahrer Jäger sich nie und nimmer dazu hergeben würde, das zu tun, was sie bald mit dem Bären machen würden, auf dessen Fährte sie waren. Aber ob legal oder nicht, er wollte die Bärengalle. Und er würde sie bekommen!

Das Gejaule der Hunde veränderte sich, und Smith kam es vor, als hätten die Tiere einen Gesang angestimmt. Ein seltsam schönes Lied, voller Wildheit und Sehnsucht, das von einem nahen Tod kündete. Die Poesie einer erfolgreichen Jagd ...

Als er Hereford und dessen Helfer einholte, standen die beiden vor einer großen Sitkafichte, die von den Hunden umringt wurde.

Hereford drehte sich suchend um und erblickte den Japaner.

»Da sind Sie ja. Wir dachten schon, wir hätten Sie verloren. Kommen Sie her. Gleich kriegen Sie das, wofür Sie bezahlt haben.«

Smith versuchte, den Bären zu entdecken, der hoch oben in den Ästen der Fichte hing.

Hereford legte sein Gewehr an. Die Hunde verstummten. Ein einzelner Schuss knallte.

Krachend stürzte der große Körper durch das dichte Astwerk und schlug mit einem dumpfen Knall auf dem Boden auf.

Das ausgewachsene Männchen war aber nicht tot, sondern fuchsteufelswild. Smith konnte sehen, dass Herefords Kugel dem Bären ins rechte Auge eingedrungen war, aber das Gehirn anscheinend verfehlt hatte.

Brüllend und schreiend stellte sich der verwundete Bär inmitten der angreifenden Hunde mit verblüffender Schnelligkeit auf die Hinterbeine und ging in Verteidigungshaltung.

Es folgte ein langer und heftiger Kampf. Trotz der Verletzung war der Bär kräftig und tobte wütend.

Bevor das Kläffen, Knurren, Ächzen und Kreischen aufhörte, waren zwei der jüngeren Hunde tot; der eine hatte sich das Genick gebrochen, nachdem er von dem Bären zehn Meter durch die Luft geschleudert worden war, dem anderen war der Bauch aufgerissen worden.

Schließlich gelang es den Hunden, den Bären zu töten, und der Gestank von Blut erfüllte die Luft.

Als das Tier ganz sicher tot war, fragte Hereford: »Möchten Sie die Tatzen, Mr. Smith? So viel ich weiß, macht man in Ihrer Heimat Suppe daraus.«

Smith, dem nach diesem blutigen Schauspiel das Blut in den Adern pulsierte, überlegte kurz und sagte dann entschieden: »Nein, aber vielen Dank. Da ich nächste Woche abreise, würde das zu kompliziert.«

Hereford stieß sein Jagdmesser in den Haufen aus blutigem Fell und machte mehrere Schnitte. Dann zog seine nackte Hand ein zirka fünfzehn Zentimeter langes Organ heraus; es hatte eine rundliche Form und an einem Ende eine Verdickung von etwa vier Zentimeter Durchmesser, in der sich die Gallenflüssigkeit befand.

»Da haben Sie, was Sie wollten, Mr. Smith«, sagte er und reichte dem Japaner das schleimige, tropfende Organ.

»In getrocknetem Zustand wird die Gallenflüssigkeit zu braunem Pulver«, sagte Smith. »Aber ich werde jetzt schon etwas nehmen.«

Er machte einen Schlitz in die noch warme Gallenblase, hob sie an die Lippen und kippte das Organ so, dass eine winzige Menge von der Flüssigkeit in seinen Mund floss. Er schluckte genussvoll.

Dann hielt er Hereford sehr höflich die Galle hin und bot ihm etwas von der Flüssigkeit an. Hereford schüttelte den Kopf und grinste schief.

Aus einer Tasche seiner Tarnjacke holte Smith einen Plastikgefrierbeutel, ließ die rohe Gallenblase hineingleiten, verschloss den Beutel und schob ihn wieder in die Tasche. Dann griff er in eine andere Tasche, nahm eine kleine Packung Feuchtigkeitstücher heraus und wischte sich sorgfältig die Hände sauber.

»Verraten Sie mir eins, Mr. Smith«, fragte Hereford neugierig. »Funktioniert das mit der Gallenblase wirklich?«

Der Japaner lächelte. »O ja. Ich werde meine Frau sehr glücklich machen, wenn ich wieder zu Hause bin. Auch die eine oder andere Freundin wird ihre Freude an mir haben.«

So ein Trottel, dachte Smith, der denkt tatsächlich, die wäre für mich. Von wegen, schließlich kriege ich in Korea zwanzigtausend amerikanische Dollar für die getrocknete Gallenblase.

Hereford schüttelte den Kopf. »Ich habe zwar gehört, dass manche Männer, die keinen mehr hochkriegen, sich Implantate einpflanzen lassen, aber das ist bei Gott das erste Mal, dass ich gesehen habe, wie jemand Bärensaft trinkt. Und davon wird er wirklich hart?«

Ohne die Miene zu verändern, erwiderte Smith: »So hart, dass man damit Nägel in die Wand hauen könnte.«

»Und die Ärzte wissen das?«

»Die asiatischen Ärzte wissen es jedenfalls seit Tausenden von Jahren.«

Herefords Helfer brachte bis auf Sally und Old Griz alle Bärenhunde zurück in den zweiten Truck und warf auch die beiden toten Hunde hinein.

»Wir machen am nächsten Bach halt und waschen das Blut ab«, sagte Hereford zu Smith.

Hereford nahm die Segeltuchplane von der Motorhaube seines Wagens, faltete sie sorgfältig zusammen und legte sie in ein Spezialfach unter dem Fahrersitz. Dann erlaubte er Sally und Old Griz, vorne zwischen ihm und dem Japaner zu sitzen.

»Ausgezeichnete Hunde«, sagte Smith bewundernd.

»Ja, sie verstehen ihren Job. Und sie wissen, wo sie hingehören«, erwiderte Hereford und fügte leise hinzu: »Was ich von vielen Leuten nicht behaupten kann.«

Mr. Smith lächelte heiter.

Die blutbesudelten Männer und Tiere fuhren davon und ließen den großen Bären zurück, dem das Leben wegen eines kleinen Organs geraubt worden war.

# ◇◇◇◇◇◇◇ Kapitel 15 ◇◇◇◇◇◇◇

◇ Orca, die Königin des Meeres, ihr fünfzig Kilo schweres Baby schützend hinter die Flosse geklemmt, führte ihre Familie, bestehend aus fünfundfünfzig Tieren, aus den heimischen Gewässern im Puget Sound in den Nordpazifik.

Seit Generationen haben die Killerwale vom Puget Sound ganz bestimmte Strände, wo sie sich im Sand reiben. Und das war Orcas Ziel: ihren angestammten Strand zu erreichen.

Wie der Bär, der Rabe, der Lachs, der Adler und der Biber war der Killerwal einer der mächtigsten Tiergeister im Pantheon der Indianer der Nordwestküste des Pazifiks.

Die Alten wussten, dass die Geister aller menschlichen Jäger des Meeres Killerwale wurden; deshalb hätte niemand, der halbwegs bei Verstand war, auch nur im Traum daran gedacht, eines dieser Säugetiere zu töten.

Killerwale sind herrliche, furchtgebietende Tiere; sie haben keine natürlichen Feinde und beherrschen ihre Umwelt, denn sie sind weitaus stärker als Haie. Sie sind riesig, schnell, intelligent und die größten Jäger im Ozean.

Für andere Meerestiere sind Killerwale die schlimmste Bedrohung, und wo immer sie auftauchen, lösen sie Panik aus.

Sie umzingeln ihre Beute wie ein Rudel zehn Tonnen schwerer Wölfe.

Ihr ganzes Leben wird von der Nahrungsbeschaffung bestimmt. Sie sind die einzige bekannte Walart, die andere Warmblüter frisst, so unter anderem Robben, Walrosse, andere Wale und Tümmler, Fische, Tintenfische, Seevögel.

Killerwale erkennt man leicht an der Schwanzform, der dreieckigen Rückenflosse und den auffällig weißen Markierungen auf dem ansonsten tiefschwarzen Körper. In Ober- und Unterkiefer haben sie jeweils ein Dutzend starke, große Zahnpaare.

Die männlichen Tiere werden bis zu fünfzig Jahre alt, die weiblichen bis zu fünfundsiebzig. Die Männchen, deren Rückenflosse knapp ein Meter achtzig hoch ist, sind deutlich größer als die Weibchen. Doch jede Herde wird von einem Weibchen geführt.

Orca sang, und ihr Junges lauschte, als sie in die blaugrüne Weite des Nordpazifiks vordrangen.

Ihr prächtiger schwarzer Leib mit der dramatischen weißen Zeichnung glitt ohne erkennbare Anstrengung durch die gewaltigen Strömungen, die zu den schnellsten der Welt gehören und eine Geschwindigkeit von bis zu sechzig Knoten erreichen.

Sie führte ihre Herde um ein riesiges Feld Seetang herum, das eine Art Unterwasserwald bildete, und an etlichen aufragenden Unterwasserfelsen vorbei, an denen riesige Miesmuscheln hafteten.

Sie schwammen weiter, friedlich, freudig, gelassen, denn in ihrer Welt war alles gut, und ihr Ziel war ein Ort, den sie alle liebten und brauchten, ihr ganz eigener Strand, wo sie sich pflegen und hegen würden, wo alte Bindungen gestärkt und vielleicht sogar neue entstehen würden.

Während die Killerwale auf ihrem Weg Richtung Süden waren, landete ein Transporthubschrauber auf ihrem Strand, der nun ein Teil von Joans Insel war.

Als die Maschine etwa eine Stunde später wieder abhob, blieb ein wundersames Wesen zurück, das offenbar nicht wusste, wie ihm geschehen war. Wutschnaubend lief es auf seinen vier Beinen am Strand entlang, hin und her, her und hin, schnappte nach den Wellen, schlug mit dem Schwanz und brüllte laut vor Zorn und Heimweh.

Es war ein Sibirischer Tiger, und sein Name war »Amba«, was in der Sprache seines Heimatlandes »großer Herrscher« bedeutete. Er maß drei Meter von der Nase bis zur Schwanzspitze und wog fast vierhundert Kilo.

Amba war aus seiner Heimat gestohlen worden, jenem waldigen, gebirgigen Land in der Taiga, dem größten Wald der Erde. Vor zehn Jahren lebten noch an die fünfhundert Sibirische Tiger in den pazifischen Küstenregionen Primorskij und Khabarowsk. Heute, da auf dem freien Markt bis zu fünfundzwanzigtausend Dollar für einen toten Tiger gezahlt werden, dessen Fell, Knochen, Zähne, Organe zur Behandlung aller möglichen Beschwerden verwendet werden, hat sich die Zahl der noch lebenden Tiere um mehr als die Hälfte verringert.

Der Mann, der Amba gekauft hatte, war ein Mensch mit Weitblick, der sich von dem Tier sehr viel mehr versprach als bloße fünfundzwanzigtausend Dollar; deshalb war Amba nicht erschossen und zerstückelt, sondern lebend gefangen worden.

Am nächsten Tag, und von da an zwei Mal die Woche, würde der Transporthubschrauber Amba zwei lebende Ziegen bringen, denn auf der Insel gab es nichts, wovon ein Sibirischer Tiger sich ernähren konnte, und er brauchte an die zehn Kilo Fleisch am Tag.

Auf dieser Insel war es nicht so kalt wie in Sibirien. Und Ambas Lebenserwartung ließ sich in Wochen messen, daher würden diese Lieferungen nicht lange erforderlich sein. Die Ziegen würden Amba gerade ausreichend ernähren, sodass er nicht fett und träge wurde und sein Zorn nicht an Schärfe verlor. Er musste ein würdiger Gegner für die reichen Männer und Frauen bleiben, die fast jede Summe dafür zahlten, ein wildes Raubtier in freier Natur zu töten, egal wo. Ambas derzeitiger Besitzer würde zwei Millionen Dollar mit ihm verdienen.

Als die Killerwale sich ihrer Insel näherten, hob Orca den Kopf über die Wellen und sah ein seltsames vierbeiniges Geschöpf, das am Strand auf und ab lief und dabei einen Höllenlärm machte.

Sie ermahnte ihr Junges, ganz dicht bei ihr zu bleiben, betrachtete die Szene und forderte dann ihre Gefährten dazu auf, sich ebenfalls einen Eindruck zu verschaffen.

In ihrer eigenen Sprache kamen sie überein, dass ein Angriff unklug wäre. Eine Konfrontation lohnte sich nicht: Sie hatten gerade erst gefressen und waren nicht hungrig.

Als Amba die Geschöpfe sah, die ihn vom Meer aus anblickten, blieb er wie angewurzelt stehen und starrte mit der Aufmerksamkeit eines hervorragenden Jägers zu ihnen hinüber.

Im Gegensatz zu seinem natürlichen Element, dem riesigen russischen Wald, wo er fast unsichtbar wurde, wenn er auf Beutefang ging, waren seine orange-schwarzen Streifen hier auf der Insel unübersehbar, und das Orange leuchtete so grell, dass es in der salzigen Luft zu zerfließen schien.

Furchtlos starrten die Meeresgeschöpfe zurück. Amba stieß ein markerschütterndes Gebrüll aus, das den bösartigsten Gegner in die Flucht geschlagen hätte. Dann stand er reglos da und wartete auf das berauschende Triumphgefühl beim Anblick der fremden Wesen, wie sie aus Panik vor seiner majestätischen Stimme und Erscheinung kehrtmachten und flohen.

Sie machten nicht kehrt. Sie flohen nicht.

Verdutzt sah er, dass das Leittier blieb, wo es war, in einem riesigen Halbkreis von seiner Herde umringt, alle Köpfe über dem Wasser, als wollten sie ihn angreifen.

Wütend und verwirrt, noch etwas schwach von der Reise und den Resten der Beruhigungsmittel in seinem Blut, stürzte Amba in die Wellen und schwamm auf die Köpfe zu, die jetzt die Reihen schlossen, dichter zusammenrückten.

Nicht einer ergriff die Flucht.

Im Gegenteil, eins der Wesen tauchte ab und kam unter Amba wieder hoch, das riesige Maul weit aufgerissen, um den Sibirischen Tiger in zwei Teile zu zerbeißen.

Aber es verfehlte ihn knapp.

Denn Amba hatte bereits einen der Wale erreicht und kletterte mit ausgestreckten Krallen und gebleckten Zähnen auf das Tier, sprang dann von einem Kopf zum anderen und hinterließ eine blutige Spur: verletzte Augen, aufgeschlitzte Haut, eine zur Hälfte abgerissene Rückenflosse.

Während des darauf folgenden Getümmels im Wasser, bei dem der Tiger von Rücken zu Rücken sprang und die Killerwale abwechselnd in die Tiefe tauchten, dann wieder die Wasseroberfläche durchbrachen und um die beste Angriffsposition wetteiferten, wurde Orcas Junges aus dem sicheren Schutz unter der Flosse der Mutter gestoßen.

Fast zufällig drangen die Krallen des Tigers in den Leib des Walkindes.

Obwohl Tiger ausgezeichnete Schwimmer sind, war Amba es schließlich leid, im Wasser zu kämpfen. Er schwamm zurück in seichtes Gewässer, stellte sich auf die Hinterbeine, brüllte und schleuderte das gerissene Junge auf den Strand, wo es blutend und reglos liegen blieb.

Alle Killerwalköpfe verschwanden augenblicklich.

Amba wollte gerade zu dem kleinen Wal hinüber, um ihn in Augenschein zu nehmen, als plötzlich mit ungeheurem Getöse und spritzendem Wasser einige dieser Meeresgeschöpfe, Orca allen voran, auf den trockenen Sand rutschten.

Verwirrt und erschrocken schlug Amba seine Reißzähne in das Junge und brachte es mit ein paar weiten, fliegenden Sprüngen auf einen von hohem Seegras bestandenen Erdhügel.

Mehrere Stunden lang attackierten die Killerwale den Strand, riesige Leiber, die sich zurück ins Meer wanden und gleich darauf erneut angriffen, Orca stets an der Spitze.

Mehrere Stunden lang brüllte Amba von seiner erhöhten Position aus zurück, bewachte seine Beute und sah dem erstaunlichen Treiben unten am Strand zu.

Schließlich fing er an, sein kleines Opfer zu fressen.

Als Orca begriff, dass ihr Junges unwiederbringlich tot war, gab sie einen schrillen Ton von sich, den Rückzugsbefehl für den Rest der Herde. Alle schlängelten sich zurück ins Meer und verschwanden unter Wasser. Bis auf Orca selbst, die sich höher denn je aus dem Wasser erhob und den Tiger anstarrte.

Einen Moment lang beäugten sie einander, die Königin des Meeres, die ihre seltsamen Schreie ausstieß, und der große goldene Herrscher des Waldes und der eisigen Bergpässe, der, so laut er konnte, zurückbrüllte.

Bevor Orcas Kopf langsam im Meer versank, hatten sie einander ewigen Hass geschworen.

Amba wandte sich um, ein Fleischfetzen des kleinen Wals hing ihm aus dem großen Maul. Er ging zu einer alten Douglastanne, deren gewaltige Äste den Boden streiften, und legte sich hin. Sein Magen war voll, und durch das stundenlange Gebrüll hatte er seinem Zorn zur Genüge Luft gemacht.

Der Tiger lag da und beobachtete das Wasser. Er wusste, das seltsame Geschöpf im Meer würde nie vergessen, dass er ihm das Junge geraubt hatte.

# ◇◇◇◇◇◇◇ Kapitel 16 ◇◇◇◇◇◇◇

◇ Es war kurz vor der Sommersonnenwende, ein vollkommener Junitag, wenn man von dem Küstenstreifen absah, wo wieder einmal eine Nebelbank über Moclips und Taholah lag. Ging man zirka dreißig Meter landeinwärts, erstrahlte der Himmel in herrlichem Blau.

Doch an diesem Mittag war alles anders. Seltsame Dinge geschahen im Wald. Vögel brachen ihren Flug ab und suchten ihre Nester auf, kleine Tiere liefen in Deckung, Bären eilten in ihre Höhlen. Bienen kehrten in großen goldenen Wolken in ihre Stöcke zurück.

McTavishs Hündin Kirstie, die ihn stets zur Arbeit begleitete, fing an, zu bellen und wie wild herumzulaufen, so schnell, dass ihre langen Ohren vom Gegenwind waagrecht standen.

Sogar Matt Swayles Jagdhund Blue, der seinen Herrn zur Fire Road Six begleitet hatte, wo Bäume gefällt werden mussten, stimmte ein trauriges Geheul an, das sich den ganzen Nachmittag fortsetzte.

»Hör auf, Blue, du jagst mir richtig Angst ein«, sagte Swayle zu seinem Hund, während er aufmerksam beobachtete, wie sechs Bäume nacheinander umfielen und ordentlich nebeneinander liegen blieben.

Als die Männer Feierabend machten, waren es noch acht Stunden bis zur Sonnenwende, dem Sommeranfang.

Am Strand von Taholah erhob sich langsam aus Sand und Meer ein lavendelfarbener Abend. Violette Schatten krochen unter knochenweißen Treibholzhaufen hervor.

Ein dunkelroter Tümpel bildete sich ganz allmählich um den bankförmigen Felsen, auf dem der alte Ahcleet und Tleyuk saßen.

»Dieser Felsen ist der Sitz der Schamanen; von hier aus haben sie nach der Sommer- und Wintersonnenwende Ausschau gehalten«, sagte Ahcleet.

Tleyuk dachte darüber nach, was der alte Mann gesagt hatte, und fragte dann: »Was war, wenn es geregnet hat oder wenn es neblig war? Da konnten sie doch gar nichts sehen, oder?«

»Das spielte keine Rolle. Sie haben weiter Ausschau gehalten. Was sie nicht mit den Augen sehen konnten, haben sie mit dem Geist gesehen.«

»Wonach haben sie denn Ausschau gehalten, Großvater?«

»Sie wollten sehen, was die kommenden Monate bringen würden.«

»Wie konnten sie denn so was erkennen, wo sie doch bloß den Sonnenuntergang beobachtet haben?«

»Weil sie weise waren. Siehst du, wo die Sonne bald untergehen wird?« Ahcleet deutete aufs Meer hinaus.

Tleyuk nickte.

»In diesem Jahr ist die Sonne weiter nach Norden gewandert als sonst. Letzte Nacht hatten wir abnehmenden Mond.«

»Was bedeutet das?«

»Der Mond hat sich jeden Tag nur ein wenig bewegt, weil er schwer ist. Er ist schwer beladen mit Nahrung für die kommenden Monate. Der Mond von letzter Nacht und dieser Sonnenuntergang bedeuten zusammen, dass wir ein gutes Jahr haben werden mit großen Lachsschwärmen.« Ahcleet erklärte weiter, dass mit einem mageren Jahr voller Krankheit und Hungersnot zu rechnen sei, wenn die Sonnenwende bei zunehmendem Mond und einer weiter wandernden Sonne eintrat. »Wir haben die Sommersonnenwende stets auf die gleiche Art beobachtet wie die Wintersonnenwende. Die Walfänger haben ganz genau auf die Wintersonnenwende geachtet.«

»Wieso, Großvater?«

»Weil der Winter mit seinen sehr hohen und sehr niedrigen Gezeiten die Jahreszeit war, in der wir unserem Schutzgeist für den Walfang begegnet sind.«

»Mom hat gesagt, dass die Alten die Zeit nicht so gezählt haben wie wir heute«, sagte Tleyuk.

»Sie hatten natürlich andere Namen für die Monate.«

»Was für welche?«

»Ich werde sie dir bald sagen, Tleyuk. Und das ist noch lange nicht alles, was du lernen musst. Jetzt, da du acht Jahre alt bist, wird deine besondere Ausbildung beginnen.«

»Und wer wird mich unterrichten?«

»Unter normalen Bedingungen«, fuhr der alte Mann fort, »würde dein Vater diese wichtige Aufgabe übernehmen. Aber dein Vater ist weder hier, noch würde er sich dafür eignen. Dein Großvater und dein Urgroßvater sind tot. Damit liegt es bei mir. Später, wenn du etwas älter bist, wirst du dich auf die Traumsuche machen und, wenn alles gut geht, deinen Gesang finden.«

Ein trauriger Ausdruck huschte über Tleyuks Gesicht. »Ich habe meinen Vater nie gesehen. Ich weiß bloß, dass er Roc Tidewater hieß.«

»Das war sein Name. Er war ein Fremder. Er war keiner von uns.«

»Von wo kam er denn?«

»Von außerhalb des Quinault-Stammes. Er tauchte vor zehn oder elf Jahren auf und erzählte sehr viele Dinge, von denen er, wie ich bald feststellte, keine Ahnung hatte. Aber auf deine Mutter hat er Eindruck gemacht. Warum, das weiß nur sie. Vielleicht erzählt sie es dir eines Tages, vielleicht auch nicht.«

Tleyuk schwieg einen Moment, dann fragte er mit leiser, bedrückter Stimme, als würde er die Antwort fürchten: »War er einer aus der niederen Klasse?«

Ahcleet musterte den Jungen. »Ich verstehe deine Frage«, sagte er. »Aber ich kann sie nicht beantworten, weil wir nichts über seine Vergangenheit wissen. Er hat behauptet, er sei ein Cherokee, aber als ich deinen Onkel Paul bat, bei den Cherokee in den Stammesverzeichnissen nachsehen zu lassen, konnte kein Tidewater gefunden werden.« Da der alte Mann mit dem bekümmerten Ausdruck auf Tleyuks Gesicht gerechnet hatte, nahm er die Hand des Jungen und sagte: »Keine Sorge, Tleyuk. Mein Blut, und so auch das deiner Mutter, fließt so stark durch deine Adern, dass der Mann, der dein Vater ist, nicht ins Gewicht fällt.« Dann wechselte Ahcleet das Thema und deutete den Strand hinunter. »Hast du gewusst, dass Tsadjak dort in dem großen Haufen Treibholz lebt?«

»Wer ist Tsadjak?«

»Ein freundlicher Geist, dessen Tänze in den alten Zeiten der Heilung von Kranken dienten.«

»Wie sieht er aus?«

»Wenn er Gestalt annimmt, dann die eines Mannes, und er bemalt seinen Körper rot. Er hat einen starken Einfluss auf das Wetter. Er lebt im Treibholz am Strand, und sein Gesang ist der Klang der Brandung.«

»Ich weiß noch, was du über unsere Gesänge gesagt hast, Großvater«, sagte Tleyuk. »Jeder von uns bekommt einen eigenen Gesang, wenn er seinen Schutzgeist gefunden hat.«

Der alte Mann schüttelte den Kopf. »Nicht jeder findet seinen Gesang«, sagte er warnend. »Dazu braucht es einen starken Glauben und Geduld.«

»Und wenn ich meinen nicht kriege?«, fragte Tleyuk ängstlich.

»Du wirst. Wenn es so weit ist, wird er für dich eines der kostbarsten Dinge sein, die du besitzt. Dein Gesang ist etwas Besonderes und Persönliches. Er wird nur dir allein gehören, und er kann von Generation zu Generation weitergegeben werden.«

»Werde ich deinen Gesang bekommen, wenn du ins Land der Toten gehst?«

»Nur wenn du dich als würdig erwiesen und bereits deinen eigenen Gesang gefunden hast.« Der alte Ahcleet blickte auf das Meer, zum Himmel und über den Sand. »Wo die Vögel wohl sind?«, wunderte er sich.

»Ich weiß nicht.«

»Die Seevögel fliegen nicht. Sie haben sich schon früh in ihre Nester zurückgezogen.«

»Was hat das zu bedeuten, Großvater?«

»Irgendetwas steht bevor, ich weiß nicht, was. Irgendetwas ...«

Tleyuk schmiegte sich enger an seinen Ururgroßvater, und die beiden sahen zu, wie die Sonne im Meer versank.

»Glaubst du, ich hätte gern in den alten Zeiten gelebt, Großvater?«, fragte Tleyuk plötzlich.

»Ich weiß nicht. Es gab noch kein Fernsehen. Aber du hättest richtige Abenteuer erlebt, nicht nur eingebildete, wie man sie auf dem Bildschirm sieht.«

Tleyuks runde Augen begannen zu glühen. »Wenn ich bei meiner besonderen Ausbildung gut bin, könnte ich dann Walfänger werden, wenn ich groß bin?«

»Du weißt doch, dass wir keine *ekoale* mehr jagen.« In Ahcleets Stimme lag ein trauriger Unterton, als er die bläuliche Narbe auf seinem Nasenrücken befingerte.

»War es etwas Böses, Wale zu jagen, Großvater?«

»Nein. Es war etwas Gutes, Tapferes. Aber heute weiß niemand mehr, wie das war. Zu meiner Zeit ergaben sich die Wale nur den tapfersten Männern, damit die Menschen satt wurden. Viele Walfänger verloren ihr Leben. Wir mussten den richtigen Schutzgeist haben, und wir mussten bereit sein zu sterben.«

»Was für Wale haben wir gejagt?«

Der alte Ahcleet lächelte und nickte zustimmend, weil Tleyuk *wir* gesagt hatte. »Wir haben Buckelwale gejagt, wie ich dir schon mal erzählt habe.«

»Die sind riesig, Großvater, zum Fürchten.«

»Der letzte, den ich harpuniert habe, war vierzehn Meter lang.«

»Hast du gerne Walfleisch gegessen?«

»Natürlich. Aber es ist sehr, sehr lange her, dass ich welches gegessen habe.«

»Wie schmeckt es?«

»Wie zartes Schweinefleisch.«

»Klingt gut.«

»Oh, heute behaupten manche, dass sie es nicht gemocht haben. Sie sagen, es hat fade geschmeckt. Aber das ist Geschmackssache, wie bei den meisten Dingen. Ich persönlich finde, dass Brokkoli fade schmeckt.«

Tleyuk war erstaunt. »Aber du isst ihn doch. Und du sagst, ich soll ihn auch essen. Wieso, Großvater?«

Ahcleet blickte finster. »Weil deine Mutter sagt, ich soll ihn essen. Und sie sagt, ich soll dir sagen, dass du ihn essen sollst. Sie sagt, es ist gut für unser Blut. Ist deine Frage damit beantwortet?«

Tleyuk reagierte nicht, er war noch viel zu sehr damit beschäftigt, die verblüffende Neuigkeit zu verarbeiten, dass seine Mutter einen solchen Mann wie seinen Ururgroßvater, einen geachteten Walfänger und mächtigen Schamanen, dazu bringen konnte, etwas zu essen, was er nicht mochte. Es musste da ein Geheimnis geben.

»Es fehlt dir, auf Walfang zu gehen, nicht wahr, Großvater?«

»Ja.«

In Ahcleets Augen lag ein Ausdruck, den Tleyuk sich nicht erklären konnte; es war der Blick eines Menschen, den nur jemand verstehen konnte, der selbst nach vielen durchgestandenen Gefahren ein hohes Alter erreicht hatte. Dann schwiegen sie lange.

Schließlich erhob sich der alte Mann von der Felsbank.

»So, wir haben die Ankunft der Sommersonnenwende gesehen. Der Gezeitenwechsel hat stattgefunden«, sagte er. »Es wird Zeit, dass wir nach Hause gehen. Deine Ausbildung fängt morgen früh an. Bist du bereit?«

Tleyuks Augen leuchteten vor Begeisterung. »Ich bin bereit, Großvater.«

»Es wird nicht einfach werden«, warnte Ahcleet ihn.

»Ich schaffe das schon. Ich stamme doch von dir ab.«

Ahcleet lächelte.

Als der alte Mann und der kleine Junge von dem Schamanensitz aufstanden, ertönte plötzlich ein unglaublich lautes, durchdringendes Geräusch, als zerberste die Erde in zwei Hälften.

Der Boden unter ihren Füßen bebte und grollte, und sie fielen in den Sand.

»O Mann!«, schrie Tleyuk. »Ein Erdbeben!«

»Das war es also, was bevorstand«, brummte Ahcleet. »Diese verdammten alten Teufel.«

Die Erde bebte, schüttelte sich und grollte weiter, und Tleyuk kroch in die schützenden Arme des alten Ahcleet. Sie lagen flach auf dem Bauch, fürchteten sich aufzustehen, da der Boden zitterte und sich unter ihnen zu öffnen drohte.

Als die Erde schließlich ruhiger wurde, stand Tleyuk auf und half seinem Ururgroßvater auf die Beine.

»Welche alten Teufel?«, fragte Tleyuk.

»Die alten Teufel, die ganz tief unten in unserem Meer leben. Sie sind es, die die Erdbeben auslösen.«

»Wirklich, Großvater?«

»Ja.«

»Erzähl mir von den Teufeln.«

Ahcleet legte dem Jungen eine Hand auf die Schulter. »Ein anderes Mal, Tleyuk. Ich bin müde.«

Vor Anbruch des nächsten Tages stand der alte Ahcleet auf, zog sich an und ging in Tleyuks Schlafzimmer.

»Tleyuk, aufwachen. Wach auf, Kleiner.«

Tleyuk rieb sich die Augen. »Wieder ein Erdbeben?«

»Nein, keine Sorge.«

»Wieso muss ich denn schon aufstehen? Ich habe Ferien.«

»Deine Ausbildung fängt heute an. Hast du das vergessen?«

»Es ist noch schrecklich früh, oder?«

»Ich habe dir gesagt, dass die Ausbildung nicht leicht sein wird. Beeil dich.«

Entschlossen sprang Tleyuk aus dem Bett und zog sich an. »Wohin gehen wir?«

»Zum Fluss. Zieh dir eine Jacke an.«

»Heißt das, wir gehen sofort?«

»Ja.«

»Ohne Frühstück?«

»Wir frühstücken hinterher.«

»Aber dann kriege ich Hunger.«

»Vielleicht.«

»Wieso müssen wir so früh los?«

»Weil du baden musst.«

»Aber, Großvater, warum soll ich mich denn anziehen, wenn ich mich gleich im Badezimmer wieder ausziehen muss?«

»Du wirst im Fluss baden. Willst du etwa nackt durch Taholah spazieren?«

Damit ging der alte Ahcleet zielstrebig durch die Diele auf die Haustür zu. Tleyuk lief ihm nach.

»Baden wir wirklich im Fluss, Großvater?«, fragte der kleine Junge unsicher.

»*Du* badest im Fluss. Und du musst es tun, solange der Fluss noch schlummert. Wenn der Fluss erst aufgewacht ist, wird das Wasser viel kälter.«

Tleyuk dachte noch darüber nach, als sie durch den Ort gingen und sich dem Quinault River näherten, der schäumend dahinfloss.

Obwohl er von seiner Quelle im Anderson-Gletscher im Olympic National Park schon rund hundert Kilometer zurückgelegt hatte, war er noch immer eiskalt und drängte ungeduldig Richtung Meer.

Noch auf dem Fußweg durch den Ort begann der alte Ahcleet mit dem Unterricht für seinen Ururenkel. »An den Zwischenorten waltet Macht«, begann er.

»Was sind Zwischenorte?«, fragte Tleyuk.

»Alles, was nicht eindeutig ist. Ein Fluss zum Beispiel. Zwischenorte sind Grenzen und Ränder aller Art. Es spielt keine Rolle, ob es sich um räumliche oder zeitliche Grenzen handelt. Die Schwellen zwischen dem Raum unter freiem Himmel und dem Raum der Erde sind häufig Eingänge zur Welt der Geister.

Manche Dinge sind auf Grund ihres Grenzcharakters magisch. Tau zum Beispiel. Er besteht zwar aus Wasser, aber das Wasser kommt nicht vom Meer, einem Fluss oder einer Quelle. Es kommt aus der Luft. Es fließt nicht durch die Schwerkraft, sondern ruht leicht auf Blättern, Halmen oder Gräsern. Außerdem entsteht Tau an einem weiteren Grenzpunkt, nämlich dem Übergang zwischen Nacht und Tag. Auch Nebel ist magisch. Bei Nebel kommen die Übernatürlichen. Die Morgen- und Abenddämmerung sind magische Zeiten. Sie trennen den Tag von der Nacht, das Licht von der Dunkelheit.«

Als der alte Ahcleet innehielt, fragte Tleyuk ihn, wie wichtig es sei, eigene Schutzgeister zu haben.

»Das ist von größter Wichtigkeit. Ohne die Hilfe von Schutzgeistern können nicht mal die, die edlen Blutes sind, Großes erreichen, und sie laufen Gefahr, das zu verlieren, was sie an Reichtum und Ansehen bereits besitzen. Sogar ein Mensch, der arm an Gütern der Welt ist und einer niedrigen Klasse entstammt, kann Reichtum und Einfluss gewinnen, wenn er starke Helfer aus der anderen Welt hat. In den alten Tagen wusste jeder, wie wichtig es ist, über übernatürliche Macht zu verfügen.«

»Erzähl mir noch einmal von den Schamanen, Großvater. Du bist doch Schamane.«

»Ja, das bin ich. Schamanen sind Männer oder Frauen, die das besondere Glück haben, die mächtigsten Schutzgeister zu bekommen, durch die sie in die Lage versetzt werden, Taten zu vollbringen, zu denen gewöhnliche Sterbliche nicht imstande wären. Jetzt hör aufmerksam zu, Tleyuk. Was ich dir jetzt sagen werde, ist sehr wichtig.«

»Ich passe ja auf, Großvater.«

»Ein Mensch, der über viele Geister verfügt, muss sich nicht auf die Suche nach jedem Geist machen. Da er als Schamane gewisse Kräfte besitzt, zieht er andere Geister förmlich an. Manche kommen natürlich zu ihm nach dem Tod des Verwandten, der sie besessen hat.«

Sie waren am Fluss angekommen.

»Wenn du stirbst, Großvater, kommen deine Geister dann zu mir?«

»Du musst erst deine eigenen Geister finden. Jetzt zieh dich aus und spring in den Fluss. Ich bleibe hier am Ufer.«

Tleyuk blickte skeptisch drein. »Wie lange muss ich denn im Wasser bleiben?«

»Das lass mal meine Sorge sein. Spring einfach rein und bleib stehen, während ich dir die *tame'xa* beibringe, das besondere Gebet für das Gespräch mit der Welt. Nach dem ersten Sprung ins Wasser musst du noch vier weitere Male springen.«

»Also fünf Mal heute Morgen?«

»Jeden Morgen fünf Mal«, sagte Ahcleet streng.

Tleyuk sprang nackt in den Fluss und stand dann zitternd da, während der alte Ahcleet ihn anwies: »Jetzt tu genau das, was ich dir sage. Sprich mir nach.«

Der alte Mann hob das Gesicht, blies seinen Atem gen Himmel und rief dann, so laut er konnte: »Ich möchte, dass du mir hilfst.«

Tleyuk schrie die Worte und wiederholte jede Geste, kam dann platschend wieder aus dem Wasser, mit klappernden Zähnen und Gänsehaut am ganzen Körper.

Ahcleet reichte dem Jungen einen geflochtenen Hemlocktannenzweig und forderte ihn auf, sich so lange damit den Körper abzuschrubben, bis die Haut brannte. »Das musst du nach jedem Sprung ins Wasser tun, Tleyuk, und zwar so lange, bis deine Haut wund ist und das Wasser sich heiß anfühlt. Denk dran, du musst dieses Ritual jeden Morgen fünf Mal wiederholen.«

»Auch im Winter?«

»Ja.«

»Aber dann friere ich doch ein.«

»Wenn du einfrierst, taust du auch wieder auf. Als ich in deinem Alter war, bekam ich Eiszapfen im Haar und an den Augenbrauen, und die eisigen Steine am Ufer klebten mir an den nackten Füßen, wenn ich wieder nach Hause ging.«

Tleyuk sah nicht sehr glücklich aus. Aber er biss die Zähne zusammen und sprang wieder in den Fluss, sprach das Gebet, kam wieder ans Ufer und rieb sich ab. Das Ganze machte er fünf Mal, wie vorgeschrieben.

Ahcleet gab Tleyuk seine Kleidung und sagte, er solle sich wieder anziehen.

»Hat Mom das auch alles durchgemacht?«, fragte Tleyuk zitternd, als sie sich wieder auf den Heimweg machten.

»Ja. Und du wirst es auch.«

Vor Kälte zitterten ihm die Lippen, als er stammelte: »Großvater, ich friere mich tot.«

»Geh schneller, das hilft.«

»Ich weiß nicht, ob ich das kann.« Die Worte klangen weinerlich.

»Ob du was kannst?«

»Ob ich das alles schaffe.«

»Hab keine Angst. Du schaffst es. Bist du nicht ein Teil von mir? Und ein Teil deiner Mutter? Wir haben es beide durchgestanden und noch sehr viel mehr. Du musst die Willenskraft entwickeln, über deinen Körper zu siegen. Aber alles zu seiner Zeit. Los, schnell. Zu Hause mache ich dir Pfannkuchen.«

# ◇◇◇◇◇◇◇ Kapitel 17 ◇◇◇◇◇◇◇

◇ Ruby Campbell lauschte dem strömenden Regen, während er sich mit Rasiermesser, Eberborstenpinsel und sehr viel Schaum rasierte. Er mochte keine Elektrorasierer, weil er fand, dass sie nicht gründlich genug waren. Die wenigen Male, die er einen benutzt hatte, hatte sich sein Gesicht danach nicht richtig glatt angefühlt.

Melisande kam herein, als Ruby gerade fertig war. Sie sah ihn kurz an und öffnete das Fenster zum Lüften. »Das gießt ja wie aus Kübeln«, sagte sie, während sie sich auf den Klodeckel setzte.

Ruby war froh über das Unwetter. Bei dem heftigen Regen würde seine Verabredung heute Abend noch ungestörter und sicherer ablaufen. So war die Aussicht geringer, dass er jemandem über den Weg lief, dem er besser nicht begegnete, zum Beispiel seinen Mitarbeitern. Er rechnete zwar nicht damit, denn es war kein Treffen vereinbart worden, aber man konnte ja nie wissen.

Er hatte fünf Männer engagiert, alles arbeitslose Holzfäller, die den Wald kannten wie ihre Westentasche. Er hielt sie für vertrauenswürdig, denn sie waren erfahren, konnten ihre Meinung für sich behalten, keine Großmäuler oder Angeber. Einfache, nüchterne, hart arbeitende Männer, die Geld brauchten, um ihre Familien ernähren zu können. Bislang hatten sie hervorragende Arbeit geleistet.

Einer von ihnen, Irv Mason, war Rubys bester Mann. Als Ruby sich mit ihm einig wurde, hatte er zu ihm gesagt: »Stellt möglichst keine Fragen. Je weniger ihr wisst, desto besser für euch.«

»Aber was ist, wenn die Polizei uns erwischt?«, wollte Mason wissen.

»Wenn ihr euch an meine Anweisungen haltet, wenn ihr macht, was ich euch sage, werdet ihr nicht erwischt. Aber falls durch irgendeinen blöden Zufall was schief geht, regele ich das. Ich habe gute Beziehungen.«

Dass Ruby gut mit Leuten umgehen konnte, bewies die Tatsache, dass Mason und die anderen glaubten, was er ihnen erzählte. Und sie waren weiß Gott keine Dummköpfe.

Sie wussten alle, dass die Arbeit illegal war.

Campbell spülte den Rasierpinsel aus. Als er sich im Spiegel betrachtete, sah er, wie schon seit fast einem halben Jahrhundert, seine Narbe.

»Hat dich das eigentlich je gestört, Melly?«, fragte er seine Frau und deutete auf seine rechte Gesichtshälfte.

»Nie«, sagte sie.

In Belgien hatte ihm eine Kugel die rechte Wange fast bis zum Ohr aufgerissen.

»Vielleicht hätte ich doch die Schönheitsoperation machen sollen, die man mir nach dem Krieg angeboten hat.«

»Wieso hast du eigentlich nicht?«

»Nachdem ich fast fünf Jahre im Krieg gewesen war, ohne einmal nach Hause zu kommen, hatte ich für so was keine

Zeit. Ich wollte raus aus der Armee, wollte was aus meinem Leben machen. Außerdem hatte ich bei meinen Kameraden gesehen, was Schönheitschirurgen für einen Murks machen können.«

Melisande blickte ihn prüfend an. »Ich habe es nicht mal richtig wahrgenommen, als wir uns kennen lernten. Es hat mich damals nicht gestört, und es stört mich auch jetzt nicht. Mit den Jahren fällt es immer weniger auf.«

Das stimmte. Die Narbe verschmolz mit der natürlichen Wölbung seiner Wange. Aber er hatte noch immer kein richtiges Gefühl an der Stelle.

Als Ranger der Sechsten Armee im Zweiten Weltkrieg war er dazu ausgebildet worden, feindliche Stellungen auszukundschaften, sich ranzuschleichen und Maschinengewehrstellungen unschädlich zu machen. Er hatte den Krieg als erfahrener, verschlagener und gefährlicher Soldat überlebt und war mit etlichen Orden ausgezeichnet worden. Die Orden hatten ihm nie etwas bedeutet; er wusste nicht einmal mehr, wo sie jetzt waren.

Seiner Auffassung nach hatte er lediglich seine Arbeit gemacht, so gut es ging. Anderen erzählte er immer, er habe Glück gehabt. Doch er wusste, es war sehr viel mehr als Glück gewesen. Er verdankte sein Leben seinem sechsten Sinn, den er als Kind in den Bergen von Kentucky entwickelt hatte, und zwar durch das, was er von seinem Vater gelernt hatte und von einem alten Indianer. Von ihm hatte er gelernt, Dinge zu spüren, bevor er sie sah oder hörte, Dinge zu sehen, die augenscheinlich nicht da waren, aber ihn im nächsten Moment töten konnten, wenn er ihnen nicht zuvorkam.

All das war lange her.

Ruby wusste aus Erfahrung, dass ein Elitesoldat das Töten nie verlernte. Und er war überzeugt, dass jeder Mensch unter den entsprechenden Bedingungen imstande war zu töten. Noch immer trug er einen Stahldraht im Hosenbund, für alle Fälle, denn gerade in seinem jetzigen Job konnte man nie wissen.

»Wahrscheinlich bin ich bloß ein alter Idiot«, sagte er laut vor sich hin, während er sich mit einem heißen, dampfenden Handtuch das Gesicht abwischte.

»Idiot? Wer ist hier ein Idiot? In meinem Haus dulde ich keine Idioten«, sagte Melisande, erhob sich vom Klodeckel und sammelte die feuchten Handtücher ein. »Du machst dich ja richtig fein heute. Gehst du mit deiner neuen Freundin aus?«

»Ja, tut mir Leid, Schatz. Aber du hast es erraten. Meinst du, ich übernehme mich?«

»Solange ich meinen Teil abkriege, habe ich nichts dagegen.« In ihren Augen lag ein gefährliches Glitzern.

Er drehte sich um und umarmte sie, rieb sein Gesicht an ihrem, weil er wusste, dass sie den Geruch und das Gefühl seiner frisch rasierten Wangen liebte.

»Weich wie ein Babypopo«, flüsterte sie. »Aber nun mal im Ernst, wo willst du wirklich hin?«

»Ich habe einen Tipp bekommen, dass Ole Olson mehr Holz schlägt, als er bezahlt. Ich will mir mal seinen Einschlag ansehen.«

Melisande löste sich aus seiner Umarmung. »Ruby, bei diesem Sauwetter arbeitet doch niemand da draußen, erst recht nicht so spät«, sagte sie.

»Gerade dann, Schatz, die wollen schließlich nicht, dass einer was mitkriegt.«

»Bei diesem Regen? Und bei diesem Wind? Wie kann man denn da Bäume fällen?«

»Die sind doch schon gefällt und gestapelt. Olson muss nur noch sein Zeichen einbrennen und sie auf die Laster verladen lassen, dann kann er sie morgen in aller Frühe zu den Docks bringen.«

»Ich mag es nicht, wenn du in so einer Nacht irgendwo da draußen unterwegs bist.«

»Wovor hast du Angst? Ich passe schon auf mich auf. Das habe ich doch mein ganzes Leben lang getan.«

»Ich kann dir sagen, wovor ich Angst habe: dass du es irgendwann mal mit einem Holzfäller zu tun kriegst, der auf dich schießt, weil du ihm in die Quere kommst.«

»Ich komme ihnen doch gar nicht in die Quere. Für die bin ich bloß irgendein Typ, der zufällig mit seinem Wagen vorbeikommt. Niemand weiß, dass ich für die Umweltbehörde arbeite. Nicht mal die Kerle, die ich erwischt habe.«

»Wie lange wirst du weg sein?«

»Vielleicht die ganze Nacht. Vielleicht nur ein paar Stunden. Kommt drauf an, was da draußen passiert.«

»Also alles wie gehabt: Ich seh dich, wenn ich dich sehe«, sagte sie und verließ mit den Handtüchern das Badezimmer.

Als Ruby fertig angezogen war, ging er ins Wohnzimmer und fragte Melisande, was sie für den Abend geplant hatte. Würde sie in ihrem Atelier arbeiten?

»Heute Abend nicht«, erwiderte sie. Sie wollte sich einen Film mit Arnold Schwarzenegger ansehen.

»Du stehst also auf diese Muskelpakete, was?«

»Eigentlich nicht. Aber Arnold mag ich.«

Ruby machte für seine Frau Feuer im Kamin, holte noch zusätzlich Feuerholz aus der Garage, vergewisserte sich, dass die Fenster und Türen verschlossen waren, gab Melisande einen langen Kuss und verließ das Haus.

Während er sich in der Garage sein Ölzeug anzog und in den Truck stieg, hatte er ein schlechtes Gewissen, dass er Melisande nichts von seinem zweiten Job, seiner Arbeit für dieses internationale Wildererkartell, erzählt hatte, aber er wollte nicht, dass sie sich noch mehr Sorgen machte.

Melisande entwickelte sich zu einer sehr guten Künstlerin. Sie sollte ihre Energien auf ihr Talent konzentrieren und nicht darüber nachgrübeln, welchen möglichen Gefahren ihr Mann bei seiner Arbeit ausgesetzt war.

Um sein Gewissen zu beruhigen und damit wenigstens ein Teil der Geschichte, die er Melisande erzählt hatte, stimmte, fuhr er an Ole Olsons Einschlagplatz vorbei, wo alles verlassen und dunkel war.

Er wusste, dass Olson Bäume fällte, die im Vertrag nicht vorgesehen waren; aber es widerstrebte Ruby, ihn zu melden. Er hatte schon daran gedacht, Olson zu warnen, aber er war sich noch nicht schlüssig, ob er das wirklich tun sollte. Denn wenn er das tat, könnte seine Tarnung auffliegen.

Der Mann hatte jede Menge Probleme, und er tat Ruby Leid. Doch Diebstahl blieb nun mal Diebstahl.

Nach dem Abstecher zu Ole Olson fuhr Campbell noch zwei Stunden vorsichtig durch das Unwetter, bis er in den riesigen Olympic National Park kam. Die meiste Zeit hatte er nur das Standlicht eingeschaltet, weil er nicht auffallen wollte.

Im Regenwald gab es etliche alte Hütten, erbaut von Leuten, die vor irgendetwas auf der Flucht gewesen waren. Nach dem Auszug der jeweiligen Bewohner nisteten sich dann gerne Bären in den verfallenen Hütten ein.

Aber Campbell und seine Leute hatten eine Hütte entdeckt, die noch ziemlich gut in Schuss war, weil ihr Erbauer gute Arbeit geleistet hatte. Sie stand in der Nähe eines Gletscherbaches am Ende eines alten Holzabfuhrweges, der schon seit Jahrzehnten nicht mehr benutzt wurde. Also machten sie ihr Lagerhaus daraus.

Das aus noch stabilen Zedernstämmen bestehende Gebäude war zwischen den einzelnen Stämmen gut isoliert. Sie hatten dort einen Stromgenerator installiert. Falls die Park Rangers das Haus fanden, wäre der Teufel los. Deshalb musste Campbell sehen, dass er seine Arbeit schnellstens erledigte und die Hütte wieder räumte.

Bislang hatten seine Leute schon einiges beisammen: Bärengallenblasen und Tatzen und Krallen, Schnäbel, Krallen und Federn von Weißkopfseeadlern und Pumafelle, außerdem einen Haufen Bast von Hirsch- und Wapitigeweihen. Bald würde die erste Lieferung abgehen.

Campbells wichtigster Mann war Irv Mason, und dessen rechte Hand war Josh Henley. Beide Männer hatten die Einweihungsprozedur über sich ergehen lassen müssen – man hatte sie am Unterarm verbrannt und die Wunde mit dem Zeug eingerieben, das aussah wie grüner Senf. Die beiden Männer hatten keinerlei Probleme, Tiere aufzuspüren. So wie Campbell.

Als er zu dem primitiven Lager kam, sah er zu seiner Überraschung und Verärgerung, dass die Wagen von Mason und Henley unter den Bäumen parkten.

»Verdammt!«, sagte er leise und fragte sich, was die Burschen hier zu suchen hatten. Es passte ihm nicht, dass sie da waren. Für heute Abend war kein Treffen vorgesehen gewesen.

Außerdem entdeckte er den abgebrochenen Zweig, das vereinbarte Zeichen dafür, dass der Mann, mit dem er sich hier verabredet hatte, schon wartete. Doch wahrscheinlich hielt er sich klugerweise versteckt, weil auch er die Wagen gesehen hatte.

Ruby hatte in der Hütte Niederspannungsnachtlampen angebracht, die der Generator mit Strom versorgte, sodass das Innere einigermaßen erhellt wurde, ohne dass allzu viel Licht nach draußen drang. Außerdem war an der Decke eine Lampe, die nur ab und zu benutzt wurde.

Campbell parkte und stieg aus.

In diesem Augenblick hörte er mehrere schrille Schreie, die seltsam nah tönten. Das klang nach einem Puma, aber er wunderte sich, dass das Tier so nah war. Pumas hielten sich von Menschen eher fern. Aber wenn es zu viele von ihnen gab oder wenn sie wegen eines ungewöhnlich harten Winters zu verhungern drohten, konnte es schon mal vorkommen, dass sie sich auf der Suche nach Nahrung menschlichen Behausungen näherten.

Doch eigentlich hörten sich die Schreie nicht ganz wie die von einem Puma an. Sie klangen etwas heiserer.

Als Campbell auf das Gebäude zuging, sah er sofort, dass er die Tür nicht würde entriegeln müssen. Ein schwacher Lichtstrahl verriet ihm, dass sie einen Spalt weit offen stand. Er war verwirrt, dass jemand von seinem Team so unvorsichtig war. Irgendetwas stimmte nicht.

Er trat ein und sah die beiden Männer an einem großen Holztisch sitzen. Sie hatten beide das Gesicht mit schwarzem Fett eingeschmiert und trugen ihre Tarnkleidung für die Jagd.

»Was habt ihr denn hier zu suchen?«, fragte er.

»Boss, du wirst nicht glauben, was passiert ist!«, rief Henley und stand auf; sein Gesicht war um die schwarze Fettmaske herum puterrot vor Aufregung. »Einfach nicht zu fassen!«

»Ich weiß selbst noch nicht, ob ich das glauben soll«, sagte Mason nachdenklich. Er war ein ruhiger Mann, dünn und groß, mit kantigem Gesicht, jemand, der lange und gründlich überlegte, bevor er eine Entscheidung traf.

»Was ist denn passiert?«, fragte Campbell, stemmte die Hände in die Hüften und blickte die beiden forschend an.

»Wir haben ein Bigfoot gefangen, das ist passiert!« Henleys hohe Stimme überschlug sich vor Aufregung.

*»Bigfoot?«*

»Ja, ein Bigfoot«, bestätigte Mason und nickte dabei besonnen. »Es ist jung, aber echt.«

Campbell blickte skeptisch.

»Ganz sicher«, sagte Mason. »Ohne jeden Zweifel.«

»Ruby, wir werden reich und berühmt«, sagte Henley mit überschnappender Stimme. »Überleg doch mal. Wir haben den ersten richtigen Beweis dafür, dass die Bigfoot tatsächlich existieren.«

»Jetzt müssen wir überlegen, wie wir den Burschen sicher aufbewahren, bis wir die Sache an die große Glocke hängen können. Und danach ... was machen wir danach mit ihm?«, fragte Mason.

»Wonach?«, fragte Campbell.

»Na ja, nach den Berichten im Fernsehen und in allen Zeitungen der Welt. Wir werden in die Geschichte eingehen als die Entdecker eines Tieres, an dessen Existenz die meisten Menschen nicht geglaubt haben.«

»Woher wisst ihr, dass es ein Bigfoot ist?«, fragte Campbell ruhig.

»Sieh's dir selbst an«, sagte Mason, seine stahlblauen Augen funkelten, als er aufstand, den Raum durchquerte und eine Innentür öffnete, die in eine an den Hauptraum angebaute fensterlose Trockenkammer führte.

Als er die Kammer betrat, roch Campbell die zahlreichen Bärengallenblasen, die hier zum Trocknen aufgehängt waren, eine ganze Menge mehr als bei seinem letzten Besuch in der Hütte.

»Wo sind die Gallenblasen her?«, fragte er.

Irv Mason sagte: »Wir haben einen neuen Kontaktmann.«

»Wie heißt er?«, wollte Campbell wissen.

»Tja, Boss, ich habe ihm eigentlich gesagt, sein Name würde nicht genannt.«

»Der Name, Irv«, beharrte Campbell.

Mason nahm seine Mütze ab und kratzte sich am Kopf.

»Komm schon, Irv. Du kennst unsere Vereinbarung.«

»Schon gut. Schon gut.« Mason hob kapitulierend die Hände. »Er heißt Bill Hereford.«

»Hereford? Bill Hereford?« Campbell schüttelte nachdenklich den Kopf. »Nie gehört.«

»Der ist hier aufgewachsen. Besitzt ein kleines Stück Land hinter dem Black Rooster in Humptulips. Hat einen Zuchtbullen und ein paar Kühe, züchtet Bärenhunde und führt Leute auf Bärenjagd.«

»Während oder außerhalb der Saison?«, fragte Campbell.

Mason zuckte die Achseln. »Das ist doch seine Sache.«

»Was hast du ihm erzählt, wofür du die Gallenblasen brauchst?«

»Dass ich für eine ungenannte Person außerhalb des Landes arbeite.«

»Was will er pro Galle haben?«

Mason nannte eine Summe, die auch Campbell als fair erachtete.

»Muss aber in bar sein, Boss.«

»Kein Problem. Erzähl ihm nur nichts von uns, Irv.«

»Ruby, er hat keinen blassen Schimmer von unserer Organisation.«

Campbells Frage nach den Gallenblasen war vergessen, als Josh Henley den Strahl seiner Taschenlampe auf ein Pelztier richtete, das zusammengerollt in einer offenen Holzkiste lag.

»Das ist unsere Eintrittskarte zu Ruhm und Reichtum«, sagte er.

Campbell betrachtete das reglose Tier eingehend. »Sieht mir eher aus wie ein kleiner Bär«, sagte er.

»Das ist kein Bär.«

Wieder hörte Campbell die Schreie von draußen. Die anderen Männer auch.

»Da streicht irgendwo ein Puma rum«, sagte Henley.

»Ich finde, das klingt anders als ein Puma«, widersprach Mason, ging dann in die Hocke und leuchtete das kleine Tier an.

Es wirkte wie tot. Es lag unnatürlich still, völlig schlaff, die Augen nicht ganz geschlossen, aber mit leerem Blick.

»Es stellt sich tot«, sagte Mason, und dann mit besorgter Stimme: »Verdammt, vielleicht ist es tot.«

Er zog ein Messer aus dem Gürtel und hielt die Klinge dicht vor die Nasenlöcher des Tieres. Ein Hauch von Atem beschlug die glänzende Oberfläche.

»Der kleine Racker hält uns zum Narren«, sagte er.

»Wo habt ihr das Tier her?«, fragte Campbell.

»Es war in der Falle am Bach«, erwiderte Mason.

Zwei Kilometer flussaufwärts von der Hütte hatten die Männer eine Baumfalle für Bären oder Pumas gebaut.

»Hat es was von dem Köder gefressen?«, fragte Campbell.

»Nein. Aber es ist trotzdem in die Falle gegangen.«

»Seht euch die Krallen an. Wie habt ihr es bloß ohne einen Kratzer hierhergekriegt?«

Henley sagte: »Als wir das verdammte Vieh mit unseren Taschenlampen angeleuchtet haben, hat es auf tot gemacht. Sich zusammengerollt wie ein Kartoffelkäfer, so wie jetzt. War prima zu transportieren. Natürlich haben wir es sicherheitshalber verschnürt und gleich wieder losgebunden, als wir es in der Kiste hatten. Etwa zu der Zeit haben wir den Puma zum ersten Mal gehört. Wahrscheinlich haben wir ihm sein Abendessen vor der Nase weggeschnappt.«

»Das ist kein Puma«, wiederholte Irv Mason.

»Wieso meint ihr, dass es ein Bigfoot ist?«, fragte Campbell.

»Sieh dir doch mal die Hinterläufe an. Und überhaupt den ganzen Rest.«

Henley und Mason stellten fest, dass das Tier ein Weibchen war. Es lag absolut reglos da.

Als Campbell sich vorbeugte, um das Tier genauer in Augenschein zu nehmen, sah er, dass es ein kurzes, sehr dichtes Fell hatte, dunkel wie bei einem Wapiti. Es war dünn, hatte lange Gliedmaßen, und obwohl es jung war, wirkte es hart und zäh und hatte keinerlei überschüssiges Fett. Die Hinterfüße waren etwa drei Mal so groß, wie Campbell es bei einem Bärenjungen erwarten würde, und der kleine Zeh an beiden Füßen lag im Vergleich zu den übrigen Zehen sehr weit zurück.

Campbell fiel auf, dass das Gesicht rund war und menschlicher wirkte als das Gesicht eines Affen. An den Armen saßen regelrechte Hände, mit vier kräftigen Fingern und einem Daumen, gelenkig und blassrosa.

Er blickte Mason an. »Irv, glaubst du wirklich, dass es so was gibt?«

»So was wie ein Bigfoot?«

Campbell nickte.

»Willst du wissen, ob ich dran geglaubt habe, bevor wir dieses Tier fanden?«

»Ja, will ich.«

Mason überlegte. »Na ja, Ruby, ich will dir was sagen: Du kannst nicht dein ganzes Leben lang im Wald arbeiten und nicht mitkriegen, dass es sie irgendwo gibt. Natürlich reden wir nicht mit Fremden darüber und sogar unter uns nur ganz selten. Wer seinen Lebensunterhalt im Wald verdient, kann es sich nicht leisten, dass andere denken, er wäre nicht ganz richtig im Kopf.«

»Okay, belassen wir's dabei«, sagte Campbell zu den beiden Männern. »Gehen wir wieder rüber.«

Im Hauptraum sprachen Henley und Mason darüber, wie sie ihre sensationelle Entdeckung am besten publik machten.

»Das müssen wir gründlich überlegen, Ruby«, sagte Mason. »Schließlich schnüffeln schon seit Jahren Wissenschaftler im Wald rum und suchen nach Beweisen, dass es diese Viecher gibt.«

»Ja, und sie haben schon mal große Fußabdrücke gefunden«, sagte Henley ernst.

Die Männer schwiegen und dachten nach.

»Ist ein tolles Gefühl«, sagte Mason plötzlich mit Begeisterung.

Campbell und Henley wandten sich ihm zu. Irv Mason war normalerweise ein ruhiger Mann, der seine Gefühle für sich behielt.

»Was?«, fragte Henley vorsichtig.

»Berühmt zu sein. Spürt ihr nicht, wie das Gefühl langsam in einem hochsteigt? Du hast wahrscheinlich noch nicht darüber nachgedacht, aber wir werden berühmt sein, Josh. Du und ich. Und du auch, Ruby. Wir kommen ins Fernsehen, ins Kino. Überall werden die Leute ein Autogramm von uns haben wollen. Wartet's nur ab. Ihr werdet schon sehen.«

»Na, ich weiß nicht ...«, sagte Henley unsicher.

»Josh, jetzt hör mal. Wir haben das Tier in unserer Falle gefunden. Es *gehört* uns«, sagte Mason.

Campbell bezweifelte das. Natürlich konnte man ein wildes Tier in einen Käfig sperren, aber damit gehörte es einem noch lange nicht. Zudem war er sich noch immer nicht sicher, ob er an die Existenz dieser Wesen glauben sollte, aber er hatte auch Dinge im Wald gehört, die er sich nicht erklären konnte.

Es kam öfter vor, dass neue Lebensformen entdeckt wurden. Neue?, fragte er sich. Vermutlich waren es Lebensformen, die der Mensch vergessen oder von denen er nichts gewusst hatte – was ganz und gar nicht hieß, dass sie neu waren.

Und das Tier in der Trockenkammer sah weiß Gott nicht wie ein Bär aus.

»Ich glaube, eins hast du dabei vergessen, Irv«, sagte Campbell.

»Was?« Die Frage knallte wie ein Gewehrschuss.

»Wie willst du den Journalisten – ganz zu schweigen von der Umweltschutzbehörde und der Öffentlichkeit – erklären, wie ihr das Tier gefunden habt?«

»Ganz einfach«, erwiderte Mason. »Wir haben es im Wald gefunden.«

»Ihr habt es mit einer illegalen Falle gefangen, die ihr in einem Nationalpark aufgestellt habt. Das verstößt gegen das Bundesgesetz. Unsere ganze Organisation könnte aufgedeckt werden, und wir würden wahrscheinlich im Knast landen.«

»Was sollen wir also machen?«, wollte Mason wissen.

»Ich denke, wir sollten alle nach Hause fahren«, sagte Campbell.

»Aber wir können das Tier doch nicht unbeaufsichtigt lassen«, platzte Henley heraus.

»Jetzt seid mal vernünftig«, sagte Campbell. »Ihr könnt es ja wohl nicht mit nach Hause nehmen, oder? Wir brauchen einen Plan. Ich schlage vor, wir fahren alle nach Hause und schlafen drüber. Morgen treffen wir uns, legen die Karten auf den Tisch und überlegen, was wir mit unserer kleinen Freundin da drin anstellen. Irgendwelche Einwände?«

Henley und Mason überlegten kurz, blickten einander an und signalisierten Campbell, dass sie einverstanden waren.

»Mir ist nur nicht wohl bei dem Gedanken, sie über Nacht allein zu lassen«, sagte Henley.

»Wieso?«, fragte Campbell. »Sie ist hier sicher. Hier kommt keiner rein. Wir sollten ihr vielleicht etwas Wasser in die Kiste stellen. Allerdings weiß ich nicht, was wir ihr zum Fressen geben sollen. Keine Ahnung, was sie frisst.«

»Sie könnte entwischen«, sagte Mason.

»Wie denn?«, fragte Campbell.

Mason zuckte die Achseln.

Campbell sagte: »Wenn sie keine Kettensäge hat, kommt sie hier nicht raus.«

Plötzlich hörten alle drei von draußen, dicht an der Hütte, ein langes Fauchen, wie von einer Katze, leise und bösartig.

»Ein Vielfraß«, sagte Mason überzeugt. »Ich hasse die Viecher. Mit denen ist nicht zu spaßen.« Er griff nach seinem Gewehr. »Ich geh raus und knall ihn ab.«

Campbell hielt ihn zurück. »Lass das, Irv. Kein Grund, heute Abend was zu schießen.«

»In den Büchern steht, dass es hier auf der Halbinsel keine Vielfraße gibt«, sagte Henley mit seltsamem Gesichtsausdruck. »Aber ich habe mein ganzes Leben hier verbracht, und bei Gott, ich habe welche gesehen. Und die alten Indianer sagen, Vielfraße halten sich immer in der Nähe der Seatco auf.«

»Was sind Seatco?«, fragte Campbell.

»So nennen die Indianer hier die Bigfoot«, erwiderte Henley.

»Was hat das eine mit dem anderen zu tun?«, fragte Campbell.

»Keine Ahnung, aber von den alten Indianern habe ich gehört, dass das schon immer so war. Man vermutet, um die Seatco darüber auf dem Laufenden zu halten, was los ist. Die Vielfraße sprechen mit den Baumleuten.«

»Und wer sind diese Baumleute, Josh?«

»Na ja, die Indianer haben vor ganz langer Zeit Verbrecher aus ihren Reihen lebendig unter jungen Zedern begraben. Die Bäume wuchsen und hielten die Geister der Toten gefangen. Aber sie konnten weiter aus dem Innern der Bäume sprechen.«

»Hast du in letzter Zeit gehört, dass irgendwelche Bäume mit dir gesprochen haben, Josh?«, fragte Campbell.

Henley blickte auf den Boden. »Nicht unbedingt, aber ich habe einige verdammt merkwürdige Dinge da draußen in den Wäldern gehört.«

»Ich auch«, stimmte Mason ihm zu.

Campbell ebenfalls. Er wusste, dass der Wald ein geheimnisvoller Ort war, wo man ständig irgendetwas sah und hörte, das man mit etwas Fantasie auf vielfältige Weise deuten konnte.

»Okay, Jungs, wir sind uns also einig?«, fragte er die beiden nach längerem Schweigen.

Sie nickten.

»Dann fahrt nach Hause.«

»Und du?«, fragte Mason.

»Ich? Ich bleibe noch eine Weile hier, gebe dem Tier etwas Wasser und sehe nach, ob alles in Ordnung ist.«

»Okay, Ruby, bis dann«, sagte Mason und verließ die Hütte, gefolgt von Josh Henley.

Als Campbell sicher war, dass die beiden weg waren, stellte er einen Napf Wasser in die Holzkiste mit dem kleinen Tier.

Er wusste nicht, ob das Junge vielleicht noch die Wärme seiner Mutter brauchte, deshalb holte er einen alten Schlafsack, den einer seiner Männer zurückgelassen hatte, und deckte es damit zu. Als er dem Tier die Hand auf den Kopf legte, bewegte es sich, öffnete die Augen und blickte ihn an.

»Ich finde, du gehörst nicht hierher. Hab keine Angst«, sagte er und deckte es noch sorgfältiger zu.

Er ging zurück in den Hauptraum, schloss die Tür zur Kammer, setzte sich an den Holztisch und wartete. Aus der Trockenkammer war kein Laut zu hören.

Kurz darauf kam leise ein großer, schlanker Mann herein, der eine Skimaske trug.

»Ich dachte schon, Sie kommen nicht mehr«, sagte Campbell.

»Und ich dachte schon, Ihre beiden Leute hauen gar nicht mehr ab. Ich wollte sichergehen, dass sie auch wirklich weg sind, bevor ich reinkomme«, sagte der Mann, schob die Maske hoch und zeigte sein markantes Profil.

»Fertig? Kann's losgehen?«, fragte Campbell.

»Schon seit zwei Stunden.«

Sie lachten beide leise, gingen dann in die Trockenkammer, wo der Fremde mit einer Kleinbildkamera mit aufgesetztem Blitzlicht Fotos von den Gallen machte. Dann stellten sie gemeinsam eine Bestandsliste auf.

»Ich werde ein paar getrocknete Gallen mitnehmen«, sagte der Fremde.

Campbell nickte.

Das kleine Tier in der Kiste verhielt sich absolut still und blieb unter dem Schlafsack versteckt.

Nach getaner Arbeit gingen die beiden Männer zurück in den Hauptraum, schüttelten einander die Hand, vereinbarten einen Termin für ihr nächstes Treffen, und der Fremde verschwand so lautlos, wie er gekommen war.

Campbell saß eine Zeit lang tief in Gedanken da.

Nachdem er sich entschieden hatte, ging er nach draußen und um das Gebäude herum zur Außentür der Trockenkammer – es regnete noch immer in Strömen – und trat sie mit mehreren heftigen Fußtritten aus den Angeln.

Dann ging er wieder außen um die Hütte herum und betrat die Trockenkammer durch den Hauptraum, hob die kaputte Außentür vom Boden auf und lehnte sie gegen den Rahmen.

»So kann hier kein Puma rein und dich holen«, sagte er zu dem Tier in der Kiste. »Aber wenn da draußen ein Verwandter nach dir sucht, einer mit solchen Händen wie deinen, dann kann der rein und wieder raus.«

Er hockte sich neben die Kiste und zog eine Ecke des Schlafsacks von dem kleinen Gesicht. Das Tierchen rappelte sich auf und versuchte, an Campbells Finger zu saugen.

»Mach's gut«, sagte Campbell. »Ich hoffe, wir sehen uns nie wieder.«

Dann ging er und verschloss sorgfältig die Haupttür hinter sich. Er stieg in seinen Wagen, und trotz des strömenden Regens öffnete er das Fenster auf der Beifahrerseite und fuhr langsam, aufmerksam lauschend, davon.

Als er das seltsame heisere Schreien hörte, das nicht ganz wie die Stimme eines Pumas klang, lächelte er. Er hatte ja die ganze Zeit den Verdacht gehabt, dass das kein Puma, sondern etwas völlig anderes war.

»Wenn es sie wirklich gibt«, sagte er zu sich, »dann lasst sie verdammt noch mal in Ruhe. Sie werden noch früh genug entdeckt werden.«

Dann fiel ihm Ole Olson wieder ein, und er beschloss, dem

Mann noch eine Chance zu geben, ihn aber auch eindringlich zu warnen.

Als Campbell zu Hause ankam, sah er auf seine Uhr. Es war zwei Uhr morgens. Er ging leise ins Haus und in sein Arbeitszimmer, wo er Ole Olsons Telefonnummer heraussuchte. Er wählte die Nummer, und nach mehrmaligem Klingeln meldete sich eine schläfrige männliche Stimme.

»Ja? Wer ist denn da?«

»Der Heilige Geist, Olson, und ich habe eine Nachricht von Gott.«

»Was zum Teufel –«

»Bring all die gestohlenen Stämme dahin zurück, wo du sie her hast, und der Teufel wird dich nicht holen kommen.«

»Gestohlene Stämme? Ich stehle keine Stämme.«

»Tu es einfach, Ole, sonst kriegst du höllischen Ärger.« Campbell knallte den Hörer auf die Gabel.

Er wusste, dass der Mann die Stämme zurückbringen würde, wenn er auch nur einen Funken Verstand besaß. Natürlich würde das Zeit und Mühe kosten, aber das war immer noch besser, als ins Gefängnis zu wandern und obendrein eine enorme Geldstrafe zu zahlen.

Die Leute, denen die Stämme gehörten, würden schon bald anfangen, in ihrer Parzelle Bäume zu fällen. Sie würden sich bestimmt freuen, wenn sie sahen, dass eine ganze Reihe ihrer Bäume rätselhafterweise bereits gefällt und transportfertig für sie bereitlagen.

Früh am nächsten Morgen klingelte Ruby Campbells Telefon.

»Er ist weg«, meldete sich Irv Mason, und trotz seiner wie

immer ruhigen Stimme war ihm anzuhören, dass er vor Wut kochte. »Gestohlen. Man muss uns letzte Nacht verfolgt haben. Die Tür zur Trockenkammer wurde von außen eingetreten.«

»Kann schon sein, dass euch jemand gefolgt ist«, sagte Campbell gähnend.

»Was sollen wir machen?«

»Nichts. So ist das mit Ruhm und Reichtum, Irv. Wie gewonnen, so zerronnen.«

Schweigen am anderen Ende der Leitung, dann Masons Stimme, schneidend und misstrauisch: »Dann weißt du also nichts von der Sache, Ruby?«

»Was soll das heißen, Irv? Raus mit der Sprache.«

»Hast du das Tier geklaut?«

»Natürlich nicht. Und wenn du die Frage ernst meinst, dann sind wir ab sofort geschiedene Leute.«

»Ach komm schon, Ruby. So war es nicht gemeint. Vergessen wir's, ja?«

»Na schön, Irv, aber so was will ich nicht noch mal von dir hören.«

# ◇◇◇◇◇◇◇ Kapitel 18 ◇◇◇◇◇◇◇

◇ Paul Prefontaine hatte etwas geschafft, was nur wenige Leute für möglich hielten. Er hatte einen Weißkopfseeadler zur Jagd abgerichtet und dazu gebracht, ihn als Herrn und Meister zu akzeptieren.

Als er eines Tages einen verletzten weiblichen Jungadler gefunden hatte, dem ein Bein fehlte und dessen Eltern anscheinend von Wilderern gefangen worden waren, erhielt er von der US-Umweltbehörde die Erlaubnis, sich des verwaisten Vogels anzunehmen.

Er besorgte sich einen falschen Adlerkopf und versuchte, durch dessen Schnabel hindurch das Junge zu füttern. Die Täuschung gelang, obschon er sich manchmal fragte, ob der kleine Adler nicht ganz genau wusste, dass er von einem Menschen gefüttert wurde.

Prefontaine wusste sowohl durch eigene Beobachtung von Seeadlern in der Natur als auch durch Anfragen bei Experten, dass die Jungen fliegen, jagen und töten regelrecht lernen müssen, es ist ihnen nicht angeboren. Sie müssen es bei Artgenossen abschauen.

In den ersten Wochen wohnte das Adlerweibchen in einem Behelfskäfig in Prefontaines Haus am Cape Elizabeth mit der großen Veranda und dem Ozean, der unten gegen die Klippen schlug. Prefontaine beschäftigte sich viel mit ihm. Als das Kleine etwas größer war, brachte er es nach draußen.

Der Vogel blieb in der Nähe, hockte in der Gabel einer abgestorbenen kleinen Zeder, die Prefontaine auf seine Veranda geschleppt hatte. Da er noch nicht fliegen konnte, entwickelte er eine bizarre Fortbewegungsart: Er hüpfte auf seinem einen Bein und balancierte sich mit den Flügeln aus.

Prefontaine bemühte sich, dem Adler möglichst rasch das Fliegen beizubringen. Aber das gestaltete sich äußerst schwierig. Nach langem Nachdenken lieh Prefontaine sich einen Drachenflieger und segelte, den kleinen Adler an den Körper geschnallt und dessen gefährlichen Schnabel zum Schutz umwickelt, von verschiedenen hohen Sanddünen, bis er schließlich von den Klippen vor seinem Haus startete. Das war nur bei Ebbe möglich, da das Meer bei Flut unten gegen die Klippen brandete und nur einen kleinen Streifen Sand übrig ließ.

Nachdem er die Gleitübungen einen Monat lang drei- oder vier Mal die Woche durchgeführt hatte, ließ Prefontaine den jungen Adler oben auf der Klippe und segelte ohne ihn los.

Während seines Gleitflugs stieß er die Schreie aus, durch die er von Anfang an mit dem Vogel kommuniziert hatte.

Das Weibchen kreischte ebenfalls, blieb aber, wo es war. Prefontaine war entmutigt und fürchtete schon, es würde ihm nie gelingen, dem Vogel das Fliegen beizubringen.

Doch als er zu seinem vierten Versuch startete und dem Adler zurief mitzukommen, breitete er die unsicheren Flügel aus, als hätte er endlich verstanden, worum es ging, folgte schwankend und schaffte es ohne einen Kratzer von der Klippe zum Strand.

Nach mehreren Übungswochen wandte Paul sich den nächsten Schritten des Adlertrainings zu, zunächst dem Jagen, dann dem Töten und Fressen der Beute.

Prefontaine überlegte eine Weile, wie er vorgehen sollte, und entschied sich dann für eine Methode, die ihm vielversprechend erschien.

Er fütterte den jungen Adler vierundzwanzig Stunden lang nicht. Das ausgehungerte Weibchen hackte wütend mit dem Schnabel nach Prefontaine, wenn er sich ihm ohne Nahrung näherte.

Dann band er eine lebende Wildente am Strand unterhalb der Klippe an einem Pflock fest, und zwar mit einem so langen Tau, dass sie herumwatscheln konnte. Anschließend segelte er mit seinem Drachen von der Klippe, rief beim Abflug den Adler, landete und wartete, bis er nachkam.

Sobald er sicher war, dass der Vogel ihn genau beobachtete, drehte er der Ente den Hals um, schlitzte ihr den Bauch auf und wartete, bis das Adlerweibchen zu dem noch dampfenden Tierkörper hüpfte. Augenblicklich machte es sich mit Schnabel und Krallen ans Werk.

»Du lernst schnell, meine Kleine«, sagte er lächelnd, und sie starrte ihn aus grimmig entschlossenen Augen unversöhnlich an.

Nach mehreren Tagen und mehreren Enten tötete Prefontaine die Beute nicht mehr selbst. Der Vogel hatte verstanden: Enten waren Nahrung, und um sie fressen zu können, mussten sie zuvor getötet werden.

Schon kurze Zeit später war der junge Adler endlich in seinem Element, er schwebte in den Aufwinden, stieg höher und höher, sodass Prefontaine manchmal besorgt war, sein Schützling käme vielleicht nie wieder zu ihm zurück.

Jetzt blieb nur noch herauszufinden, ob der Vogel geschickt genug war, seine Beute selbst zu fangen und zu töten.

Der alte Ahcleet, der viele Stunden zugeschaut hatte, wie Prefontaine mit dem jungen Adlerweibchen arbeitete, war sicher, dass es ein sehr intelligentes und mutiges Tier war. Da er sich des starken spirituellen Bandes zwischen dem Raubvogel und seinem Urenkel, »dem Jäger«, bewusst war, bat der alte Mann schließlich um die Erlaubnis, es nach dem sagenhaften Adler Gwaxo zu nennen, was in der alten Sprache »Adler« heißt. Prefontaine gewährte ihm die Bitte.

Edward Eagleton, der Kryptozoologe, den Prefontaine einige Monate zuvor auf Hannahs Party in der Lodge kennen gelernt hatte und der mit seinem markanten Profil selbst Ähnlichkeit mit einem Adler hatte, hörte von dem indianischen Polizeichef und von dessen Vogel.

Er rief Prefontaine im Polizeirevier an, um ihm ein paar Fragen zu stellen, und wurde höflich eingeladen, vorbeizukommen und sich selbst ein Bild zu machen. Mittlerweile konnte Gwaxo gut fliegen.

So kam es, dass Paul, Joan – die unbedingt dabei sein wollte –, Gwaxo und Eagleton an einem Augustmorgen in aller Frühe in Prefontaines Truck zu der sumpfigen Wiese in der Nähe des Lake Quinault fuhren.

Heute war Gwaxos große Prüfung, denn Prefontaine würde sie zum ersten Mal auf Beutetiere ansetzen, die größer waren als sie selbst. Eine ernste Sache.

Während der Fahrt erzählte Joan ihnen von einer kapitalen

Wapitihirschkuh mit Kalb, vor der unlängst ein Angler auf einen Baum geflohen war. »Sie hat die Camper in ihre Wohnwagen gescheucht, und die Park Rangers waren gezwungen, den Campingplatz vorübergehend zu schließen«, sagte Joan.

»Was war denn los mit ihr?«, fragte Eagleton.

»Nichts war los mit ihr. Sie war einfach nur eine gute Mutter«, erwiderte Joan. »Sie hatte zehn Tage zuvor auf dem Gelände gekalbt. Die Rangers hatten diesen Bereich abgegrenzt, aber Mutter und Kind waren in einen anderen Teil des Geländes gezogen.«

»Es ist schließlich ihr Land«, sagte Prefontaine.

Die drei Menschen fuhren eine Zeit lang schweigend, und jeder hing seinen eigenen Gedanken nach.

Nach einer Weile fragte Prefontaine: »Mr. Eagleton, was machen Ihre Forschungen über die verborgenen Tiere? Schon welche gefunden?«

Eagleton lächelte geheimnisvoll. »Wie bei fast allen lohnenswerten Nachforschungen sind auch meine noch im Gange. Danke der Nachfrage, Chief Prefontaine.«

Als sie ihr Ziel erreichten, sahen sie in der Ferne, wie eine Schar Wildgänse in V-Formation in einem gemächlichen Bogen auf die Wiese zuflog und dann in niedriger Höhe darüber hinwegstrich, hinter ihnen die aufgehende Sonne.

»Das ist perfekt«, sagte Prefontaine zu Joan und Eagleton. »So hat Gwaxo beim Aufflug die Sonne im Rücken.«

Sie stiegen aus dem Wagen und bewunderten Gwaxos würdevolle Haltung, als Prefontaine ihr die Haube aus weichem Leder vom Kopf zog.

Ihre großen gelben Augen öffneten sich wie kleine Sonnen und konzentrierten sich rasch auf Prefontaine.

Der Adler schüttelte sein Gefieder, blähte sich auf, wölbte die Brust, streckte dann die Klauen an seinem einzigen Fuß.

Als Gwaxo in den Himmel blickte und den Gänseschwarm im Licht der Sonne sah, begann ihr Körper zu vibrieren, als würde er sich schnell mit Energie füllen.

»Voran!«, rief Prefontaine und warf sie hoch, und wie ein Pfeil schoss sie steil den Gänsen entgegen.

Gwaxo flog weiter steil nach oben, immer höher mit rasendem Flügelschlag.

Prefontaine bemerkte, dass sie sich fast wie eine instinktive Jägerin bewegte, und aus Leibeskräften um jeden Zentimeter Höhe kämpfte, denn trotz ihrer Jugend und Unerfahrenheit wusste sie, dass sie Höhe in Geschwindigkeit umwandeln musste, wenn sie herabstieß.

Da sie noch jung war und ihre volle Größe noch nicht erreicht hatte, war ihr Körper leichter als der der großen Vögel, die sie jagte. Sie schien erfasst zu haben, dass sie zum Töten auf Schockwirkung und Geschwindigkeit setzen musste.

Sogar im Aufstieg war ihr Kopf schon zur Seite gedreht, um die Wildgänse zu beobachten, die unter ihr auseinander flatterten, und um die Situation einzuschätzen.

Schließlich hatte Gwaxo die Höhe erreicht, die sie für ausreichend hielt. Sie schwebte auf der Stelle, stand förmlich in der Luft. Mit einem Mal stieß sie den schrecklichen Jagdschrei des großen Weißkopfseeadlers aus, hoch und schrill, legte die Flügel an und stieß in die Tiefe.

Sie hatte die Gans ausgewählt, die in niedrigster Höhe flog, und stieß aus dem blauen Himmel wie ein Meteor, der vom Nachthimmel fällt. Man konnte hören, wie der Wind durch ihre Flügel zischte, die winzigen Bewegungen ihrer Flügelspitzen sehen, mit denen sie den beängstigenden Senkrechtsturz kontrollierte.

Währenddessen flog die anvisierte Gans so schnell sie nur konnte, versuchte zu fliehen; ihre Panik war an jedem ihrer verzweifelten Flügelschläge zu erkennen.

Die Geschwindigkeit, mit der Gwaxo sich näherte, war atemberaubend. Als das junge Adlerweibchen ganz nah an seiner Beute war, streckte es die stahlharten Krallen nach vorn.

Prefontaine spürte, wie sich ihm die Nackenhaare sträubten, als hätte ein eisiger Wind ihn gestreift. Auf diesen Augenblick hatten er und Gwaxo so lange hingearbeitet. Der Moment des Tötens.

Als Gwaxo die Gans packte, schossen Prefontaine Tränen in die Augen. Joan stieß unwillkürlich einen Schrei aus, und Eagleton starrte wie gebannt nach oben.

Die Flügel der zum Tode verurteilten Gans breiteten sich aus wie ein Speichenrad, und eine Federwolke schwebte vom Himmel. Gwaxos Klauen hatten sich tief in die Brust der Gans eingegraben. Die Kraft des Zusammenstoßes hatte in dem Gänsekörper Knochen gebrochen, und Prefontaine fürchtete, dass der Adler sich bei dem heftigen Aufprall verletzt haben könnte. Dann aber, zu seiner großen Erleichterung, löste Gwaxo sich plötzlich mit einem Schwung von ihrer Beute und schwebte in der Luft, während die Gans fiel und dumpf auf dem sumpfigen Wiesenboden aufschlug. Erst dann sank Gwaxo anmutig herab und ließ sich auf dem Kadaver nieder, um zu fressen.

»Was für ein Vogel«, sagte Eagleton, offensichtlich beeindruckt. »Sie haben ausgezeichnete Arbeit geleistet, Chief

Prefontaine. Es kommt auf den richtigen Geist an, wissen Sie.«

»Auf wessen Geist?«, fragte Joan. »Den von Gwaxo oder den von Paul?«

Eagleton sah sie aufmerksam an und sagte: »Von beiden natürlich. Wenn Sie mich bitte entschuldigen wollen, ich würde gern einen kleinen Spaziergang machen, während Gwaxo speist.«

Er schlenderte davon.

»Ich liebe diesen verdammten Vogel«, sagte Prefontaine, als er sich wieder zu Joan umwandte und die Tränenspuren von seinem Gesicht wischte. »Erstaunlich, was sie da eben gemacht hat, wo sie doch noch so jung ist und verkrüppelt dazu.«

»Ich habe sie inzwischen auch sehr gern.«

Prefontaine blickte Joan an und lächelte; er freute sich darüber, dass seine Schwester offenbar große Zuneigung zu dem jungen Adler gefasst hatte.

Als Eagleton außer Hörweite war, fragte Prefontaine leise: »Was hältst du von dem Typen?«

»Ich glaube nicht, dass er der ist, für den er sich ausgibt.«

»Ich auch nicht. Was glaubst du, wer er ist?«

»Ich bin nicht sicher, Paul. Im Augenblick stehe ich noch so unter dem Eindruck von Gwaxo, dass ich kaum an was anderes denken kann. Als sie da oben am Himmel war, in der Luft stand, hatte ich das Gefühl, durch ihre Augen sehen zu können. Danke, dass du mich mitgenommen hast, dass ich das hier erleben durfte.«

»Ich dachte, ein kleiner Ausflug würde uns allen gut tun, dir und mir und Gwaxo.«

Sie setzten sich ins Gras und warteten, dass Gwaxo ihre Mahlzeit beendete.

Der Regenwald umschloss die Wiese im Halbkreis. Es war Hochsommer, und die Bäume rauschten und sangen ihr Sommerlied. Harz glänzte in den Tannenzapfen. In dem Meer von Wohlgerüchen konnten Prefontaine und Joan den süßen Duft der Zedern, das scharfe, reine Aroma der Tannen, den harzigen Geruch der Fichten und die kühle Frische der Hemlocktannen wahrnehmen. Und in allem schwang der Duft von Abertausenden von Pflanzenarten mit, die hier blühten; das ganze neue Leben, das aus dem alten hervorspross und jeden Quadratzentimeter füllte.

Lange Zeit sagten sie beide kein Wort, aber das war nicht ungewöhnlich. Sie kamen häufig auch ohne Worte aus. Als Prefontaine schließlich sprach, klang seine Stimme ernst: »Noch immer nichts Neues in den Mordfällen?« In Wirklichkeit hätte er Joan gerne nach ihrem Liebesleben befragt, aber irgendetwas an ihr signalisierte ihm, dass es nicht der richtige Zeitpunkt war.

Joan schüttelte den Kopf. »Es ist, als wären nachts Hexen gekommen, hätten ihre bösen Taten vollbracht und wären wieder verschwunden.«

»Solche Hexen haben menschliche Gesichter, Joan.«

»Ich weiß, Paul. Der Mord an dem Mädchen war zwar weiß Gott schon schlimm genug, aber irgendetwas an der Art, wie der Junge umgebracht wurde, beunruhigt mich noch mehr, falls das überhaupt möglich ist. Es kommt mir einfach viel zu unheimlich vor. Ich meine, so, wie das Gesicht entstellt wurde.«

»Du denkst an Stammesrituale?«

»Ja, wie in den Geschichten von früher. Als die Leute glaubten, Tiere könnten ihre Schnauzen hochschieben und Menschen werden.«

»Glaubst du wirklich, dass es ein Indianer war?«

»Glaubst du es denn?«, fragte Joan zurück.

»Ich weiß nicht, was ich glauben soll. Wie wär's, wenn du dir den Tatort noch einmal ansiehst?«

»Das FBI hat schon alles unter die Lupe genommen. Du weißt doch, wie gründlich die sind.«

»Vergiss nicht, dass du über ein anderes Wissen verfügst.«

Den Kopf in die Hände, die Ellbogen auf die Knie gestützt, auf einem Grashalm kauend und in die Ferne starrend, nickte Joan. Paul hatte Recht.

Mit ihren besonderen Fähigkeiten als Frau und Schamanin und als Angehörige der Quinault konnte sie vielleicht etwas finden, irgendetwas, das den anderen Ermittlern bedeutungslos erschienen war.

»Das FBI hat zwar alles mit dem Staubsauger abgesaugt«, sagte sie deprimiert, »aber ich gehe trotzdem hin.«

Mit einem Lächeln in der Stimme fragte Prefontaine leichthin, ob sie wollte, dass er sie begleitete.

»Ja, Paul. Ich fühle mich immer besser, wenn du bei mir bist.«

Zu seiner Überraschung sah er, dass sie es ernst meinte. Durch ihre Reaktion ermutigt, traute er sich zu fragen: »Was macht die Liebe? Klappt alles mit dem Typen aus Chile?«

Sie erwiderte langsam: »In meinem ganzen Leben habe ich noch nie so für jemanden empfunden.«

»Du bist verliebt, das ist alles«, sagte Prefontaine nüchtern.

»Das habe ich zuerst auch gedacht. Aber es ist mehr. Da ist

irgendeine Verbindung, die mich nicht loslässt. Und es gibt vieles an ihm, das ich bewundere.«

»Vielleicht seine Fremdheit. Ich würde sagen, er ist ein Mann von Welt.«

»Ich spüre da noch etwas anderes, fast eine Art Dunkelheit, und das erregt meine Neugier. Was für eine Dunkelheit ist das? Die Dunkelheit von mir unbekannten spirituellen Welten?«

»Joan, hast du Angst vor ihm?«

Ihr Gesicht wirkte plötzlich traurig, und sie sagte: »Weißt du, wovor ich Angst habe? Dass ich, weil ich so fasziniert von ihm bin, meine Arbeit vernachlässige oder die falschen Entscheidungen treffe. Dass ich irgendetwas tue, das Tleyuk oder Großvater oder dir schaden könnte. Oder mir selbst. Dass ich die Orientierung verliere.«

»La'qewamax«, um die Ernsthaftigkeit seiner Worte zu unterstreichen, benutzte Prefontaine Joans richtigen Namen, »du bist eine starke und spirituell mächtige Frau. Ich kann mir nicht vorstellen, dass du dich durch körperliche Leidenschaft so beeinflussen lässt, dass du nicht mehr weißt, wo du hingehörst.«

»Das ist ja das Problem. Es ist weitaus mehr als physisch. Ich habe das Gefühl, die Kontrolle zu verlieren, das Gefühl, dass mein Fundament einbricht.«

»Was sagt dir dein Schutzgeist?«

»Er schweigt.«

»Und die Rituale?«

Sie schüttelte den Kopf.

»Wieso nicht?«

»Ich habe es nicht versucht. Und ich weiß auch, warum.

Vielleicht weil ich mich nicht konzentrieren kann. Ich denke nur noch an ihn. Und das jagt mir schreckliche Angst ein. Ich müsste unbedingt die Klokwalle-Zeremonie durchführen, aber ich fürchte, dass nichts kommt, wenn ich rufe.«

»Klokwalle. Der Geist, der Mut einflößt.« Prefontaine pfiff durch die Zähne. »Das ist hart, aber es hört sich für mich so an, als kämst du nicht daran vorbei. Wenn du mich brauchst, ich bin da. Und was diesen Chilenen angeht: Was hältst du davon, wenn ich die ganze Sache dadurch vereinfache, dass ich ihn davonjage?«

»Mit welcher Begründung?«

»Wenn ich ein bisschen nachforsche, finde ich vielleicht was.«

»Ich habe schon Erkundigungen eingezogen. Das FBI, Interpol. Es liegt nichts gegen ihn vor.« Sie blickte zu Gwaxo hinüber, die noch immer mit Fressen beschäftigt war. »Jetzt haben wir über mein Liebesleben gesprochen. Wie steht's mit deinem?«

»Was für ein Liebesleben?«

»Hannah McTavish natürlich.«

»Sie ist verheiratet, und ihr Mann ist ein guter Kerl, der von den Toten auferstanden ist.«

»Das weiß ich, Paul. Wünschst du dir manchmal, wir hätten ihn nicht gefunden und gerettet?«

Diese Frage konnte nur zwischen zwei Menschen gestellt und beantwortet werden, die sich so nahe standen wie Paul und Joan.

»Manchmal ja. – Es tut gut, das mal laut sagen zu können.«

»Und dass ihr beiden euch heimlich trefft, ist ausgeschlossen?«

»Heimlich?« Prefontaine blickte verblüfft. »Natürlich. Ich bin nicht der Typ, der sich in Motelzimmern rumtreibt. Und Hannah auch nicht.«

»Das ist mir klar. Aber willst du dich nach Hannah verzehren, bis du so alt bist, dass du dich nicht mehr bewegen kannst?«

»Ich werde mich nicht mit einem Kompromiss begnügen, Joan. Falls ich jemanden kennen lernen sollte, für den ich so viel empfinde wie für Hannah, dann werden wir sehen.«

Sie seufzte. »Weißt du was, Paul?«, sagte sie. »Du bist genauso verrückt wie ich.«

Er legte den Arm um seine Schwester und drückte sie wortlos an sich. Er musste an die unerfahrene erste Liebe denken, die er für seine Frau empfunden hatte, daran, wie sehr er unter ihrer späteren Untreue gelitten, wie tief er nach ihrem Tod getrauert hatte. Und er dachte an seine reife Liebe für Hannah McTavish, die er als Teil von sich empfand, obwohl er nicht einmal mit ihr geschlafen hatte. »Manchmal denke ich, Liebe ist eine Krankheit«, sagte er. »Ich kann nur hoffen, dass du sie überwindest.«

»Das hoffe ich für uns beide.«

Als sie sahen, dass Gwaxo fertig war und Edward Eagleton von seinem Streifzug zurückkam, standen sie auf und gingen zum Wagen.

# ◇◇◇◇◇◇◇ Kapitel 19 ◇◇◇◇◇◇◇

◇ Joan und Prefontaine fuhren noch am gleichen Tag zu der Stelle im Wald, wo der kleine Junge auf so bestialische Weise ermordet worden war.

Joan sah, dass alles fast noch so aussah wie im April, nur dass jetzt, Ende August, das Laub noch dichter war.

Die Bäume und das Gestrüpp waren ein klein wenig trockener, aber noch immer intensiv grün. Douglastannen voller Samen feuerten immer wieder richtige Salven von reifen braunen Zapfen ab. Köstliche, kleine leuchtend rote Heidelbeeren wuchsen überall.

Es war ein gutes Jahr. Die Büsche waren mit Beeren beladen. Kein Bär hatte diese Stelle bislang entdeckt.

Die Blutflecken auf dem Boden waren verschwunden, aber die in der Höhle waren noch da, wenn auch verblasst.

Joan durchlief ein kalter Schauer bei der Erinnerung an das, was sie damals hier gesehen hatte, und bei dem Gedanken daran, wer diesen brutalen Mord begangen haben mochte, von dem irgendwie noch immer etwas spürbar in der Luft lag.

Würde sie jemals das Gesicht des Mörders sehen?

»Wer hat das getan?«, fragte sie laut. »Und warum?«

»Jedenfalls kein Sexualtäter«, erwiderte Prefontaine. »Der Junge wurde nicht sexuell missbraucht.«

Sie stand da, das Kinn auf die Hand gestützt, und betrachtete den Fundort. »Die Art, wie der Mord begangen wurde, passt zu niemandem in den FBI-Akten.«

»Ich sage es nur äußerst ungern, aber je mehr ich darüber nachdenke, desto mehr kommt mir die Befürchtung, dass es irgendein irrer Indianer gewesen sein muss. Aber wer?«

»Sämtliche Polizeibehörden arbeiten wie verrückt an dem Fall. Bisher ohne jeden Erfolg. Wir haben nichts als die sterblichen Überreste eines Kindes, das noch immer nicht bestattet wurde.«

»Finde deine Mitte, La'qewamax«, sagte Prefontaine leise.

Joan stand reglos da, die Arme erhoben, und nach einigen Augenblicken rief sie im Gebet die Schutzgeister an.

Sie atmete tief ein und spürte gleich darauf, wie beruhigende Kraft von ihrer Mitte aus hinunter zu den Füßen floss und wieder ganz hoch in ihren Kopf und zurück, immer und immer wieder, bis sie das Zentrum eines Kraftschildes war.

»Ich bin so weit«, sagte sie leise zu Prefontaine.

Zunächst durchsiebten sie Laub und Stöckchen auf dem Waldboden, fingen sich Splitter ein, fluchten leise, zogen sich die Splitter mit der Pinzette an Joans Taschenmesser heraus, tasteten den Granitfelsen innen und außen mit forschenden Fingern ab, hörten die Tannenzapfen um sich herum herabfallen und wurden ab und zu von einem getroffen.

»Ein kleiner Junge ist hier eines entsetzlichen Todes gestorben«, sagte Joan, um den Grund ihrer Suche noch einmal klar und deutlich auszusprechen. »Wir müssen seinen Mörder finden.«

»Kannst du irgendwie spüren, wer es getan hat?«, wollte Prefontaine wissen.

Joan schüttelte den Kopf in Erinnerung an ihren Gefühlswirrwarr, als sie den Kopf des Jungen in ihren behandschuhten Händen gehalten hatte. »Ich spüre nur den Jungen selbst.«

Sie suchten weiter.

Als das Licht schwächer wurde, setzten sie sich, um sich ein paar Minuten auszuruhen, bevor sie den Rückweg antraten.

Ein Tannenzapfen plumpste wie zum Abschiedsgruß zwischen Joans ausgestreckte Beine. Sie blickte hoch und sah einen Raben auf einem Ast über ihr sitzen. Er legte den Kopf schief, blickte Joan an und flog davon.

Sie nahm den Tannenzapfen in die Hand.

»Pass auf«, sagte Prefontaine, »die Dinger sind voller Harz.«

»Ich weiß.«

Sie drehte den Tannenzapfen hin und her, ohne sich an dem Harz zu stören, das ihr bereits an den Fingern klebte, und betrachtete ihn von allen Seiten. Irgendetwas erregte ihre Aufmerksamkeit. Irgendetwas ...

Sie holte ihr Taschenmesser hervor, klappte die Pinzette heraus und stocherte in dem Tannenzapfen, bis ein winziger Gegenstand in ihre Hand fiel.

»Was ist das?«, fragte Prefontaine und rückte näher.

Sie streckte die flache Hand aus und zeigte ihm ihren Fund.

»Sieht aus wie ein kleines Kettenglied oder so. Messing,

vermute ich.« Er sah sich das Objekt genauer an und sagte dann: »Aber in einen Tannenzapfen gesteckt?«

»Vielleicht wurde es nicht da reingesteckt, Paul.«

Er blickte sie fragend an.

»Vielleicht ist es geflogen. Von irgendwas, das hier auf dem Boden gemacht wurde, hochkatapultiert worden.«

»Ich frage mich, was das FBI gefunden hat.«

»Komm. Fahren wir zurück. Ich rufe Hunter an.«

Prefontaine half ihr, das Kettenglied und den Tannenzapfen in zwei Plastikbeutel zu tun, und Joan hielt die Hände auf der ganzen Rückfahrt zum Haus ihres Bruders hoch, wo sie sich das Harz mit Schmierseife abschrubben wollte.

Auf dem Polizeirevier in Taholah ging Prefontaine mit seiner Schwester direkt in sein Büro, von wo aus Joan, weil es schon spät war, Hunter Kleoh zu Hause anrief.

»Geh an den anderen Apparat«, sagte sie zu ihrem Bruder, als die Verbindung zustande kam.

»Hunter, ich bin's, Joan«, sagte sie und fügte rasch hinzu, dass der Polizeichef von Taholah am anderen Apparat mithörte.

»Hallo ihr beiden. Was kann ich für euch tun?«

»Wir würden gern wissen, was deine Ermittler am Tatort von dem Mord an dem Jungen gefunden haben«, erwiderte Joan.

»Habt ihr denn keine Kopie von der Liste gekriegt?«

»Bisher nicht.«

»Verdammt. Das muss ein Versehen sein. Sie liegt natürlich in meinem Büro, aber ich habe auch eine Kopie bei mir zu Hause. Also, was soll ich machen? Wenn es dringend ist, könnte ich euch noch heute Abend eine Kopie zukommen lassen.«

»Danke, Hunter, aber ich denke, das wird nicht nötig sein.« Sie überlegte einen Moment. »Könntest du uns die Liste vielleicht telefonisch durchgeben?«

»Jetzt?«

»Ich weiß, es ist eine Zumutung, schließlich hast du Feierabend, aber wir wären dir sehr dankbar, wenn du uns den Gefallen tätest, Hunter.«

Kleoh lachte. »Macht euch um meinen Feierabend keine Gedanken. Im Fernsehen ist nichts Gescheites, und ich habe kein Bier mehr. Das Problem ist nur, die Liste ist ziemlich lang. Die müssen jedes Sandkörnchen gesammelt haben.«

»Das macht nichts, Hunter«, sagte Prefontaine.

»Na dann, einen Moment.«

Er war gleich wieder zurück und fragte: »Seid ihr bereit?«

»Schieß los«, sagte Joan.

Kleoh las eine schier endlose Liste vor, auf der detailliert aufgeführt war, wie viele Tannen- und Fichtennadeln gefunden worden waren, wie viele davon mit Blut befleckt waren und wie viele Blätter, Stöckchen, größere und kleinere Steine sich am Tatort befunden hatten.

Ein Gegenstand gab Joan und Paul zu denken, der als zwanzig Zentimeter langes Stück Holz beschrieben wurde, das an beiden Enden gerade abgeschnitten war, glatt, ohne Rinde und auf der gesamten Länge einen Durchmesser von zweieinhalb Zentimetern hatte.

Und ein weiterer Gegenstand klang interessant: ein Stückchen Messingkette mit zwölf Gliedern, jedes Glied drei Millimeter lang.

»Ich habe von allem auf der Liste Fotos«, sagte Kleoh.

Joan blickte Paul an. »Ich bin gleich morgen Vormittag bei dir im Büro«, sagte sie zu Kleoh.

»Schön. Wie wär's mit Mittagessen, anschließend?«

»Warten wir ab, wie viel Zeit wir dann noch haben. Okay?«

»Sicher, Joan. Sag mal, wegen der Konferenz der Ermittlungsbeamten in Seattle, du kommst doch bestimmt auch hin, nicht?«

»Natürlich.«

»Wie wär's, wenn wir zusammen mit meinem Wagen fahren? Dann kannst du deinen Wagen stehen lassen.«

»Das wäre schön, Hunter. Paul kommt auch mit. Und nochmals danke für alles.«

Nachdem sie aufgelegt hatte, sah sie Prefontaine an, dessen Augenbrauen sich zu dunklen Halbmonden gewölbt hatten.

»Ich?«

»Du was?«

»Ich fahre mit dir nach Seattle?«

»Ja, als Polizeichef ist das deine Pflicht.«

»Darf ich fragen, wann das stattfindet?«

»Übermorgen.«

»Willst du wirklich, dass ich mitkomme, oder soll ich dir bloß unseren FBI-Mann vom Leib halten?«

»Ehrlich gesagt beides.«

»Tja, Schwesterlein, sei froh, dass ich dein Bruder bin, sonst wäre ich ganz schön sauer.«

»Weswegen?«

»Dass du mich herumschiebst wie eine Schachfigur.« Er stand auf und durchwühlte ihr das krause schwarze Haar.

»Aber es ist eine gute Gelegenheit, Roy zu besuchen, falls er zu Hause ist.«

Royal Mercer war ein bekannter Anthropologe, dessen Vater und Großvater mit dem alten Ahcleet befreundet gewesen waren. Soweit Joan und Paul sich zurückerinnern konnten, hatte Royal, obwohl er weiß war, sozusagen zur Familie gehört, ja, er war sogar von den Quinault aufgenommen worden.

Mittlerweile reiste Mercer um die ganze Welt und hielt Vorträge auf wissenschaftlichen Kongressen. Man wusste nie, wann er zu Hause in Seattle anzutreffen war.

»Er ist zu Hause. Ich habe mich erkundigt«, sagte Joan. »Willst du morgen mitkommen, wenn ich mir bei Hunter die Fotos ansehe?«

»Auf alle Fälle.«

Am nächsten Morgen in Kleohs Büro sahen Joan und Paul die Fotos durch. Als sie zu dem Foto von dem Kettenstück mit den zwölf Messinggliedern kamen, zeigte Joan Kleoh den Plastikbeutel, in dem sich ein einziges kleines Kettenglied befand. Es schien zu dem Stück auf dem FBI-Foto zu passen.

»Wo hast du das her?«, fragte Kleoh.

»Es steckte in diesem Tannenzapfen, der nur so von Harz triefte. Er ist zufällig direkt vor mir auf die Erde gefallen«, erwiderte sie und zeigte ihm den zweiten Beutel.

Sie ließ die beiden möglichen Beweisstücke bei Kleoh, um sie vom Labor genauer untersuchen zu lassen.

Am selben Abend erhielt Joan einen Anruf von Lima Clemente, der schon seit längerem in Seattle war und früh am nächsten Morgen weiter nach Vancouver fahren wollte. Er sollte für einen Artikel in einer internationalen Fachzeitschrift zum Bau der zukünftigen Holzabfuhrstraßen in Chile interviewt werden. Wenn er schon in Vancouver war, so sagte er, wollte er einige Maschinenbaufirmen besichtigen.

»Ich komme gerade in mein Hotel zurück, ich habe Xavier zum Flughafen gebracht«, sagte er.

»Wo fliegt er hin?«

»Zurück nach Santiago. Es müssen noch viele Vorbereitungen für unseren Kongress der Holzindustrie im nächsten Jahr getroffen werden.«

»Dann wirst du bestimmt auch bald abreisen.« Joans Stimme klang traurig.

»Erst wenn es absolut notwendig ist, Joan. Und ich werde wiederkommen. Nun hör mir gut zu. Ich habe dir etwas Wichtiges zu sagen.«

»Was denn, Lima?«

»Heute Nacht ist Vollmond.«

»Ja, ich weiß.«

»Weißt du noch, was ich dir über den Mondstein erzählt habe? Dass er unter anderem die Macht hat, die Zukunft vorherzusagen?«

»Ja.«

»Bevor ich dich angerufen habe, stand ich im Vollmond und hatte den Mondstein im Mund. Der Stein hat mir gesagt, dass ich von Zeit zu Zeit nach Chile reisen werde, aber nie mehr für immer dort bleibe. Dass ich dich und dein wunderschönes Fleckchen Erde niemals mehr verlassen werde. Mein neues Zuhause wird bei dir am Meer und im Wald sein.«

Später rief Joan Hunter Kleoh an, um ihm zu sagen, dass

sie und Paul mit ihrem Wagen fahren würden, da der alte Ahcleet mitkommen wollte. Kleoh versuchte, sich seine Enttäuschung nicht anmerken zu lassen.

Im Tagungsraum waren zwanzig Vertreter der verschiedenen Polizeibehörden – Bund, Bundesstaat, Bezirk und Quinault-Stamm – versammelt.

Eli Raptor, der Leiter des FBI-Büros in Seattle, bat die Anwesenden zu Beginn um Stellungnahmen zu den beiden ungeklärten Mordfällen auf der Halbinsel.

Jasper Wright sagte, dass seine Beamten im Fall des ermordeten Mädchens keinerlei Hinweise dafür gefunden hatten, dass irgendjemand in der Umgebung des Tatortes das Mädchen oder dessen Familie kannte. »Meiner Meinung nach ist der Mörder inzwischen über alle Berge«, schloss er. »Irgendein Irrer, der zur selben Zeit wie die Familie in der Lodge wohnte oder den die Kleine auf irgendeinem Wanderweg getroffen hat.«

Hunter Kleoh schüttelte den Kopf. »Das war nicht nur eine einmalige Begegnung, Jasper. Unmöglich. Das Mädchen ist mehrfach von ihm missbraucht worden.«

Eli Raptor schüttelte den Kopf und seufzte tief. »Bei dem Kerl habe ich ein komisches Gefühl. Ich glaube nicht, dass er so leicht zu fassen ist.«

»Eli, wir haben die meisten Gäste der Lodge gründlich überprüft, die zur selben Zeit da waren wie die Familie des Mädchens«, sagte Kleoh. »Sie sind alle sauber.«

»Die meisten Gäste?«, fragte Raptor.

»Du darfst nicht vergessen, dass einige von den Ausländern, die wegen des Kongresses da waren, ein paar Tage früher gekommen sind. Um die Gegend zu erkunden, Fotos zu machen, sich einen allgemeinen Eindruck zu verschaffen«, erwiderte Kleoh. »Es waren auch Russen und Japaner unter ihnen. Ausländer zu überprüfen dauert eben länger, aber wir arbeiten dran.«

»Sind noch welche von denen da?«, fragte Raptor.

Die Anwesenden blickten einander fragend an.

Prefontaine meldete sich zu Wort: »Zwei Männer, Geschäftspartner aus Santiago, sind noch in der Gegend. Sie haben sogar für sechs Monate ein Haus an der North Shore Road gemietet.«

»Weshalb?«

»Sie wollen hier amerikanisches Holzverarbeitungsgerät kaufen für ihre Firma in Chile. Sie kaufen im großen Stil, soviel ich höre. Ein Bombengeschäft für die Händler hier. So was braucht Zeit. Wenn sie hier fertig sind, wollen sie angeblich weiter in den Mittleren Westen, um sich nach Holzlastern und Anhängern umzuschauen.«

»Und das ganze Zeug geht nach Chile?«

»Ja. Für Mitte nächsten Jahres planen sie einen großen Kongress der Holzindustrie in Santiago. Die chilenische Regierung verpachtet riesige Landgebiete mit Nutzholz, das gefällt werden kann.«

»Wissen wir Näheres über die beiden Männer?«

Joan überlegte, ob sie erzählen sollte, dass Xavier Escoro bereits abgereist war, entschied sich aber dagegen, weil sie niemanden im Saal darauf aufmerksam machen wollte, dass sie eine engere Beziehung zu einem der beiden Chilenen hatte. »Ich habe die beiden durch Interpol und das FBI überprüfen lassen«, sagte sie. »Es sind wirklich nur zwei Geschäftspartner, die bereits reich sind und noch reicher werden wollen. Sie sind so sauber wie ihr Ruf.«

Nach der Kaffeepause redete Joan über die ungewöhnlichen Verstümmelungen des kleinen Jungen. Sie erzählte der Gruppe von dem alten Indianerglauben, dass Tiere sich nach Belieben in Menschen und wieder zurückverwandeln können.

»Wenn man bedenkt, wozu Menschen heutzutage imstande sind, wirft das ein schlechtes Licht auf die Tiere«, sagte Raptor und musterte sie dabei. »Du neigst also zu der Annahme, dass der Junge von einem Indianer ermordet wurde, richtig?«

»Die Möglichkeit müssen wir in Erwägung ziehen.«

»Hast du dafür irgendwelche Anhaltspunkte?«

»Ich habe gewisse Verdachtsmomente, aber nichts Konkretes. Noch nicht.«

»Natürlich sind wir für die Ermittlungen verantwortlich, aber wenn du irgendwas rausfindest, würde uns das sehr helfen. Und wir wären dir sehr dankbar. Ich denke, du kennst mich gut genug, um zu wissen, dass ich das ernst meine«, sagte Raptor.

»Das weiß ich, Eli.«

Raptor lehnte sich auf seinem Stuhl zurück, die Hände hinter dem Kopf: »Die Fingerabdrücke, die du am Tatort gefunden hast, konnten noch nicht identifiziert werden, Joan.«

»Es waren viele Fremde in der Gegend«, erwiderte sie.

»Verdammt viele. Russen, Japaner und vor allem Mittel- und Südamerikaner. Aber wir sind noch nicht durch. Noch lange nicht.«

Joan erzählte der Gruppe von dem Band aus Wolle, das sie

am Strand gefunden hatte, und dass die Fäden daraus mit den Fäden übereinstimmten, die im Hals des enthaupteten Jungen gefunden worden waren.

Von der zerbrochenen Goldmünze sagte sie nichts, ohne dass sie genau wusste, warum. Jedes Mal, wenn sie davon anfangen wollte, spürte sie ihren Schutzgeist ganz nah bei sich, als wollte er sie warnen.

Hunter Kleoh erwähnte kurz, dass das Labor noch untersuchte, ob das winzige Kettenglied aus Messing, das Joan in dem herabgefallenen Tannenzapfen entdeckt hatte, zu dem Kettenstück vom Tatort gehörte.

»Dann haben wir an Indizien bislang ein paar noch nicht identifizierte Fingerabdrücke, ein paar Wollfäden und ein kleines Stück Messingkette. Richtig?«, sagte Raptor.

»So in etwa«, sagte Kleoh.

Raptor legte die Hände wie zum Gebet aneinander. »Wir wissen alle aus Erfahrung, dass für die polizeiliche Aufklärung eines Verbrechens meistens eine von drei Möglichkeiten in Frage kommt: Wir kriegen einen Tipp von einem Informanten. Wir finden den Täter mit Hilfe von Indizienbeweisen. Er macht einen Fehler und wird auf frischer Tat ertappt. Es kann natürlich auch sein, dass er einfach gesteht.«

»Es gibt noch andere Möglichkeiten, Eli«, sagte Joan ruhig.

»Das habe ich mir gedacht, dass du das sagst.«

Kurz darauf war die Besprechung zu Ende, aber Eli Raptor bat Joan, noch zu bleiben. Sie erklärte sich bereit und sagte Paul, sie würde später ins Hotel nachkommen.

»Joan, ich möchte mit dir über diese ›anderen Möglichkeiten‹ ein Verbrechen aufzuklären, reden«, sagte Raptor. »Du meinst damit übersinnliches Zeug, nicht wahr?«

»So könnte man es wohl nennen.«

»Wie ich höre, bist du Schamanin geworden.«

Sie blickte ihn ruhig an und nickte.

»Ich erinnere mich noch an den Fall vor zwei Jahren da draußen bei euch, wo ein verrückter Indianer Leute lebendig unter Totempfählen begraben hat. Soweit ich weiß, hast du den Kerl überführt.«

»Ja, das ist richtig. Er hieß Tuco Peters, ein junger, sehr kranker Mann.«

Eli Raptor fuhr sich mit der Hand übers Gesicht. »Wieso ist der Fall eigentlich nie vor Gericht verhandelt worden?«

»Peters ist ums Leben gekommen, als er fliehen wollte.«

»Das hat die Sache natürlich vereinfacht, nicht wahr?«

»Er wurde nicht erschossen, Eli. Er ist von einer Klippe gestürzt. Soweit wir wissen, war er allein, als das passiert ist.«

»Na schön, Joan. Sag mir eins. Woher hast du gewusst, dass Tuco Peters schuldig war?«

»Ich hatte ihn schon eine Zeit lang in Verdacht. Eines Nachmittags habe ich dann bei einem heftigen Sturm beobachtet, wie der Wind und das Wasser den Boden am Fuße eines Totempfahls am Ufer des Lake Quinault wegspülten und wunderschöne Muster im Sand hinterließen. Da habe ich angefangen, über die Muster des Lebens nachzudenken – im Leben von Tuco Peters. Und ich habe eine Stimme gehört, die mir sagte, dass ich mit meinem Geist nach den Dingen des Geistes suchen sollte.«

»Wo kam die Stimme her? War sie in deinem Kopf?«

»Man könnte sagen, sie kam von den Tieren.«

»Das verstehe ich nicht. Wo waren diese Tiere?«

»Sie waren in den Totempfahl geschnitzt. Ihre Geister, die Lauschenden, haben zu mir gesprochen.«

»Klingt faszinierend, Joan. Aber damit hättest du vor Gericht wohl keine Chance gehabt.«

»Nein. Aber schon bald danach habe ich die Beweise gefunden, mit denen ich Tuco Peters hätte überführen können. Wäre er nicht bei seinem Fluchtversuch ums Leben gekommen, hätte die Staatsanwaltschaft einen absolut hieb- und stichfesten Fall gehabt.«

»Ich glaube dir das alles, Joan, und ich freue mich, dass du so offen bist. Ich verstehe es zwar nicht, würde es aber gern. Ist das eine Art übersinnliche Wahrnehmung?«

»Zum Teil. Auch die Wahrnehmung ist etwas Kreatives. Und wie bei allen Formen von Kreativität hängen die Ergebnisse davon ab, wie sehr man sich bemüht. Wir Menschen bestimmen selbst, wie viel Energie wir haben. Die meisten von uns haben große Energiereserven.«

»Kann ich irgendwo einen Kurs belegen, um das alles besser zu verstehen?«

»Es werden Kurse angeboten, aber ich könnte keinen davon empfehlen.« Joans Antwort basierte auf den Erfahrungen, die sie mit ihrem Exmann Roc Tidewater, dem Pilzguru, gemacht hatte. »Ich kann das eine oder andere Buch empfehlen«, sagte sie weiter. »Aber am besten ist es, wenn du viel Zeit ganz allein mit dir verbringst, ohne Radio oder Fernsehen, im Wald, wo du dich deinen Gedanken hingeben kannst. Lass dir Zeit und warte ab, bis das, was tief in dir ist, an die Oberfläche kommt. Es kann sein, dass dir das, was zuerst kommt, nicht gefällt, aber das ist unwichtig. Und es ist nur der erste Schritt.«

»Was passiert dann?«

Joan antwortete nicht direkt, sondern sagte stattdessen: »Eli, ein Mensch erzeugt jede Menge Energie. Verschiedene Menschen erzeugen verschiedene Arten von elektromagnetischer Energie. Passiert es dir nicht manchmal, dass du Leuten begegnest, bei denen du auf den ersten Blick weißt, dass sie schlicht und ergreifend böse sind?«

Raptor lachte. »In unserer Branche? Verdammt oft.«

»Ich wusste, dass mit Tuco Peters was nicht stimmte, dass er krank war, aber ich musste abwarten und nach Beweisen suchen, die für seine Verurteilung ausgereicht hätten.«

Joan musterte Raptor und fragte sich, ob er je imstande sein würde, an die Macht und Bedeutung mystischer Erfahrung zu glauben und dergleichen zu verstehen. Er war notwendigerweise ein nüchtern denkender Mensch mit hervorragender beruflicher Qualifikation, ein Mann, der an Tabellen, Diagramme, Prozentsätze, Rückfallquoten glaubte, an alles, was man in einen Computer eingeben und ausdrucken konnte.

Aber das Verhalten der Menschen ist nun mal nicht so einfach, dachte Joan. Es ist facettenreich, es spielen Erfahrungen, Gene, Charakter und Umfeld eine Rolle.

»Du hast wirklich mein Interesse geweckt, Joan. Ich würde mich gern ausführlicher damit beschäftigen«, sagte Raptor und sah auf seinen Tischkalender. »Wäre es möglich, unser Gespräch heute Abend beim Essen fortzusetzen?«

Sie wusste, dass er keinen Annäherungsversuch vorhatte. Ihm ging es wirklich um die Sache. Trotzdem lehnte sie ab: »Das würde ich gern, Eli, aber leider habe ich schon was vor.«

Er nickte. »Dann vielleicht ein anderes Mal.«

Sie stimmte lächelnd zu, stand auf und schüttelte ihm die Hand.

»Jetzt habe ich dich aber aufgehalten. Dafür fahre ich dich zum Hotel. Ich muss sowieso in die Richtung. Gehen wir.«

Sie verließen zusammen das FBI-Büro.

Bevor Joan vor dem Hotel ausstieg, sagte sie: »Eli, ich habe eine Idee. Ich gehe heute Abend mit meinem Bruder, meinem Urgroßvater und Royal Mercer zusammen essen. Vielleicht hast du schon von ihm gehört.«

»Der Anthropologe? Wer kennt den nicht?«

»Hättest du vielleicht Lust, auch zu kommen? Ich würde mich sehr freuen, die anderen auch.«

»Es wäre mir eine Ehre. Also, wann und wo?«

Auf dem Weg zurück ins Büro dachte Eli Raptor, dass mehr in Joan Tidewater steckte, als man zunächst wahrnahm.

Sie war eine schöne Frau, aber darüber hinaus war sie eine ausgezeichnete Polizeibeamtin. Das hatte sie bewiesen.

Zu schade, dass sie nicht zum FBI gekommen war. Vor Jahren war das eigentlich schon beschlossene Sache gewesen, doch dann war irgendwas im Reservat passiert, bis heute wusste er nichts Genaues darüber, und sie hatte ihre Pläne geändert.

Ob das Geschehen von damals mit dazu beigetragen hatte, dass sie Schamanin geworden war?

Er würde sie gern näher kennen lernen. Er hatte das Gefühl, dass sie auf ihre eigene, wenn auch für ihn fremde Art ein großer Gewinn für die Polizei war.

# Kapitel 20

Joan, Paul und der alte Ahcleet trafen sich mit Royal Mercer in einem Restaurant in Seattle, das schon hundert Jahre alt war und dessen Stützpfeiler tief im Puget Sound standen.

Für die Beleuchtung sorgten zahlreiche Kerzen, sodass die Gäste besser die atemberaubende Aussicht durch die neun großen Tafelglasfenster genießen konnten. Ein grandioser Sonnenuntergang schien seine leuchtenden Farben wie ein Vulkan über die graugrüne Oberfläche des Wassers zu speien, dessen tiefes Wasser sie gegen die Pfeiler unter ihren Füßen branden hören konnten.

Fährschiffe bewegten sich wie glitzernde Glühwürmchen zwischen den Docks von Seattle und den San Juan Islands hin und her.

Als Eli Raptor freundlich lächelnd dazukam, stellte Joan ihn vor, und alle hießen ihn herzlich willkommen.

Royal Mercer saß Joan gegenüber. Er zählte zu den vom Glück begünstigten Männern, die im Alter immer besser aussehen. Sein volles graumeliertes Haar fiel ihm in Wellen bis auf die Schultern, und der akkurat gestutzte Spitzbart verlieh seinem ansonsten liebenswert rundlichen Gesicht einen speziellen Charme.

»Ich liebe den Puget Sound«, sagte Mercer, der zum Fenster hinausblickte. Dann wandte er sich an Eli Raptor: »Sie sind nicht gebürtig aus Seattle, wie ich höre.«

»Ich stamme aus Minnesota, und als ich hierher kam, habe ich mich gleich in diese Gegend verliebt«, erwiderte Raptor. »Ich werde nie mehr von hier weggehen, auch wenn es bedeuten würde, beim FBI aufzuhören.«

Mercer berührte Raptor am Arm. »Ich freue mich, dass Sie das so sehen, Mr. Raptor, willkommen. Sie sind einer von uns.« Dann wechselte er das Thema und sagte: »Joan, wenn ich mich nicht täusche, willst du mit mir über etwas reden. Habe ich Recht?«

»Ja.«

»Also los.«

Joan berichtete zunächst ausführlich über die Ermordung der beiden Kinder und erwähnte, dass die Polizei bislang nichts in der Hand hatte – außer den Fingerabdrücken in der Felshöhlung und dem ganz kleinen Kettenglied aus Messing. Im Falle des kleinen Mädchens gab es obendrein das Sperma des Täters. »Ich kann mir nicht vorstellen, dass die beiden Morde in irgendeiner Weise zusammenhängen«, schloss sie.

Mercer unterbrach Joan nicht mit Fragen, und als sie zu Ende geredet hatte, schwieg er eine Weile.

Dann sagte er: »Im Moment fällt mir zu dem Mord an dem Mädchen nichts ein, obwohl die Symbolik in der Sache offensichtlich ist …«

Eli Raptor ergriff das Wort. »Was mir bei dem Mord an dem Mädchen auffällt, ist, dass er nicht durchdacht ist, kein Muster hat, wohingegen es bei dem Mord an dem Jungen ein

Muster zu geben scheint, einen Plan, wenn Sie so wollen, so grausam oder pervers er auch sein mag.«

Joan blickte Raptor an, überrascht, dass er offenbar den gleichen Gedankengang verfolgte wie sie.

»Ich denke an etwas, das für den Mord an dem Jungen ein Muster liefern könnte«, sagte Mercer.

»Und das wäre, Professor?«, fragte Raptor.

»Menschenopfer.«

*»Menschenopfer?«* Raptor starrte Royal Mercer verwundert an.

Der alte Ahcleet blieb still, zeigte weder Erstaunen noch Überraschung.

Obwohl Mercer leise gesprochen hatte, wirkte das Wort in dem großen, mit Kerzen beleuchteten Restaurant wie ein Donnerschlag. Menschenopfer!

Joan sah sich um, erwartete, entsetzte Mienen in den Gesichtern der übrigen Gäste zu sehen. Aber sie aßen seelenruhig weiter und unterhielten sich angeregt.

»Heutzutage?«, fragte sie.

»Ja«, erwiderte Mercer.

»Das Böse aus der alten Zeit?«

»Na ja, Joan, kommt drauf an, was du für böse hältst. Betrachten wir es mal historisch. Die Azteken, die Maya und andere Indianer in Südamerika glaubten an Menschenopfer. Es war ein wichtiger Bestandteil ihrer Religion. Sie opferten Tausende von Menschen. Haben diese Menschen solche Opfer als etwas Schlechtes erachtet? Nein. Für sie waren Menschenopfer ein sehr wichtiger religiöser Brauch, ein heiliges Ritual, etwas, das physisch und spirituell für die Erhaltung ihres Lebens unverzichtbar war.«

Prefontaine sagte mit skeptischem Blick: »Jetzt hör aber auf, Onkel Roy. Menschenopfer, in unserer Zeit? Das kann ich einfach nicht glauben.«

»Sie sind auf der ganzen Welt immer noch anzutreffen«, erwiderte Mercer ruhig.

Eli Raptor lauschte dem Gespräch mit unübersehbarem Interesse.

»Das könnte erklären, warum ich das Böse nicht gespürt habe, als ich den Tatort das erste Mal untersuchte«, sagte Joan nachdenklich.

»Bei welchem Mord?«, fragte Mercer.

»Bei dem an dem Jungen.«

»Sag mir, was du empfunden hast«, sagte Mercer.

»Als ich sah, was dem kleinen Jungen Grausames angetan worden war, wurde mir schlecht. Ich musste mich übergeben.«

»Verständlich.«

»Als es mir wieder etwas besser ging, konnte ich weder Hass noch Böses spüren. Es gab nicht diesen bestimmten Geruch, den ich bei abartigen Sexualverbrechen wahrnehme. Als die Leiche des Mädchens entdeckt wurde, war der Gestank für mich fast unerträglich.«

»Vielleicht war die Tötung des Jungen ein Akt der Liebe«, sagte Mercer leise.

»Ein Akt der Liebe?«, sagte Prefontaine laut, so überrascht, dass er sich beim Essen verschluckte.

Raptor betrachtete Mercer eindringlich.

Als Prefontaine wieder sprechen konnte, meinte er, das sei wohl kaum vorstellbar.

Der alte Ahcleet verschränkte die Arme, mit teilnahmslosem Gesicht.

»Für uns ja, das gebe ich zu«, sagte Mercer. »Aber die Kulturen sind verschieden. Anthropologen und Archäologen erkennen erst jetzt allmählich, dass die rituelle Macht des Tötens in vielen alten Gesellschaften tief verwurzelt ist, ebenso wie in großen Teilen unseres eigenen kulturellen Erbes.«

Mercers Zuhörer lauschten gebannt.

»Nehmen wir als Beispiel Stonehenge. Die meisten Besucher meinen, die Steine seien Teil eines alten astronomischen Observatoriums.«

»Wollen Sie damit sagen, dass Sie das nicht so sehen?«

Mercer lächelte und zuckte die Achseln. »Ich würde es gern so sehen, aber es gibt Beweise, die dagegen sprechen. Am Haupteingang von Stonehenge liegt ein Mann begraben, der mit Pfeilen getötet wurde«, fuhr Mercer fort. »Man weiß, dass die Druiden Menschen opferten, indem sie die Opfer mit Pfeilen erschossen. Und keine drei Kilometer von Stonehenge entfernt gibt es einen weiteren Kreis aus Holzpfählen namens Woodhenge. In der Mitte von Woodhenge haben Archäologen ein kleines Mädchen ausgegraben, dem vor der Bestattung mit einer Axt der Schädel gespalten wurde. Das Mädchen wurde vor viertausend Jahren getötet. Offenbar war die Kleine das Gründungsopfer von Woodhenge, sie sollte der Schutzgeist dieser Stätte werden.

Ein typisches Element für die Steinkreise in Großbritannien, einschließlich Stonehenge, sind eingeäscherte Menschenknochen. Die forensische Analyse von Knochen aus fünfzig schottischen Steinkreisen hat ergeben, dass es sich auf Grund der geringen Zahl der dort begrabenen Menschen nicht um reguläre Bestattungsorte gehandelt haben kann und dass unverhältnismäßig viele Kinder darunter waren. Stonehenge war nicht zur Sternenbeobachtung oder zur Erforschung des Universums bestimmt. Es war ein Ort des Todes.«

»Wieso hat die Wissenschaft so lange gebraucht, das herauszufinden?«, fragte Raptor.

»Die Archäologen waren offenbar zu rational, um die irrationalen Neigungen unserer Vorfahren zu akzeptieren. Sie haben vor den Beweisen für rituelle Tötungen die Augen verschlossen. Vielleicht versuchen wir im Grunde alle, uns vor der unangenehmen Wahrheit zu schützen, wie unsere Vorfahren wirklich waren. Jede Kultur entwickelt Mechanismen, um ihre blutige Vergangenheit zu vertuschen.«

»Unsere Vorfahren waren Kopfjäger«, sagte der alte Ahcleet ruhig.

Joan und Prefontaine nickten.

»Welchen Zweck hatte das Erbeuten von Köpfen?«, fragte Raptor.

Der alte Ahcleet sagte: »Der Geist eines Menschen wohnt im Kopf. Wer ihm den Kopf nimmt, besitzt seinen Geist. Vor allem, wenn es sich um einen starken, mutigen oder sehr intelligenten Menschen handelt.«

»Genau«, sagte Mercer. »Der Mörder wird eins mit seinem Opfer. Am Titicacasee beispielsweise betrachten die Schamanen deshalb die Menschenopfer als Ritual der Verheißung. Sie wollen damit Wohlstand und Unsterblichkeit erlangen, Gelübde erfüllen oder den Segen für die Grundsteinlegung von Bauten herabflehen. Die Seher in den Anden töten Menschen, ohne mit der Wimper zu zucken. Sie glauben, das Opfer wird ein Gott oder eine Göttin, sodass sie ihm sogar einen großen Gefallen erweisen.«

»Aber der ermordete Junge war ein Indianer«, sagte Eli Raptor.

»Viele Mittel- oder Südamerikaner sind Indianer«, erinnerte Mercer ihn. »Vielleicht haben Sie auf dem falschen Kontinent gesucht.«

Joan, Paul und Eli Raptor tauschten ob dieser neuen Möglichkeit beunruhigte Blicke aus.

»Auf dem Kongress der Holzindustrie waren jede Menge Mittel- und Südamerikaner«, sagte Prefontaine.

»Und viele davon waren zweifellos Indios«, fügte Mercer hinzu. »Was bei den heutigen Menschenopfern – und die gibt es wirklich immer noch – nicht vergessen werden darf, ist, dass die Geopferten in vielen Fällen Menschen sein müssen, die von den Opfernden geliebt werden.«

»Also gut«, meldete sich Prefontaine. »Angenommen, ein Mittel- oder Südamerikaner hat den kleinen Jungen bei uns im Wald geopfert. Warum hier? Warum nicht in dem Land, aus dem er kam?«

Niemand am Tisch hatte darauf eine Antwort.

»Was hält eigentlich die südamerikanische Polizei von solchen Opferungen?«, fragte Eli Raptor. »Sie weiß doch bestimmt davon.«

»Und ob sie davon weiß«, erwiderte Mercer. »Natürlich hat sie offiziell keine Ahnung. Aber fairerweise muss ich sagen, dass ich von einem Fall weiß, in dem die Polizei verhindert hat, dass ein Kind dem Berggott geopfert wurde, der nach Meinung der Einheimischen über den Bau einer neuen Straße durch sein Gebiet erzürnt war.«

Als sie das Restaurant verließen, verabschiedete Eli Raptor sich von allen und dankte Joan für die Einladung.

Mercer überreichte Prefontaine feierlich die Schlüssel für seinen heiß geliebten silbergrauen Chrysler Imperial, Baujahr 1965, und bat ihn, den Wagen vom Parkplatz zu holen. Joan, der alte Ahcleet und der Professor, auf seinen Stock gestützt, blieben derweil am Eingang des Restaurants stehen und warteten.

»Ich reise in zwei Wochen nach Santiago«, sagte Mercer, die Augen auf Joan gerichtet.

»Weshalb?«, fragte der alte Ahcleet.

»Aus den üblichen Gründen. Ich bin einer der Redner auf dem internationalen Anthropologenkongress«, sagte er lächelnd. »Interessanterweise halte ich diesmal einen Vortrag über Menschenopfer.«

Der alte Ahcleet und Joan blickten sich mit gerunzelter Stirn an.

Mercer berührte Joan am Arm. »Steht dir eigentlich noch Urlaub zu?«

»Ja«, sagte sie langsam. »Ich habe noch jede Menge Urlaub.«

»Und könntest du weg, obwohl die Ermittlungen in den Mordfällen noch laufen?«

»Ich bin ja eigentlich nicht zuständig, Onkel Roy, sondern das FBI.«

»Dann würde ich mich freuen, wenn du mich begleiten würdest.«

Joan fragte, ob die Möglichkeit bestände, ein bestimmtes Dorf in den Anden zu besuchen.

»Ich wüsste nicht, was dagegen spräche«, erwiderte Mercer.

Joan überlegte, dass sie, wenn sie Mercers Einladung annahm, noch länger von Lima Clemente getrennt bleiben würde als ohnehin schon. Doch die Reise bot ihr die Gelegenheit, sich über ihre Beziehung zu ihm Klarheit zu verschaffen. Sie würden Limas Heimatdorf besuchen, seine spirituelle Quelle. Und vielleicht würde sie ihn dann besser verstehen können.

Prefontaine kam mit angemessener Würde in Mercers Prachtauto vorgefahren.

»Da du es unbeschadet bis hierher geschafft hast, kannst du doch eigentlich gleich hinterm Steuer bleiben und uns nach Hause kutschieren, oder?«, schlug Mercer vor.

Prefontaine erwiderte mit gespieltem Ernst: »Es wird mir ein Vergnügen und eine Ehre sein, Sir.«

Joan machte es tatsächlich möglich, Mercer nach Chile zu begleiten. Als die beiden zwei Wochen später in Santiago ankamen, war Joan erschöpft und angestrengt von dem langen Flug.

Am nächsten Tag hörte sie sich Royal Mercers Vortrag auf dem Kongress an und war verblüfft, wie frisch und wach er auf dem Podium wirkte. Aber schließlich, so überlegte sie, machte er das schon seit vielen Jahren und war es gewohnt, zu reisen und vor Kollegen zu sprechen.

Royal Mercer erklärte seinem Publikum, dass die Opferung von Menschen in den Kulturen der Anden nach wie vor weit verbreitet war und Rang, Status und Reichtum einzubringen versprach. »Ein Menschenopfer bringt drei Arten von Halbgöttern hervor. Der erste ist der geopferte Mensch. Nach seinem Tod wird er eine Gottheit, das Zentrum magischer Macht. Der zweite Halbgott ist der Mensch, der die Opferung eines von ihm geliebten Kindes arrangiert. Er erwirbt unermessliches Ansehen und wird von den anderen gefürchtet. Solche Menschen gelten als unbesiegbar. Der dritte so entstandene Halbgott ist der Schamane, der die Opferung leitet. Er wird gefürchtet, denn er hält die Schlüssel zu Wohlstand und Erfolg in seinen Händen.

In der Vergangenheit waren die Opfer Söhne und Töchter aus dem Adel der Inka, und sie wurden auf ihre Rolle gründlich vorbereitet. Heute handelt es sich überwiegend um arme Leute, die von skrupellosen Schamanen hintergangen werden.«

Joan hörte sich Mercers Vortrag an und dachte dabei an den kleinen abgeschlachteten Jungen, den sie zu Hause in ihrem Regenwald gefunden hatte.

Nach Abschluss der dreitägigen Konferenz brauchten Joan und Royal Mercer noch zwei Tage, um ihre Reise in die Berge zu Lima Clementes Heimatdorf vorzubereiten. Mercer zeigte sich sehr interessiert an Joans Plänen und war durchaus bereit, mit ihr in das abgelegene Dorf zu fahren.

Zunächst gingen sie zur amerikanischen Botschaft in Santiago, wo sie höflich empfangen und zu einem ausgiebigen Mittagessen eingeladen wurden.

Sie erfuhren, dass es praktisch unmöglich war, zu dem Dorf zu gelangen, und selbst wenn sie eine Transportmöglichkeit fänden, sei die Reise zu gefährlich.

»Es gibt kaum Straßen, und hinter jedem Felsblock könnten Banditen lauern«, teilte der Botschaftssekretär ihnen mit.

Nach langem Hin und Her fanden sie schließlich heraus, dass der Küchenchef der Botschaft einen Neffen hatte, der ein Taxi besaß, Englisch sprach und bereit war, die gefährliche Reise zu wagen. Der Neffe wurde in die Botschaft gerufen. Er hieß Narcissus, war ein junger, gut aussehender Mann, adrett gekleidet, und seine dunklen Augen leuchteten, wenn er Joan ansah.

Narcissus behauptete, sehr mutig zu sein, ein Mann, der ausgefallene Touren unternahm und bereit war, falls nötig, für seine Fahrgäste durch die Hölle zu gehen.

»Bringen Sie uns auch wieder zurück?«, fragte Royal Mercer ihn halb im Scherz.

»Natürlich bringe ich Sie wieder zurück«, erwiderte Narcissus mit strahlendem Lächeln. »Unversehrt.«

»Nun zum Preis.« Mercers Stimme klang geschäftsmäßig.

»Eintausend amerikanische Dollar«, kam die prompte Erwiderung. »Für jeden von Ihnen.«

Mercer drehte sich kommentarlos um, als wollte er den mit einem eleganten Teppich ausgelegten Gang hinuntergehen, der zum Ausgang der Botschaft führte.

»Na schön, ich bin schließlich Geschäftsmann. Ich komme Ihnen entgegen: fünfhundert Dollar.«

Mercer ging weiter den langen roten Teppich hinunter.

Narcissus lief ihm nach. »Zweihundertfünfzig Dollar. Sie machen ein Bombengeschäft. Zweihundertfünfzig Dollar für Sie beide.«

Mercer blieb stehen. »Hin und zurück?«, fragte er mit Blick auf den Botschaftseingang. »Von unserem Hotel zu dem Dorf und vom Dorf zu unserem Hotel?«

»Ja, Professor.«

Mercer machte kehrt und ging über den roten Teppich zurück, gefolgt von Narcissus.

»Dann sind wir uns einig. Für insgesamt zweihundertfünfzig amerikanische Dollar bringen Sie mich und meine Kollegin zu dem Dorf, wo wir zwei Tage bleiben werden, und wieder zurück in unser Hotel in Santiago.«

Narcissus nickte. »Natürlich.«

»Die erste Hälfte des Geldes bekommen Sie, wenn wir morgen früh starten, und die andere Hälfte, wenn wir sicher wieder im Hotel sind.«

»Und ich werde mich persönlich erkundigen, ob Professor Mercer und seine Begleitung sicher zurückgekommen sind«, sagte der Botschaftssekretär ernst.

Mercer bat um einen Stift und Papier, nahm an einem eleganten Schreibtisch Platz, setzte einen Vertrag auf, unterzeichnete ihn und bat Narcissus ebenfalls um eine Unterschrift. Der Taxifahrer blickte Mercer kurz an und kam der Bitte nach.

»Wir brechen morgen früh um vier Uhr auf«, sagte Narcissus. »Ich hole Sie in Ihrem Hotel ab.«

Vier Uhr morgens. Joan stöhnte.

Am nächsten Morgen stand Narcissus mit seinem Wagen zur vereinbarten Stunde vor dem Hotel. Er trug eine dunkle Hose, ein verwaschenes rotes T-Shirt unter einem dunklen Jackett und eine andische Wollmütze.

Joan und Mercer hatten Sachen angezogen, die sie, falls es heiß wurde, Schicht für Schicht ausziehen konnten. In ihren Reisetaschen hatten sie zusätzliche Kleidung, falls es kalt wurde.

In der Botschaft hatte man sie vor dem Klima gewarnt. Je höher sie in die Berge kämen, desto kälter würde es, doch zwischen den Bergen lagen Täler, in denen es manchmal mörderisch heiß war.

Sie verließen Santiago über eine breite, saubere, von Bäumen gesäumte Straße, und Joan kam es schon fast wie eine nette Fahrt aufs Land vor.

»Diese Straßen sind ja besser als bei uns«, sagte sie zu Mercer.

»Warten Sie's ab.«

Sie fuhren etliche Kilometer ohne Probleme mitten durch Ackerland und Weingärten. Doch plötzlich sah Joan nichts als Sand.

»Da ist ja gar keine Straße mehr«, sagte sie zu Narcissus.

»Das sieht für Sie vielleicht so aus. Aber seien Sie unbesorgt, ich weiß, wo's langgeht, und das allein ist wichtig.«

Er schenkte ihr ein breites Lächeln und warf ihr aus seinen dunklen Augen einen freundlichen Blick zu.

Sie fuhren bergauf, folgten hin und wieder einer Art Eselspfad, der immer mal wieder zwischen terrassenförmigen grünen Weiden am Fuß der ockerfarbenen Berge verschwand.

Es ging hoch in das kalte Brachland, dann hinunter in ein heißes Tal, wieder hinauf und hinab. Schließlich hielt Narcissus an einer Stelle an, die durch mehrere Steinhaufen markiert war.

»Hier machen wir Rast«, sagte er und stieg aus dem Taxi.

Joan und Mercer stiegen ebenfalls aus, vertraten sich die Beine und sahen zu, wie Narcissus einen weiteren Stein auf einen der Haufen legte, Kokablätter über die Steine streute und etwas Alkohol darüber schüttete, nachdem er selbst einen kräftigen Schluck aus der Flasche genommen hatte. Dann sprach er ein Gebet.

Er bestand darauf, dass Joan und Mercer es ihm gleichtaten, sonst würde ihre Reise verhängnisvoll enden.

»Für wen sind diese Gaben?«, fragte Mercer.

»Für die Berggötter«, sagte Narcissus. »Und für Pacha Mama, die Erdgöttin, sowie für die Geister unserer Vorfahren.«

»Was bedeuten die Steinhaufen?«, fragte Mercer.

»Das sind die Berge«, sagte Narcissus.

Joan erkannte, dass die Steinhaufen wie Miniaturpyramiden die gewaltigen kahlen Berge um sie herum nachbildeten.

Dann machte Narcissus ein kleines Feuer und kochte Tee aus Kokablättern.

»Sie müssen den Tee trinken«, sagte er, »um an Ihr Ziel zu kommen. Ihr Körper kann sonst die Höhendifferenz nicht verkraften.«

Joan und Mercer tranken gehorsam.

Zwei Stunden später zog grollend ein Hagelsturm auf.

»So ein Unwetter vernichtet in einer halben Stunde die ganze Ernte«, sagte Narcissus.

Auf seine Anweisung sprangen sie aus dem Wagen und liefen in eine kleine Höhle unter einem überhängenden Felsen. Narcissus legte eine Wolldecke auf den Boden und sagte, sie sollten sich darauf niederlassen. Er rannte zurück zum Taxi und holte einen großen schwarzen Schirm. Als sie eng zusammengerückt auf der Decke saßen, öffnete er den Schirm und hielt ihn vor die Höhlenöffnung.

Nach einer halben Stunde legte sich das Unwetter, und sie setzten ihren Weg fort.

Als sie auf die Hochebene kamen, machte Joan Mercer auf Lupinen aufmerksam, die auf offenbar unfruchtbarem Boden zwischen Felsen wuchsen.

»Sie sind hier anders als bei uns«, sagte sie. »Bei uns haben alle Blüten einer Pflanze die gleiche Farbe. Bei diesen Lupinen ist jede Blüte anders und hat eine ganz leuchtende Farbe.«

»Es sieht wunderschön aus«, sagte Mercer.

Kurz darauf hielt Narcissus an und bat sie auszusteigen. Er zeigte auf eine Felswand, die mit Bildern von Lamas bedeckt war.

»Das sind Geoglyphen«, sagte Mercer. »Herrlich ausgeführt. Erstaunlich naturgetreu. Die Formen der Tiere sind in die Steinfläche eingeschnitten.«

»Die sind zweitausendfünfhundert Jahre alt, Professor. Die alten Inka glaubten, Lamas und Vicuñas wären Geschenke der Sonne«, sagte Narcissus. »Nur Angehörige des Königshauses durften Vicuña-Stoffe tragen. Jeder andere, den man damit erwischte, wurde hingerichtet.«

Auf der Weiterfahrt wunderte sich Joan immer wieder, dass sie nicht einmal andeutungsweise eine Straße erkennen konnte. Narcissus aber konnte es offenbar.

Schließlich hielt er an und sagte zu seinen beiden Fahrgästen, wenn sie mal austreten müssten, hätten sie jetzt Gelegenheit dazu, sollten aber in Sichtweite bleiben.

»Keine Sorge, ich schaue nicht zu«, sagte er, während er unter den Fahrersitz langte und eine Pistole hervorholte.

»Aber ich und meine Waffe passen auf. Hier gibt es überall Banditen.«

»Hier? In dieser Wildnis?«

»Und ob. Sie können sie nicht sehen. Sie wohnen in selbst gebauten Häusern aus Felsblöcken, die aussehen, als hätte die Natur sie geschaffen.«

»Ich wünschte, ich hätte meine Pistole dabei«, sagte Joan. »Ich muss gar nicht mehr.«

»Ich auch nicht«, sagte Mercer.

»Gehen Sie besser jetzt. Wir kommen bald durch ein Gebiet, wo es von Räubern nur so wimmelt. Wir sind erst am Anfang des Banditenlandes.«

Joan und Mercer blickten einander an, stiegen aus, erledigten ihr Geschäft, stiegen wieder ein und knallten die Türen zu.

Und weiter ging die Fahrt, immer höher hinauf und immer tiefer in eisige Kälte hinein.

Als sie schließlich das Dorf erreichten, hatten Joan und Mercer blau angelaufene Lippen und kämpften mit Atemnot, und ihre Gesichtshaut war von der Kälte rissig geworden. Joan war tief eingeschlafen, sie bekamen sie kaum wach.

Noch bevor Narcissus den Motor abgestellt hatte, tauchte aus einem Haus aus Lehmblöcken ein großer, ungelenk wirkender Mann in einer schwarzen Robe auf und eilte zu ihnen. Er stellte sich als Pater Lavate vor, der katholische Dorfpriester, ein Engländer.

Neben dem Lehmhaus stand eine ungewöhnlich schöne, kleine, aber aus erlesenem Holz erbaute Kirche mit einem goldenen Kreuz auf dem Dach.

Als Mercer und Narcissus ausstiegen, lud der Priester sie in sein Haus ein und half Narcissus, Joan hineinzutragen, wo sie sie auf ein Sofa vor einem heißen Ofen legten.

Pater Lavates Haushälterin, eine schöne junge Frau, die der Priester als Leucaria vorstellte, kam aus dem hinteren Teil des Hauses und brachte angewärmte Wolldecken, die sie über Joan breitete, nachdem sie sie bis auf die Unterwäsche ausgezogen hatte.

Als Joan langsam wieder zu sich kam und es klar war, dass sie von der Kälte offenbar keinen Schaden davongetragen hatte, verabschiedete Narcissus sich mit der Begründung, dass hier im Dorf eine Verwandte von ihm wohnte, die er dringend besuchen müsse.

Pater Lavate bat Mercer, in einem der Sessel neben dem Ofen Platz zu nehmen, und setzte sich in den anderen. Er riet Joan, auf dem Sofa liegen zu bleiben, wo sie warm eingepackt war.

Leucaria, die den Raum verlassen hatte, kam mit einem Tablett zurück, auf dem eine Teekanne, drei Becher und ein kleiner Krug standen.

»Sahne von den Vicuñas«, sagte der Pater. »Die beste auf der Welt.«

Inzwischen fühlte sich Joan wieder besser. Während Pater Lavate mit ihnen plauderte, bemerkte sie, dass hinter ihm ein farbiges Plakat an der Wand hing, auf dem Christus abgebildet war, der über der rechten Schulter eines jungen Mannes schwebte. Über die linke Schulter lugte ein schwarzer Teufel mit spitzen Hörnern.

»Was steht da auf dem Plakat, Pater?«, fragte Joan.

»Es heißt übersetzt: Willst du Gott oder dem Teufel dienen?«

Ziemlich klare Entscheidung, dachte Joan. Lima war also im katholischen Glauben erzogen worden. Das erklärte das Kreuz, das er um den Hals trug.

»Gibt es im Dorf ein Hotel oder ein Gästehaus?«, fragte Mercer.

»Sie sind bereits drin«, erwiderte der Pater lächelnd. »Sie sind heute Nacht meine Gäste, und Sie können so lange bleiben, wie Sie möchten. Ich empfange nur selten Gäste. Meine Zimmer sind spartanisch eingerichtet. Aber sie sind sauber, und meine Haushälterin bezieht gerade die Betten frisch. Sie werden natürlich mit mir zusammen zu Abend essen und auch frühstücken.«

Sie dankten ihm und fragten, ob sie sich irgendwo waschen könnten.

Als er ihnen sagte, dass es nur an der Dorfpumpe Wasser gab, sahen sie durch die winzigen Fenster, dass sich draußen immer mehr Dorfbewohner versammelten.

»Ich kann mich doch nicht vor den Augen der Leute ausziehen«, flüsterte Joan Mercer zu.

»Behalt deine Unterwäsche an. Mir macht es nichts aus, wenn sie mich nackt sehen, mir ist von dem Feuer im Ofen richtig warm geworden, und ich bin müde und schmutzig von der Fahrt. Sollen sie ruhig gucken.«

»Achten Sie nicht auf die Leute an der Pumpe«, sagte Pater Lavate, als seine Haushälterin eine große Zinnwanne hereinbrachte. »Die meisten waschen sich an der Pumpe, und ich bin sicher, sie hoffen, Sie beide unbekleidet zu sehen, weil sie sich vergewissern wollen, dass Sie nichts Ungewöhnliches am Körper haben. Zum Beispiel einen Schweif am Ende der Wirbelsäule, was natürlich der Beweis dafür wäre, dass Sie Teufel sind und man Ihnen am besten aus dem Weg geht.«

Joan lachte laut auf. Mercer warf ihr einen leicht besorgten Blick zu.

Die Haushälterin füllte die Wanne mit heißem Wasser aus einem Hahn, der an merkwürdigen Rohren angebracht war, die sich durch den Ofen zogen. Sie wurden wohl von der Pumpe gespeist.

»Immer, wenn ich Feuer im Ofen mache, habe ich heißes Wasser. Jede Menge. So viel, dass sich vermutlich das ganze Dorf damit waschen könnte.«

»Haben Sie den Leuten schon mal angeboten, sich hier zu waschen?«, fragte Joan.

»Schon oft. Aber ohne Erfolg. Sie fürchten sich.«

»Aber Sie sind ihr Priester. Wovor fürchten sie sich?«

»Dass ich sie, wenn sie in meine Wanne steigen, koche, bis ich ihr Fett abschöpfen kann.« Pater Lavate goss jetzt zusätzlich kaltes Wasser in die Wanne. »Es gibt Familien hier, die auf Grund einer bestimmten Tradition für viele Zwecke Menschenfett verwenden. Sie verstehen also, warum ein heißes Bad im Haus des Priesters eine heikle Sache sein kann.«

»Und sie sind Christen?«, fragte Joan.

»Sie sind Christen, auf ihre Art«, erwiderte Pater Lavate.

»Ich verstehe nicht recht«, sagte Joan.

»In alten traditionsreichen Orten wie unserem Dorf vermischt sich die alte Religion der Eingeborenen mit dem katholischen Glauben. Wenn es anders wäre, hätten wir keine Bekehrten. Für Außenstehende ist das schwer zu verstehen. Vor allem in Rom tut man sich schwer damit.« Er schüttelte traurig den Kopf, sagte dann aber munter: »Die Dame darf zuerst baden, einverstanden, Professor Mercer?«

»Aber natürlich.«

Nachdem Joan und Mercer gebadet hatten, bekamen sie traditionelle Dorfkleidung, damit ihre schmutzigen Sachen gewaschen werden konnten.

Pater Lavate bat sie an einen für vier Personen gedeckten Tisch. Nach dem Gebet servierte Leucaria das Abendessen – Schnitzel mit Spiegeleiern, Bratkartoffeln und dunkles Bier – und setzte sich mit dazu.

Am Morgen standen Joan und Mercer früh auf und gingen nach draußen. Dort stieß Pater Lavate zu ihnen. Sie waren wieder mit ihren eigenen Sachen bekleidet, die sauber, aber von der einheimischen Seife steif waren, und beobachteten die Kondore, die sich hoch oben von den Luftströmen treiben ließen.

»Die Kondore sind hier so wichtig wie die Berge«, sagte Pater Lavate. »Während des großen Festes für die Schutzheiligen mancher Dörfer werden Kondore gefangen, die man Stieren auf den Rücken bindet, damit sie ihnen Fleisch herausreißen können, während die *serrnchos* mit den Stieren kämpfen.«

»Das ist grausam«, sagte Joan.

»Aber genau so ist das Leben«, erwiderte der Priester. »Vor allem für die Menschen der Hochebene.«

Nach dem Frühstück zeigte der Pater ihnen die Vicuñas in den Gehegen der Dorfbewohner.

»Wunderschöne Tiere«, sagte Mercer. »Aber so klein. Sind sie schon ausgewachsen?«

»Ja. Die Schulterhöhe beträgt etwa neunzig Zentimeter«, erwiderte der Priester.

»Sie sind die Hauptstütze unseres Lebens. Sie liefern Milch und Fleisch, auch die Wolle für die prächtigen Stoffe.«

»Wie können sie in diesem rauen Land überleben?«, wollte Joan wissen.

»Gott hat ihnen in seiner Güte Herzen und Lungen geschenkt, die sich erweitern können, sodass sie mit Höhenlagen fertig werden, in denen andere Tiere an Luftmangel sterben würden. Genauso hat Er den Menschen hier in den Fingern und Zehen zusätzliche Kapillargefäße gegeben, damit mehr Blut in ihre Extremitäten laufen kann.«

»Ist das medizinisch bewiesen? Das mit den zusätzlichen Kapillargefäßen?«, fragte Joan.

»Ja, das ist es. Um auf die Vicuñas zurückzukommen, sie ernähren sich von den niedrigen Büschen und Gräsern, die hier und da wachsen, und sie fressen die Moose in sumpfigen Gegenden. Sie brauchen jeden Tag Wasser, das sie sich aus den Sümpfen holen. Es sind Tiere, die ein eigenes Revier benötigen. Jede Kleinherde beansprucht ein vier Hektar großes Territorium, dessen Grenzen die Tiere mit Dunghaufen markieren. Wenn das Mitglied einer anderen Familie die Dunggrenze überschreitet, wird es sofort vertrieben.«

»Warum sind die Tiere in Gehegen?«, fragte Mercer.

»Zur Zeit feiern wir im Dorf ein altes Fest zu Ehren der Vicuñas«, sagte der Priester. »Einmal im Jahr werden die Tiere von den Leuten hier gebürstet und gekämmt. Sie sehen ja, wie verdreckt die Tiere sind, was daher kommt, dass sie jeden Tag ein Staubbad nehmen. Nach dieser Reinigung werden sie mit bunten Wollbändern geschmückt.«

Die Vorbereitungen dauerten den ganzen Tag. Joan und Mercer wurden eingeladen, mit den Dorfbewohnern draußen zu Mittag zu essen, ein köstliches Schmorgericht aus einem großen dampfenden Topf über einem offenen Feuer. Narcissus kam dazu und stellte ihnen ein paar Leute vor, die, wie Joan vermutete, Verwandte von ihm waren.

In der Ferne sah sie scheinbar endlose Reihen karger, aber sanft anmutender Berge. Nach Süden hin wurde das Flachland plötzlich unebener, und es erhoben sich kahle Hügel, die wie die Falten eines geschlossenen samtenen Bühnenvorhangs vom Himmel herabhingen.

Joan versuchte, sich eine Kindheit in dieser so hoch gelegenen, kalten, unfruchtbaren Gegend vorzustellen, wo unentwegt ein grausamer Wind heulte, wo es nichts Grünes gab, wo man nie die Stimme des Meeres hörte, wo es nur in den vereinzelten Sümpfen Wasser gab.

Kein Wunder, dass Lima von sich behauptete, einsam zu sein. Joan konnte gut verstehen, dass sich jemand, der hier aufgewachsen war, ein Leben lang einsam fühlte.

Am Abend teilte Pater Lavate ihnen mit, dass sie alle im Haus bleiben würden.

»Das Fest heute Abend ist nur etwas für Einheimische. Keiner von uns wäre bei einem traditionellen Ritual, das viele Jahrhunderte älter ist als das Christentum, willkommen. Heute ist die einzige Nacht im Jahr, in der ich sämtliche Türen und Fenster meines Hauses verriegle«, sagte der Pater. »Entschuldigen Sie mich, ich werde das eben erledigen.«

Als er wieder da war, riet er ihnen, bis zum Sonnenaufgang am nächsten Morgen die Fenster geschlossen zu halten und auch nicht nach draußen zu gehen.

»Es ist besser, kein Risiko einzugehen«, sagte er.

Damit war das Thema erledigt.

Joan, Mercer und Pater Lavate saßen zusammen am Ofen.

Mercer erzählte dem Priester von den Bräuchen, die er an verschiedenen Orten der Welt gesehen hatte. Mit Ausnahme einiger Rituale bei den nordamerikanischen Indianern wie beispielsweise den Quinault hatten sie bei aller Unterschiedlichkeit eines gemeinsam: die Verehrung höherer Wesen, Götter, um deren Wohlwollen sie beteten, denen sie Opfer darbrachten, deren Zorn sie fürchteten und zu besänftigen suchten. Er fügte hinzu, dass Joan eine Quinault sei und er von den Quinault aufgenommen worden war.

Im weiteren Verlauf des Abends erzählte Mercer Pater Lavate von dem Anthropologenkongress in Santiago, auf dem er einen Vortrag über das heute praktizierte Opfern von Menschen gehalten hatte.

»Menschenopfer«, sagte der Pater nachdenklich und starrte durch die feuerfeste Scheibe des Ofens auf die lodernden Flammen. »Das Thema hat mich schon immer fasziniert. Es gibt viele Dokumente darüber in der Bibliothek in Rom. Ich hatte das Glück, die meisten davon lesen zu dürfen, doch einige sind nicht zugänglich, nicht mal für Priester.«

Mercer sagte: »Was den meisten Menschen merkwürdig und höchst unchristlich erscheint, ist die Vorstellung, dass das Leben eines anderen durch die Ermordung eines Kindes gerettet werden kann. Oder dass man dadurch reich wird. Ich weiß, dass Opferungen von Kindern im Kokainhandel gang und gäbe sind, damit die Drogenbosse noch reicher werden, als sie es schon sind.«

»Das ist mir bekannt«, sagte der Priester und hielt inne, um sich eine Maiskolbenpfeife anzuzünden. Als die Pfeife zu seiner Zufriedenheit brannte, sagte er: »Wenn man das Thema nüchtern betrachtet, also ohne religiöse Voreingenommenheit und Dogmatismus, ist diese Praxis eigentlich gar nicht so merkwürdig und unchristlich.«

»Das müssen Sie uns erklären«, sagte Joan erstaunt.

»Der Ideologie des Menschenopfers liegt die Überzeugung zugrunde, dass ein Ersatzopfer das Leben eines anderen Menschen rettet oder zum Wohle eines anderen beiträgt. Wir Christen glauben und lehren, dass wir alle durch das Blut eines geopferten Jesus gerettet werden. Wenn Gott der Vater seinen eigenen Sohn geopfert hat, also zugelassen hat, dass er ans Kreuz genagelt wurde, um die Menschen vor Satan zu retten, ist es doch nachvollziehbar, dass ungebildete Menschen ihre Söhne oder Neffen töten, um den geliebten Vater oder die geliebte Mutter oder ein anderes Kind zu retten, um die dämonischen Kräfte zu bezwingen, die die Familie bedrohen.

Ich habe mit den Ältesten dieses Dorfes oft über das Thema gesprochen«, fuhr der Pater fort. »Sie lächeln und reagieren sehr höflich, weisen aber gleichzeitig darauf hin, dass in anderen Dörfern in letzter Zeit Erdbeben und Lawinen durch die rituelle Tötung eines Kindes verhindert werden konnten.«

»Aber das ist doch grausam, einfach fürchterlich –« setzte Joan an.

Der Priester unterbrach sie achselzuckend. »Die Menschen hier glauben auch, dass der geopferte Mensch ein Gott wird. Viele Andenbewohner sind der Überzeugung, dass sie die Bibel besser verstehen als die Missionare, die ihnen das Buch gebracht haben.«

»Im Heiligen Land«, sagte Mercer, »waren Kindsopferungen ein traditioneller Brauch, der nach genauen Vorschriften erfolgte. In einem Jerusalemer Museum ist das Skelett eines Säuglings ausgestellt, dem vor fünftausend Jahren brutal der Kopf vom Rumpf getrennt wurde, bevor er in einem Krug unter einem Haus in der Nähe des Toten Meeres begraben wurde. Daneben sieht man einen zweiten Säugling in einem ähnlichen Krug. Der Erklärung unter den Krügen ist zu entnehmen, dass die Totenstadt von Ghassul zwar bis heute noch nicht ausgegraben wurde, aber dass man in dem Gebiet ein paar Dutzend Säuglinge gefunden hat. Alle waren wie die beiden ersten bestattet worden, und zwar immer unter den Fußböden von Häusern, sodass es sich zweifellos um Opfergaben für den Erbau dieser Häuser handelte. Ähnliches findet man auch in anderen Ländern des Nahen Osten.«

Der Priester legte sorgfältig Holz im Ofen nach.

»Die Bauern am Titicacasee misstrauen der neuen Brücke, die vor kurzem über den Fluss Liave errichtet wurde, weil keine Säuglinge in den Pfeilern bestattet wurden. Deshalb benutzen sie die Brücke nach Möglichkeit nicht. Ich würde sagen, da haben wir im Grunde die gleiche Überzeugung, wie sie die Leute im alten Ghassul an den Tag gelegt haben, nicht wahr?«

»Natürlich«, sagte Mercer lebhaft.

Joan konnte ihm an den Augen ablesen, dass er die ganze Nacht aufbleiben würde, um mit Pater Lavate zu sprechen, obwohl sie am nächsten Tag abreisen wollten. Sie entschuldigte sich und ging zu Bett.

Am nächsten Morgen wollte Pater Lavate ihnen unbedingt das Gotteshaus zeigen. Er führte sie in die Kirche.

»Wir sind sehr stolz darauf.«

»Und das mit Recht«, sagte Mercer, während er sich die wunderschöne Gestaltung des Inneren ansah, die kostbaren Hölzer, den Altar aus Gold.

»So etwas würde man eher in Rom erwarten. Wie kommt so was hierher? Verzeihen Sie die Frage, Pater«, sagte Mercer.

»Sie möchten wissen, wie sich so ein armes Dorf wie das unsere eine so kostbare Kirche leisten kann?«

»Stimmt, Pater.«

»Viele Dorfbewohner sind in die Stadt gezogen und wohlhabende Geschäftsleute geworden. Sie haben nicht vergessen, woher sie stammen, und unsere schöne Kirche errichten lassen. Sie schicken obendrein Geld für verschiedene Dinge, die im Dorf gebraucht werden. Und sie sind dabei, unsere erlesenen Vicuña-Produkte weltweit zu vermarkten.«

»Da können Sie sich ja richtig glücklich schätzen«, sagte Mercer.

»Ich danke Gott jeden Tag für diese guten Menschen.«

»Apropos gute Menschen, Pater, kennen Sie vielleicht einen gewissen Lima Clemente? Und einen älteren Mann namens Xavier Escoro?«, fragte Joan.

Pater Lavate blickte sie überrascht an. »Kennen Sie Señor Clemente und Señor Escoro?«

»Ja, ich habe die beiden kürzlich bei uns am Lake Quinault kennen gelernt.«

»Wunderbare Männer, beide. Das sind zwei von den Leuten, die unser kleines Dorf vor langer Zeit verlassen haben. Sie haben ein sehr erfolgreiches Unternehmen gegründet und ihre Wurzeln nicht vergessen.«

Pater Lavate führte sie in eine kleine Seitenkapelle, wo einer der Altäre voller brennender Kerzen stand.

»Diese Kerzen brennen Tag und Nacht zum Gedenken an unsere lieben Verstorbenen«, sagte der Priester.

Joan bemerkte, dass hinter manchen Kerzen ein Foto des Verstorbenen stand. Vorn auf dem Altar sah sie ein Foto, über dessen Rahmen etwas drapiert war. Sie trat näher. Das Herz schlug ihr bis zum Hals, als sie erkannte, dass es sich um die andere Hälfte der Goldmünze handelte, die sie am Strand von Taholah gefunden hatte. Ein zerrissenes Band war an der Münze befestigt.

»Pater Lavate«, sagte sie mit rasendem Puls. »Wer ist der kleine Junge?«

Der Priester senkte traurig den Kopf. »Das ist der kleine Antonio Salinas. Ein hübscher Junge, nicht wahr? Wirklich traurig, dass er gestorben ist. Der Mann und die Frau rechts und links von ihm sind seine Eltern.«

»Sie sehen so jung aus.«

»Das waren sie auch. Ihr Leben hatte praktisch erst begonnen. Ein Fieber hat sie dahingerafft. Aber es war Gottes Wille.«

»Die halbe Goldmünze kommt mir irgendwie bekannt vor«, sagte sie und befingerte das zerrissene Band daran. Sie war sich absolut sicher, dass sie die andere Hälfte bei sich zu

Hause hatte. »Können Sie mir Näheres über den kleinen Jungen erzählen?«, fragte sie.

»Ich kann Ihnen sagen, dass er sehr beliebt war und schmerzlich vermisst wird.«

»Ich würde gern auf den Friedhof gehen und die Gräber dieser Familie besuchen«, sagte Joan.

»Wir haben keinen Friedhof«, erwiderte der Pater. »Die Menschen hier halten sich an den alten Brauch, ihre Verstorbenen den Kondoren zu übergeben. Sie glauben, das ist der Wunsch der Götter.«

»Steht das in der Bibel?«, fragte sie.

»Nun ja, meine Liebe, die Götter, die ich meine, sind sehr viel älter als das Alte Testament.«

»Wissen die Leute hier überhaupt, was Friedhöfe sind?«

»Ja. Aber sie finden die Vorstellung widerwärtig, einen Leichnam zum Verrotten in die Erde zu legen.«

»Glauben sie denn, die Toten leben in den Körpern der Kondore weiter, von denen sie gefressen werden?«, fragte Mercer.

»Sie glauben, dass der Geist der Verstorbenen noch eine Zeit lang in den Vögeln weiterlebt«, erwiderte der Priester. »Und wenn die Vögel sterben und zu Pacha Mama, der Erdgöttin, zurückkehren, sucht sich der Geist einfach einen anderen Kondor.«

Während Pater Lavate und Royal Mercer langsam in den Hauptteil der Kirche zurückgingen, machte Joan rasch ein paar Fotos von dem kleinen Jungen namens Antonio Salinas.

Als sie kurz darauf aufbrachen, kam das ganze Dorf, um sich von ihnen zu verabschieden. Einer der Männer, offenbar der

Dorfälteste, schüttelte Joan und Mercer die Hand und sagte zu ihnen: »Möget ihr laufen wie ein Vicuña.«

»Das ist hier in der Gegend der schönste Segenswunsch«, flüsterte der Priester Mercer zu.

Mercer ergriff zahlreiche männliche Hände, die sich ihm entgegenstreckten, sagte immer wieder auf Wiedersehen und erntete von vielen ein breites Lächeln und einen Klaps auf den Rücken.

Joan bekam von einigen Frauen gewebte Stoffe und Bänder aus Vicuña-Wolle. Sie bedankte sich bei allen mit einer herzlichen Umarmung.

Am Abend kamen sie wohlbehalten wieder in Santiago an. Nachdem sie sich noch einen Tag von den Strapazen erholt hatten, flogen sie nach Seattle zurück.

Auf dem Rückflug fragte Joan Mercer, wie Pater Lavate, ein doch offenbar gebildeter und intelligenter Mann, es an einem so primitiven Ort aushalten konnte.

»Er tut dadurch Buße und vollbringt gleichzeitig einen Liebesdienst«, sagte Mercer.

Joan blickte verwirrt.

»Leucaria ist seine Tochter; sie wurde gezeugt, nachdem er Priester geworden war und Gott Keuschheit gelobt hatte.«

»Ist das ein Geheimnis?«

»So würde ich es nicht nennen. Das ganze Dorf weiß Bescheid. Sie respektieren ihn nur umso mehr dafür, dass er die Verantwortung übernommen hat.«

»Und die Mutter der jungen Frau?«

»Die wohnt im Dorf und ist glücklich verheiratet. Sie und ihr Mann behandeln Leucaria mit Liebe und Güte, hat Pater Lavate mir erzählt, als wäre sie ihre Nichte.«

»Ich möchte nach Hause«, sagte Joan.

»Wir sind auf dem Weg, meine Liebe, wir sind auf dem Weg.«

Den Rest des Fluges brütete Joan über eine Frage nach, die sie vor ein Rätsel stellte.

Pater Lavate hatte gesagt, der kleine Antonio Salinas sei tot; er wisse, dass er tot sei. Die jungen Eltern waren von einem Fieber dahingerafft worden. Er hatte nicht gesagt, wie der Junge gestorben war.

Sie war sicher, dass die andere Hälfte der Goldmünze mit dem gewebten Band, die sie an dem Erinnerungsfoto von Antonio Salinas in der Kapelle hatte hängen sehen, in ihrem Besitz war.

Wie war die halbe Münze, wenn nicht per Flugzeug, in so kurzer Zeit Tausende von Kilometern bis an ihren Strand gelangt? Wer konnte die eine Hälfte einer Goldmünze getragen haben, die Antonio gehört hatte? Konnte es sein, dass Antonio ihr kleiner Indiojunge war, der im Bundesstaat Washington in einer Leichenhalle lag? Und wenn er Antonio Salinas war, wie hätte dann der Pater wissen können, dass der Junge in einem fernen Land gestorben war? Und wenn er es wusste, warum hatte er dann nichts davon gesagt?

Sie konnte nicht länger warten. Sie musste den Klokwalle um Hilfe bitten.

Zu Hause angekommen, brachte sie gleich den Film, den sie in dem Dorf in den Anden verknipst hatte, zu Hunter Kleoh, der ihn im FBI-Labor entwickeln und davon Abzüge machen ließ.

Wissenschaftler machten sich daran, das gehäutete Gesicht

des Jungen zu rekonstruieren, um zu sehen, ob es sich bei ihm möglicherweise um Antonio Salinas handelte, der angeblich auf der Hochebene im Süden Chiles gestorben und von Kondoren verschlungen worden war.

# Kapitel 21

◇ Wieder zu Hause in Taholah, fürchtete Joan, dass es so früh im Jahr – es war erst August – unmöglich sein würde, die Hilfe des Klokwalle zu erhalten. Sie wusste, dass die großen Geister, die Lauschenden, Ende November kamen, zu der Zeit des Wintertanzes, und im März wieder gingen.

Aber sie brauchte jetzt spirituelle Anleitung. Sie fragte den alten Ahcleet um Rat.

»Ist es wirklich absolut notwendig, dass du es jetzt machst?«, fragte er.

»Ja, Großvater.«

»Die ersten dreißig Tage musst du deine Reinigung vollziehen. Dann ist schon September.«

»Ja, Großvater.«

Ahcleet schwieg und sagte dann nachdenklich: »Die Klokwalle-Tänze wurden nur während der drei Monde nach der Wintersonnenwende abgehalten. Es ist heute niemand mehr am Leben, der bei den Tänzen mitgemacht hat. Mein Vater hat mir damals von einer Frau erzählt, die häufig vom Klokwalle-Geist geträumt hatte. In ihren Träumen sah sie, wie ein großes Kanu um Cape Elizabeth fuhr, und sie hörte schwach, wie die Leute darin Klokwalle-Lieder sangen, und je näher das Kanu kam, desto lauter wurde der Gesang.« Ahcleet schwieg erneut und fragte dann: »Bist du sicher, dass du nicht warten kannst, bis die Gänse ziehen?«

»Ja, Großvater. Gibt es eine Möglichkeit?«

Der alte Mann überlegte eine Weile, bevor er erneut eine Frage stellte. »Hast du denn den Klokwalle nicht selbst gesehen?«

Er meinte damit jenen Abend Mitte April, als der Rabe ihr das gewebte Band und die zerbrochene Goldmünze brachte. Wie könnte sie das je vergessen? Sie würde sich immer an die buckelige Gestalt in dem langen schwarzen Gewand erinnern, die ein schwarzes Kanu ohne Bemalung durch tosende Wellen lenkte, aus dem Nebel auftauchte und wieder darin verschwand.

»Doch, Großvater, und das war nicht das einzige Mal, dass ich ihn gesehen habe.«

Ahcleet runzelte die Stirn.

Joan erzählte ihm von dem Tag, als das ermordete Mädchen in dem verlassenen Adlerhorst gefunden worden war; wie sie nach der Autopsie des Mädchens erschöpft nach Hause gekommen war und Tausende von Damaszener Rosen Ahcleets Haus überschwemmt hatten. Wie sie, als sie am selben Abend aus der Schwitzhütte kam, den Klokwalle erneut gesehen hatte. Wie einen Schatten, der im selben Augenblick wieder verschwunden war.

Und sie hatte ihn noch ein weiteres Mal gesehen, auf den steilen Klippen der Insel, die jetzt ihr gehörte. Aber das erwähnte sie nicht.

»Es hat etwas zu bedeuten, dass der Klokwalle sich dir vor dem Winter gezeigt hat«, bemerkte der alte Ahcleet.

Joan wartete, dass ihr Urgroßvater seine Gedanken weiterführte.

»Ich glaube, es bedeutet, dass er von deiner Notlage weiß und darauf wartet, dir zu helfen. Vorausgesetzt, du hältst dich strikt an das Ritual.«

Der August ging zu Ende, und der September begann. Lima Clemente rief Joan häufig an. Er war noch immer in den Vereinigten Staaten unterwegs, um Einkäufe zu tätigen, und er sehnte sich nach ihr.

Wie so häufig, wenn er ein wenig Erholung von seinen beruflichen Verpflichtungen brauchte, verbrachte Royal Mercer ein paar Tage im Haus des alten Ahcleet am Meer.

Eines Abends saßen Ahcleet und Mercer auf dem Schamanensitz am Strand. Joan war nicht da, und Tleyuk spielte mit Nachbarskindern.

Sie schwiegen und beobachteten, wie der Himmel sich verdunkelte, bis er tiefschwarz wurde und ein Meer von Sternen offenbarte.

Mercer sagte: »Die Geister haben mich schon immer fasziniert, Ahcleet. Ich glaube an sie. Ausgerechnet ich ... Hast du das niemals seltsam gefunden?«

Der alte Ahcleet lächelte. »Als du noch ein kleiner Junge warst und dein Großvater dich das erste Mal mit hierher brachte, habe ich auf der Stelle gewusst, dass die Lauschenden dich gesehen hatten, dass du, wenn man dir nur Gelegenheit dazu gab, im Herzen einer von uns werden würdest.«

»Was hat mein Großvater dazu gemeint?«

»Oh, der hat nie erfahren, wie ich darüber dachte. Er war

Priester in seiner Kirche und hatte ständig das Gebetbuch der anglikanischen Kirche bei sich. Sogar wenn wir unsere Holzgeschäfte machten.«

Mercer nickte. »Man stelle sich das bloß vor: Ein Mitglied der Episkopalkirche nimmt an einer Klokwalle-Zeremonie teil …«

Die beiden Männer saßen entspannt da und lauschten dem Tosen des Meeres.

»Meinst du, du findest genug Eingeweihte, damit die Klokwalle-Zeremonie stattfinden kann?«, fragte Mercer nach einer Weile.

»Ich habe schon darüber nachgedacht. Da sind Joan und Paul, du und ich und drei alte Eingeweihte.«

»Was ist mit Crazy Lady?«

»Sie war den Sommer über am Hood Canal, um zu arbeiten. Aber ich habe an sie gedacht und rechne jeden Tag damit, dass sie zurückkommt.«

Mercer war sich darüber im Klaren, dass viele der Alten so waren. Sie wussten, wer wann kommen würde. Sie konnten einander telepathisch rufen, wenn es nötig war. Er war auch überzeugt davon, dass die ganze Menschheit früher einmal diese Fähigkeit besessen hatte, bis sie von den modernen Kommunikationsmitteln verdrängt wurde.

Ahcleet sagte: »Sie besitzt große Macht, und da sie fast so alt ist wie ich, wird sie sich daran erinnern, was sie von ihrer Mutter und Großmutter über den Ablauf der Klokwalle-Zeremonie gelernt hat.«

»Soll Tleyuk auch an der Zeremonie teilnehmen?«, fragte Mercer.

»Nein. Dafür ist er noch zu klein. Er würde Angst bekommen. Er muss erst noch mehrere Jahre lernen. Unsere Rituale religiöser Macht kommen bei der Klokwalle-Zeremonie viel zu stark zum Ausdruck. Ein Mensch muss alt genug sein, um begreifen zu können, was das, was zunächst beängstigend erscheint, im Grunde bedeutet.«

Leicht benommen vom Betrachten der Sterne und ihrem Gespräch, erhoben sich die beiden Männer vom Schamanensitz und gingen zurück zu Ahcleets Haus. Als sie eintraten, saß Crazy Lady in Ahcleets Lieblingssessel und sah fern, ihre alte Reisetasche zu ihren Füßen.

»Dachte schon, du kommst gar nicht mehr«, sagte sie mit finsterem Blick zu Ahcleet.

Aber es war noch jemand im Raum. Er stellte sich vor: »Verzeihen Sie, wenn ich störe. Die Dame« – er deutete auf Crazy Lady – »hat mich hereingebeten. Ich bin Lima Clemente. Kommt Joan bald nach Hause?«

»Vorläufig nicht«, sagte Ahcleet. »Sie ist fort.«

Er sagte nicht, was Joan vorhatte, dass sie versuchte, in dem riesigen uralten Wald wieder die Nähe ihres Schutzgeistes zu finden.

Lima Clemente sagte, er könne nicht länger warten, und gab Ahcleet einen Brief für Joan, in dem er ihr seine weiteren Reisepläne erläuterte. Dann verabschiedete er sich höflich.

Vor der Klokwalle-Zeremonie musste Joan sich rituell reinigen, um die ganze Macht ihres Schutzgeistes zu erlangen.

Sie badete wie vorgeschrieben vier Mal am Tag, unterzog sich Schwitzbädern, fastete, indem sie nur Trockennahrung aß, und blieb enthaltsam, was kein Problem war, da ihr Liebhaber nicht da war.

Lima war jetzt in Kansas City. Er rief sie fast jeden Tag an. Viele Anrufe erreichten sie nicht, da sie auf Streife war, doch der alte Ahcleet teilte es ihr jedes Mal mit.

»Hat er mir was ausrichten lassen?«, fragte sie.

»Nur, dass er wieder anruft.«

Kurz bevor sie aufbrach, um sich auf die Suche nach ihrem Schutzgeist zu machen, rief Lima erneut an. Sie erzählte ihm von ihrem Großvater, ihrem kleinen Sohn und sagte ihm, dass sie ihn vermisste. Sie erwähnte aber weder ihre bevorstehende Reise, um ihren Schutzgeist anzurufen, noch die geplante Klokwalle-Zeremonie. Über solche Dinge sprach man nicht einmal mit anderen Eingeweihten.

Am Ende ihres Gesprächs sagte Lima: »Joan, ich bin so niedergeschlagen.«

»Warum?«

Er seufzte. »Das ist schwer zu erklären. Ich weiß, dass du meine Liebe bist. Doch manchmal habe ich das Gefühl, dass du auch mein Tod bist.«

Während der Fahrt zum Graves Creek am Ende der South Shore Road musste Joan daran denken, wie sie als Erwachsene zum ersten Mal ihren Schutzgeist gesucht hatte. Das Ritual hatte vierzehn Tage gedauert, und als es vorüber war, hatte sie wie eine Frau ausgesehen, die gelitten hatte. Und das hatte sie wirklich.

Sta'dox!wa, der mächtigste schamanistische Jenseitige, hatte sich ihr gezeigt und ihr geholfen, ihren Gesang zu finden.

Die Quinault nahmen grundsätzlich keine halluzinogenen Drogen, um übersinnliche Erfahrungen zu machen, sondern setzten ihren Körper stattdessen extremen körperlichen Strapazen aus. Falls sie Erfolg hatten, beherrschte ihr Verstand ihren Körper, nicht umgekehrt – und sie besaßen den mächtigsten Geist auf der Welt.

Doch sie mussten mit ihm in Verbindung bleiben wie mit einem Geliebten oder Freund. Ein vernachlässigter Jenseitiger konnte zum Feind werden.

Um ihre Treue zu zeigen, würde Joan sich sämtlichen Torturen noch einmal unterziehen müssen.

Am Ziel angelangt, parkte Joan ihren Wagen und wanderte zwanzig Kilometer in das Enchanted Valley.

Wie damals hatte sie nichts bei sich als die Kleidung, die sie am Leib trug, ein Muschelmesser und eine kleine Trommel.

Sie wanderte weitere fünfzehn Kilometer nach Norden bis zu der Stelle, wo sie zum ersten Mal als Erwachsene ihre Traumsuche durchgemacht hatte.

Hier, weitab von irgendwelchen Wanderwegen, stürzte der Gletscherbach über mehrere Wasserfälle hinunter in einen Teich, der von Farn gesäumt und von alten Zedern umstanden war.

Auf einer Seite lag die kleine natürliche Höhle im Schutz eines Rotahorns, dessen Blätter bereits ein prachtvolles herbstliches Scharlachrot zeigten.

Joan wusste, dass sie sich an einem der geweihten Orte im Wald befand. Sie fragte sich, wie viele andere Menschen in den letzten Jahrhunderten hier ihren Schutzgeist gesucht und gefunden hatten. Es gab zahlreiche Plätze im Wald, die ihre Reinheit und Einsamkeit bewahrt hatten, unberührt von störenden Wanderern. Leider wurden immer mehr von der Holzindustrie zerstört.

Die kleine Steinwand, die sie damals errichtet hatte, um die Hitze eines Lagerfeuers in die Höhle zu lenken, stand noch, ebenso die Schwitzhütte, mit Zweigen, Buschwerk und würzig duftendem Mulch bedeckt, den sie vom Waldboden gesammelt hatte. Die Schilfmatte, die sie zur Abdeckung der Türöffnung geflochten hatte, hing in Fetzen herab.

Joan trat vorsichtig in die kleine Höhle. Drinnen lagen ihre Steine noch immer in der Mulde, die sie für das Feuer in den Boden gemacht hatte. Ihr altes Bett aus Hemlocktannennadeln und -zweigen war vertrocknet, deshalb suchte sie frische Tannenzweige und baute sich ein neues.

Über dem Eingang befestigte sie ein großes Stück Moos und rollte es vorsichtig auf. Dann suchte sie die Höhle nach Spinnen ab, doch es waren keine da, nur viele verlassene Spinngewebe.

Sie legte ihre Kleidung ab und verstaute sie in der Höhle.

Danach machte sie draußen zwischen der kleinen Steinwand und dem Höhleneingang ein Feuer, nahm die Steine aus der Höhle, erhitzte sie im Feuer, rollte sie wieder in die Höhle, bespritzte sie mit Wasser, ließ die Moostürabdeckung herunter und war allein mit dem Dampf.

Nach dem Schwitzbad trat sie aus der Höhle, rosig und feucht, und sprang in das eiskalte Wasser des Teichs.

Als sie wieder aufgetaucht war, stellte sie sich aufrecht im Teich hin. Das Wasser tropfte wie geschmolzenes Silber von ihr herab. Sie streckte die Arme in die Luft und rief laut:

*»Sta'dox!wa, du mächtigster aller Schutzgeister,*
*ich rufe dich an!*
*Ich bin La'qewamax, eine Nachfahrin Musqueems.*
*Ich bin die Urenkelin des alten Ahcleet.*
*Meine Ahnen haben von dir ihre Kraft gewonnen.*
*Du hast dich mir gezeigt, als ich dich suchte.*
*Du bist so stark, der Erde ebenbürtig.*
*Sta'dox!wa, deine Tochter ruft dich an.*
*Komm jetzt zu mir!«*

Da sie erst am nächsten Tag mit ihrer harten Arbeit beginnen wollte, beschloss Joan, sich die Nacht über auszuruhen.

In der Dämmerung saß sie am Teich, die Füße im Wasser, und lauschte dem Gesang der Bäume, dem Kreischen der Adler auf dem Weg zu ihren Horsten, dem Ruf der Fischadler, dem Murmeln der Elche, die sich zur Nachtruhe legten.

Plötzlich verstummte alles um sie herum, als wäre irgendetwas von unermesslicher spiritueller Kraft anwesend. Kein Frosch quakte, kein Elch murmelte, kein Bär brummte, keine Eule schrie. Sogar der Rabe schwieg.

Joan sah, wie ein gewaltiges Strahlen langsam die Dämmerung erfüllte.

Sie stand auf und erblickte vor sich unter den Zedern einen lächelnden Mann, der ihr in allen Farben des Regenbogens erschien.

Obwohl der Mann reglos dastand, waren die Farben, die ihn formten, in ständigem Fluss, bewegt von unbekannten magnetischen Kräften, sodass es aussah, als würde er unentwegt Funken sprühen.

Wie damals spürte sie eine gewaltige Woge von Lebenskraft durch ihren Körper branden und wusste mit einem jähen Schauer der Erregung, dass sie Sta'dox!wa noch immer besaß, den mächtigsten aller schamanistischen Übernatürlichen, und dass er ihr Rufen erhört hatte.

Sie wollte zu ihm laufen und mit ihm verschmelzen, aber der strahlende Mann hob die rechte Hand und bedeutete ihr stehen zu bleiben.

Er lächelte sie gütig an, und sein Strahlen verlor sich in dem weißen Licht um ihn herum.

Als er verschwand, versank der Wald in Dunkelheit, und mit der Dunkelheit setzte das Flüstern und Treiben der Bäume und Tiere des Waldes wieder ein.

Joans Herz floss vor Freude über. Sta'dox!wa, ihr persönlicher Schutzgeist, war erneut zu ihr gekommen und hatte ihr durch sein Erscheinen versichert, dass er ihr helfen würde, den Klokwalle zu rufen.

# Teil IV

# ◇◇◇◇◇◇◇ Kapitel 22 ◇◇◇◇◇◇◇

◇ Die Sonne sank in die westlichen Weiten des Nordpazifiks, das Meer tobte, und seine Brecher brandeten mit ohrenbetäubendem Getöse landeinwärts. Die Strahlen der tiefstehenden Sonne malten Tausende kleiner Regenbogen in die Gischt, und schon bald füllten Meerwasser und Regenbogen die unzähligen flachen Strandtümpel.

Ohne Unterlass toasten die Brecher weiter, warfen sich hoch auf die Westküste der Olympic-Halbinsel, auf den Strand unterhalb einer steilen, basaltischen Landzunge an der Mündung des Quinault River, dem Rand der Welt.

Es war der 27. September, die Nacht des Vollmondes.

Trotz der angekündigten hellen Nacht und dem gefürchteten Erscheinen der *mala'h*, der gefährlichen Schattenmenschen, war der Zeitpunkt gekommen, dass Joan versuchen musste, den Klokwalle zu rufen.

Sie wusste, dass die Klokwalle-Zeremonie früher im Potlach-Haus begangen wurde und dass all jene Quinault daran teilnahmen, die sich nicht davor fürchteten. Jetzt waren die meisten der Ansicht, dass so alte Zeremonien im heutigen Leben keinen Platz mehr hatten.

Aus diesem Grund hatte Paul Prefontaine sogar vorsichtshalber einige seiner Leute postiert, falls irgendein hitziger Gegner meinte, die Zeremonie stören zu müssen.

Die einzigen wahren Anhänger der uralten Smokehouse-Religion waren Ahcleet, Joan, Prefontaine, Crazy Lady, Royal Mercer und die drei Eingeweihten: Mrs. Clam, Sam Olden und Charles Seventrees.

Sie hatten sich hier versammelt, um Joan bei der geheimnisvollen Zeremonie beizustehen, die keiner von den Lebenden bislang miterlebt hatte.

Alle hatten sie sich ganz individuell mit ihren jeweiligen geistigen und körperlichen Übungen auf dieses seit langem verbotene Ritual vorbereitet, das, wenn es erfolgreich war, gewaltige Kräfte freisetzen würde.

Prefontaine und Royal Mercer sammelten Treibholz, machten ein großes Feuer am Strand, was wegen des aufgekommenen starken Westwinds schwierig war, und schürten es so lange, bis die Flammen groß genug waren, sodass der Wind ihnen nichts mehr anhaben konnte.

Die Übrigen standen hinter einem großen Haufen aus gebleichtem Treibholz und bereiteten sich auf den Tanz vor.

Als sie einer nach dem anderen auf den Strand gingen, trugen sie ihre normale Kleidung und einen Kopfschmuck aus verflochtener, rot gefärbter Zedernrinde.

Nur Joan, die als Erste ging, bot in einer fürstlichen Schamanentracht von ehrwürdiger Schönheit und unschätzbarem Wert einen majestätischen Anblick.

Diese Tracht befand sich seit vielen Generationen im Besitz ihrer Familie. Als sie zwei Jahre zuvor Schamanin geworden war, hatte der alte Ahcleet ihr das Kostüm mit den Worten überreicht: »Es gehört dir, denn du bist die nächste Schamanin.«

Als die Kirche des weißen Mannes und die US-Regierung 1871 spirituelle Tänze für gesetzwidrig erklärten, versteckte Ahcleets Großvater, der von einem weißen Freund gewarnt worden war, all seine Schamanenutensilien in einem hohlen Baum im Wald.

Obwohl Vertreter der Regierung und der Kirche sein Haus gründlich durchsuchten, fanden sie nichts, das ausgereicht hätte, ihn wegen Zugehörigkeit zur Smokehouse-Religion oder wegen Besitzes von Artefakten oder zeremoniellen Gegenständen zu verurteilen.

Dennoch wurde der Mann öffentlich ausgepeitscht, mit einer Geldstrafe belegt und zu mehreren Jahren Zwangsarbeit verpflichtet, weil er als Schamane bekannt war.

Jetzt gehörte die Schamanentracht Joan. Sie bestand aus einem wallenden Umhang mit passendem Tanzschurz, beides aus der samtweichen Unterrinde einer Zeder gefertigt.

Bei der Herstellung war die Zeder elfenbeinfarben gebleicht und dann mit dicken, dunklen Otterhäuten verwoben worden. Entlang den Säumen waren winzige Amulette aus Elfenbein und Knochen angenäht, die verschiedene Geisterhelfer symbolisierten, und dazwischen zehn Zentimeter lange Dentaliumschalen. Rasseln aus Hirschhufen, die an perlenbesetzten Fußbändern befestigt waren, vervollständigten die Tracht.

Als die Gruppe in Sicht kam, gingen Prefontaine und Mercer hinter den Treibholzhaufen und kehrten mit dem gleichen Kopfschmuck wie die anderen wieder. Zuletzt erschien der alte Ahcleet, sein Kopfschmuck zusätzlich mit ungefärbten

Adler- und Möwenfedern geschmückt. Er hielt eine Trommel in seinen Händen. Auf sein Signal hin stellte sich die Gruppe im Kreis um das Feuer.

Die Trommel begann zu sprechen, zunächst so leise, dass ihre Stimme vom Getöse der Brandung verschluckt wurde. Dann wurde ihre Stimme lauter, immer lauter, bis es schien, als wollte sie lauter rufen als das Meer, und forderte die Anwesenden auf, den Tanz zu beginnen.

Sie gehorchten, tanzten im Uhrzeigersinn, die Arme erhoben und angewinkelt, die Hände im Rhythmus der Trommelschläge bewegend.

Ahcleet begann zu singen:

*»Nolamen nolamen Tis e Lokallie ...*
*Nolamen nolamen Tis e Lokallie ...«*

Er sang die Worte immer und immer wieder, veränderte bei jedem Wort die Tonlage, sodass es sich anhörte wie ein sehr langes Lied.

Die Gruppe tanzte und tanzte, während Ahcleet sang und die Trommel schlug, und nicht einmal die ältesten unter ihnen schien der Tanz zu ermüden. Joan sah, dass die Sonne langsam im blutroten Meer versank. Nach einer langen Dämmerung würde die Nacht anbrechen.

Als der Gesang und das Trommeln des alten Ahcleet verklangen, hörten die Tänzer auf zu tanzen, gingen wieder hinter das aufgehäufte Treibholz und überließen den Strand den Nebelschwaden und der tosenden Brandung.

Am Horizont zogen schwarze Gewitterwolken auf.

Joan ging als Erste zurück auf den windgepeitschten Strand. Sie trug die Maske des Pumas, am Körper nichts als Farbe, und sie spürte, dass die Meerwinde stärker wurden.

Als Nächstes kam der alte Ahcleet. Er trug die Maske des Donnervogels, des großen Wesens, das noch nie ein Mensch gesehen hat und das mit seinen Flügelschlägen Blitze erzeugt.

Dann kam Crazy Lady. Sie trug die Maske des Frosches, der den Mond heiratete. Hinten auf ihrer Froschmaske waren fünf Dentaliumschalen unterschiedlicher Größe angebracht, ganz wie auf dem ursprünglichen Vorbild.

Charles Seventrees' Maske stellte den Wolf dar. Sam Olden trug die Maske des Wapiti, Mrs. Clam die des Bären.

Auch Prefontaine trug die Bärenmaske, doch zusätzlich noch ein vollständiges Bärenfell, das selbst für einen so starken Mann wie ihn schwer war.

Royal Mercer trug die Adlermaske, die ihm der alte Ahcleet geschenkt hatte, als er von den Quinault aufgenommen worden war.

Alle außer Prefointaine waren nackt – bis auf die Masken und die entsprechende Körperbemalung.

Joan spürte nicht, dass der Wind vom Meer kälter wurde, nur Erregung und fieberhafte Angst.

Sie hatte den Klokwalle zwar zuvor schon gesehen, aber immer nur flüchtig. Noch nie hatte sie ihm von Angesicht zu Angesicht gegenübergestanden.

Er gehörte zu dem uralten Pantheon der Geister, seit langem vernachlässigt, ja sogar verflucht, von vielen, die jetzt der Überzeugung waren, dass er, so es ihn je gegeben hatte, eine Verkörperung des Satans gewesen sein musste.

Trotz Ahcleets Deutung der Tatsache, dass der Klokwalle

sich Joan kurz gezeigt hatte, weil er bereit war, ihr zu helfen, gelang es ihr nicht, ihre Ängste zu verbannen.

Würde sie ihren Freunden und sich selbst durch diese Zeremonie Tod und Zerstörung bringen? Sie wusste es nicht.

Der Tanz begann erneut, diesmal anders. Der alte Ahcleet tanzte mit den anderen zum Klang und im Rhythmus des Meeres; alle sangen, die Hände unter den verschränkten Armen verborgen.

Je heftiger das Meer tobte, desto wilder tanzten und sangen sie. Der alte Ahcleet und Joan schnitten sich in die Arme; Blut rann über ihre Körper hinab in den Sand, während sie weitertanzten.

Einer nach dem anderen brachten sich auch die anderen Tänzer mit Muschelmessern Verletzungen bei.

Die perlenfarbige Dämmerung, das Tosen des Meeres, der stärker werdende Wind, die Flammen des Feuers, der wilde Gesang, der Schmerz des fließenden Blutes, all das trug dazu bei, dass das Bewusstsein der Tänzer mit dem Geist ihrer Masken und den versinnbildlichten Tieren verschmolz.

Auf diese Weise wurde jeder von ihnen ein ganz kleiner Teil der Gemeinschaft der Lauschenden.

Ein Schatten bewegte sich rasch den Strand entlang.

Joan erschauderte. Die *mala'h* kamen.

Doch als sie aufblickte, sah sie, dass es nur Gwaxo war, das Adlerweibchen. Ihr Geist erhob sich, um sich mit dem des Raubvogels zu vereinen. Sekunden später sah sie mit den Augen des Adlers und blickte hinab auf den Strand.

Von oben sah sie, wie sie sich auf alle viere fallen ließ und wie ein Puma leise um das Feuer schlich, immer wieder stehen blieb, um im Wind zu schnüffeln, den Körper streckte und leise mit der Zunge schnalzte.

Sie sah, dass ihr Puma-Ich im Gehen verharrte und die anderen aus ungewöhnlich blauen Pumaaugen anblickte. Mit einem Mal hörte sie, wie sie schrille Schreie ausstieß, immer und immer wieder, den rituellen Paarungsruf.

Keine Antwort.

Mit den Augen des Adlers sah sie, wie der alte Ahcleet die Arme auf und ab bewegte, wie die Flügel des Donnervogels.

Crazy Lady hockte sich hin und hüpfte wie ein Frosch. Charles Seventrees ahmte die Bewegungen des Wolfes nach. Sam Olden wurde ein Wapiti, stand ruhig da und lauschte, machte ab und zu einen Sprung, als würde er einen Gegner in der Brunftzeit angreifen. Mrs. Clam mit der Bärenmaske holte einen kleinen Besen unter ihren verschränkten Armen hervor und fegte eifrig den Strand.

Prefontaine in seiner kompletten Bärentracht mit Kopf und Pelz ging schwerfällig auf allen vieren, knurrend und brummend. Mercer hob die gefiederten Arme, imitierte das Niederstoßen des Adlers aus der Luft.

Der einzige Schatten war der von Gwaxo, die am Himmel schwebte und durch deren Augen Joan blickte.

*Mala'h* tauchten nicht auf. Zumindest waren sie nicht zu sehen.

Während sie tanzten, wanderte der Vollmond am Himmel bis zu einer Stelle, die der Sonne genau gegenüberlag.

Nur wenige Tage nach der Tag-und-Nacht-Gleiche erstreckte sich der Schatten der Erde jetzt bis weit jenseits des Mondes.

Normalerweise war der Vollmond für jeden Himmelsbetrachter eher enttäuschend in dieser uninteressantesten Phase, da seine bleiche Oberfläche weder Krater noch sonstige topographische Merkmale erkennen ließ.

Aber eine Finsternis verändert alles.

Jetzt zeigte der sonst so langweilige Mond über eine Stunde hinweg eine ganze Reihe von eigentümlichen Mustern, wie sie während des ganzen Mondmonats normalerweise nicht zu sehen sind.

Beim ersten Schein des Mondlichts blickten die Tänzer mit ihren Tiergesichtern nach oben, dann rasch wieder angstvoll nach unten, weil sie wussten, dass die *mala'h* jetzt kommen mussten ...

Joans schrille Schreie hielten an, klangen wie die eines Pumaweibchens, das ein Männchen sucht, und Joans Geist in Gwaxo hörte sie.

Joan hob den Kopf und schrie erneut.

Diesmal wurde ihr Ruf beantwortet.

Ein junges Männchen näherte sich und senkte den Kopf, um den Geruch des Weibchens aufzunehmen.

Es versuchte, sich zu paaren. Joan sah, wie sie sich umdrehte und ihm ins Gesicht schlug. Das Männchen wich bestürzt zurück.

In diesem Moment verließ Joans Geist den Adler und schlüpfte zurück in ihr eigenes menschliches Ich. Sie schob sich die Pumamaske hoch.

Und sah Roc Tidewater vor sich, ihren Exmann.

Joan erkannte, dass Roc Tidewater gestorben und nun als ein *mala'h* aus dem Land der Toten zurückgekommen war, um sie dorthin mitzunehmen. Sie erinnerte sich an das, was ihr Urgroßvater ihr für den Umgang mit den *mala'h* geraten hatte, und befolgte jetzt seine Worte.

Sie blickte ihren Exmann so grimmig an, wie sie konnte, und rief: »Verschwinde, Roc Tidewater. Lass uns in Ruhe. Verschwinde von hier.«

Seine Erscheinung, die so echt wirkte wie sie selbst, starrte sie sehnsüchtig an und streckte die Hand aus.

»Sofort!«, rief sie.

Als er sich in Dunst auflöste und im Meerwind verwehte, rannen ihr Tränen die Wangen hinab.

Als Joan sich umdrehte, sah sie, dass die *mala'h* jetzt überall waren, die Tänzer peinigten, den Tanz auflösten.

Ein oder mehrere *mala'h* zerrten und zogen an jedem, nur an Royal Mercer nicht.

Alle *mala'h* waren wie die Menschen früher gekleidet, daher wusste Joan, dass ihre Freunde für reale oder eingebildete Verletzungen bestraft wurden, die ihre Vorfahren anderen beigebracht hatten.

Nur Roc Tidewater stammte aus der Gegenwart und war entsprechend gekleidet gewesen.

Mit einem Gefühl von Mitleid und einer gewissen Trauer, da sie ihn einmal geliebt hatte, fragte Joan sich, wie und wann Tleyuks Vater gestorben war.

Sie lief zu Mercer, der von den *mala'h* unbehelligt zum Vollmond hinaufblickte.

»Er wird jeden Augenblick rot«, sagte er.

»Wieso rot?«

»Es ist eine Mondfinsternis. Im Gegensatz zu uns beiden, die wir einen dunklen Schatten werfen, ist der Schatten der Erde kupferrot. Das kommt daher, weil das rötliche Licht der

Sonnenaufgänge und -untergänge unseres Planeten gebrochen wird. Und die Wolkendecken oder der Vulkanstaub über Teilen der Erde verleihen dem Mond im verfinsterten Zustand eine künstliche Farbe.«

Doch da geschah etwas Merkwürdiges.

Neben dem Rauschen des Meeres hörten sie ein anderes Rauschen, ein gewaltiges Rauschen, das noch schwach in der Ferne erklang, aber näher kam.

»Hörst du das?«, fragte Joan.

»Ja.«

»Ist das wieder ein Erdbeben?«

»Ich weiß es noch nicht, Joan.«

Der Mond verschwand vor ihren Augen, als hätte irgendeine himmlische Macht ihn fortgerissen.

Auch die *mala'h* waren fort. Sie waren verschwunden wie das Licht des Mondes.

»Der Mond hat uns verlassen!«, kreischte Crazy Lady.

Die ganze Gruppe, erlöst von den rachsüchtigen *mala'h,* versammelte sich um Mercer.

»Er ist nicht weg«, sagte Mercer. »Er ist schwarz geworden. Das kommt manchmal vor, aber nicht oft.«

»Wieso?«

»Weil wir eine Mondfinsternis sehen, die letzte in diesem Jahrhundert.«

»In der alten Zeit haben wir getanzt, um die Sonne und den Mond zurückzuholen, wenn sie fortgingen«, sagte Ahcleet. »Sie sind immer wiedergekommen. Ich frage mich, ob der Mond auch diesmal wiederkommt.«

»Ich sage euch, er hat uns verlassen, er ist weg«, rief Crazy Lady mit vor Furcht bebender Stimme. »Wir werden dafür bestraft, dass wir versucht haben, den Klokwalle zu rufen.« Crazy Lady heulte auf.

Joan streckte die Hand aus, um die alte Frau zu beruhigen.

Ohne den Mond war die Nacht tiefschwarz, der Himmel ein Sternenmeer.

Dann, wie es manchmal geschieht, so merkwürdig es auch ist, wurde das Meer mit einem Mal still und zog sich zurück. Der Wind floh gen Westen, als folgte er einem dringenden Ruf.

Im Sternenlicht sah Joan in weiter Ferne etwas Unfassbares: Das Wasser schien sich zu sammeln. In Wolken gehüllt, erhob sich aus dem Meer eine wirbelnde Wasserhose, die immer und immer höher wuchs.

Dann erklang ein Grollen wie von allen Menschen und Tieren auf Erden zusammen.

Ein Taifun kam auf sie zugerast, mit ihm das Meer, das auf die Küste zustürmte wie flüssiger Donner.

»Jetzt heißt es stark sein«, sagte der alte Ahcleet leise.

Der Taifun kam näher und schleuderte zackige Blitze aus seiner Spiralform.

Mit Entsetzen sah Joan, dass auch eine schwarze Gestalt mit phosphoreszierenden Umrissen brüllend auf sie zuraste. Der Taifun fegte hinterdrein.

Der alte Ahcleet und die Übrigen flohen. Sie hörte ihn rufen: »Alle zurück zum Feuer! Wir müssen um unser Leben tanzen!«

Joan blieb, wo sie war, wie angewurzelt, und starrte dem Schrecken entgegen, der sich vom Meer heranwälzte.

Als das Schwarze vor dem Taifun noch näher gekommen war, sah Joan, dass es eine große, bucklige Gestalt mit Kapuze war, die aufrecht in einem großen schwarzen Kanu stand.

Es war die gleiche bucklige Gestalt, die sie schon zuvor gesehen hatte. Diesmal steuerte sie das Boot gekonnt und sicher durch tosende Brecher. Das Meer gehörte ihr, auch das Land und der Himmel über ihm.

Angst schnürte Joan den Hals zu. Wenn sie dem Wesen Auge in Auge gegenüberstand, was würde sie sehen? Ein Monster? Eine Kreatur, deren Anblick kein Mensch ertragen konnte?

Aber der alte Ahcleet hatte gesagt, dass es der Geist war, der Mut einflößte. Bedeutete das vielleicht, dass sie, wenn sie den Anblick des immer näher kommenden und zweifellos entsetzlichen Gesichtes überlebte, alles würde überleben können?

Und dann war er bei ihr, der Klokwalle.

Zitternd, aber ohne sich von der Stelle zu rühren, spürte Joan, wie ihr am ganzen nackten, gischtnassen Körper vor heißer Angst der Schweiß ausbrach. Sie nahm allen Mut zusammen und starrte in die Schwärze unterhalb der Kapuze. Sie sah kein Gesicht, nur eine brodelnde Mischung menschlicher Gefühle: Hass, Eifersucht, Verwirrung und Ernüchterung.

Sie fürchtete, dass dieser Geist, was immer er auch war, frisches Blut verlangen würde. Blut gegen Mut. Ihr Blut? Oder das Blut ihres Urgroßvaters? Oder das Blut ihrer Freunde?

Der Wind war jetzt so stark, dass es schwierig war, aufrecht zu stehen. Sand, Blätter, kleine und größere Steine wurden über den Strand gefegt.

Joan bangte um das Leben Ahcleets und ihrer Freunde. Sie

waren ihretwegen hier. Was sollte sie tun? Innerlich rief sie nach ihrem Schutzgeist.

Zwischen ihr und dem Klokwalle entstand eine Flamme aus winzigen, flackernden Lichtern in allen Regenbogenfarben.

Ihr strömte das Herz über, denn jetzt wusste sie, dass Sta'dox!wa, der mächtigste aller schamanistischen Übernatürlichen und ihr persönlicher Schutzgeist, sowohl ihr als auch dem Ankömmling verkündete, dass er da war.

Abrupt blieb der Bucklige vor der Lichtgestalt stehen wie vor einer undurchdringlichen Wand.

Er sprach – genauer gesagt, Joans Verstand spürte die Worte, nahm sie wahr, ohne eigentlich eine Stimme zu hören; sie wurden in der uralten Form der Quinault-Sprache gesprochen, die sie gelernt hatte und sehr gut verstand.

»Ich sehe dich, Sta'dox!wa, und ich grüße dich. Ich wurde schon sehr lange Zeit nicht mehr gerufen. Wer wagt es, mich nun zu rufen?«

Die Lichtgestalt drang in die Schwärze ein, die der Klokwalle war, und es schien, als würden sie eine Zeit lang zusammen tanzen.

Das Licht in den Regenbogenfarben verschmolz, und Joan sah erneut, nur für einen Augenblick, ihren Schutzgeist in der Gestalt eines Mannes, bevor er in einem Nebel aus Diamanten verschwand.

Der Bucklige wandte sich Joan zu und warf die Kapuze nach hinten, die seinen Kopf verhüllte. Wieder blickte sie in das Gesicht des Klokwalle.

Jetzt, nachdem er mit ihrem Schutzgeist gesprochen hatte, besaß er ein Gesicht von unbeschreiblicher Schönheit, schwarz wie der schwarze Mond, so schwarz, dass sie verblüfft war, seine Gesichtszüge erkennen zu können.

»Du hast mich gerufen«, sagten seine Gedanken zu ihren. »Ich bin gekommen.«

Seine Pupillen leuchteten wie schwarzer Schiefer, das Weiße seiner Augen war smaragdgrün. Seine vollen Lippen waren schwarz und ebenso wie die Umrisse seiner gesamten Gestalt von Phosphoreszenz umspielt.

Als er lächelte, sah Joan, dass seine Zähne blitzten wie Elfenbein.

Er hatte schwarze Locken, die ihm auf die Schultern fielen. Ohne den Buckel wäre er eine makellos schöne Erscheinung gewesen.

Die Gedanken des Klokwalle sagten zu ihren: »Du suchst Mut, La'qewamax. Das ist seltsam, denn Mut besitzt du bereits.«

Joan, die sich sowohl der Anwesenheit ihres Schutzgeistes bewusst war als auch der Anwesenheit der kleinen Gruppe, die unter Ahcleets Führung unaufhörlich ums Feuer tanzte, trat näher an den Jenseitigen heran.

Er streckte die Arme aus und legte sie um Joan. Im selben Moment betrat sie ein Reich der Dunkelheit, in dem sie in die Zukunft blicken konnte.

Sie sah Tleyuk, ihren Sohn, der von einer unbekannten Gefahr bedroht wurde, deren Anblick für sie unerträglich war; sie sah den alten Ahcleet und ihren Zwillingsbruder in großer Not, eine weitere Gefahr, von der sie den Blick abwandte.

Rasch wich sie zurück, und er ließ sie los.

»Entferne den Buckel von meinem Rücken«, befahl der Klokwalle.

Den Buckel von seinem Rücken entfernen?

Sie zögerte. Wie konnte sie einen übermenschlichen Buckel von einem übermenschlichen Körper entfernen?

»Entferne den Buckel von meinem Rücken!« Seine Stimme klang jetzt wie ein Donnern.

Sie griff unter sein schwarzes Gewand. Das, was wie ein Buckel aussah, war in Wahrheit eine Art Behälter. Sie nahm ihn, stellte ihn in den Sand und sah eine sehr alte Reisetasche aus Wapitifell.

»Öffnen«, kam der stimmlose Befehl.

Sie gehorchte und entdeckte im Innern einen lebenden Weißkopfseeadler. Der Adler blickte sie aus funkelnden gelben Augen an.

»Nimm ihn heraus.«

Mit einem ausgewachsenen Weißkopfseeadler war nicht zu spaßen. Zitternd befolgte sie den Befehl des Klokwalle. Als sie den Adler herausnahm, spürte sie, wie er ihr mit seinem spitzen, gebogenen Schnabel in den Arm hackte, genau zwischen die beiden Schnittwunden, die sie sich mit einem Muschelmesser beigebracht hatte.

Sie zuckte vor Schmerz zusammen, hielt aber den Adler in Augenhöhe, blickte ihm in die glühenden Augen. Er griff sie nicht noch einmal an, starrte nur zurück. Sie spürte, wie irgendetwas von dem Adler in sie überging.

Gwaxo schrie oben am Himmel.

Der Adler in Joans Armen schlug einmal mit den gewaltigen Flügeln, schrie, streckte die Klauen und schlug sie ihr in den Arm, dann machte er einen kleinen Sprung, wie Adler es machen, bevor sie sich in die Luft schwingen.

Dann hob er sich mit kräftigen, gemächlichen Flügelschlägen ab und wurde immer schneller, je mehr er an Höhe gewann.

Joan beobachtete, wie der übernatürliche Adler sich hoch oben zu Gwaxo gesellte.

Der Sturm hatte sich gelegt, war einfach verschwunden wie zuvor der Mond. Der alte Ahcleet und ihre Freunde tanzten noch immer um das Feuer herum.

Sie drehte sich um, und der Klokwalle war fort.

Als sie hinaus aufs Meer blickte, sah sie einen Mann aufrecht in einem schwarzen Kanu stehen und durch die Brandung Richtung Westen fahren, mit dem Rücken zu ihr.

Über ihr war der gewaltige Schatten der Erde vorbeigeglitten, und der Vollmond schien mit mildem Licht. Joan war sicher, dass keine *mala'h* mehr auftauchen würden. Sie hatte ihre qualvolle Prüfung überstanden.

Der Mond war vom Schatten der Erde befreit worden, so wie sie durch ihren Traum vom Schatten einer dunklen Liebe befreit worden war.

Erschöpft, aber glücklich kehrten sie alle zum Haus des alten Ahcleet zurück, wo Crazy Lady die Wunden mit Arnika- und Ringelblumentinktur behandelte. Dann legte sie mit Joans Hilfe Breiumschläge aus frischen Schwarzwurzblättern auf.

Nachdem alle verarztet waren, fuhren Mrs. Clam, Sam Olden und Charles Seventrees nach Hause. Die anderen gingen in Ahcleets Haus zu Bett.

Joan, die trotz ihrer Müdigkeit vor lauter geistiger Energie und gedanklicher Klarheit nicht schlafen konnte, gingen unaufhörlich Erinnerungen und Fragen durch den Kopf, als ob ihr Schutzgeist ihr bis zum frühen Morgen zuflüsterte: Denk nach, erinnere dich. Erinnere dich!

Am meisten beschäftigte sie die Frage, warum die andere Hälfte der Goldmünze mit dem gewebten Band aus Vicuña-Wolle an dem Foto in der Kirche von Limas Heimatdorf hing.

Und sie erinnerte sich an die scharfen Worte Limas, als sie gemeinsam den toten Jungen in der Höhlung des Granitfelsens entdeckt hatten.

»Sehen Sie da nicht hin! Das ist nicht für Ihre Augen bestimmt!«

Wieso hatte er das gesagt? Sie war Sheriff im Reservat, und wer, wenn nicht sie, sollte denn für einen Mord im Gebiet der Quinault zuständig sein?

Aber er hatte es gesagt, noch *bevor* ihr richtig klar gewesen war, was dort lag. Er war an ihr vorbeigerannt und hatte ihr befohlen, nicht näher zu kommen.

*Er hatte gewusst, was da war.*

Immer und immer wieder hörte sie seine Worte, wie von einem endlosen Tonband. Sie konnte sie nicht abstellen.

# Kapitel 23

Am nächsten Morgen stand Joan um sieben Uhr auf, rief im Plaza Hotel in New York an und hinterließ eine Nachricht für Lima Clemente, in der sie um seinen Rückruf bat.

In Anbetracht des Zeitunterschieds hatte sie nicht erwartet, ihn im Hotel zu erreichen. Sie wusste, dass er mehrere Tage lang Gespräche mit Bankiers und dem chilenischen Botschafter führen würde.

Bis auf Tleyuk, der gerade frühstückte, war von den anderen noch niemand aufgestanden. Joan gab ihrem Sohn einen Kuss und machte frischen Kaffee. Sie setzte sich an den Küchentisch und aß einen Toast mit Butter und Kleehonig.

Mit großen Augen fragte Tleyuk: »Mom, was ist denn mit deinen Armen passiert?«

»Nichts Schlimmes, Schatz.«

»Aber du trägst doch Verbände.«

»Es ist alles in Ordnung, Tleyuk.«

»Hat das mit den Sachen zu tun, die ich in meiner Ausbildung lernen werde?«

»Ja, genau.« Sie sah auf die Uhr. »Jetzt beeil dich, Schatz. Du bist spät dran.«

Er umarmte sie hastig und war zur Tür hinaus, bevor sie ihm einen Kuss geben konnte.

Um zehn nach acht rief Joan im FBI-Büro in Aberdeen an und ließ sich mit Hunter Kleoh verbinden.

»Einen wunderschönen guten Morgen, Joan«, begrüßte Kleoh sie gut gelaunt.

»Hunter, wie geht es mit dem Gesicht von dem Knaben voran?«

»Da muss ich nachsehen.« Sie hörte Papiere rascheln. »Dem letzten Bericht nach haben die Computerleute ihre Arbeit gemacht und die Experten mit der eigentlichen Rekonstruktion angefangen.«

»Sehr gut. Ich habe eine Bitte.«

»Schieß los.«

»Unter den sterblichen Überresten befand sich eine Hand.«

*»Ja.«*

»Könntest du veranlassen, dass die Hand von einem Gefäßchirurgen obduziert wird?«

»Wozu?«

»Du weißt doch, dass die Hand bei der ersten Obduktion nicht berücksichtigt wurde.«

»Na ja, es war nur eine oberflächliche Obduktion, weil die Todesursache klar war. Wonach sollen wir denn suchen, Joan?«

»Nach Blutgefäßen. Der Chirurg soll nach zusätzlichen Blutgefäßen suchen.«

»Und was würde das beweisen?«

»Dass der Junge aus einem sehr kalten Land kam.«

»Es gibt jede Menge kalter Länder in der Welt.«

»Das ist mir klar.«

»Ich weiß nicht, ob ich das genehmigt kriege.«

»Was dagegen, wenn ich Eli Raptor anrufe?«

»Überhaupt nicht.«

»Dann mach ich das jetzt, Hunter.«

»Du sagst mir Bescheid, ja?«

»Natürlich. Bis dann.«

Sie legte auf und rief sofort Eli Raptor in Seattle an.

»Gut, dass du anrufst, Joan«, sagte Raptor. »Ich habe was Neues. Wir haben einen der Fingerabdrücke identifizieren können, die du von dem Felsen abgenommen hast.«

»Wem gehört er?«

»Einer Frau namens Machi Juana. Ich habe keine Ahnung, was sie mit dem Kongress der Holzindustrie zu tun gehabt haben könnte, aber vielleicht hat sie dort bedient oder auf Kinder aufgepasst. Laut Information von der Passkontrolle am Flughafen ist sie Anfang April eingereist und zwei Wochen später wieder abgeflogen. Ihr Reiseziel war Lake Quinault.«

»Woher kam sie?«

»Aus einem kleinen Dorf in Chile«, erwiderte er und nannte den Namen des Dorfes.

Joan verschlug es die Sprache. Es war dasselbe Dorf, das sie mit Royal Mercer besucht hatte und in dem Lima Clemente aufgewachsen war.

»Joan? Bist du noch dran?«

»Entschuldige, Eli, ich habe kurz an was anderes gedacht«, erwiderte sie und erzählte ihm dann, was sie wollte und dass Hunter Kleoh keinen Sinn darin sah, die Hand des kleinen Jungen zu obduzieren.

»Ehrlich gesagt, frage ich mich auch, was du dir davon versprichst«, lautete sein Kommentar. »Erklär's mir.«

»Wenn die Hand des Jungen mehr Blutgefäße hat als normal, wissen wir, dass er aus einem sehr kalten Land kommt.«

»Ich muss Hunter Recht geben. Es gibt jede Menge Länder, wo es kalt ist. Na und?«

»Eli, ich schicke dir heute einen Abzug von einem Foto, das ich im Süden von Chile gemacht habe, genauer gesagt in demselben Dorf, aus dem, wie du sagst, Machi Juana gekommen ist.«

*»Was?«*

»Das Foto zeigt ein gerahmtes Bild in der Dorfkirche«, fuhr sie fort. »Darauf ist ein kleiner Junge zu sehen, der angeblich zusammen mit seinen Eltern an einer Fieberkrankheit gestorben ist. Die Leichen der drei wurden auf die Art und Weise beseitigt, wie es dort Sitte ist, das heißt, sie wurden an einen bestimmten Ort im Freien gebracht, wo sie von Kondoren gefressen wurden. Der Junge hieß übrigens Antonio Salinas.«

»Ich verstehe nur Bahnhof. Was in Gottes Namen hast du dir dabei gedacht? Chile, sagst du? Wer hat das genehmigt?«

»Niemand. Ich hatte noch Resturlaub und habe Royal Mercer begleitet, der auf dem Anthropologenkongress in Santiago einen Vortrag gehalten hat. Nach dem Kongress sind Onkel Roy und ich in das Dorf gefahren, hoch in den Anden. Es ist extrem kalt da oben. Der Dorfpriester, der kein Einheimischer ist, hat uns erzählt, dass die Menschen dort zusätzliche Blutgefäße in Händen und Füßen haben.«

»Ich bin sprachlos.«

»Also, wie stehen jetzt die Chancen für eine Obduktion der Hand des Jungen?«

»Moment mal. Sag mir erst, wieso du von dem Dorf gewusst hast.«

»Von einem Freund.«

»Einem Freund? Hättest du wohl die Güte, mir zu sagen, wer dieser Freund ist?«

»Jetzt nicht, Eli. Kann sein, dass das ein Zufall ist. Ich möchte nicht, dass ein Unschuldiger in die Sache verstrickt wird. Also, wirst du die Obduktion genehmigen? Bitte.«

»Meinetwegen, Joan.«

»Bitte denke dran, dass es ein Spezialist für Gefäßchirurgie sein muss.«

»Unter den gegebenen Umständen ist mir dein Wunsch Befehl«, sagte Raptor.

Um neun Uhr lagen bis auf Tleyuk noch alle im Haus in ihren Betten. Joan spürte, dass auch sie sich noch nicht ganz von dem Ritual in der Nacht erholt hatte.

Trotzdem fuhr sie zur Arbeit. Taholah war in Nebel gehüllt, doch wie sie erwartet hatte, schien ein halber Kilometer landeinwärts die Sonne. Da ihr die Wunden wehtaten, machte sie an einem kleinen Krankenhaus halt und ließ sich in der Ambulanz eine Tetanusspritze geben.

Sie beschloss, bei Anson vorbeizuschauen. Sie war nicht mehr bei ihm gewesen, seit sie Able Majors und Jack Flanagan verhaftet hatte, die jetzt sicher im Gefängnis saßen. Sie hielt große Stücke auf Anson. Irgendwie war er eine emotionale Verbindung zu ihrem Vater. Mika hatte den Mann gemocht und geachtet, so wie sie jetzt.

Sie fuhr zu dem hohlen Zedernstumpf, in dem Anson wohnte. Als sie aus dem Wagen stieg, hörte sie das Rascheln des kommenden Herbstes. Die Luft roch anders, und der Wald war von einer tieferen, üppigeren Schönheit.

Lächelnd lauschte sie, wie die gewaltigen Bäume leise miteinander flüsterten. Hin und wieder schwenkte der eine oder andere Baum seine riesigen dunklen Äste, als würde er widersprechen, während die übrigen Bäume weiter still zuzuhören schienen.

Joan ging um den Stamm der gewaltigen Zeder herum, von der nach ihrem Sturz der große Stumpf geblieben war, in dem Anson nun lebte. Inzwischen war sie zum Nährstamm für unzählige kleine, kräftige Bäume geworden, die aus der dicken Moosdecke der Zeder wuchsen.

Als sie an den Baumstumpf klopfte, bemerkte sie, dass auf dem Boden nicht wie sonst eine Matte aus frischen Zweigen lag, an der Anson sich die Füße abputzte. Die Matte war alt und verdorrt. Merkwürdig. Anson hatte stets eine frische Matte vor seiner Tür liegen.

Niemand öffnete.

Sie klopfte erneut und wartete. Schweigen.

Vielleicht war er unterwegs. Sie beschloss, noch einmal zu klopfen und, wenn er dann nicht öffnete, zu gehen.

Er öffnete nicht.

Sie war beunruhigt. Anson war fast immer allein. Wenn er krank geworden war, ernsthaft krank, wie sollte er jemanden um Hilfe rufen? Vielleicht hatte er einen Herzinfarkt gehabt? Oder einen Schlaganfall? Vielleicht hatte er sich beim Jagen verletzt? Oder beim Holzhacken? Sie selbst hatte ihm gegenüber schon oft ihre Besorgnis zum Ausdruck gebracht.

»Wir müssen alle irgendwann sterben, Joan«, hatte er mit düsterem Blick entgegnet. »Irgendwann kommt die Zeit, und keiner von uns weiß, wann.«

Als sie das letzte Mal hier war, hatte er mit ihr über die Wilderei gesprochen, die, wie er vermutete, noch immer im großen Stil betrieben wurde. Vielleicht war er einem Wilderer in die Quere gekommen und ermordet worden?

Sie wollte schon gehen, als ihr auffiel, dass die Tür, die aus dem Baum herausgeschnitten worden war, einen winzigen Spaltbreit offen stand. Sonderbar. Sie drückte leicht gegen die Tür, und sie schwang auf. Joan ging hinein. Anson war nicht in dem großen, kreisrunden, nach Zeder duftenden Raum.

Sie sah sich um. Alles war aufgeräumt, das Bärenfell sah aus, als wäre es frisch ausgeschüttelt und wieder auf den Boden gelegt worden. Ansons Truhen mit den vielen Büchern waren geschlossen und standen ordentlich aufgereiht da. Der Tisch war leer bis auf eine blank geputzte Kerosinlampe mit einem säuberlich gestutzten Docht.

Doch da war noch etwas auf dem Tisch. Als sie näher heranging, sah sie, dass es ein an sie adressierter Briefumschlag war.

Sie wollte ihn nicht nehmen.

Ihre Hand schwebte in der Luft, während sie sich fragte, warum es so viele Dinge gab, die sie eigentlich nicht tun wollte.

Sie nahm den verschlossenen Umschlag, ging nach draußen und öffnete ihn. Der Brief trug das Datum von vor zwei Wochen. Joan begann zu lesen:

*Joan,*
*ich weiß, dass du diesen Brief als Erste lesen wirst. Allerdings weiß ich nicht, wann du das nächste Mal zu Besuch kommst. Es tut mir Leid, dass ich dich nicht wiedersehen werde. Ja, meine liebe Joan, ich verlasse den Wald, ich verlasse die Besuche, die mir so wichtig waren, früher die von deinem Vater und in letzter Zeit deine.*
*Hier hatte ich meinen Frieden gefunden. Ich habe bereits Gerechtigkeit walten lassen, wenn das überhaupt möglich ist, und jetzt gehe ich in der Hoffnung, einen noch größeren Frieden zu finden.*
*Du wirst fragen, warum. Du verdienst eine Antwort. Du erinnerst dich sicherlich an das Foto von dem jungen Mann, auf den du mich bei deinem letzten Besuch angesprochen hast. Ich habe gesagt, dass er ein junger Freund sei. Er war mehr als das. Viel mehr.*

Joan hörte auf zu lesen und blickte nachdenklich in die Bäume. War Anson ein Mann gewesen, der Männer liebte?

Sie las weiter:

*Und ganz bestimmt erinnerst du dich auch an das Mädchen, das in einem Adlerhorst gefunden wurde. Soviel ich weiß, gibt es bis heute keine Spur, wer sie ermordet hat. O ja, selbst hier in meiner Abgeschiedenheit bekomme ich einiges mit.*
*Ich weiß, dass mein junger Freund die Kleine ermordet hat. Er hatte sie längere Zeit in der Höhle versteckt, wo ich meine Nahrungsmittel aufbewahre, meiner Speisekammer. Als er erst ein paar Tage hier war, fiel mir auf,*

*dass er mir nicht mehr erlaubte, Nachschub aus der Höhle zu holen. Er sagte dann immer: »Aber Anson, du bist älter als ich. Lass mich das machen, ich habe noch junge Beine.« Und Gott möge mir verzeihen, ich habe ihn gelassen. Ich habe es genossen, verwöhnt zu werden. Er muss gewusst haben, dass ich, wenn er einmal nicht da war, selbst in die Höhle gehen musste und die Leiche entdecken würde. Ich weiß, dass er auf meine Verschwiegenheit gezählt hat, wie schon früher.*

*Der Tag kam, an dem er nicht da war. Ich weiß nicht, wo er hingegangen war, jedenfalls nicht in die Höhle. Ich bin also los, um Kartoffeln zu holen. Und da lag sie, tot, schrecklich zugerichtet.*

*Ich weiß, ich hätte mich gleich auf den Weg zum nächsten Telefon machen und dich anrufen müssen. Schließlich sind es nur fünfzehn Kilometer. Aber ich habe es nicht getan. Dafür gibt es keine Entschuldigung. Als ich die Leiche des Mädchens fand, bekam ich schreckliche Panik. Ich hatte Angst vor dem, was zwangsläufig gekommen wäre, wenn ich dich angerufen hätte – der ganze Polizeiapparat wäre mobilisiert worden, Artikel in den Sensationsblättern über den Einsiedler, der vermutlich der Mörder war. Und meine ehemaligen Kollegen hätten getuschelt:*

*»Hast du gehört, was der alte Anson gemacht hat? Überrascht mich nicht. Habe immer gedacht, der ist nicht ganz richtig im Kopf.«*

*Ich wusste, dass es so kommen würde. Schließlich war ich früher selbst Strafverteidiger.*

*Also habe ich dem toten Mädchen wieder seine Sachen angezogen, die in der Höhle lagen. Ich wusste, dass Michael*

*McTavish einen Einschlagplatz an der Fire Road Six hatte. Ich wusste, dass dort in der alten, toten Zeder ein verlassenes Adlernest war und dass die Bäume dort bald geschlagen würden. Ich wollte, dass die Kleine schnell gefunden wurde. Doch bis sie gefunden wurde, musste ihr Leichnam vor den Tieren geschützt werden. Das Adlernest schien mir dafür am besten geeignet. Aber ich musste warten, bis es dunkel war. Inzwischen war mein Freund zurückgekommen und konnte mir an den Augen ablesen, dass ich Bescheid wusste. Doch wir sprachen nicht darüber.*

*Als es dunkel war, ging er zu Bett, und ich machte mich auf den Weg mit meiner Kletterausrüstung. Ich fand den Baum, kletterte hinauf und legte die Kleine in das Adlernest. Obwohl ich kein religiöser Mensch bin, sprach ich ein Gebet für sie.*

*Bei meiner Rückkehr im Morgengrauen schlief mein junger Freund noch. Ich stand eine Weile neben ihm. Ich beugte mich hinab und fuhr ihm mit der Hand durchs Haar, erinnerte mich an zärtliche Augenblicke in der Vergangenheit. Dann schoss ich ihm eine Kugel durchs Ohr und schenkte ihm einen schnellen Tod. Ich legte mich neben ihn, hielt ihn in den Armen und weinte.*

*Mir bleibt keine andere Wahl, Joan. Ich werde das tun, was ich tun muss. Wenn es ein Leben nach dem Tode gibt, werde ich bald dort sein, wo er ist, und ich werde ihn finden. Wäre er vor Gericht gekommen, wäre er vielleicht freigesprochen worden, denn er kannte einige ausgezeichnete Anwälte und hatte genug Geld, um sie zu bezahlen. Er musste bestraft werden, nicht durch das von Menschen gemachte Gesetz, das ihn vielleicht für ein paar Jahre ins Gefängnis ge-*

*steckt hätte, vielleicht aber auch nicht, sondern durch ein höheres Gesetz.*

*Meine wenigen Habseligkeiten gehören dir. Das einzig Wertvolle ist meine Bibliothek. Verkauf sie oder behalte sie, wie du möchtest.*

*Leb wohl, Joan. Ich bezweifle, dass wir uns wiedersehen, denn wenn du stirbst, wirst du in dein Land der Toten gehen.*

*Wenn ich sterbe, weiß ich, wo ich hingehe, nämlich dorthin, wo er hingegangen ist. Wir beide werden zusammen sein. Hier unten auf der Erde werden unsere Leichname zusammen sein, wie es sein soll. Spar dir die Mühe, uns zu suchen. Er liegt bereits da draußen im Wald an einem fernen Ort, wie auch ich bald, tief unten in einem steilen Canyon, wo kein verirrter Wanderer über unsere sterblichen Überreste stolpern wird. Mit der Zeit reinigt der Wald alles. Er war schließlich mein einziges Kind, mein Sohn, und ich habe ihn für das getötet, was er getan hat. In dem Umschlag findest du meine Sozialversicherungskarte, eine Visitenkarte aus meiner glorreichen Zeit als Anwalt in New York und Name und Adresse der Mutter meines Sohnes sowie seinen Personalausweis.*

Joan spürte, wie sich ihre Herzmuskulatur verkrampfte und ein Brennen in ihre Augen stieg, während sie den Brief zusammenfaltete, einen kurzen Blick auf die Karten warf und alles zurück in den Umschlag steckte.

Armer Anson. Sie hatte nicht einmal seinen Nachnamen gekannt. Bis jetzt. Er lautete Bancroft, Anson J. Bancroft III.

Masken, dachte sie. Wieder war eine Maske hochgeschoben und das wahre Gesicht darunter enthüllt worden. Joan empfand Traurigkeit und Schuld.

Ihr Vater hatte sich stets um Anson gekümmert. Hatte sie selbst versagt? Hätte sie, wenn sie ihn öfter besucht hätte, seinen Tod verhindern können?

Wahrscheinlich nicht. Anson hatte besser als die meisten gewusst, welche Publicity ein solches Ereignis zwangsläufig nach sich zog. Die Medien hätten sich auf ihn gestürzt, und das wäre ihm zutiefst zuwider gewesen.

Bevor sie losfuhr, trank Joan aus einem Bergbach in der Nähe, sodass ihre Lippen vor Kälte taub wurden, und spritzte sich das eiskalte Wasser ins Gesicht.

Es war Mittag, als sie im Polizeirevier von Taholah ankam. Sie erzählte Prefontaine von Ansons Tod, dass er einen Sohn gehabt hatte und dass dieser Sohn das kleine Mädchen ermordet hatte. Sie zeigte ihm Ansons Brief.

Prefontaine las ihn und fragte dann: »Woher weißt du, dass er sich umgebracht hat? Vielleicht ist er einfach wieder verschwunden.«

Sie schüttelte den Kopf: »Er hätte niemals seine Bücher zurückgelassen.«

»Dann liegen also irgendwo in einem tiefen, dunklen Canyon zwei Leichen, was?«

»Sieht so aus.«

»Aber wo? Auf unserem Land? Im Nationalpark? Im Regenwald?«

»Ich weiß es nicht, Paul.«

Das Telefon klingelte, Prefontaine ging dran und hörte aufmerksam zu. Dann knallte er den Hörer auf die Gabel.

»Bei der alten Scatt zu Hause brennt es. Der Feuerwehrhauptmann sagt, es gäbe eine Leiche oder so was, wie er sich ausdrückte. Ich rufe Hunter Kleoh und den Coroner an, und dann nichts wie los.«

»Ruf Jasper Wright an, anstandshalber«, sagte Joan.

Prefontaine tat es, und er informierte auch die bundesstaatliche Polizei.

Sie fuhren in getrennten Wagen zum Haus der alten Scatt, wo Mitarbeiter der freiwilligen Feuerwehr herumstanden. Joan registrierte, dass die Tiere – Schweine, Hühner, Gänse – offenbar die Flucht ergriffen hatten, denn sie waren nirgends zu sehen.

Sie blickte sich suchend nach dem heruntergekommenen Kater der alten Scatt um, da sie wusste, wie sehr Tleyuk ihn liebte, konnte ihn aber nicht entdecken.

Der Feuerwehrhauptmann kam zu Joan und Prefontaine, um sie zu begrüßen.

»Wo ist das Feuer?«, fragte Prefontaine.

»Das ist ein echt komisches Feuer. Am besten, Sie kommen mit rein und sehen sich die Sache selbst an«, erwiderte der Feuerwehrhauptmann und ging voraus. Als sie sich dem Haus näherten, roch Joan einen süßlich schweren Geruch, der immer stärker wurde.

»Was ist das für ein Geruch?«, fragte sie.

»Stinkt fürchterlich, nicht?«, sagte der Feuerwehrhauptmann.

Dicht am Haus sah Joan einen hellblauen Nebel, und als sie

eintraten, stellten sie fest, dass der Hauptraum voll mit blauem Rauch war. Flammen waren nicht zu sehen.

Der Fußboden war noch immer mit Abfall übersät. Ein kleines Feuer brannte unschuldig in dem in den Fußboden geschlagenen Loch mit Steinen darum herum, das als Kochstelle diente. Noch immer entwich der Rauch durch ein Loch im Dach. Die Wände waren nach wie vor ruß- und fettverschmiert, doch nun war offenbar eine neue, übel riechende Schicht dazugekommen.

Durch die Schwaden des seltsamen hellblauen Rauches war es schwierig, irgendetwas genau zu erkennen, aber Joan meinte, dass ein Stück vom Fußbodenbelag in der Ecke vor dem Fernseher geschwärzt war; der Fernseher lief noch, und auch der Bildschirm war offensichtlich mit einer Fettschicht bedeckt. Der gepolsterte Schaukelstuhl, den Joan bei ihrem Besuch gesehen hatte, war verschwunden.

Sie und Prefontaine gingen vorsichtig zu diesem Teil des Raumes. Der widerwärtige, süßliche Gestank raubte ihnen fast den Atem. Was Joan für einen schwarzen Fleck gehalten hatte, entpuppte sich als großes Loch, das durch den Vinylboden und die Dielen darunter gebrannt war. Mehrere Fußbodenbalken lagen frei und waren an der Oberfläche verkohlt. Flammen waren nicht zu sehen, aber ein Häufchen feine graue Asche. Aus der Asche ragten Knochen, die aussahen wie vom Fuß eines Menschen.

»Ich kann mir das nicht erklären«, sagte der Feuerwehrhauptmann. »Einer von den Jungs meint, wir hätten es hier mit einer Selbstentzündung zu tun. Er hat vor kurzem mal was im Fernsehen darüber gesehen.«

»Ich habe davon gehört«, sagte Prefontaine.

»Hoffe, es ist in Ihrem Sinne, Paul«, sagte der Feuerwehrhauptmann weiter, »aber ich habe Norman Platt angerufen, dass er herkommen soll.«

»Und ob es in meinem Sinne ist. Solange Ihnen klar ist, dass wir hier nichts machen können, bis der Coroner hier ist. Und Hunter Kleoh ist unterwegs.«

Der Feuerwehrhauptmann nickte. »Dieser Norman Platt ist so was wie ein Spezialist für verkohlte Leichen, wissen Sie. Er war zufällig drüben in der Lodge und müsste jede Minute hier sein.«

Kurz darauf kam Platt mit einem alten VW-Käfer angebraust und hielt mit quietschenden Bremsen vor dem Haus.

Er war ein dicker Mann mit einem rötlichen, immer lächelnden Gesicht und struppigem weißen Haar. Nachdem er sich mühsam aus dem Wagen gezwängt hatte, winkte er den Feuerwehrleuten zu und ging direkt ins Haus.

»Ich musste mir einen Wagen leihen, nicht gerade mein Traumauto«, sagte er und deutete auf den Volkswagen. Er schnüffelte und sagte dann: »Haben wir es hier mit dem zu tun, was ich vermute?«, fragte er.

»Woher soll ich das wissen, Norm«, erwiderte der Feuerwehrhauptmann. »Deshalb habe ich dich kommen lassen.«

Die Augen des dicken Mannes huschten zu der Ecke, wo der Fernseher stand.

»Mr. Platt, bitte rühren Sie nichts an, bis Amos Zander hier ist, ja?«, sagte Prefontaine.

Zander war der zuständige Coroner.

Platt nickte und suchte sich dann vorsichtig seinen Weg durch den Raum, wobei er vor sich hin summte. Anschließend gingen alle zusammen nach draußen, wo die Luft besser war.

Jasper Wright, der Bezirkssheriff, kam als Nächstes, ging kurz ins Haus, um sich einen Eindruck zu verschaffen, und wartete dann draußen mit den anderen. Bald darauf trafen drei Beamte von der bundesstaatlichen Polizei ein. Nach schier endlosem Warten kam der Coroner, ein kleiner, schmächtiger Mann, gefolgt von seinem Assistenten.

Er nickte der Gruppe zu, erkundigte sich bei Prefontaine nach der Sachlage und wurde ins Haus geführt, wo er sich den Haufen Asche und die Knochen eines Menschenfußes ansah.

»Was hat Platt hier zu suchen?«, fragte er.

»Der Feuerwehrhauptmann hat ihn kommen lassen«, erwiderte Prefontaine. »Er dachte, er könnte helfen, Licht in die Sache zu bringen.«

»Holen Sie ihn rein.«

Platt wurde hereingerufen.

»Okay, Norm, an die Arbeit«, sagte der Coroner.

Platt ging schwerfällig in die Hocke, befeuchtete seinen Zeigefinger und steckte ihn in die Asche, dann hob er den mit Asche bedeckten Finger an die Nase und schnüffelte. Er nickte und wischte sich den Finger mit einem Papiertaschentuch ab. »Bitte nichts anrühren«, sagte er.

»Das ist eigentlich mein Text«, erwiderte der Coroner mit einem dünnen Lächeln.

Platt watschelte nach draußen zu seinem Wagen und kam mit einem Stativ und einer alten, aber funktionstüchtigen Spezialkamera wieder. Er schraubte die Kamera auf das Stativ und machte ein paar Aufnahmen von dem Aschehaufen.

»Das ist mit Sicherheit die Leiche, falls Sie irgendwelche Zweifel hatten«, sagte er zu dem Coroner.

Amos Zander nickte.

»Wodurch ist sie verbrannt?«, fragte Joan.

»Sie ist von selbst verbrannt.«

»Soweit ich weiß, hat die Frau nicht geraucht«, warf Prefontaine ein.

»Schon mal was von Selbstentzündung gehört?«, fragte Platt.

»Einer von meinen Leuten hat mir von einer Fernsehsendung darüber erzählt«, sagte der Feuerwehrhauptmann.

»Ich höre seit Jahren immer wieder von solchen Fällen, habe Fotos gesehen. Ich weiß, dass es das gibt. Es ist unfassbar. Manchmal fangen lebende menschliche Körper innerlich Feuer und verbrennen.«

»Unglaublich«, sagte Joan. »Bis auf die paar Fußknochen ist nichts von dem Skelett übrig.«

»Ich halte es für besser, wir hängen die Sache nicht an die große Glocke«, sagte der Coroner. »Wenn bekannt wird, dass wir einen Fall von menschlicher Selbstentzündung haben, wimmelt es hier bald von rasenden Reportern aus aller Welt.«

»Ganz meine Meinung«, sagte Hunter Kleoh, der dazugekommen war. »Weiß man, wodurch so etwas verursacht wird?«

»Das weiß niemand mit Sicherheit. Jedenfalls noch nicht«, erwiderte Platt und strich sich dabei nachdenklich über die Oberlippe. »Alle, die sich wissenschaftlich damit auseinander setzen, sind überzeugt, dass die Hitze irgendwo innerhalb des Körpers erzeugt wird, verursacht durch ein inneres Feuer, das heißer ist als das Feuer im Krematorium.«

»Wie ist das möglich?«, fragte Kleoh.

»Es gibt da eine Theorie, die aber noch unbewiesen ist.«

»Würden Sie uns die verraten?«, fragte der Coroner.

»Aber gern. Überlegen Sie sich doch mal Folgendes: Der Mensch besteht zu siebzig bis achtzig Prozent aus Wasser. Was wäre, wenn sich dieses Wasser plötzlich in Wasserstoff und Sauerstoff aufspalten würde, also in die Gase, die gemeinsam die Wassermoleküle bilden? Wasserstoff selbst brennt außerordentlich gut – und mit einer blauen Flamme. Sauerstoff könnte die Reaktion beschleunigen. Und es ist durchaus möglich, dass der Funke durch einen Anstieg der statischen Elektrizität innerhalb des Körpers erzeugt wird.«

Kleoh verkündete entschlossen: »Wir geben eine Erklärung an die Presse, dass eine alte Frau bei einem Hausbrand ums Leben gekommen ist. Und dabei belassen wir es.«

In diesem Augenblick fuhr Jack Scatt in einem zerbeulten alten Truck vor. Als er ausstieg und auf das Haus zukam, sah Joan, dass er einen adretten Dreiteiler und ein gestärktes weißes Hemd trug.

»Verdammt, was ist denn hier los?«, fragte er.

»Wo kommst du denn her?«, wollte Prefontaine wissen.

»Ein Freund hat mich angerufen. Hat gesagt, hier wäre irgendwas passiert.«

Prefontaine deutete auf den Aschehaufen und die Fußknochen. »Es hat einen merkwürdigen Brand gegeben, Jack. Es tut mir sehr Leid, aber deine Großmutter ist tot.«

»Sie war nicht meine Großmutter. Sie war die Großmutter meiner Großtante. Da nur wir beide von der Familie übrig geblieben sind, haben wir Kontakt zueinander gehabt.«

»Wie hieß die Dame mit vollständigem Namen?«, fragte der Coroner.

Jack Scatt zuckte die Achseln. »Keine Ahnung.«

»Was wirst du machen, jetzt, wo sie tot ist?«, fragte Prefontaine.

»Was ich machen werde? Als Erstes brenne ich dieses ganze verdammte Haus ab. Mir ist schleierhaft, wie jemand in so einem Saustall leben konnte.«

»Hast du denn nicht hier mit ihr zusammen gewohnt?«

»Gott bewahre, nein. Ich war oft hier, weil ich hier meine alten Autos stehen habe. Aber ich wohne in einem Hotel in Hoquiam.«

»Könnte ich die Adresse haben?«, fragte Hunter Kleoh.

»Klar.« Überraschenderweise zog Scatt eine Visitenkarte aus seiner Westentasche und reichte sie dem FBI-Mann, der sie sich kurz ansah und dann die anderen anblickte.

»Und in welcher Branche arbeiten Sie, Mr. Scatt?«

»Können Sie nicht lesen? Das steht doch auf der Karte. Computerberater.« Er blickte Prefontaine mit einem sarkastischen Lächeln an. »Was ist los, Chief? Hast du gedacht, ich würde nur irgendwo im Wald Gras anbauen und alles klauen, was nicht niet- und nagelfest ist? Falls ja, liegst du falsch.«

Joan und ihr Bruder tauschten einen flüchtigen Blick aus. Wieder eine Maske gelüftet.

Einer von den Feuerwehrleuten kam herein und bat seinen Vorgesetzten, mit nach draußen zu kommen. Joan schaute durch eines der schmutzigen Fenster und sah, dass drei Feuerwehrleute im Giftgarten der alten Scatt gruben.

»Also, wenn das alles ist, mache ich mich jetzt wieder auf den Weg«, verabschiedete sich Norman Platt.

Kurz darauf hörten sie den VW davonknattern.

Inzwischen hatten der Coroner und sein Assistent angefangen, den Haufen Asche und die übrig gebliebenen Knochen vorsichtig in Beutel zu verpacken.

»Paul, ich denke, wir sollten nach draußen gehen«, sagte Joan. »Wir alle.«

Hunter Kleoh, Jasper Wright, die drei uniformierten Beamten und Jack Scatt folgten Joan und Paul nach draußen, wo sie in dem Giftgarten sahen, dass ein Fingerknochen aus einer üppig wachsenden Purpurwinde herausschaute.

»Zum Teufel, was ist *das* denn?«, brummte Kleoh.

»Ich hole den Coroner.« Prefontaine lief zurück ins Haus.

Zander wies seinen Assistenten an, weiter die Asche für den Transport ins Labor abzufüllen, und folgte Prefontaine nach draußen.

Nach einem kurzen Blick auf den Giftgarten bat er den Feuerwehrhauptmann, seine Männer weitergraben zu lassen. »Aber vorsichtig«, befahl er. »Ganz vorsichtig.«

Alles in allem wurden vier Skelette freigelegt; zwei Erwachsene und eine junge Frau mit einem zusammengerollten winzigen Skelett an der Stelle, wo ihr Bauch gewesen war.

»Ich weiß, wer die sind«, sagte Scatt.

Prefontaine und Joan starrten ihn an.

»Ich weiß, wann die Alte sie getötet hat.«

Jetzt blickten ihn alle erwartungsvoll an.

»Das ist Jahre her. Die haben versucht, mir die Vaterschaft von dem Kind anzuhängen. Verdammt, ich habe das Mädchen nie angerührt. Ich kannte sie nicht mal. Jedenfalls hat die alte Scatt sie zum Essen eingeladen, so viel ich weiß, um alles zu bereden. Schauen Sie nicht so überrascht. Das Haus war nicht immer so ein Saustall. Jedenfalls als ich kam, war alles schon vorbei. Sie hatte die drei vergiftet. Die waren tot, mausetot. Ich habe sie dann hier vergraben. Ich wollte die Sache geheim halten, solange die Alte noch am Leben war. Ich fand, sie hatte der Welt einen Gefallen getan. Die waren Abschaum.«

Scatt blickte Prefontaine an. »Jetzt willst du mich bestimmt festnehmen, Chief. Na los, ich mache keinen Ärger.«

»Erst muss ich mal verdauen, was ich da gerade gehört habe«, erwiderte der Polizeichef.

Als Joan schließlich wieder davonfuhr und den Coroner, Hunter Kleoh, ihren Bruder und Jack Scatt im Gespräch vertieft zurückließ, dachte sie über die Geschichte der heute Gestorbenen und der vor Jahren Gestorbenen nach. Sie fragte sich, ob die alte Scatt wirklich die drei Menschen in ihrem Giftgarten getötet hatte. Sie musste daran denken, wie sie Jack Scatt nach den Tiergesichtern gefragt hatte, die an den Holzschuppen genagelt waren.

Tiergesichter mit leeren Augenhöhlen, durch die sie das Grau der verwitterten Zedernbretter dahinter sehen konnte. Jack Scatt hatte gesagt, damit hätte er nichts zu tun.

»Die gehören der Alten«, hatte er erklärt.

Die alte Scatt jedenfalls hatte ein langes, seltsames Leben gelebt und war eines noch seltsameren Todes gestorben.

Als sie zu Hause ankam, waren ihre Gäste bereits fort, auch Royal Mercer. Alles war wieder normal. Nur ihr Urgroßvater und ihr Sohn waren zu Hause.

»Großvater, hat jemand für mich angerufen?«

Er erwiderte, dass niemand für sie angerufen hatte.

Um zehn Uhr rief sie, obwohl es an der Ostküste ein Uhr morgens war, im Plaza Hotel an und erfuhr, dass Lima Clemente abgereist war.

»Wann denn das?«, fragte sie.

»Bereits heute Mittag, Madam.«

»Hat er eine Nachricht für Joan Tidewater hinterlassen?«

Keine, lautete die höfliche Antwort. Sie bedankte sich und legte auf.

Joan ging nach draußen, weil ihr das Haus des alten Ahcleet plötzlich zu eng vorkam. Sie blickte nach oben und sah den Raben, der sie von einem schwarzen Ast aus beobachtete.

# ◇◇◇◇◇◇◇ Kapitel 24 ◇◇◇◇◇◇◇

◇ Am selben Abend klingelte gegen Mitternacht das Telefon in Ruby Campbells Arbeitszimmer. Er ging zunächst nicht dran, weil er hoffte, dass der Anrufer es aufgeben würde. Aber es klingelte weiter. Campbell fluchte leise. Er arbeitete an einem Bericht, den er unbedingt beenden wollte, und die Unterbrechung störte ihn.

Schließlich nahm er doch den Hörer ab und brummte: »Ich hoffe, Sie haben einen guten Grund.«

»Melden Sie sich immer so am Telefon?«, fragte der Anrufer.

Campbell erkannte sofort an der Stimme, dass es der große, hagere Mann war, mit dem er sich an dem Abend, als Irv Mason und Josh Henley das Bigfoot gefangen hatten, in der Hütte im Wald getroffen hatte. Edward Eagleton, der Kryptozoologe, dessen Forschungsgebiet angeblich die mögliche Existenz solcher Geschöpfe wie das Ungeheuer von Loch Ness, Bigfoot und Yeti war.

»Ich rufe wegen der Bärengallen an«, sagte Eagleton.

»Was ist damit?«

»Ein paar davon stammen nicht von Bären.«

»Sondern?«

»Das sind Schweinegallen.«

*»Schweinegallen?«*

»Ja.«

»Wieso denn das?«

»Da fragen Sie besser Ihre Leute.«

»Das waren bestimmt die, die zuletzt zum Trocknen aufgehängt wurden«, sagte Campbell nachdenklich.

»Und genau die habe ich mitgenommen. Zwei davon sind von Bären, aber die Übrigen sind von Schweinen.«

»Moment, da fällt mir was ein. Irv Mason hat gesagt, er hätte einen Typen aufgetan, der uns Bärengallen verkauft.«

»Wer ist der Kerl?«

»Warten Sie. Er heißt Hereford. Bill Hereford. Ich kenne ihn nicht persönlich. Wohnt in Humptulips.« Campbell schwieg einen Augenblick und fragte dann: »Soll das heißen, Bären- und Schweinegallen sehen gleich aus?«

»Die meisten Leute würden den Unterschied nicht feststellen. Sie sehen aus wie kleine gelbe Kürbisse, Sie wissen schon, die mit der Verdickung an einem Ende. Auch die Größe stimmt überein. Sie wiegen um die zwanzig Gramm, und die echten bringen in Korea und Hongkong eintausend Dollar das Gramm. Die Galle eines durchschnittlichen Bären bringt also zwanzigtausend amerikanische Dollar. Eine Schweinegalle sieht fast genau gleich aus. Die meisten Kunden erkennen den Unterschied nicht. Aber wenn ein Kunde in Korea oder China den Betrug bemerkt, dann kostet das Menschenleben. Neulich zum Beispiel wurde ein Typ mit durchgeschnittener Kehle in einem New Yorker Hotelzimmer aufgefunden. Schweinegallen kann man in jedem Schlachthaus für fünfzig Cent das Stück kaufen, sie zum Trocknen aufhängen und sie dann als Bärengallen verkaufen.«

»Hübsche Gewinnspanne«, sagte Campbell. »Ich denke, ich werde unserem Mr. Hereford mal einen Besuch abstatten.«

»Jetzt?«

»Wieso nicht?«

»Soll ich Sie begleiten?«

»Gern, Ed. Wo sind Sie?«

»In der Lodge.«

»Okay. Wir treffen uns an der Kreuzung Moclips Highway und Highway 101. In einer Stunde?«

»Abgemacht. Bis dann.«

Campbell legte auf und rief gleich darauf Irv Mason an. »Ich brauche sofort ein paar Gallen«, sagte er.

»Jetzt, Ruby? Mitten in der Nacht?«, protestierte Mason.

»Ja. Ich will, dass du den Typen in Humptulips anrufst. Sag ihm, dass ich dein Boss bin und ihn in zirka einer Stunde besuchen komme. Und ruf mich an, wenn du die Sache mit ihm geregelt hast.«

Einige Minuten später rief Mason zurück und sagte, dass Bill Hereford noch Gallen auf Lager hätte und Campbell erwartete.

»Wie komme ich da hin?«, fragte Campbell.

Mason beschrieb ihm den Weg und fragte, ob er mitkommen solle.

»Nicht nötig, Irv. Trotzdem danke. Und danke für deine Hilfe.«

Als Campbell zum vereinbarten Treffpunkt kam, wartete Edward Eagleton bereits. Sie beschlossen, jeder in seinem eigenen Wagen zu fahren, und Campbell fuhr voraus.

»Am besten, ich gehe allein rein, Ed. Er erwartet nur mich, und es könnte sein, dass er einen Ausweis sehen will.«

»Okay, aber ich bin in der Nähe, falls es Schwierigkeiten gibt.«

Vor dem Black Rooster stellte Edward Eagleton seinen Wagen auf dem Parkplatz ab und folgte dann zu Fuß Campbells Truck, der langsam die schmale Straße entlangfuhr, bis sie zu einem Schild mit der Aufschrift ZUCHTBULLENVERLEIH RECHTS und dem Namen *Hereford* kamen. Campbell bog rechts ab und kam schließlich zu einem breiten, mit Kies bestreuten Platz vor einem alten Haus mit einer großen Veranda.

Das Haus war dunkel. Seltsam, dachte Campbell. Irv Mason hatte doch das Treffen mit Hereford vereinbart. Zwei Eulenrufe sagten Campbell, dass Eagleton direkt hinter ihm war, versteckt im Gebüsch.

Campbell stieg aus dem Wagen und hörte irgendwo hinter dem Haus Hunde bellen. Er schaltete seine Taschenlampe ein und ging über die Veranda zur Haustür. Er drückte die Klingel und hörte sie im Haus läuten.

Plötzlich wurde die Tür aufgerissen. Campbell konnte undeutlich die Umrisse eines Mannes erkennen, der ihm gegenüberstand, mit einer Pistole auf Rubys Herz gerichtet.

»Sind Sie Hereford?«, fragte Campbell.

»Wer sind Sie?«

»Ruby Campbell. Irv Mason hat Ihnen gesagt, dass ich komme.«

»Können Sie sich ausweisen?«

Campbell zeigte Hereford seinen Führerschein.

Hereford griff nach einer Taschenlampe und leuchtete auf

den Führerschein. Dann richtete er die Lampe auf Campbells Gesicht und verglich es mit dem Foto im Führerschein.

»Zufrieden?«, fragte Campbell.

»Man kann nicht vorsichtig genug sein. Kommen Sie rein.«

Im Haus schaltete er verschiedene Lampen an. Campbell sah, dass die Jalousien an sämtlichen Fenstern heruntergelassen waren.

»Setzen Sie sich«, sagte Hereford.

Campbell musterte ihn jetzt eingehend. Der Bursche sah gefährlich aus.

»Einen Drink?«

»Nein, danke.«

»Sie gehören wohl zu denen, die nur mit engen Freunden trinken, was?«

»Mir ist jetzt einfach nicht nach einem Drink. Trotzdem danke.«

Hereford brummte.

Campbell blickte sich um und sah zwei schöne Hunde vor dem Kamin liegen.

»Merkwürdig, die Hunde da haben gar nicht gebellt, als ich kam«, sagte er. »Nur die hinter dem Haus.«

»Sally und Old Griz sind sehr gut abgerichtet; sie bellen im Haus nur, wenn ich es sage.«

»Was sind das für welche?«

»Redbones, Mr. Campbell. Bärenhunde. Die beiden sind die besten der ganzen Meute.«

Campbell fragte sich, was die Hunde machen würden, wenn es Ärger gab. Bestimmt würden sie ihr Herrchen verteidigen, und ganz bestimmt würde er ihnen nichts tun wollen.

»Sie wollen also Gallen kaufen«, sagte Hereford.

»Bärengallen«, erwiderte Campbell.

»Klar. Was sonst? Wie viele brauchen Sie?«

»Wie viele haben Sie?«

Hereford lachte. »Genug.«

»Das ist ziemlich vage.«

»Glauben Sie mir, ich habe genug.«

»Ich will die Ware sehen.«

»Sicher. Kommen Sie mit.«

Campbell stand auf und folgte Hereford durch das Haus zur rückwärtigen Veranda, wo ein großer Gefrierschrank und zwei Stühle standen. Hereford zog einen Schlüsselring voller Schlüssel aus der Hosentasche und öffnete den Gefrierschrank.

»Werfen Sie einen Blick rein«, sagte er zu Campbell.

Campbell tat es.

Der Gefrierschrank war von oben bis unten mit kleinen, gefüllten Plastikgefrierbeuteln voll gestopft.

»Sind das alles Bärengallen?«, fragte Campbell.

»Sicher.«

»Einige sehen anders aus«, sagte Campbell und nahm eines der Päckchen in die Hand.

»Das kommt daher, weil ich einige erst nach dem Trocknen und andere noch roh einfriere.«

»Tja, Sie haben wirklich jede Menge.« Campbell legte das Päckchen zurück in den Gefrierschrank.

»Noch interessiert, Mr. Campbell?«

»Ja.«

»Gehen wir wieder ins Haus, wo es warm ist, und bereden alles.«

Campbell wusste, dass er die Preisverhandlung meinte.

Hereford ging voraus ins Wohnzimmer, und die beiden Männer setzten sich.

»Wollen Sie wirklich nichts trinken?«, fragte Hereford noch einmal.

»Nein, danke.«

»Übrigens, Mr. Campbell, ich möchte Ihnen für die Aufträge danken, die Sie mir bereits gegeben haben. Was Ihr Mann gekauft hat, war unbehandelte Ware, aber ich kann auch getrocknete Gallen liefern, wenn es Ihnen lieber ist.«

Ruby Campbell schwieg eine Weile und starrte Hereford an.

»Ich will das Geld zurück«, sagte er leise.

»Was für Geld?«

»Das Geld, das wir Ihnen für die Gallen bezahlt haben.«

»Was? Habe ich richtig gehört? Sie wollen Ihr Geld zurück?«

»Ja. Und zwar alles.«

»Wieso denn das?«

»Weil ich, wenn ich Schweinegallen möchte, direkt zum Schlachthaus gehen kann, wo ich sie für den gleichen Preis kriege wie Sie.«

Hereford stand auf, mit hochrotem Gesicht. »Moment mal. Soll das eine Anschuldigung sein?«

Auch Campbell stand auf; sie starrten einander an, Auge in Auge, und Campbell dachte, dass er Hereford bei der ersten falschen Bewegung niederschlagen würde, bevor die Situation außer Kontrolle geriet.

»Ich beschuldige Sie, mir Schweinegallen verkauft zu haben. Wenn ich diese angeblichen Bärengallen tatsächlich verschickt hätte, hätten meine Kunden mich umbringen lassen. Und Sie auch, wenn sie Ihnen auf die Schliche gekommen wären, und das wären sie.«

»Was soll das, Campbell, wollen Sie mich reinlegen? Sie kriegen die Ware und das Geld. Also, das zieht bei mir nicht, bei mir nicht.«

»Ich will das, wofür ich bezahlt habe. Bärengallen.«

»Sie haben Bärengallen gekriegt.«

»Ich habe Schweinegallen gekriegt.«

»Ach ja? Und woher wissen Sie das?«

»Woher weiß ich was?«

»Dass das Schweinegallen sind. Den Unterschied erkennt keiner.«

»Manche Leute doch.«

»Hören Sie, ich gebe Ihnen das Geld nicht zurück, und wenn Sie sich auf den Kopf stellen. Nichts zu machen.«

»O doch.«

»Und was?«

»Ich hetze Ihnen die Polizei auf den Hals, und Sie verbringen die nächsten Jahre im Gefängnis.«

Hereford lachte spöttisch. »Das möchte ich sehen. Sie stecken genauso tief drin wie ich. Verdammt, Ihr ganzes Geschäft ist kriminell. Im Vergleich zu Ihnen bin ich ein kleiner Fisch.« Hereford verstummte und blickte Campbell argwöhnisch an. »Es sei denn, Sie sind einer von den verdeckten Ermittlern, die überall rumschnüffeln. Stimmt das, Campbell? Sind Sie ein Cop?«

Campbell antwortete nicht. Und er ließ Hereford nicht aus den Augen.

»Na klar, das ist es. Sie sind ein dreckiger Cop.«

Hereford machte eine blitzschnelle Bewegung. Campbell duckte sich gerade noch rechtzeitig, und das Schnappmesser sauste so schnell an seinem linken Ohr vorbei, dass er die Hitze förmlich spüren konnte. Die Klinge traf den Kaminsims.

»Scheiße!«, stieß Hereford aus, als er sein Ziel verfehlt hatte.

Campbell hielt die Hand hoch. »Schluss mit dem Unfug. So kommen wir doch nicht weiter, Hereford.«

»Ach ja? Ich stopf dir das Maul, und zwar für immer.«

Campbell begriff, dass Hereford es ernst meinte. Der Mann wollte ihn töten.

Hereford näherte sich ihm jetzt in der gebückten Haltung geübter Messerwerfer. Und er hatte ein anderes Messer in der Hand.

Campbell war nicht überrascht. Messerwerfer trugen meist mehrere Messer am Körper. Er bewegte sich zur Seite, jedoch ohne Herefords Hände aus den Augen zu lassen, die immer wieder Wurfbewegungen vortäuschten, um ihn zu irritieren.

Aber Campbell ließ sich nicht irritieren. Er hatte früher selbst mit dem Messer gekämpft, und obwohl das viele Jahre her war, wusste er noch immer, wie man damit umging.

Inzwischen waren die Hunde nervös geworden; sie liefen winselnd um die beiden Männer herum und warteten auf einen Befehl von ihrem Herrn.

Hereford achtete nicht auf die Hunde. Er machte plötzlich einen Sprung, beide Füße in der Luft, traf Campbell mit den Sohlen seiner Stiefel und warf ihn mit voller Wucht zu Boden.

Seine rechte Hand erhob sich, bereit, Campbell das Messer ins Herz zu stoßen.

Doch Campbell rollte geschmeidig unter seinem Angreifer weg, setzte sich mit einer schnellen Bewegung rittlings auf ihn und nahm ihn mit dem linken Arm in einen tödlichen Würgegriff.

Genauso rasch griff er mit der rechten Hand in seinen Hosenbund und zog das Stück Stahldraht heraus, das an einem Ende einen Holzknopf und am anderen einen flachen Holzgriff hatte. Und in einer einzigen fließenden Bewegung löste er den Würgegriff und schlang Hereford den Draht um den Hals. Im Nu hatte der Draht Herefords Hals bis auf die Wirbelsäule durchtrennt.

Die Hunde stupsten Hereford winselnd an, warteten auf einen Befehl, nicht ahnend, dass sie nie wieder einen Befehl von ihrem Herrn bekommen würden.

Blutbesudelt erhob sich Campbell von der Leiche, wankte zur Vordertür, öffnete sie und rief: »Eagleton! Kommen Sie her!«

Eagleton kam angerannt. Er warf einen Blick ins Haus und fragte: »Mein Gott, Ruby, was ist passiert?«

Campbell erzählte es ihm und fügte hinzu: »Ich hätte nicht gedacht, dass ich noch so schnell bin.«

»Danken Sie Gott dafür«, sagte Eagleton. »Können wir die verdammten Hunde irgendwo hintun? Ich kriege eine Gänsehaut, wenn ich sehe, wie sie die Leiche anstupsen.«

Campbell schlug die Veranda hinter dem Haus vor. Überraschenderweise folgten sie Eagleton anstandslos mit traurig gesenktem Kopf und herabhängendem Schwanz.

»Eins steht fest«, sagte Eagleton, als er wieder zurückkam. »Hereford muss seine Hunde sehr gut behandelt haben.«

»Wir müssen die Polizei rufen«, sagte Campbell.

Eagleton schüttelte den Kopf. »Sie nicht. Ich möchte, dass Sie verschwinden. Wenn Sie hier sind, wird alles nur noch komplizierter. Bis Sie der Polizei alles erklärt haben, vergeht kostbare Zeit, die Sie sinnvoller nutzen können. Vergessen Sie nicht, die ganz großen Fische haben wir immer noch nicht an der Angel.«

Campbell zog den Draht vom Hals der Leiche, wusch ihn an der Küchenspüle und trocknete ihn mit einem Geschirrtuch ab. Als er wieder ins Zimmer trat, sagte er: »Vermutlich haben Sie Recht. Ich gehe. Ich möchte Sie aber noch um einen Gefallen bitten.«

»Und der wäre?«

»Wenn für die Hunde ein neues Zuhause gesucht wird, schlagen Sie mich vor.«

»Gern. Die Hunde hinter dem Haus lassen wir dann vom Tierschutzverein abholen. Noch eine Frage, Ruby.«

»Ja?«

»Wieso haben Sie eigentlich Stahldraht dabei?«

»Den trage ich seit dem Krieg immer bei mir. In den richtigen Händen ist Stahldraht sehr viel schneller als ein Messer.«

»Was Sie nicht sagen. Und jetzt verschwinden Sie, okay?«

Ruby Campbell verschwand.

# ◇◇◇◇◇◇◇ Kapitel 25 ◇◇◇◇◇◇◇

◇ Es war ein kühler, nasser Morgen Ende September. Das würzige Aroma von Zedernrauch erfüllte die Luft, und ein diesiger grauer Himmel lag schwer über der Landzunge. Die Flut kam. Joan erwachte und hörte das uralte Lied der tobenden Brandung. Ich könnte niemals irgendwo leben, wo man nicht die Stimme des Meeres hört, dachte sie.

Sie stand auf und nahm ihre Arme in Augenschein. Die Wunden verheilten gut. Sie duschte und bereitete das Frühstück vor.

Trotz der frühen Stunde war der alte Ahcleet schon mit Tleyuk draußen unterwegs, um dessen Ausbildung nach altem Brauch fortzusetzen. Sie war allein im Haus.

Während sie frühstückte, dachte sie über die Ereignisse der letzten Tage nach.

Einerseits wunderte sie sich selbst darüber, dass ihr Lima Clementes wortloses Verschwinden keinen Kummer bereitete. Andererseits war ihr klar, dass dieses Fehlen schmerzlicher Trauer ein Geschenk des Klokwalle war.

Und der mächtige Geist hatte ihr noch ein weiteres Geschenk gemacht: Er hatte ihr den Mut gegeben, hinter die Maske der Liebe zu blicken und zu erkennen, dass Lima möglicherweise selbst in irgendeiner Weise mit dem Tod des kleinen Jungen zu tun hatte.

Aber wie genau, das blieb ihr ein Rätsel. Sie glaubte, dass es sich um ein Menschenopfer gehandelt hatte, nach allem, was sie gehört hatte, doch damit konnte sie Lima einfach nicht in Verbindung bringen. Sie kannte ihn, liebte ihn. Er war ein gebildeter, weltgewandter Mann, kein Bauer, dem die moderne Welt fremd war.

Bislang war alles noch so wenig greifbar. Sie holte sich Papier und einen Stift, schrieb die ihr bekannten Fakten auf und nahm sie nacheinander unter die Lupe.

Erstens: Eli Raptor hatte ihr mitgeteilt, dass der Fingerabdruck aus der Felsenhöhle von einer Frau namens Machi Juana stammte, die aus Limas Heimatdorf gekommen und vermutlich dorthin zurückgekehrt war.

Zweitens: Sie hatte die andere Hälfte der Goldmünze, die sie am Strand gefunden hatte, an dem Foto in der Kapelle der Kirche von Limas Heimatdorf hängen sehen.

Und dann war da das winzige Messingkettenglied, das sie in einem Tannenzapfen gefunden hatte. Es hatte sicherlich mit dem Fall zu tun, aber wie bedeutsam war es wirklich?

Das Labor, das das Gesicht des ermordeten Jungen rekonstruierte, stand kurz vor dem Abschluss der Arbeit, und dann würde sie wissen, ob es sich um Antonio Salinas handelte, dessen Foto sie in der Kapelle gesehen hatte.

Und wenn die kleine Hand von einem Gefäßchirurgen obduziert worden war, würde sie auch wissen, ob der fremde Junge aus einer sehr kalten Gegend gekommen war, wie beispielsweise aus dem Dorf in den Anden.

Die wenigen Informationen, die sie hatte, deuteten zwar

alle auf dasselbe Dorf hin, aber nicht unbedingt auf Lima Clemente. War er die einzige Person auf dem Jahreskongress der Holzindustrie gewesen, die aus dem Dorf stammte?

Sie dachte an den großen, unheimlichen Mann, dem sie vorgestellt wurde, als sie Lima kennen lernte. Wie hieß er noch gleich? Ach ja, Xavier Escoro. Ihm traute sie praktisch alles zu. In welchem Verhältnis stand er zu Lima Clemente? Michael McTavish hatte ihr erzählt, sie seien Geschäftspartner. Und Pater Lavate hatte gesagt, dass sie beide aus dem Dorf stammten.

Liebe ich Lima Clemente immer noch?, fragte sie sich und zwang sich, ehrlich zu sein.

Ja, sie liebte ihn. Diese Liebe, die sie für ihn empfand, würde noch lange nicht vergehen, wenn überhaupt je. Aber konnte aus dieser Liebe Hass werden? Was versteckte sich hinter dem Gesicht, das Lima nach außen hin zeigte? Was, wenn sie tatsächlich herausfand, dass Lima mit dem Mord an dem Indiojungen zu tun hatte? Was würde sie dann empfinden? Und was würde sie tun, falls er zurückkam?

Heute war ihr dienstfreier Tag. Sie beschloss, zu dem Haus zu fahren, das Lima an der North Shore Road gemietet hatte. Vielleicht kam sie ja irgendwie hinein und konnte sich ein wenig umsehen.

Als Joan zu dem Haus kam, öffnete Binte Ferguson ihr die Tür. Überrascht und erfreut ließ die kleine alte Frau sie herein.

»Was machst du denn hier, Binte?«, fragte Joan.

»Ich putze für Mr. Clemente.«

»Ich dachte, du arbeitest für Hannah McTavish.«

»Tue ich auch. Das hier mache ich nur nebenbei. Hannah weiß Bescheid.«

»Hast du was von Mr. Clemente gehört?«

»Ja. Er hat mich angerufen. Er hat mich gebeten, das Haus in Ordnung zu bringen.«

»Wann war das?«

»Gestern.«

»Hat er gesagt, wann er zurückkommt?«

»Nein, hat er nicht. Willst du dich ein wenig umsehen, Joan?«

»Gern. Ich war noch nie hier.«

»Bitte sehr. Ich habe nichts dagegen«, sagte Binte. »Ich hoffe, Mr. Clemente auch nicht.«

Auf ihrem Rundgang durch das Haus sah Joan nur unpersönliche Einrichtungsgegenstände, wie man sie in den meisten vermieteten Häusern der gehobenen Kategorie fand.

»Binte, gehört irgendwas hier Mr. Clemente?«

»Nein. Er hatte im Schrank ein paar Kleidungsstücke, aber der Schrank ist jetzt leer. Ach ja, und der Spielzeuglastwagen da auf dem Tisch. Das ist seiner. Eigentlich das Einzige, was ihm hier gehört.«

Joan warf einen flüchtigen Blick auf das Spielzeug, das hölzerne Modell eines Holztransporters. Es hatte Räder, die sich drehten, Schmutzfänger an den Hinterrädern, und die kleinen, glatten Baumstämme auf dem Anhänger waren mit Ketten aus winzigen Messinggliedern befestigt.

*Messingkettenglieder.*

Joan nahm das Modell in die Hand. Bei genauerem Hinsehen sah sie, dass ein kleines Stück Kette fehlte. Auf der Unterseite des Anhängers stand: HANDARBEIT VON

JOHN DUNCAN. Außerdem war die Adresse von Duncan in Pacific Beach angegeben.

»Ich muss mal telefonieren«, sagte sie zu Binte.

»Bitte sehr.«

Joan ließ sich von der Auskunft John Duncans Telefonnummer geben. Als sie ihn anrief, meldete sich der Mann persönlich. Sie nannte ihren Namen und sagte, dass sie einen von seinen wunderbaren kleinen Lastwagen bei einem Freund gesehen hatte. Er nannte ihr den Preis und erläuterte einige Besonderheiten an dem Spielzeug.

»Besonders schön finde ich die Schmutzfänger und die Messingketten. Sie sehen so echt aus.«

»Ich lege sehr viel Wert auf die Details«, sagte Duncan.

Ich auch, mein Freund, ich auch, dachte Joan.

»Zum Beispiel die Messingketten. Sie bestehen bei jedem Lastwagen aus genau der gleichen Anzahl Kettenglieder. Ohne Ausnahme. Wenn man Ausnahmen macht, wird man nachlässig.«

»Und wie viele verwenden Sie?«

»Genau vierundsechzig. Bei jeder Kette. Immer. Und zwei Ketten für jeden Lastwagen.«

»Sehr interessant, Mr. Duncan. Ich habe einen kleinen Sohn; es könnte sein, dass ich in den nächsten Tagen vorbeikomme, um einen für ihn zu kaufen.«

»Jederzeit. Ich würde mich freuen. Und danke für Ihren Anruf.«

Genau vierundsechzig. Sie zählte die Kettenglieder an dem Holztransporter. Es waren genau einundfünfzig. Also fehlten dreizehn. Zwölf hatte man am Tatort gefunden und sie das eine in dem Zapfen. Es passte.

»Binte, diesen kleinen Lastwagen nehme ich mit. Ich unterschreibe eine Quittung, dass ich ihn mitgenommen habe, damit du keinen Ärger kriegst. Bist du ganz sicher, dass er Mr. Clemente gehört?«

»Absolut. Als ich einmal für ihn das Abendessen gekocht habe, war er richtig stolz drauf. Wie ein kleiner Junge.«

Joan machte sich mit dem Spielzeuglastwagen auf den Weg nach Aberdeen zu Hunter Kleoh. Er sollte ihn vom Labor untersuchen lassen, um festzustellen, ob das Kettenglied, das sie in dem Tannenzapfen gefunden hatte, und die zwölf vom Tatort ursprünglich zu der Kette an dem kleinen Holztransporter gehört hatten.

Um vier Uhr traf Joan im Polizeirevier von Taholah ein.

Prefontaine sah sie vorfahren und lief zu ihr nach draußen, bevor sie aus dem Wagen steigen konnte. Sie langte über den Sitz und öffnete die Beifahrertür. »Was ist los, Paul?«

»Wir haben eben eine Warnung vom seismographischen Institut reinbekommen.«

»Wo war das Erdbeben?«, fragte sie, als sie ausstieg.

»Hokkaido, Japan. Wir müssen Flugzettel an die Bevölkerung verteilen. Wir lassen sie gerade kopieren.«

In Prefontaines Büro las sie die Warnung:

Heute Morgen ereignete sich in der japanischen Stadt Hokkaido ein Erdbeben der Stärke 8,2 auf der Richter-Skala. Dieses Beben hat eine Flutwelle unbekannter Größe ausgelöst. Das seismographische Institut hat eine Vorwarnung für die Pazifikküste herausgegeben. Es wird mit einer ganzen Reihe von Flutwellen gerechnet, die an der Küste

Washingtons Schäden verursachen könnten. Berechnete Ankunftszeit: 20.30 Uhr. Die US-Küstenwache fordert sämtliche Boote auf, die Washingtoner Küstengewässer – einschließlich der Buchten – zu verlassen. Den Küstenbewohnern wird geraten, höher gelegenes Gelände aufzusuchen bzw. sich einen halben Kilometer von der Küste zu entfernen.

Joan schaltete einen kleinen Fernseher auf Prefontaines Schreibtisch ein. Auf sämtlichen Kanälen wurde über das Erdbeben und die erwartete Flutwelle berichtet.

»Ich werde Ahcleet und Tleyuk suchen und sie zur Lodge bringen«, sagte sie zu Prefontaine. »Da sind sie sicher.«

»Sind sie nicht zu Hause?«

Sie schüttelte den Kopf. »Großvater macht heute mit Tleyuks Ausbildung weiter.«

»Beeil dich, Joan. Vielleicht kannst du anschließend wiederkommen und uns hier helfen.«

»Gern.«

Als Joan gerade Prefontaines Büro verließ, sah sie den alten Ahcleet durch den Haupteingang kommen. Sie eilte zu ihm.

»Wo ist Tleyuk?«, fragte sie.

»Das würde ich auch gern wissen«, erwiderte Ahcleet.

Hastig schob sie ihren Urgroßvater in Prefontaines Büro. »Paul, Großvater sagt, Tleyuk ist verschwunden«, sagte sie mit beherrschter Stimme.

»Was soll das heißen, verschwunden?«

Der alte Ahcleet hob ratlos die Arme. »Verschwunden. Weg. Ich kann ihn nirgends finden.«

»Wann hast du ihn zuletzt gesehen?«

»Als wir mit der Ausbildung am Fluss fertig waren.«

»Bist du sicher, dass die Strömung ihn nicht mitgerissen hat?«

»Er war schon aus dem Wasser.«

Joan packte die nackte Angst. Sie hätte den alten Mann am liebsten angeschrien, ihn geschüttelt. Vielleicht konnte er sich ja nicht mehr genau erinnern, was passiert war. Schließlich war er über neunzig Jahre alt.

Prefontaine sah Joan an und sagte: »Komm, wir wissen doch alle, dass ihm hier nichts zustoßen kann.«

Joan zwang sich, wieder ruhig zu werden, und sagte leise:

»Großvater, jetzt erzähl uns mal haarklein, was passiert ist, seit du mit Tleyuk das Haus verlassen hast.«

»Das Gleiche wie jeden Tag, seit wir mit der Ausbildung angefangen haben. Wir sind die Straße runtergegangen, und die verdammte Katze von der alten Scatt war uns auf den Fersen.«

»Die Katze gehört Tleyuk, seit die alte Frau tot ist«, erklärte Joan.

»Hört doch auf mit der Katze«, sagte Prefontaine. »Was ist dann passiert?«

»Nicht viel. Wir sind weitergegangen bis zur Konservenfabrik. Dort geht Tleyuk immer ins Wasser. Die Katze ist uns nicht bis dahin gefolgt. Sie hat sich umgedreht und ist zurückgelaufen, wahrscheinlich zu unserem Haus.«

»Und?«

»Als Tleyuk wieder aus dem Wasser war und sich angezogen hatte, musste ich plötzlich mal. Und als ich wiederkam, war er weg.«

»Aber er kann doch nicht einfach so verschwunden sein«, sagte Joan.

»Ist er aber«, erwiderte ihr Urgroßvater. »Ich habe den ganzen Ort nach ihm abgesucht. Keiner hat ihn gesehen. Natürlich rennen da jetzt alle wie aufgescheuchte Hühner rum, wegen dem Erdbeben in Japan. Die verfluchten Teufel im Meer bescheren uns mal wieder Ärger.«

Prefontaine und Joan tauschten Blicke aus.

»Großvater, ich möchte, dass du hier bei mir bleibst«, sagte der Polizeichef.

»Wie du willst. Wo ist euer Getränkeautomat?«

Prefontaine sagte es ihm und gab ihm ein paar Münzen. Er blickte Joan an. »Unter den gegebenen Umständen muss ich hier bleiben.«

»Schon gut, Paul. Ich suche ihn«, sagte Joan und eilte zur Tür hinaus.

Zuerst fuhr Joan nach Hause. Vielleicht war alles nur ein Missverständnis, und Tleyuk war einfach nach Hause gegangen. Sie rief leise ihren Schutzgeist an, als sie den Jeep vor dem Haus parkte und die Stufen hinaufrannte.

Als sie die Tür aufstieß, fiel ein kleiner weißer Umschlag zu Boden.

Hastig hob sie ihn auf und sah, dass ihr Name darauf stand. Sie riss den Umschlag auf und las: *Tleyuk und ich sind auf deiner Insel. Bitte komm nach.* Die hastig gekritzelte Nachricht war unterschrieben mit *LC*.

Joan lief ins Haus und rief Hunter Kleoh an, den sie noch zwei Stunden zuvor gesehen hatte.

»Mein Sohn ist entführt worden«, sagte sie ohne Einleitung. »Ich weiß, wo er ist, aber ich habe keine Möglichkeit, da hinzukommen.«

»Wo ist er?«

»Auf einer kleinen Insel fünf Kilometer vor der Küste.«

»Gibt es schon eine Lösegeldforderung?«

»Nein, Hunter, es geht um was anderes.«

»Die Einzelheiten kannst du mir später erzählen. Wie kann ich dir helfen?«

»Hast du Einfluss bei der Küstenwache?«

»Das FBI hat überall Einfluss. Was brauchst du?«

»Ich brauche einen Hubschrauber mit einem Piloten, um auf die Insel zu kommen.«

»Dazu brauchst du nicht die Küstenwache. Wir haben immer einen Hubschrauber in Bereitschaft. Ich fliege dich selbst hin. Du kannst mir dann unterwegs alles erzählen.«

Sie vereinbarten, sich in einer halben Stunde am Strand von Moclips zu treffen.

Joan fuhr zunächst zurück zum Polizeirevier und erzählte Prefontaine und ihrem Urgroßvater, was passiert war. Erst dann fuhr sie weiter nach Moclips, wo sie auf Hunter Kleoh wartete. Eine Dreiviertelstunde später waren sie in der Luft.

Als sie über die Insel flogen, sah Joan Lima Clemente auf einem Baumstamm vor einem Treibholzfeuer an der Stelle des Strandes sitzen, wo sie sich geliebt hatten.

Neben ihm im Sand lag Tleyuk auf einer Decke; er schlief oder war betäubt. Auf der anderen Seite von Lima lag noch etwas. Eine Machete.

Ein Stück entfernt stand der Hubschrauber, mit dem er Joan zum ersten Mal auf die Insel gebracht hatte, die jetzt ihr gehörte.

»Ich komme mit«, sagte Kleoh.

»Nein, Hunter. Das wäre ein Fehler. Ich kenne den Mann, und ich ahne mittlerweile, wozu er fähig ist.«

»Dann brauchst du erst recht Verstärkung.«

»Ich bin doch bewaffnet. Ich möchte, dass du dich versteckt hältst, aber in der Nähe bleibst, falls ich Hilfe brauche.«

»Wer ist der Kerl überhaupt?«

»Ein Freund.«

Er warf ihr einen schrägen Blick zu. »Schöne Freunde hast du, wenn ich das mal so sagen darf.«

»Darfst du.«

Lima Clemente blickte hoch, als sie über ihn hinwegflogen, aber sie wusste, dass er ihre Gesichter nicht erkennen konnte.

Kleoh landete auf der Nordseite der Insel, auf dem Hochplateau auf den steilen Basaltklippen, die sich steil aus dem Meer erhoben. Sie suchten sich einen Weg die Klippen hinunter und durch den Wald, bis sie in Sichtweite von Lima waren, der sie allerdings nicht sehen konnte.

Kleoh blieb in Deckung, und Joan trat auf den offenen Strand hinaus. Sie wusste nicht genau, was sie erwartete, aber eines war klar: Um ihren Sohn nicht zu gefährden, musste sie so ruhig wie möglich bleiben.

Lima lächelte und stand auf, winkte sie zu sich. »Möchtest du dich nicht setzen?«, fragte er und deutete höflich auf einen Platz neben sich auf dem Baumstamm.

»Danke, ich stehe lieber.«

»Dann werde ich auch stehen. Ein Gentleman setzt sich nicht, wenn eine Frau steht.«

»Ich weiß, dass du ein Gentleman bist, Lima, und deshalb

möchte ich von dir wissen, was du mit meinem Sohn vorhast.«

»Ist das nicht offensichtlich, liebste Joan? Wir können alle zusammen von hier losfliegen.«

»Wohin denn?«

»Nach Chile natürlich, wo wir heiraten können. Anschließend kehren wir dann alle drei wieder zurück und richten uns hier ein Zuhause ein.«

Sie musterte den Mann. Er sah nicht verrückt aus und benahm sich auch nicht so. Aber was hieß das schon?

»Hast du nicht von dem großen Erdbeben in Japan gehört? Dass heute Abend eine riesige Flutwelle kommen soll?«

»Natürlich. Bis dahin sind wir längst weg.«

»Lima, ich habe nie gesagt, dass ich dich heiraten werde.«

»Liebst du mich denn nicht?«

Sie blickte ihn ruhig an. »Ich habe dich geliebt.«

»Du liebst mich nicht mehr?«

»Ich habe Angst.«

»Angst wovor, Joan?«

»Angst, dass etwas nicht stimmt.«

»Was soll nicht stimmen?«

Sie beschloss, ihn direkt zu fragen: »Lima, hast du etwas mit dem Mord an dem kleinen Jungen zu tun, den wir im Wald gefunden haben?«

Sie hielt den Atem an, während sie auf seine Antwort wartete. Er hob das Kruzifix, das um seinen Hals hing, an die Lippen und küsste es, bevor er antwortete.

»Weil ich dich liebe, Joan, sollst du die Wahrheit erfahren. Da du den alten Glauben deines Volkes befolgst, wirst du auch meinen verstehen.«

»Wie soll ich ihn verstehen, wenn ich ihn nicht kenne?«

»Um in deinem Land erfolgreich zu sein, habe ich zwar nicht selbst getötet, aber ich war zugegen, als Antonio Salinas unseren Göttern rituell geopfert wurde.«

Joan war, als legte sich ein eiserner Griff um ihr Herz.

»Antonio, den ich über alles geliebt habe«, fuhr Lima Clemente fort, »lebt nun glücklich als junger Gott bei unseren alten Göttern. Nach seinem Tod hat er dich mir gebracht als noch vollkommeneren Ersatz für die Liebe, die ich für ihn empfunden habe. Bedeutet das nicht, dass ich das Richtige getan habe?«

Statt zu antworten, fragte Joan: »War dein Geschäftspartner Xavier Escoro bei der Opferung dabei?«

»Ja, Joan, das war er.«

»Was hat er mit dem Jungen zu tun?«

»Er war sein Großvater.«

»Ist er mit dir verwandt, Lima?«

»Er ist mein Vater.«

»Dann bist du –?«

»Antonios Onkel. Seine Eltern sind am Fieber gestorben, wodurch Antonio natürlich zum Waisen wurde. Das war ein Zeichen der Götter, dass wir ihn opfern sollten.«

»Willst du damit sagen, dass der kleine Junge von seinem eigenen Großvater und seinem eigenen Onkel auf so grausame Weise ermordet wurde?«

»Natürlich nicht, Joan. Die eigentliche Tötung wurde von Machi Juana vollzogen, der Zauberin aus Antonios Dorf. Geholfen hat ihr ein Mann namens Maximo Coa. Großvater hat sie und Antonio kommen lassen, als wir vom Tod seiner Eltern erfuhren.«

»Wieso habt ihr diese entsetzliche Tat nicht in eurem Dorf begangen? Warum hier bei uns im Wald?«

»Weil Antonio erst Waise wurde, als wir unsere Heimat bereits verlassen hatten.« Lima Clemente hielt inne und betrachtete sie aufmerksam. »Du hältst uns für Barbaren, nicht wahr?«

»Es war ein grausamer Mord, Lima.«

»So mag es für dich aussehen, Joan, aber die Art der Tötung ist seit Jahrtausenden festgelegt. Sie muss genau nach den Regeln erfolgen. Wenn wir unsere religiösen Bräuche wie vorgeschrieben praktizieren, rufen wir die übernatürlichen Mächte einer alten Kultur an. Das ist die Grundlage unseres Erfolges, und glaub mir, Joan, wir sind *sehr* erfolgreich. Die alten Götter segnen uns mit Geschenken.«

»Hat es noch andere Opfer gegeben?«

»Ja. Aber Antonio war das allerbeste, denn über ihn haben sich die Götter besonders gefreut, weil er unser eigen Fleisch und Blut war und wir ihn beide sehr geliebt haben.«

»Wieso trägst du das Kreuz um den Hals?«

»Weil ich auch Katholik bin«, sagte er lapidar.

Lima bückte sich, hob die Machete auf und trat dann vor sie, mit der tödlichen Klinge in der Hand. »Ich frage mich, was für Geschenke wir wohl bekämen, wenn wir Tleyuk zu einem jungen Gott machen würden. Er könnte Antonio Gesellschaft leisten.«

Joan packte das nackte Grauen. Sie biss sich fest auf die Zunge, um nicht loszuschreien. Der Mann war wahnsinnig! Sie wusste, dass sie keine Angst zeigen durfte. Und sie durfte auch nicht ihre Pistole ziehen. Noch nicht.

Da sah sie plötzlich etwas Unfassbares.

Etwa dreißig Meter hinter Lima stand mit großen goldenen Augen, die in der untergehenden Sonne leuchteten, eine orange-schwarze Erscheinung.

Es konnte nicht das sein, was es zu sein schien.

Aber das war es. Joan erstarrte.

Verwundert sah Lima Clemente die Veränderung in Joans Gesicht. Sie sah plötzlich aus, als hätte sie Todesangst. Es konnte nicht damit zusammenhängen, was er ihr gerade gesagt hatte.

War vielleicht etwas hinter ihm? Der Pilot, der sie hergebracht hatte?

Dann erklang ein markerschütterndes Geräusch, die gewaltige, durchdringende Stimme, die er schon einmal gehört hatte. Aber das war doch nicht möglich.

Erst vor drei Tagen hatte er mit einigen seiner Leute den Sibirischen Tiger in eine Grube gesperrt, die sie mit schweren Steinen abgedeckt hatten, damit das Tier, das nun mehrere Tage nicht gefüttert werden sollte, für die bevorstehende Jagd richtig ausgehungert war.

Langsam drehte Lima sich um und erblickte das Einzige, was er auf der Welt fürchtete: die goldenen Augen des Todes.

In den Sekunden vor dem Angriff erinnerte sich Lima daran, dass die große Katze ihr Opfer ansprang, sich mit den Vorderpranken in seinen Schultern verkrallte und gleichzeitig mit den Hinterbeinen zuschlug wie eine Hauskatze, die mit einem Wollknäuel spielt. Er wusste, dass sie mit den ausgefahrenen Krallen einem Menschen in wenigen Sekunden die Eingeweide herausreißen konnte. Er wusste, dass der Tiger gleichzeitig die Reißzähne in das Gesicht oder die Kehle seiner Beute grub, eine Vorderpranke am Hinterkopf des Opfers.

Der Tiger brüllte erneut, und sein wilder Schrei klang noch bösartiger und gieriger als zuvor.

Es gab noch etwas, das Lima wusste: Vor einer Raubkatze darf man nicht weglaufen. Einer Raubkatze darf man niemals den Rücken zuwenden. Das reizt ihren Jagdinstinkt.

Lima drehte sich um und rannte los.

Blitzschnell jagte Amba auf leisen Samtpfoten hinter ihm her. Lima hörte den Tiger nicht einmal, der ihm mit seinem vollen Gewicht mitten zwischen den Schulterblättern ins Kreuz sprang.

Lima wurde nach vorn geschleudert und spürte, wie die Klauen in sein Fleisch drangen und sich festkrallten. Der Tiger warf ihn zu Boden und quetschte ihm die Luft aus der Lunge.

Er spürte, wie die Katze auf seinem Rücken die Hinterbeine anzog, den Körper wie eine Sprungfeder spannte, dann die Pranken über sein Gesäß und die Oberschenkel nach unten schnellen ließ, sodass seine Knochen freigelegt, Blutgefäße und Arterien zerfetzt wurden.

Lima Clemente war ein großer, kräftiger Mann. Irgendwie gelang es ihm, sich umzudrehen, sodass der Tiger jetzt unter ihm war. Er blickte hinab in dessen aufgerissenes Maul mit den schrecklichen Reißzähnen und wusste, dass er ein toter Mann war. Er spürte schon nichts mehr, als der Kopf des Tigers vorschnellte und seine Zähne in sein Gesicht und seinen Hals schlugen.

Vor Schock stand Joan wie angewurzelt da.

Sie hatte ihre Pistole gezogen und versuchte, das Tier mit einem Schuss zur Strecke zu bringen, doch der Tiger und Lima befanden sich die ganze Zeit in einer solchen Position, dass sie, wenn sie ihr Ziel auch nur um Haaresbreite verfehlte, Tleyuk hätte treffen können.

Tleyuk war während des Kampfes zwischen Mann und Raubkatze aufgewacht. Beim Anblick der sich vor seinen Augen abspielenden Szene war er vor Panik hinter den Treibholzstamm gekrochen, auf dem Lima gesessen hatte.

Er sah, wie ihm seine Mutter wild gestikulierend signalisierte, sich nicht zu rühren, keinen Laut von sich zu geben. Doch als der Tiger von seiner Beute abließ und sich erhob, sah der kleine Junge, was mit dem netten Mann passiert war, der ihn mit auf die Insel seiner Mutter genommen hatte, und er fing an zu kreischen.

Der Tiger, der völlig ausgehungert war, leckte seine Beute ab und wollte fressen. Von Tleyuks Schreien gestört, wandte er sich nach dem Jungen um.

Jetzt war Joans Angst so groß, dass sie kaum noch die Pistole halten konnte. Eine Mischung aus Entsetzen und Zorn schüttelte sie. »Meinen Sohn kriegst du nicht«, schrie sie. »Und wenn ich dich mit bloßen Händen in Stücke reißen muss, meinen Jungen kriegst du nicht.«

Sie hatte völlig vergessen, dass Hunter Kleoh sich im Hintergrund versteckt hielt. Sie hatte vergessen, dass sie ein Mensch war. Sie hatte vergessen, dass sie eine Frau war.

In diesen Sekunden wusste sie nur noch, dass sie gewaltige Kraft besaß und ihr Junges schützen musste.

Sie schrie nach ihrem Schutzgeist und den Lauschenden.

Sie spürte, wie in ihrem Körper ungeheure Mengen Adrenalin ausgestoßen wurden.

Sie jagte auf den Tiger zu, der jetzt Tleyuk beschnüffelte, und schrie aus voller Kehle.

Verschreckt fauchte der Tiger laut und richtete sich auf.

Joan versuchte, Tleyuk von dem Tiger wegzureißen.

Es gelang ihr, den verblüfften Tiger bis an den Saum des Wassers zu treiben, wo er vor Zorn nach dem heranflutenden Meer schnappte, bevor er sich wieder seiner Angreiferin zuwandte.

Plötzlich erhob sich ein fürchterliches Brausen, lauter als das Tosen der Brandung. Der Tiger fuhr herum und sah, dass die Geschöpfe des Meeres, die Killerwale, wieder da waren und sich auf ihren angestammten Strand warfen. Er stand reglos da, sammelte seine Kräfte, wusste einen Moment lang nicht mehr, welcher Beute er sich zuwenden sollte. Schließlich wandte er sich wieder den Geschöpfen des Meeres zu und watete unsicher ins Wasser. Und dort, unter Wasser, wartete Orca, die Königin des Meeres. Sie öffnete ihr riesiges Maul und biss den großen Tiger in zwei Hälften. Eine Zeit lang tanzte die obere Hälfte von Amba noch in den Wellen auf und ab, bevor sie unterging.

Orcas Herde blieb in der Nähe ihres Strandes. Instinktiv wusste sie, dass irgendetwas mit dem Meer nicht stimmte, dass irgendeine Gefahr heraufzog. Dicht zusammengedrängt fühlten sie sich sicherer.

Tleyuk saß auf dem Schoß seiner Mutter.

»Mom, wo ist denn der Puma?«, fragte er.

»Welcher Puma, Schatz?«

»Ich habe einen Puma gesehen. Einen mit blauen Augen.«

»Ja? Er wird nach Hause gegangen sein.«

»Der Tiger ist auch weg.«

»Keine Sorge, Tleyuk. Ich glaube nicht, dass die beiden wiederkommen.«

»Mom, wer ist der Mann da?«

»Welcher Mann?«

»Der dahinten, der aus dem Wald kommt.«

Inzwischen war es fast dunkel. Ihren Sohn im Arm haltend, stand Joan auf und blickte in die Richtung, in die Tleyuk zeigte. Der Mann kam auf sie zugelaufen, sah sich ständig um, als rechnete er damit, dass irgendetwas ihn anspringen würde.

»Hunter!«, rief Joan. »Wo warst du denn?«

»Ich bin ohnmächtig geworden.«

*»Was?«*

»Ehrlich, Joan, ich bin glatt umgekippt. Wo ist der Kerl, den der Tiger getötet hat? Ach da. Wo ist der Tiger?«

»Den haben die Wale erledigt.«

Kleoh zog seine Jacke aus, um sie über den toten Mann zu legen, aber Joan sagte, er solle sie wieder anziehen. Er würde die Wärme noch brauchen.

Kleoh schüttelte den Kopf, als versuchte er, ihn wieder zurechtzurücken. »Ich weiß nicht, was mit mir los ist. Ich glaube, ich werde krank. Deinem Sohn ist offenbar nichts passiert. Wir machen besser, dass wir hier wegkommen, meinst du nicht?«

»Zu spät, Hunter.« Sie deutete nach Westen, wo sie in weiter Ferne eine riesige Welle auf sie zukommen sah, so groß wie ein fünfstöckiges Gebäude.

»Lauf!«, rief Joan.

»Wohin?«

»Auf einen Baum. Schnell.«

Mit Tleyuk über der Schulter rannte Joan über den Strand und in den Wald, Kleoh dicht hinter ihr. Er blieb an einer Douglastanne stehen, aber Joan schrie ihm zu, nicht hinaufzuklettern.

Schließlich kam sie zu einer alten Zeder, nahm Tleyuk auf den Rücken und kletterte bis zu dem höchsten Ast, der stark genug war, sie beide zu tragen. Als sie sicher saßen, kam Kleoh keuchend hinterher und klammerte sich an den Ast direkt unter ihnen.

»Was war denn mit dem ersten Baum nicht in Ordnung?«, fragte er.

»Eine Douglastanne hat nicht so tiefe Wurzeln.«

Die Flutwelle überflutete die gesamte Insel, bis auf die hohen Klippen, auf denen der FBI-Hubschrauber stand.

Und sie verschonte die hohen Äste der Zeder, auf die Joan, Tleyuk und Kleoh sich geflüchtet hatten.

# ◇◇◇◇◇◇◇ Kapitel 26 ◇◇◇◇◇◇◇

◇ Es dauerte sehr lange, bis Joan darüber hinwegkam, dass Lima Clemente, ihr Geliebter, an dem Kindesmord beteiligt gewesen war und dass sie hatte mit ansehen müssen, wie er auf so grausame Weise sein Leben verlor.

Sie schickte die Hälfte der Goldmünze, die Antonio Salinas gehörte, an Pater Lavate und schrieb einen Brief dazu, in dem sie ihm schilderte, was passiert war. Außerdem sorgte sie dafür, dass die sterblichen Überreste des Jungen in sein Heimatdorf geschickt wurden.

Ferner beschloss sie, Ansons Bibliothek zu behalten, denn schließlich waren Bücher wahre Freunde.

Die Menschen an der Küste brauchten lange, um sich von den verheerenden Verwüstungen zu erholen, die die Flutwelle hinterlassen hatte. Einige waren überzeugt, dass der Stamm der Quinault nie mehr so sein würde, wie er einmal war. Andere meinten, die Quinault seien immer da gewesen und würden es auch in Zukunft sein. Was konnte eine Flutwelle daran ändern?

Und die Quinault hatten wirklich Glück gehabt. Paul Prefontaine und seine Leute hatten sie auf höheres Gelände in Sicherheit gebracht. Auch die Katze der alten Scatt hatte überlebt, zu Tleyuks großer Freude.

Die Ergebnisse der verschiedenen Laboruntersuchungen im Auftrag des FBI waren für Joan wie ein entsetzlicher Albtraum, da sie all ihre Vermutungen bestätigten.

Anders als Anson vorausgesagt hatte, wurden seine Leiche und die seines Sohnes von Wanderern gefunden, die sich aus purer Abenteuerlust in einen tiefen, entlegenen Canyon im Olympic National Park gewagt hatten. Als Joan hörte, dass eine der Leichen einen ungewöhnlichen Ring mit Steinen in Form eines Kreuzes trug, wusste sie, wer die Toten waren.

Edward Eagleton wurde nie mehr gesehen. Er hatte seine Tarnung als Kryptozoologe aufgegeben und ging wieder seiner wirklichen Arbeit nach: Er war Ermittler für eine Sonderabteilung der Umweltbehörde, die zur Bekämpfung des illegalen Handels mit Teilen geschützter Tiere eingerichtet worden war.

Ruby Campbell, der für dieselbe Organisation gearbeitet hatte, blieb es verwehrt, die führenden Köpfe des internationalen Wildererrings zu fassen, auf die er es abgesehen hatte:

Lima Clemente und Xavier Escoro. Das vergrabene Geld behielt er.

Der dreihundert Kilo schwere Schwarzbär, den Antonio Salinas' Großvater, wie er behauptet hatte, aus der alten Holzhütte irgendwo im tiefen Regenwald vertrieben hatte, zog wieder dort ein. Als er den zerknitterten lila Regenschirm mit der gebrochenen Rippe entdeckte, packte er ihn und schleuderte ihn nach draußen. Dann trottete er hinterher, hob ihn auf und drückte ihn mit aller Kraft an sich.

Aber es ist gar nicht so einfach, einen Schirm zu Tode zu drücken.

Er warf ihn auf die Erde und setzte sich darauf. Als er aufstand, sah der Schirm unverändert aus. Dann zerriss er die lila Bespannung mit Zähnen und Klauen, bis sie in Fetzen auf dem Boden lag.

Er warf das Gerippe ins Unterholz und ging wieder in die Hütte, wo er sich auf einen langen Winterschlaf vorbereitete.

Über ihm, weit entfernt von der Welt der Menschen, raunten und wisperten die gewaltigen Bäume des uralten Waldes.

**Sue Harrisons historisches Abenteuerepos – über Rache, Liebe und Krieg in Alaska**

Die Wunden des vorangegangenen Krieges schmerzen noch. In den verfeindeten Dörfern der Vetter-Fluss-Menschen und der Nahe-am-Fluss-Menschen werden die Toten betrauert. Der Geschichtenerzähler Chakliux versucht, die Rachegedanken zu besänftigen und sein Volk durch den Winter zu bringen. Aber die schöne K'os kann ihren Hass nicht vergessen und schürt neue Intrigen.

Wie schon in ihren früheren Vorzeitromanen verbindet Sue Harrison auch in *Der Schrei des Windes* genaue Recherche und Sachkenntnis mit einer packenden Handlung sowie dichten atmosphärischen Beschreibungen des Lebens vor 8000 Jahren und entführt uns so in eine fremde und doch seltsam vertraute Welt.

ISBN 3-404-14660-3

**Ein wunderschönes Buch über die Liebe, das die Farben, Düfte und Klänge Australiens auf magische Weise entfaltet**

Vor der atemberaubenden Wildnis Australiens verknüpft Tamara McKinley die Geschichte zweier Frauen, deren Schicksal sich auf wundersame Weise kreuzt: Schnittpunkt ist Chirunga, eine einsame Schaffarm im Südosten des Landes. Dort findet Jenny, eine Malerin aus Sidney, die die Farm postum von ihrem Mann geschenkt bekommen hat, ein Tagebuch, dessen Inhalt sie nicht mehr loslässt. Denn es erzählt auf ergreifende Weise von dem Schicksal Matilda Thomas', der Chirunga einst gehörte, von ihrem Kampf um die Farm und von ihrer großen tragischen Liebe. Noch weiß Jenny nicht, was sie mit Matilda verbindet, aber sie fühlt, dass ein dunkles Geheimnis auf Chirunga lastet – ein Geheimnis, das auch ihr Leben verändern wird ...

»Tamara McKinley versteht es nicht nur, ein spannendes Familienepos in der Tradition der Dornenvögel zu erzählen – vor allem sind ihr herrliche Schilderungen von Land und Leuten gelungen ...« *NDR, Bücherwelt*

ISBN 3-404-14655-7

BASTEI LÜBBE